FALLING FOR MY STEPBROTHER

JULIETTE DUVAL

FALLING FOR MY STEPBROTHER

addictives

Ce livre est dédicacé, en vrac et dans le désordre :
– aux copines qui subissent mes états d'âme
au cours de l'écriture entre « Je n'y arriverai jamais ! »,
« Je dois tout réécrire » et autres
« La deadline est demain ! »,
– à l'homme qui, sans rien y comprendre,
m'accorde son soutien inconditionnel ;
– aux enfants qui me rappellent qu'il existe
une vie hors du clavier ;
– aux boules de poils qui m'accompagnent
tous les jours dans l'écriture ;
– aux lectrices qui ont suivi les aventures
de Carrie et Josh depuis le premier jour
et qui les ont portés toujours plus haut
… et à celles qui vont les découvrir.
(Josh, c'est pour toi)

« La vie, c'est comme une bicyclette,
il faut avancer pour ne pas perdre l'équilibre. »
Albert Einstein

1

CALIFORNIA DREAM

L'oreiller sent le lin frais. J'y enfouis mon nez avec un soupir. C'est doux… délicieux… j'ai l'impression de flotter. Peu à peu les brumes du sommeil se dissipent. L'excitation chasse ma torpeur. Je suis en Californie ! Je rejette la couette d'un coup de pied, m'étire et cligne des yeux. Un soleil éclatant filtre à travers les rideaux. Mmm… Soleil, été, vacances : une journée formidable s'annonce !

Je saute du lit pour me précipiter sous la douche. Après douze heures de voyage, c'est une nécessité vitale et j'étais trop crevée, hier soir, en arrivant. J'ai même failli m'endormir dans le taxi. Une dizaine de petits flacons s'alignent sur le bord de la baignoire. Je les ouvre tous avant de me décider pour un shampoing onctueux qui emporte avec sa mousse la fatigue des dernières heures. Puis je m'emmitoufle dans un peignoir aussi doux et léger qu'un nuage.

Mmm… Rien de tel que le luxe.

J'ai une pensée émue pour mon père et ma belle-mère qui m'ont offert ce cadeau d'anniversaire : séjour dans un hôtel cinq étoiles près du campus en attendant que j'aie trouvé un logement à Stanford. D'un autre côté, il fallait bien ça pour me convaincre d'arriver sur place un mois et demi en avance pour le mariage de ma mère… Écartant cette pensée désagréable d'un revers de main, j'ouvre les rideaux en grand. Le soleil californien inonde ma chambre. Quand je me risque sur la terrasse, le sol est chaud sous mes pieds nus. Je passe les doigts dans mes cheveux pour mieux les faire sécher. De l'autre, je farfouille dans mon sac. Où ai-je fourré les trois mille brochures que Tina m'a refilées avant mon départ ? À moins que je les aie mises dans ma valise ? Je jette un coup d'œil à la liste scotchée à l'intérieur. Mon père prétend que ma manie d'établir des listes pour tout et n'importe quoi est directement proportionnelle à ma propension au désordre. Je l'admets, j'ai tendance à semer le bazar sur mon passage, mais c'est un bazar organisé. Tant que personne n'y touche sous le fallacieux prétexte de ranger, je m'y retrouve parfaitement.

Bon, alors ces brochures...

Tina rêve de Stanford depuis que nous nous connaissons. Nous étions en troisième quand elle m'a fait jurer qu'un jour, nous irions y étudier toutes les deux. À peine notre bac en poche, elle m'a forcée à travailler mon anglais à mort pour pouvoir être admise en programme d'échange: Stanford exige un score quasiment parfait à l'examen d'anglais – langue étrangère. J'avoue que sans elle, j'aurais eu tendance à me reposer sur mes acquis: je suis née à New York et j'y ai vécu jusqu'à mes 13 ans, autrement dit, je suis bilingue. Du moins, je le croyais avant de passer ce fichu test.

Ma main à couper que plus de la moitié des anglophones le louperaient!

J'ai réussi d'un cheveu, cent onze alors qu'il fallait minimum cent dix. Tina a récolté un cent douze. Et ça, c'était la partie facile du parcours. Monter nos dossiers et surtout, obtenir une bourse, feraient passer les candidats à l'élection présidentielle pour d'aimables plaisantins.

Ah, enfin!

Un plan du campus, une présentation de l'université, le détail des lignes de bus... Avec tout ça, je devrais m'en sortir. Le bout de mes doigts fourmille d'excitation. Tina est parvenue à me convaincre que Stanford était un lieu mythique comme le château du *Magicien d'Oz* ou quelque chose du genre. J'ai du mal à croire que je m'y promènerai d'ici une heure! Je retourne dans la chambre pour sortir de ma valise une robe d'été légère et une paire de sandales, puis j'attache mes cheveux en un chignon flou sur le sommet de mon crâne, ne laissant dépasser que mes deux mèches orange sur les côtés.

Stanford, à nous deux!

***

J'étire mes bras, visage levé vers le soleil. Une brise tiède, bienvenue après une journée torride, me caresse la peau. Autour de moi, le campus grouille de monde. On ne se croirait pas au mois de juillet ! Il faut dire que certains étudiants ne viennent que pour le programme d'été, alors, l'université doit être toujours remplie. Je me sens incroyablement privilégiée à l'idée que je vais rester toute une année scolaire. Il règne ici une telle ambiance, une telle énergie ! Tina va adorer. Je me redresse pour mitrailler les bâtiments en face de moi. Leur style espagnol, avec les arches arrondies et les tuiles blondes, m'évoque un décor de western. Un peu plus loin se dresse un bâtiment ultra-moderne et encore après, une bâtisse en bois blanc. Tout est mélangé ici, à l'image des étudiants ; le résultat est incroyablement vivant.

« Plus d'espace mémoire disponible » m'indique l'écran de mon téléphone portable. Je le secoue comme si ça pouvait améliorer la situation tout en ordonnant :

– Ne me lâche pas !

Depuis ce matin, je n'ai même pas visité le quart du campus, tellement celui-ci est immense. Je me suis égarée entre les bâtiments administratifs et les maisons étudiantes aux noms improbables comme « la forêt enchantée des brocolis ». Et avec tout ça, je n'ai pas été capable de remplir ma mission principale : trouver le service du logement. Je ne peux hélas pas rester toute l'année à l'hôtel…

– Tu es française ?

Je lève le nez. Une étudiante se tient debout devant moi, cheveux blonds relevés en queue-de-cheval, dossier sous le bras, sourire aux lèvres.

Oups, je crois que j'ai juré en français.

Ceci dit, mon interlocutrice a l'air sympa. Elle irradie la bonne humeur au point que c'en est contagieux.

J'ai un bon pressentiment.

Tina refuse de me croire quand je lui dis que j'ai le flair en matière de personnalités. Elle ne manque jamais de me rappeler les fois où ma facilité à me lier d'amitié avec de parfaits inconnus m'a attiré des ennuis. Je lui rétorque que les fois où ces rencontres ont débouché sur de belles aventures ont été bien plus nombreuses, s'il faut dresser un bilan. Il est dans ma nature d'être curieuse et ouverte aux autres. Je serais malheureuse si je devais soupçonner chaque personne que je croise de vouloir me nuire. Ne vaut-il pas mieux considérer chaque rencontre comme une opportunité plutôt que comme un risque? Je souris en retour à la nouvelle venue:

– Oui, pourquoi?

Mon interlocutrice sautille sur place en battant des mains.

– J'adore la France!

Son T-shirt rose à l'effigie de la tour Eiffel soulignée du slogan « *I love Paris* » est en effet un bon indice. Elle me tend brusquement la main. Sa poignée est chaleureuse et énergique.

– Je m'appelle Angela. Ravie de te rencontrer.

– Carrie Borrel. Ravie également. Tu étudies ici?

– Troisième année de langues étrangères, confirme-t-elle. Et toi, es-tu ici pour le programme d'été?

– Non, je ne commence que fin août, pour le semestre d'automne. Je suis venue en repérage, ma meilleure amie doit me rejoindre plus tard.

– Vous cherchez un logement?

– Euh… oui.

Le visage d'Angela s'illumine. Elle m'attrape par le bras.

– C'est un signe du destin! Viens avec moi, je vais te faire visiter.

Inutile de vouloir résister à la tornade. Je trottine docilement à sa suite.

– Où allons-nous?

– Connais-tu les différentes possibilités de logement sur le campus?

– Vaguement.

Dans l'avion j'ai préféré regarder les films plutôt que de m'intéresser aux brochures collectées par Tina. Je me suis dit que j'aurais tout le temps de m'en occuper une fois sur place. Visiblement ravie de pouvoir jouer les mentors, Angela entreprend de me détailler les différences entre les dortoirs, les résidences, les maisons autogérées, les fraternités... Et elle en profite pour me chanter les louanges de Roth, la maison autogérée dont elle est l'une des responsables.

– C'est une maison réservée aux filles, tu verras, c'est beaucoup plus calme, parfait pour étudier.

Je fais la moue. Pas sûr que ça plaise à Tina. Elle compte bien sur son année à Stanford pour rencontrer un bel Américain, l'épouser, obtenir une carte de séjour et passer le reste de sa vie sous le soleil californien. Enfin, dans ses rêves. En ce qui me concerne, disons que les études ne constituent pas non plus la motivation principale de mon séjour. La Californie m'évoque des images de soleil, de plages et de fêtes... Même si je suis certaine que les enseignants de Stanford comptent parmi les meilleurs ! J'accepte toutefois une visite guidée des lieux, ça n'engage à rien.

Nous marchons quelques kilomètres, à ce qu'il me semble, pour rejoindre Constanzo Street, où se concentrent les maisons autogérées. Je tire la langue. Cela fait des heures que je marche et les lanières de mes sandales me rentrent dans les pieds.

– Il te faudra un vélo, commente Angela. Tout le monde en a un, ici.

J'avais remarqué : ceux-ci se parquent par centaines devant les bâtiments, envahissent les voies de circulation, se faufilent partout.

– Je connais un type à Narnia qui en retape pour les vendre d'occasion, si ça t'intéresse.

– Super !

Qu'est-ce que je disais à propos d'un bon pressentiment ? Tout se goupille à merveille.

Il semblerait que j'aie trouvé ma marraine-fée. Je tombe amoureuse de Roth dès que nous arrivons devant. Avec ses trois pignons, on dirait une maison de conte de fées.

Tant pis, Tina ira draguer ailleurs !

Angela me fait visiter les lieux – un peu trop portés sur le rose à mon goût, mais propres, lumineux et accueillants. Les quelques étudiantes que nous croisons me saluent comme si je faisais déjà partie des leurs.

– Tu n'as pas l'accent français quand tu parles anglais, remarque Angela alors que nous redescendons vers la salle commune.

– Ma mère est américaine. J'ai vécu à New York jusqu'à mes 13 ans.

– Oh, je vois ! C'est pour te rapprocher d'elle que tu viens étudier à Stanford ?

– Surtout pas !

Je ne savais même pas qu'elle s'installerait un jour à San Francisco, quand Tina et moi avons passé notre pacte.

Angela me jette un coup d'œil intrigué tout en m'invitant à m'asseoir. Je soupire. Mes déboires familiaux ne sont pas mon sujet de conversation préféré, alors autant me débarrasser tout de suite de la corvée.

– Ma mère est violoniste. Elle n'a jamais vraiment eu le temps de s'occuper de moi, ni de son mariage, d'ailleurs. J'avais 7 ans quand elle a divorcé de mon père et à partir de là, je l'ai vue de moins en moins souvent. Entre son métier et moi, elle avait choisi.

Angela hoche la tête si fort que sa queue-de-cheval blonde lui fouette les joues.

– Je comprends. Moi, c'est mon père qui n'est jamais à la maison. Il n'est pas divorcé, mais c'est tout comme ! Toujours ses affaires...

– Oui, voilà. Je veux dire, je comprends qu'on puisse être passionné par son métier, mais dans ce cas-là, on ne choisit pas de faire des enfants !

– Je crois que dans mon cas, commente Angela, c'était surtout pour faire plaisir à ma mère.

Je m'arrête un instant sur cette idée. Mon père, en revanche, s'est toujours bien occupé de moi. Aurait-il convaincu Jane d'avoir un enfant alors qu'elle ne le souhaitait pas ? Non, ça aurait été irresponsable de sa part ! Angela reprend :

– Tu as des frères et des sœurs ?

– Cécile, la seconde épouse de mon père, a un fils de 13 ans, César.

– Ils sont horribles à cet âge-là, compatit Angela. Mon frère a 15 ans et rien que pour ça, je suis ravie de vivre sur le campus !

– César est plutôt cool pour son âge, en fait. J'ai de la chance de ce côté.

– Alors pourquoi as-tu quitté la France ?

Je m'assieds plus confortablement dans le canapé. On sent que celui-ci a bien vécu, mais ça ne fait qu'ajouter à son charme. Je reprends :

– Tina, ma meilleure amie, rêve de Stanford depuis toujours. Nous nous sommes promis d'étudier ici quand nous étions encore au collège. Comment pouvais-je prévoir que ma mère allait faire un bébé toute seule, décider de plaquer les tournées pour s'en occuper, se trouver un mec et venir s'installer en Californie !?

Ma voix a légèrement dérapé dans les aigus. Non, je n'en reviens toujours pas. Ma mère, cette femme forte et indépendante, qui se retrouve enceinte d'un inconnu à 40 ans (sérieusement, à son âge on connaît la contraception, non ?) et sous l'effet des hormones, sans doute, tourne le dos à tout ce qui a fait sa vie jusque-là ? On croit rêver.

– Tu n'iras pas la voir, alors ? demande Angela.

– Elle m'a invitée à son mariage, je ne pouvais pas refuser.

Dans deux jours. J'attrape un cookie dans l'assiette que me tend Angela et je répète que ce sera vite passé. Ensuite, un long été de liberté s'étend devant moi.

– Je n'ai jamais vu sa fille, ni son futur mari, ni aucun de ses amis… Ça va faire bizarre !

– On s'amuse toujours, à un mariage, dit Angela pour me consoler. Il y a de l'alcool, de la danse et le vieil oncle bourré pour raconter des histoires embarrassantes.

– J'espère que tu as raison ! Enfin, bref, est-ce que tu crois que je pourrais m'installer ici d'ici une semaine ?

– Ça, je ne sais pas : en principe, les étudiants du semestre d'automne ne s'installent pas avant la fin août. Viens au bureau des admissions, on verra ce qu'on peut faire pour toi. Tu sais où loger, en attendant ?

– Oui, pas de problème.

Enfin, jusqu'à la fin de la semaine… Je croise les doigts en ressortant de ma future maison. Dire que mon téléphone est plein et que je ne peux donc même pas prendre de photos pour Tina ! Tant pis, je reviendrai dès que possible.

***

L'administration américaine ne vaut pas mieux que son équivalent français. J'ai dû fournir un nombre invraisemblable de papiers (dont le montant de ma bourse d'études) pour pouvoir m'enregistrer dans le système et au bout du compte, on m'a seulement attribué un logement provisoire en attendant le début du semestre d'automne. Une chambre dans une grande résidence de style moderne, sûrement très bien mais dans laquelle je ne sens pas battre l'âme des lieux comme à Roth.

– Tu peux venir à Roth quand tu veux, m'a assuré Angela.

– Merci ! À bientôt, alors.

Les trente-deux kilomètres carrés de campus offrent largement de quoi s'occuper. Je veux à tout prix faire le tour de toutes les bibliothèques, il y en a dix-neuf ! Et aussi flâner dans les parcs, repérer quels restaurants servent les meilleurs plats et où se fournir en produits de première nécessité, découvrir dans quels bâtiments j'aurai cours et me renseigner pour des leçons de surf. J'ai hâte de raconter ma journée à Tina !

Ma sandale gauche abandonne la partie au moment où je m'apprête à traverser El Camino Real, la grande artère qui sépare Stanford de Palo Alto. Je m'immobilise au milieu de la chaussée, un pied en l'air, puis je me retourne pour rattraper la sandale restée un mètre en arrière. Mauvaise idée : la moto qui arrive au même instant ne s'attendait visiblement pas à me voir tenter pareille manœuvre. Elle me frôle de si près que je sens sur mes jambes la chaleur de son pot d'échappement.

Déséquilibrée, je tombe en arrière. Une seconde moto s'immobilise dans un crissement de pneus, formant un rempart entre moi et la circulation. Le cœur battant, je me relève en frottant mes paumes égratignées. Le motard s'est arrêté et revient vers moi, la main tendue.

– Mademoiselle ? Vous n'avez rien ?

Je brandis ma sandale cassée avec un sourire un peu tremblant. Tout est allé si vite que je n'ai pas eu le temps d'avoir peur, mais si j'y pense…

Bref, n'y pensons pas !

– Une chaussure tombée au champ d'honneur. Désolée.

Une voiture klaxonne derrière la seconde moto. Je remonte d'un bond sur le trottoir que je venais de quitter. Les deux motos se rangent devant moi et leurs conducteurs enlèvent leur casque. Celui qui a failli me renverser pourrait poser dans l'un de ces calendriers que Tina accroche au-dessus de son lit pour faire de beaux rêves. Le sourire craquant, le regard d'ambre, la barbe de deux jours, les cheveux sombres ébouriffés par le port du casque et jusqu'à la pose, le buste penché sur le guidon…

Dommage encore que je ne puisse plus prendre de photos.

Son camarade est l'incarnation du *bad boy* latino : yeux sombres, peau bronzée, tatouage sur le dos de la main. C'est celui des deux qui semble le plus inquiet. Le premier se marre en regardant la dépouille de ma sandale.

– Désolé, s'excuse-t-il quand il a fini de rire. Mais je peux arranger ça.

Il fouille sous le siège de sa moto pour en retirer une paire de sandales… Enfin si on peut appeler *sandales* des chaussures à lanières munies d'un mécanisme à ressort sous le talon. Je tourne et retourne entre mes doigts la semelle souple, taillée dans une matière élastique, épaisse et douce. Leur rouge pâle contraste avec le turquoise vif du ressort, assorti aux lanières de cuir souple. L'ensemble évoque des spartiates futuristes.

– Les lanières sont ajustables. C'est plus confortable que ça n'en a l'air.

Je demeure un instant le pied en l'air, interloquée. Qui offre des chaussures à une inconnue?

– Elles ne mordent pas, m'assure mon interlocuteur avec un sourire en coin. En fait, il s'agit d'un prototype fabriqué par mon entreprise. Vous me rendriez service en acceptant de les essayer.

– Si c'est pour rendre service… Merci!

La curiosité l'emporte. Je retire ma seconde sandale et la tasse avec l'autre au fond de mon sac avant d'enfiler la nouvelle paire. Un ingénieux système de clips permet d'ajuster les lanières d'une simple pression. Leur matière souple rend l'ensemble aussi confortable que des chaussons, l'aération en plus. Et quand je me mets debout…

Ce truc est géant!

À l'arrêt, le poids de mon corps comprime le ressort, de sorte que je n'ai pas l'impression de porter des talons. Mais dès que je fais un pas, mon centre de gravité se déplace vers l'avant et le ressort se déploie, me propulsant en avant. J'ai l'impression de voler à chaque foulée. J'imagine que les astronautes, sur la Lune, doivent éprouver le même sentiment de légèreté.

Bras tendus sur les côtés, j'esquisse un pas de danse sur le trottoir. Un type qui promène son chien fait un écart pour m'éviter; il me prend clairement pour une folle. Mon généreux donateur, lui, éclate de rire.

– Alors? demande-t-il.

Sous l'amusement, je perçois une pointe de stress, le même que celui de mon père quand il essaye une nouvelle recette. Je lui adresse un sourire rayonnant:

– J'adore! On dirait le croisement entre une paire de chaussons et les bottes de sept lieues.

Il rit de nouveau.

– Je m'en souviendrai pour la campagne publicitaire. Au fait, ajoute-t-il en me tendant la main, je m'appelle Josh.

– Carrie, dis-je en la lui serrant de toutes mes forces.

Heureusement que je m'étais préparée à une solide poignée, sinon il m'aurait broyé les doigts! À l'inverse, son camarade me prend la main comme si j'étais une princesse.

– Orion.

– Enchantée.

Je me balance d'une jambe sur l'autre. En principe, c'est ici qu'on se sépare. Ou alors, je pourrais les inviter à prendre un verre pour les remercier pour les chaussures ? J'ai très envie d'en savoir plus à leur sujet. D'un autre côté, je sais par expérience qu'une femme qui fait le premier pas peut faire fuir certains hommes, comme si c'était une atteinte à leur virilité ! Josh me tire d'embarras en reprenant la parole le premier :

– Où alliez-vous ?

– Cowper Street. Je suis à l'hôtel.

– Eh bien, montez, on vous raccompagne !

Hourra ! Euh, non, une minute.

Aller prendre un verre dans un bar bourré d'étudiants est une chose. Monter sur une moto en robe d'été avec des inconnus en est une autre. Je suis ouverte, pas inconsciente (j'entends Tina d'ici). Même si la perspective de faire plusieurs kilomètres à pied pour rejoindre l'hôtel, même chaussée de mes sandales magiques, ne m'enthousiasme guère.

– Je vous remercie de votre proposition, mais ma tenue n'est pas vraiment adaptée pour la moto.

C'est au tour d'Orion d'extirper du coffre de sa moto casque, pantalon et veste de cuir. Je secoue la tête en riant.

– Vous êtes le fils caché de Mary Poppins ?

– J'ai six petites sœurs.

Forcément… Bon, un type doté de six petites sœurs innocentes est forcément quelqu'un de bien, n'est-ce pas ? Et puis je n'y connais rien en motos, mais celles-ci ont l'air racé avec leur carrosserie noire ornée de flammes, leurs chromes brillants et leurs énormes roues. C'est peut-être un classique de drague éculé, mais je dois admettre que ça fonctionne. J'enfile donc la tenue, un peu chaude à mon goût et imprégnée d'un tenace parfum de vanille, mais bien couvrante.

– Ça vous dirait de prendre un verre avant qu'on vous ramène ? propose Josh.

Eh bien, voilà !

Je lève une main, doigts écartés.

– J'ai quelques principes à respecter.

– J'écoute, assure mon interlocuteur avec ce sourire en coin qui me donne envie de sauter sur sa moto sans me soucier du reste.

– Premièrement, dis-je en repliant le premier doigt : on reste dans le coin. Deuxièmement : dans un lieu public. Troisièmement : on ne boit rien de louche. Quatrièmement : jamais le premier soir. OK ?

Les deux motards éclatent de rire.

– Il faut que je donne cette liste à mes frangines, affirme Orion.

– Ça me paraît correct, confirme Josh. Juste pour savoir : vous êtes toujours aussi directe ?

– Je n'ai pas de grand frère, il faut bien que je me débrouille toute seule.

– Elle me plaît, commente Orion.

Josh lui lance un regard en biais, très « pas touche, je l'ai vue le premier ». Un frisson d'excitation remonte le long de ma colonne vertébrale. J'ai toujours eu un faible pour les sportifs, les bagarreurs et les arrogants, encore un truc à m'attirer des ennuis, selon Tina. Elle préfère les gentils garçons, ceux qui vous offrent des fleurs à chaque rendez-vous, vous laissent choisir le programme du cinéma et ne dépassent jamais les limites de vitesse. Pour ma part, j'aime l'adrénaline. Un homme qui cherche à m'en mettre plein la vue a de grandes chances de m'apporter des sensations fortes.

Je monte derrière Josh. Pour ne pas tomber, je suis obligée de me tenir à sa taille et il faut bien avouer que ce contact n'a rien de désagréable. Ce n'est pas un motard du dimanche si j'en juge par ses abdos en béton. La moto prend de la vitesse mais pas trop : visiblement, il fait attention à sa passagère. Rassurant, même si la partie la plus aventurière de ma personne en retire une certaine frustration.

2

BAD BOYS ET PROTOTYPES

J'ai beau avoir un sens de l'orientation limité, je me rends vite compte que nous ne prenons pas du tout la direction de mon hôtel. Au contraire, nous revenons vers le campus. Un doute soudain me noue le ventre.

Je regarde défiler les rues à travers ma visière. Pour l'instant, nous sommes toujours en bordure de Stanford, des étudiants déambulent sur les trottoirs, il règne une atmosphère joyeuse et décontractée.

Je vais attendre un peu avant de hurler à la violation de ma première condition.

La moto freine en douceur devant un bâtiment bas jaune moutarde coincé entre deux haies résidentielles. L'endroit ne paye pas de mine, mais le nombre d'étudiants qui se pressent devant la buvette, sur le côté, est prometteur. Je lâche Josh pour retirer mon casque, avec un certain soulagement.

Il fait chaud, là-dessous !

Les vêtements de cuir ont froissé ma robe légère et mon chignon s'est lamentablement écroulé. Mes deux compagnons, eux, ont juste l'air canon en T-shirt moulant et boucles sombres savamment décoiffées. J'admire les tatouages sur les bras de Josh : une volée de mouettes à gauche, une moto roulant vers le soleil couchant à droite. Je me demande jusqu'où remontent les mouettes, sous le T-shirt…

Bref.

– Vous étudiez à Stanford ? demandé-je tandis que nous nous dirigeons vers la porte d'entrée.

– Sûrement pas ! riposte Josh avec une telle véhémence que j'en reste bouche bée.

Il existe donc des gens qui n'aiment pas Stanford ?

– Josh est un autodidacte convaincu, m'explique Orion avec un sourire en coin.

– Parce que tu as fait des études, toi ? riposte son ami.

– Moi, je n'avais pas le niveau.

Oups.

On dirait que j'ai mis les pieds dans le plat sans le vouloir. Changeons de conversation :

– Alors vous êtes du coin ?

– Pur produit de Palo Alto, confirme Orion.

– Et vous y travaillez, donc ?

– J'ai un garage et Josh fabrique des sandales, explique-t-il en désignant mes pieds du menton.

– Des sandales et quelques autres trucs..., commente Josh, mi-figue mi-raisin.

J'agite mes orteils dans mes sandales d'emprunt. Elles sont si confortables que je ne veux plus jamais les enlever.

– Des sandales de compétition, dis-je dans l'espoir de flatter leur propriétaire.

– De sport, me corrige-t-il. Mon entreprise est spécialisée dans les équipements sportifs.

– Ça a l'air cool.

Josh regarde mes pieds. Je regrette brusquement de ne pas avoir écouté Tina : j'aurais dû me vernir les ongles avant de partir. Pourtant, quand il relève la tête, il me sourit d'une façon qui laisse clairement entendre qu'il se fiche du vernis. J'ai l'impression que mes jambes rougissent.

– C'est beaucoup mieux que cool, crois-moi.

– Je te crois sur parole.

– Personnellement, je me fie aux actes plutôt qu'aux paroles.

– Donc... ?

Orion coupe notre échange en nous demandant si nous comptons entrer un jour ou si nous préférons nous servir à la buvette. Josh me prend le bras pour me guider. Le contact de ses doigts sur ma peau me donne le vertige.

Tina dirait que c'est une pure question d'attraction sexuelle, de phéromones ou de disposition d'esprit appropriée au moment de la rencontre. Elle aurait dû étudier les sciences naturelles plutôt que les langues. Pour ma part, j'ai tendance à suivre mon instinct. Et celui-ci me souffle que nous allons bien nous amuser.

L'intérieur ne paye pas davantage de mine que l'extérieur : sol carrelé, tables en bois, affichage à la craie sur une immense ardoise. La clientèle paraît plutôt éclectique : des étudiants, mais aussi une femme avec une étole de fourrure sur les épaules (d'accord, la climatisation est un peu violente, mais quand même) et à deux tables d'elle, un type aux mains terreuses et au pantalon troué.

Je suis Josh et Orion jusqu'au comptoir. Le premier pose une main sur mes reins pour m'inviter à passer devant, ce qui me donne la chair de poule sur les bras.

– Tu aimes la bière ? Sinon je te conseille le Crispin apple, c'est du cidre très rafraîchissant.

J'ai bien besoin de me rafraîchir, je décide donc de suivre son conseil. Josh et Orion optent pour de la bière à la pression et insistent pour l'accompagner de pain à l'ail et d'œufs farcis épicés. Notre plateau à la main, nous rejoignons un patio extérieur bondé. Comme par miracle, une table se libère à notre arrivée, juste sous l'arbre.

Je m'assieds face à Josh de sorte que, la table n'étant pas très large, nos genoux se frôlent régulièrement. Ne pas rougir chaque fois me demande un certain effort de concentration.

Ce n'est pas ma faute, c'est celle de l'électricité statique !

Je m'efforce de me focaliser sur la conversation.

– Alors ? demande Orion. Étudiante à Stanford ?

– À partir de la rentrée, oui.

– Et tu étudies quoi ?

Josh a l'air tellement blasé que je suis presque tentée de lui répondre le droit ou l'économie ou encore la médecine, enfin, une matière à la réputation sérieuse, quoi. L'astrophysique, peut-être ? J'opte finalement pour la vérité ; le cidre est délicieusement frais mais un peu traître et je vais m'emmêler les pinceaux si je commence à inventer des trucs.

– Musicologie.

– Musique ? répète Orion.

– Musicologie. Ce n'est pas pareil.

Mes deux parents sont musiciens. Je connais le genre de vie qui va avec. Cette vie, j'ai déjà donné, je n'en veux pas. Alors j'ai opté pour un compromis.

– Je veux devenir ingénieur du son.

– Ça a l'air moins marrant que guitariste, commente Josh.

Je le fusille du regard.

– Le guitariste n'est rien sans son ingénieur du son. C'est l'ingénieur qui étudie l'acoustique du lieu, place les micros, réalise le câblage et paramètre les appareils. Il enregistre également les sons, les diffuse d'un côté au public et de l'autre, en retour aux artistes qui sont sur scène. Pour cela, il doit régler le volume, la réverbération, l'équilibre des voix de façon à faciliter la perception du style que les musiciens veulent faire passer et communiquer ainsi l'émotion aux spectateurs.

– Tu peux respirer, m'indique Orion.

– Je ne doute pas du rôle indispensable d'un ingénieur du son, tempère Josh, mais tu joues de la musique ?

Rha ! Chaque fois c'est pareil !

Personne ne s'intéresse aux hommes et aux femmes de l'ombre, il n'y en a que pour les musiciens. Et le pire c'est que je ne peux m'empêcher de frimer :

– De la guitare. Et du violon quand j'étais plus jeune.

Après, je suis entrée dans ma période rebelle et le violon ne faisait plus assez rock pour moi. N'empêche que je me suis toujours demandé s'il n'y avait pas moyen d'adapter quelques morceaux avec violon…

Bref.

– Bon, alors et vous ?

– J'ai un garage, répète Orion. Si un jour tu as une voiture à faire réparer…

– Je me contenterai du vélo, dans un premier temps.

– Alors viens me voir, suggère Josh. Je te montrerai des vélos comme tu n'en as jamais vus.

J'hésite à le traiter de vantard. Il a l'air tellement fier de ce qu'il fait : ses mains (bien dessinées, avec de longs doigts de pianiste) pianotent – justement – sur la table tandis que son visage s'anime. Je ne vois pas le temps passer quand il parle. Il y a déjà un bon moment que mon cidre a disparu et que j'ai englouti ma part d'œufs farcis (délicieux).

– C'est toi qui les construis ?

– Je les conçois et je n'hésite pas à mettre les mains dans le cambouis à l'occasion.

– Ce qu'il meurt d'envie de te dire, intervient Orion, c'est qu'il est à la tête d'une entreprise qui brasse des millions.

– En construisant des vélos ?

Mon incrédulité a dû un peu trop se sentir. Josh fronce les sourcils, bras croisés sur la table. Il a soudain l'air dangereux et je trouve ça encore plus sexy.

– Je te l'ai dit, ce ne sont pas de simples vélos. Ça te dirait d'essayer ?

– Pardon ?

– Je dois tester un nouveau prototype tout à l'heure. Si tu as envie de venir…

– Tu es sûr qu'il est au point ? intervient Orion, l'air inquiet.

– Je ne le lui proposerais pas, autrement.

– Ouais, tu avais dit ça pour le jet-ski…

– C'est pas pareil. Avec toi, je peux prendre des risques.

Orion se renfrogne tandis que Josh porte sa montre à hauteur de ses lèvres.

– Penny, modèle T006, essai pour deux personnes, 19 h 45.

J'ouvre de grands yeux. Josh me tend son poignet avec un sourire. Sur l'écran de sa montre, une pin-up à la Betty Boop me fixe en battant des cils.

– Je te présente Penny, mon assistante personnelle. C'est un prototype destiné à gérer à la fois l'agenda professionnel et les performances sportives de son propriétaire.

– Un prototype version moins un, ricane Orion.

Josh prend un air de dignité froissée.

– Parce que j'en ai délégué la conception. Il existe encore quelques bugs, mais…

« Bonjour, mademoiselle, minaude Penny à mon intention. Veuillez m'indiquer votre poids, je vous prie. »

– Jamais au premier rendez-vous.

Orion éclate de rire. Josh s'empresse de rabattre le clapet de sa montre, partagé entre confusion et hilarité.

– Désolé.

Je rajoute :

– Et je n'avais pas encore accepté de tester ce vélo.

– Tu pourras garder les sandales en échange.

– *Deal.*

Je suis une faible fille.

Le sourire de Josh me liquéfie le cœur. Pourtant j'ai juste accepté de faire du vélo. Il n'y a pas de sens caché, là, si ?

Dommage.

– Je savais que tu allais les adorer, commente Josh. Et ce n'est qu'un de mes nombreux trésors.

– J'ai hâte de voir ça.

Pour un premier jour, on peut dire que ça démarre fort.

Vive la Californie !

***

– Mon frère adorerait.

La bicyclette vibre encore sous mes doigts. Avec ses roues dépourvues de rayons et de chaîne, elle paraît sur le point de s'envoler. C'est un truc comme ça qu'il me faudrait pour circuler sur le campus.

– Il a quel âge ? demande Josh.

Ses cheveux sont décoiffés par le vent. Je passe machinalement la main dans les miens.

– César? 13 ans.

– Peut-être un peu jeune. Pour la mise sur le marché, je pense le conseiller à partir de 16 ans.

L'âge du permis de conduire aux États-Unis. J'ai toujours du mal avec le fait qu'on puisse y conduire à 16 ans, mais pas boire d'alcool avant 21.

– Mais toi, ajoute Josh avec ce sourire qui me foudroie sur place, tu auras le premier modèle sorti, promis.

– C'est trop gentil ! Je n'ai pas fait grand-chose, tu sais.

Je me suis surtout éclatée sur l'engin pendant une heure. Josh nous a conduits sur une route déserte en bord de mer, en dépit de ma seconde condition. Mais mon instinct (et cette attraction électrique entre nous) me pousse à lui faire confiance. C'est étrange : je ressens à la fois une connivence profonde et naturelle, comme avec Tina, et un désir à fleur de peau. La combinaison des deux produit un effet détonant.

Nous avons donc testé le prototype à tour de rôle, tout seul, puis contre un coureur à pied, contre une moto, contre un vélo, contre un skateboard, en montée, en descente, sur la route, sur les terre-pleins…

J'ai une nouvelle vocation : je veux devenir testeuse de prototypes pour Josh.

Quelle meilleure façon de profiter de mon année en Californie? Je passe un doigt sur l'arête de mon nez. J'ai pris un coup de soleil. Encore quelques après-midi du genre et je serai super bronzée ! Josh brandit soudain Penny sous mon nez.

« Mademoiselle, veuillez m'indiquer votre tour de… »

Son propriétaire tapote frénétiquement sur le boîtier.

« … votre numéro de téléphone », achève l'assistante électronique.

Josh hoche la tête.

– C'est mieux.

– Mon tour de quoi? ne puis-je m'empêcher de relever.

– Penny est une assistante sportive, rappelle Josh. Elle doit connaître mon poids, ma taille, mes mensurations pour les vêtements, mes données médicales, l'évolution de mes performances, mes habitudes alimentaires...

– Très impressionnant. Mais les miennes ?

– Plus elle intègre de données, mieux elle peut juger de mes performances comparées.

– Alors tout est prévu ?

Josh referme le clapet de la montre avec un sourire mi-charmeur mi-arrogant.

– On n'arrive pas où je suis aujourd'hui en s'en remettant au hasard.

Un point pour lui.

Je compte beaucoup sur le hasard : j'ai suivi Tina à Stanford sans projet précis, en dehors de profiter d'une année de liberté sur l'un des plus beaux campus du monde.

Et ça ne m'a pas trop mal réussi jusque-là, puisque cela m'a valu de rencontrer Josh et Orion !

Je décline à Penny mon numéro de téléphone américain tout neuf. Puis j'ajoute à l'intention de Josh, faussement décontractée :

– Tu es la première personne à qui je le donne. Enfin, après le bureau du logement. Alors tu as intérêt à t'en servir !

– Je te rappelle très vite, promet Josh d'une voix qui me fait frissonner de la tête aux pieds. Allez, viens, je te raccompagne.

Nous montons dans le pick-up après avoir rangé à l'arrière moto, trottinette et vélo. Une part de moi regrette qu'il ne me propose pas de venir chez lui, l'autre se cramponne à la règle d'or du « jamais le premier soir ». J'essaye de me motiver en pensant à mon hôtel. Un bon bain et un peignoir moelleux ne seront pas du luxe ce soir, et puis j'aurai le choix entre des centaines de chaînes télé, et je dois aussi me connecter pour raconter ma journée à Tina... Pourtant c'est avec un pincement au cœur que je descends du véhicule. Quand Josh se penche vers moi, mon cœur fait un bond dans ma poitrine.

Embrasser le premier soir, ça, c'est permis par le code de la drague.

Ses lèvres s'arrêtent à quelques centimètres des miennes. Assez près pour que son souffle caresse ma peau, trop loin pour que je perçoive sa chaleur. Je retiens un grognement de frustration.

– Je t'appelle, promet-il sur le ton de l'urgence.

Et bang ! La portière claque. Je regarde le pick-up s'éloigner dans un crissement de pneus.

Il a intérêt à tenir sa promesse.

3

RÉPÉTITION

Fort Mason. Je cligne des yeux, encore en plein décalage horaire. Je me suis endormie dans le train entre Palo Alto et San Francisco, puis dans le bus pour venir de la gare au lieu de la réception.

Épuisée...

Tout ça pour venir assister au « déjeuner de répétition ». Je dois avoir des tendances masochistes. Le mariage, demain, était bien suffisant, pourquoi ai-je accepté de venir à la répétition, franchement? Nous devons être une vingtaine aujourd'hui, les proches des mariés et ceux qui tiennent un rôle dans le mariage, pour mettre au point les derniers détails.

Il est encore temps de faire demi-tour, peut-être?

D'un autre côté, Jane est tellement dans son trip « famille heureuse » qu'elle risque de m'en vouloir à mort si je ne me montre pas. Entre hier soir et ce matin, elle m'a envoyé plus de trente messages pour me rappeler l'heure.

Soyons positifs: ce déjeuner me permettra au moins de ne pas arriver au mariage en terre complètement inconnue. Pour l'instant, je ne connais personne ici, même pas son futur mari ni sa fille!

– Carrie?

Une hippie tout droit sortie des années soixante-dix fonce dans ma direction: cheveux longs flottants sur les épaules, couronne de fleurs et robe à motifs psychédéliques. Ça correspond si peu au style de ma mère que je me demande si je ne me suis pas trompée de mariage. Mais la hippie me tend la main en souriant:

– Je suis Summer, le témoin de ta mère. Ravie de faire ta connaissance. Viens, suis-moi.

Je flotte sur un petit nuage d'irréalité quand je pénètre dans « la résidence du général », le bâtiment où se tiendra la cérémonie.

Ma mère ne se trouve nulle part en vue. Summer me pousse vers un couple âgé vêtu comme pour un défilé du 14 Juillet.

– John, Camilla, je vous présente Carrie, la fille de Jane. Carrie, voici John et Camilla, les parents d'Andrew.

J'ai l'esprit tellement à l'ouest que je mets plusieurs secondes à me souvenir qu'Andrew est le futur mari de ma mère. John et Camilla n'ont pas esquissé un geste pour me tendre la main. Ils me dévisagent comme un chien dans un jeu de quilles.

– Vous aussi, vous faites de la musique ? demande Camilla.

Sa voix pèse un quintal de dédain. Je ne peux m'empêcher de lui répondre, avec un sourire lumineux :

– Tout à fait, je joue de la guitare dans un groupe de metal !

Techniquement, ce n'est pas vraiment un groupe. Juste une bande de copains avec qui nous nous réunissions parfois pour gratter les cordes et à l'occasion, animer quelques soirées étudiantes. Mais peu importe, la flèche a atteint son but : Camilla est prise d'un haut-le-cœur et s'empresse d'éloigner son mari de l'engeance satanique que je représente certainement à ses yeux. Summer pouffe en me caressant l'épaule :

– Excuse-les, ils sont très « old school ». Ils ont du mal à digérer que leur fils épouse une femme divorcée, qui par-dessus le marché élève seule une fille née de père inconnu.

Je reconnais que, sur ce point, Jane a été courageuse de garder la petite.

Quant à savoir pourquoi elle a jugé qu'elle saurait s'en occuper toute seule alors qu'elle ne s'en était jamais sortie avec moi… Mystère ! Summer poursuit :

– Andrew est beaucoup plus ouvert d'esprit, heureusement.

En même temps ce n'est pas dur.

Une perspective d'horreur me glace la cervelle.

– Les parents de Jane ne sont pas là, n'est-ce pas ?

Je n'ai rencontré mes grands-parents maternels qu'une seule fois dans ma vie et disons qu'à côté d'eux, John et Camilla passeraient pour de joyeux drilles. Summer secoue la tête, lèvres pincées :

– Ils n'ont pas pardonné à ta mère d'avoir eu un enfant hors mariage. Jane les a invités, pourtant.

– Croyez-moi, mieux vaut qu'ils ne soient pas venus.

– Peut-être, mais elle en a été blessée.

Alors qu'elle a toujours affirmé qu'elle n'en avait rien à faire de leur opinion ? Cette histoire de grande et belle famille lui a retourné la cervelle.

Des inconnus s'approchent de nous, souriants. Summer me présente. Au bout du cinquième qui s'exclame « mon Dieu, comme tu ressembles à ta mère » je songe sérieusement à leur demander de mettre un dollar dans un pot chaque fois. À ce rythme, je gagnerai vite de quoi m'acheter une voiture ! En plus c'est faux, je ne ressemble absolument pas à Jane, en dehors du fait que nous sommes brunes toutes les deux. Elle est grande et élancée alors que je suis petite et pulpeuse et son visage est en forme de cœur tandis que le mien affiche un ovale parfait.

– Oh mon Dieu, tu es le portrait craché de ta mère !

Je retiens la remarque acerbe qui me monte aux lèvres. L'homme qui s'avance vers nous est pour sa part la copie conforme de son père, que je viens de croiser. Plus jeune, le dos moins raide, peut-être, mais les mêmes lèvres minces, le même front qui commence à se dégarnir, la même silhouette dégingandée, la même sécheresse dans les gestes. J'incline la tête en souriant :

– Enchantée, Andrew.

– Jane m'a tellement parlé de toi !

Ne pas lever les yeux au ciel requiert un effort physique de ma part. Jane m'a beaucoup parlé de lui aussi. Mais depuis deux ans qu'ils se connaissent, elle n'a jamais trouvé le moyen de nous présenter. J'avoue, j'ai fini par zapper ses mails ainsi que les photos attachées. Les dernières semaines avant le mariage, j'avais même paramétré une réponse automatique aux messages de Jane. À deux par jour, ça m'a fait gagner pas mal de temps, l'air de rien. Andrew m'offre une accolade maladroite avant d'affirmer :

– Je suis vraiment heureux que tu sois là. Ta mère arrive tout de suite, elle est en train de régler quelques détails avec les organisateurs. D'ailleurs, je devrais aller lui donner un coup de main. Je reviens tout de suite !

Bon. Il n'a pas l'air tellement plus motivé que moi par le concept de la grande et belle famille.

Au moins, les présentations sont faites. Summer me masse l'épaule comme pour me réconforter tandis que j'essaye de me dégager en douce.

– L'organisation d'un mariage est toujours un pur cauchemar.

– À se demander pourquoi les gens se marient.

– Tu as raison ! Mais ça fait tellement plaisir à Jane...

Notre parcours est soudain interrompu par une blondinette haute comme trois pommes qui vient se planter devant nous, bras croisés sur la poitrine. Elle porte une robe qui a dû être blanche il y a quelques heures mais qui arbore à présent un dégradé de taches vertes, marron, rouges et violettes. L'une de ses couettes, défaite, laisse échapper des boucles dorées sur son épaule. Je reconnais instantanément la posture. Jane adopte la même chaque fois qu'elle est contrariée.

Qui ressemble à sa mère, ici ?

– T'es qui, toi ? lance la petite d'un ton impérieux.

Summer s'écrie avec un enthousiasme forcé :

– C'est ta grande sœur, ma chérie ! Carrie !

– Z'ai pas de sœur.

Eh bien comme ça, les choses sont posées.

Je regarde la gamine droit dans ses yeux bleus et je lâche :

– Ouais, c'est aussi ce que je croyais.

Summer pose une main sur sa bouche dans un geste choqué. Des murmures éclatent. *Blondie* plisse les paupières.

– Ze t'aime pas, toi.

– Crois-moi, c'est tout à fait récipr...

– Carrie !

Je ne sais pas si Jane a entendu ma dernière réplique, mais en tout cas, elle fonce vers nous comme si j'étais un pot de TNT posé sur une essoreuse. Les pans vaporeux de sa robe vert d'eau flottent derrière elle. Arrivée devant moi, elle m'étreint de toutes ses forces. Son odeur de santal et de jasmin me fait stupidement monter les larmes aux yeux. *Samsara,* de Guerlain : elle n'en a pas changé depuis que je suis toute petite. Pour ce qui est du parfum au moins, elle se montre remarquablement fidèle.

– Je suis si heureuse de te voir ! s'écrie-t-elle avec une émotivité qu'elle réserve généralement à la musique.

– Moi ze l'aime pas, insiste Blondie. Elle est même pas belle.

Il faut reconnaître un truc à cette gamine, elle a de la suite dans les idées. Je réprime une envie folle de lui tirer la langue.

– Heidi ! s'offusque Jane. Ne parle pas comme ça de ta sœur.

Comment ai-je pu oublier que la petite s'appelait Heidi ? Un réflexe de défense mentale, sans doute. Jane a dû abuser de la drogue durant sa grossesse. Ça expliquerait bien des choses.

– C'est pas ma sœur, insiste le petit monstre en essuyant ses doigts collants sur la robe de sa mère.

– Mais si, je t'ai expliqué : elle est ma fille, comme toi, donc elle est ta sœur. Dis bonjour à Carrie.

Heidi se fourre un doigt dans le nez avant de décréter d'un ton sans appel :

– Elle est crô vieille.

– Heidi !

Summer prend le parti d'éclater de rire comme si la scène était tordante. Je suppose qu'elle le serait, dans une comédie sur grand écran… Jane serre sa fille contre elle tout en m'adressant un sourire gêné :

– Elle ne te connaît pas encore, chérie, c'est pour ça.

Je serre les dents, plaque un sourire sur mes lèvres et m'efforce de conserver demain soir en ligne d'horizon. Quarante-huit heures et je serai débarrassée de cette corvée. Jane prend la main de Heidi à gauche, mon bras à droite.

– J'aurais dû vous présenter plus tôt, reconnaît-elle, mais la France est si loin !

Si elle dit que c'est la faute d'Étienne, je la mords.

– Nous allons rattraper le temps perdu, divague Jane. Je t'ai trop longtemps négligée.

– Mais non, tout va bien, je t'assure.

– J'ai commis des erreurs, j'en ai pris conscience à la naissance de Heidi. La famille est importante. Summer t'a dit que mes parents avaient refusé de venir ?

– Je croyais que tu t'en moquais ?

– Ce sont mes parents, malgré tout. Enfin, parlons plutôt de toi. Maintenant, tu auras une famille californienne. Tu vas adorer Andrew, j'en suis sûre. Ainsi que son fils. Il n'a pas pu se libérer aujourd'hui, malheureusement, mais tu le verras demain.

– Sassa, c'est mon grand frère ! chantonne Heidi.

Cette enfant a un sérieux problème avec son arbre généalogique. Enfin, ce ne sont pas mes oignons. Jane corrige :

– Pas tout à fait, mon poussin.

Heidi n'écoute plus. Elle a repéré le buffet dressé contre un mur et se rue à l'attaque. Jane lâche mon bras.

– Heidi, reviens !

La tête de la blondinette atteint à peine le haut de la table, mais pas de problème : pour attirer les friandises à elle, il suffit de tirer sur la nappe.

Cette enfant est pleine de ressources.

Je profite du répit pour me réfugier dans les toilettes. Besoin d'un peu d'espace avant d'affronter la suite du programme. Le choc de la rencontre m'a sonnée. Je n'imaginais pas Heidi comme ça. Je la voyais… Eh bien, comme une version miniature de moi-même, je suppose.

D'accord, c'est n'importe quoi, maintenant que j'y réfléchis ; en réalité, j'ai surtout évité d'y penser.

Avec tout ça, je n'ai toujours pas rencontré le fils d'Andrew. Comment s'appelle-t-il, déjà ? « Sassa » ? Sacha, ou un truc du genre. Je suis certaine qu'il y avait un *a*. J'aurais dû me faire un mémo à partir des messages de Jane. Si je confonds le fils d'Andrew avec un vague cousin, j'aurai l'air fin, demain !

Deux femmes entrent en papotant pendant que je rumine dans ma cabine. Je dresse l'oreille.

– Il t'a rappelée, toi ?

– Oh, tu le connais. Jamais deux soirs avec la même fille.

Je fronce les sourcils. De qui parlent-elles, là ?

– N'empêche, il est gonflé de sécher la répétition de mariage de son père.

Ah, le fils d'Andrew.

– Que veux-tu, c'est un rebelle, Hannah. C'est ce qui fait son charme.

– En plus de son physique de playboy, tu veux dire ?

– Aussi. Ou de ses talents au lit…

Hannah pousse un gloussement hystérique. Pendant ce temps, sa camarade recense le nombre d'orgasmes qu'il lui a donnés en une nuit.

Très classe.

Je ne suis jamais entrée dans ce genre de détail avec Tina, moi, c'est trop intime même pour ma meilleure amie. N'ayant aucune envie de me joindre à la conversation, j'entame une partie de Candy Crush sur mon téléphone en attendant qu'elles daignent sortir. Une notification de message m'interrompt. Je souris. Josh.

[Tu es libre, ce soir ?]

Le code de la drague prescrit de toujours se faire désirer. Une fille n'est jamais libre le second soir. Elle a des amis, des occupations, une vie, quoi. Nous ne sommes pas des princesses attendant le prince charmant. Seulement, après une journée pareille, je crois que j'ai bien mérité un petit remontant. Je tape :

[Libre comme l'air.]

[Je passe te prendre
à ton hôtel à 18 heures ?]

[OK]

Motivation supplémentaire pour ne pas m'attarder à cette fichue répétition. Mon moral a nettement remonté quand je ressors des toilettes. C'est sans méfiance que je me dirige vers la table à laquelle tout le monde commence à prendre place.

– Carrie !

Ma mère ne m'a pas oubliée. Elle m'indique la place en face d'elle avec un enthousiasme exagéré. Je cherche du regard les boucles blondes de ma diabolique petite sœur : celle-ci est installée à une table à part, en compagnie de deux autres enfants et d'une baby-sitter à l'air légèrement paniqué. Peut-être parce que Heidi est occupée à tester le principe de la catapulte à olives sur ses petits camarades.

En d'autres circonstances, je crois que j'adorerais cette gamine.

Je m'assieds sans enthousiasme face à ma mère, qui s'empresse de me présenter mes voisins :

– Esther est la fille de James, un ami d'Andrew qui habite Manhattan.

Esther m'adresse un vague salut du bout de ses ongles carmin.

– Et Aaron est un collègue du conservatoire.

– Enchanté, m'affirme Aaron en m'octroyant une sèche poignée de main, avant de se retourner aussitôt vers sa voisine de droite.

Je sens que ce déjeuner va me paraître interminable…

***

Il faut concéder une qualité à Esther : elle est capable d'entretenir une conversation à elle toute seule. Je l'écoute d'une oreille distraite tandis que les plats défilent.

– Nous serons trois demoiselles d'honneur, avec Hannah, là-bas. Tu ne connais pas Hannah, je suppose ?

Hannah ? Ça me rappelle une certaine conversation dans les toilettes. Esther serait donc la fille capable d'enchaîner dix orgasmes en une nuit ? Je me demande ce qu'en penserait son très digne père, en grande discussion avec les parents d'Andrew à quelques chaises de nous. Esther se penche vers moi. Son parfum capiteux couvre celui du pâté de crabe dans mon assiette.

– Entre nous, Hannah est un peu bizarre. La consanguinité, sans doute. Tu savais que ses parents étaient cousins germains ?

– Euh… non.

De l'air, SVP !

– La loi californienne autorise le mariage entre cousins germains, m'explique Esther. Tu ne trouves pas ça dingue ?

Ce que je trouve dingue, surtout, ce sont les gens qui s'affirment meilleurs amis du monde côté pile et s'enfoncent des poignards dans le dos côté face.

Je botte en touche :

– Je n'ai pas encore vu les robes, elles sont comment ?

– Carrie ! s'exclame ma mère. Je t'avais envoyé des photos !

Oups, grillée.

Je biaise :

– Oui, mais tu sais, ça ne donne pas forcément pareil en vrai.

– Ne t'inquiète pas, nous ferons une séance d'essayage après le déjeuner.

Je jette un coup d'œil discret à mon téléphone portable. Déjà quinze heures et nous ne sommes même pas au dessert.

– Je dois partir à seize heures.

– Si tôt ? Pourquoi ?

– J'ai rendez-vous à Stanford… Avec mes correspondants, je veux dire.

Jane ne sait pas que je compte étudier là-bas, j'ai prétexté avoir des amis sur le campus pour m'installer à Palo Alto. Quant à annoncer « j'ai rendez-vous avec un mec canon que j'ai rencontré hier », je doute que ça passerait mieux.

– Aujourd'hui ?

– C'est vendredi soir, tout le monde sort. Ne t'inquiète pas, je serai à l'heure demain.

– Et la robe… ?

– Je la prendrai en partant.

– Mais s'il y a des retouches à faire ?

– Mes mensurations n'ont pas changé depuis la dernière fois que tu me les as demandées.

Esther adresse un coup d'œil insistant à mes hanches. Je suis sûre qu'elle s'empressera de raconter à Hannah que je suis petite et grosse dès que j'aurai le dos tourné. Si ça peut l'aider à se sentir supérieure… Jane joint les mains devant elle avec un sourire gêné.

– Je veux que tout soit parfait, tu comprends.

J'ai envie de lui dire que rien n'est jamais parfait, mais je me retiens. C'est son mariage, j'ai fait l'effort de venir, je peux bien tenir ma langue. Plus qu'une heure pour aujourd'hui, une dizaine demain et je serai libre. Je lui assure :

– Je suis certaine que tout se passera bien.

Si l'on excepte le fait que Heidi est à présent occupée à shampouiner ses petits camarades avec de la purée.

Jane me sourit.

– Merci ma chérie. Je suis si heureuse que tu sois là. Tu verras, demain, nous t'avons préparé une surprise. Je suis certaine qu'elle te plaira !

Je crains le pire…

Je commence à avoir mal aux joues à force de me contraindre à sourire. Mes doigts caressent le téléphone au fond de la poche de ma veste comme un doudou, pour me rassurer.

Josh, bientôt… Encore quelques minutes à tenir !

4

JEUX DE SÉDUCTION

Quand le pick-up de Josh s'arrête devant mon hôtel, je n'ai d'yeux que pour l'engin arrimé à l'arrière.

– Waouh. C'est un jet-ski, ça?

On dirait plutôt le résultat d'un croisement contre nature entre un dauphin et une Harley-Davidson.

Josh sourit de toutes ses dents. Mon cœur effectue un double looping-triple boucle piqué.

– Pour le savoir, il faut essayer.

Je bondis sans hésiter sur le siège passager.

La meilleure partie de la journée commence maintenant.

Les rues de Palo Alto défilent derrière la vitre. Pelouses brûlées par le soleil, palmiers, bâtiments sans grande personnalité: l'endroit est moins touristique que San Francisco. Il concentre pourtant quelques-unes des plus grandes entreprises mondiales: Facebook, Google… et l'université de Stanford, toute proche. Sans parler de l'océan, à notre gauche. Je n'avais jamais vu le Pacifique avant de venir ici.

Josh nous conduit jusqu'à une zone portuaire de plaisance. Je l'aide à décharger le jet-ski. Ou plutôt, je le regarde décharger le jet-ski tout en admirant les muscles qui roulent sous son T-shirt. Je demande:

– Encore un prototype?

– Non, celui-ci est commercialisé depuis le printemps. Intéressée?

J'effleure la carrosserie brûlante du bout des doigts. Mon budget d'étudiante ne m'autorise pas ce genre de fantaisie. En fait, j'imagine qu'elle doit être réservée à une élite fortunée… Quand je pense que Josh ne doit pas être beaucoup plus vieux que moi!

– Je n'ai jamais conduit de jet-ski.

– C'est très facile, tu vas voir.

Une fois l'engin à l'eau, nous l'enfourchons, moi devant, Josh derrière. Mon dos se presse contre sa large poitrine et ses fermes abdominaux, ses bras tatoués m'encadrent de chaque côté. Je respire son odeur, un mélange de déodorant, d'après-rasage et de lessive, qui produit un résultat éminemment masculin. Et addictif.

– Prête ?

– Prête.

Le démarrage me colle contre lui. Je laisse échapper un petit cri, mi-surprise mi-ravie. L'eau éclabousse mes jambes nues. Josh fonce aussitôt en direction du large. Je redresse la tête pour respirer les embruns. La mer, calme aujourd'hui, s'offre à nous comme un immense terrain de jeu.

Josh pousse la machine jusqu'à sa limite de vitesse. Nous volons littéralement sur l'eau. Je me cramponne à ses bras. C'est dangereux et pourtant, je me sens parfaitement en sécurité contre lui. Il ralentit ensuite pour effectuer une série de figures. La maniabilité de l'appareil m'impressionne.

– C'est toi qui l'as conçu ?

Il rit. La vibration, en passant de sa poitrine à mon dos, me fait frissonner de la racine des cheveux à la pointe des orteils.

Ce mec est parfait.

– Comme tout le reste.

Sa chaleur me donne la chair de poule.

– Et tu emmènes souvent des filles en sortie ?

– Celles qui sont intéressées.

Au moins, il est honnête. Je ne devrais pas me sentir vexée d'être un numéro dans une liste. Nous ne nous sommes rien promis, je veux juste m'amuser, lui aussi, tout va bien. Comme s'il avait perçu ma gêne, Josh lâche le guidon d'une main pour la poser sur mon bras. Ses doigts effleurent ma peau en une caresse sensuelle.

– À toi de conduire, maintenant.

– Quoi ?

– Tu as vu, c'est très simple.

Très simple, très simple… J'arrive quand même à faire caler le moteur deux fois et je manque de nous faire chavirer à trois reprises. Un point pour le jet : il est remarquablement stable, par temps calme. Peu à peu, je prends de l'assurance et j'augmente la vitesse. Josh s'accroche à mes hanches, ses longs doigts caressant la bande de peau nue sous mon T-shirt.

Cet instant est juste parfait.

Il reprend les manettes avant que nous rentrions au port, pour nous offrir une dernière pointe de vitesse. Le ciel et la mer se confondent tandis que nous devenons un trait flou entre les deux. L'adrénaline chante encore dans mes veines quand nous regagnons le rivage.

Je ne veux pas que ça s'arrête.

Josh me tend la main pour m'aider à descendre. Il la conserve entre les siennes un peu plus longtemps que nécessaire. Son regard cherche le mien. Je retiens mon souffle.

– Puis-je t'inviter à dîner ?

– Avec plaisir.

Je n'ai pas eu besoin de réfléchir. Nous sommes le second soir, donc c'est correct. Un peu hâtif, mais pour une relation de vacances, ça marche. J'ai besoin de vacances. Et j'ai envie de lui. Tout concorde. Son sourire me chauffe le cœur comme le soleil couchant me chauffe la peau.

– Tu vas adorer Dinah's Garden.

– C'est loin, au fait ? Il faudrait que je me change d'abord.

Je porte un simple T-shirt et un short sur mon maillot de bain, pas vraiment la tenue appropriée pour sortir. En plus, ma peau est collante à cause du sel marin.

– Nous allons passer par ton hôtel. J'ai de quoi me changer dans le coffre, si tu ne vois pas d'inconvénient à ce que j'utilise ta douche.

Des images de Josh, nu dans la salle de bains de l'hôtel, me traversent l'esprit. Je m'efforce de les repousser. Chaque chose en son temps.

***

Josh salue le réceptionniste d'un « salut Joe » familier.

– Tu le connais?

– Il m'arrive de loger ici.

– À l'hôtel?

– Le plus souvent, m'explique-t-il, je dors au bureau. Mais quand j'ai besoin de décompresser ou que j'ai envie d'un peu de confort, je m'offre une chambre.

– C'est bizarre. Tu n'as pas de maison? D'appartement?

Il écarte les mains en souriant:

– Libre et sans attaches.

Je songe au mode de vie qui a été celui de mes parents, Jane surtout. Des mois entiers en tournée, où elle ne revenait se poser à la maison qu'un jour ou deux. Quel est l'intérêt d'avoir une maison quand on n'y est jamais?

Argh, j'avais dit que je ne ruminerais plus ça.

– Tu voyages beaucoup?

– Pour rencontrer des clients ou faire des démonstrations de produits.

– Tu fais les démonstrations toi-même?

Il m'adresse un sourire espiègle qui le fait soudain paraître très jeune, presque plus jeune que les étudiants de Stanford. Je feins de m'intéresser à l'affichage de l'ascenseur pour lui dissimuler que je fonds.

– Ce sont mes produits. C'est moi qui les connais le mieux.

– Alors tu t'occupes de la conception, tu bricoles, tu prends en charge les démonstrations, les démarchages clients… Tu es le superhéros de l'entreprise, si je comprends bien.

– J'ai monté la boîte de A à Z. Il est logique que j'en maîtrise tous les aspects, remarque-t-il en entrant dans la cabine.

Celle-ci a beau pouvoir contenir dix personnes à l'aise, elle me paraît trop petite pour nous deux. J'ai une conscience aiguë de sa présence, de son odeur, de la chaleur de sa peau.

– Ceci dit, ajoute-t-il sans paraître remarquer mon trouble, je délègue la partie administrative et financière. Je trouve ça assommant.

– Mais tu as quel âge, au fait?

– 24 ans.

24 ans! Juste trois ans de plus que moi... Où en serai-je dans trois ans? J'aurai à peine fini mes études... Je ne dirigerai pas ma propre entreprise, en tout cas, c'est certain.

– J'ai fondé Shark Outdoors quand j'avais 18 ans, précise-t-il.

– Impressionnant.

À 18 ans je pensais surtout à m'amuser avec Tina, faire de la musique, sortir en boîte... Je me sens soudain immature et je déteste ça. Josh a peut-être l'air insouciant quand il s'amuse, mais il a quand même monté une entreprise à un âge auquel la plupart d'entre nous ne songent qu'à profiter de la vie.

– Tu veux prendre la douche en premier? demandé-je en ouvrant la porte de ma chambre.

– Vas-y. J'ai quelques mails à envoyer en attendant.

J'essaye de réfléchir, sous le jet d'eau brûlant. Josh n'est pas un étudiant. En dépit de son âge, c'est un homme déjà engagé dans la vie active, avec des responsabilités... Puis-je vraiment le classer dans la catégorie « coups d'un soir »?

Et puis zut, j'en ai trop envie.

Fonçons et advienne que pourra.

***

Dinah's Garden Hotel, situé un peu en dehors de Palo Alto, jouit d'un cadre de verdure luxuriante qui contraste avec la sécheresse de la région. Un ruisseau murmure derrière une barrière de bois, à quelques pas de notre table. On dirait une de ces clairières enchantées des contes de fées.

– Et tu n'as pas vu les chambres, m'avertit Josh devant mon émerveillement.

– Je devrais?

– Elles ont chacune un thème bien précis. Quand je ne dors pas au bureau, je m'amuse à en faire le tour. Pour ce soir, j'ai choisi le train électrique.

– Un train électrique ? Un vrai ?

– Avec un circuit qui fait tout le tour de la chambre. Tu veux visiter ?

Il me regarde dans les yeux, sans trace de sourire. Nous savons tous les deux ce qu'il sous-entend. Si je le suis dans sa chambre, ce ne sera pas seulement pour admirer le circuit de train. Nous avons respecté les étapes du code de la drague : un premier verre, sortie, dîner. Un poil rapide, mais correct. À moi de décider si je veux aller jusqu'au bout du processus. Je tends une main pour toucher les mouettes tatouées sur son bras, comme si elles pouvaient m'aider à prendre une décision. Sa peau se hérisse de chair de poule à mon contact.

– J'ai toujours adoré les trains électriques.

– Vraiment ?

– Tout à fait. J'en avais installé un entre ma chambre et le salon, quand j'avais 10 ans. Je voulais y faire voyager mes hamsters, mais ils se sauvaient tout le temps en cours de route. Ça rendait mon père dingue.

Seulement, comme il avait peur que je ne sois traumatisée par le divorce, à l'époque, il me cédait tout.

Josh éclate de rire.

– J'aurais aimé voir ça.

– Et toi ? Tu n'as pas eu de train électrique ?

– Non, j'étais plus sports d'extérieur. On va dire que je compense... Viens, allons admirer cette curiosité.

Il me tend la main pour m'aider à me lever et ne la lâche plus. Son pouce caresse doucement le dos de ma main. En réponse, je sens ma poitrine s'alourdir, mon ventre se vriller d'anticipation. J'ai eu envie de lui la première fois que je l'ai vu, ou presque. Avoir attendu plus de trente heures me paraît somme toute très raisonnable.

– Mettez le repas sur ma note, demande-t-il quand nous croisons un serveur.

Celui-ci hoche la tête en souriant. Il ne me vient pas à l'idée de protester. Tout semble tellement naturel entre nous que j'en oublie les prescriptions du code de la drague. À rencontre exceptionnelle, règles exceptionnelles…

Nous suivons un sentier de pavés pour rejoindre la chambre par son accès extérieur. La végétation exhale un parfum frais que j'associe immanquablement aux jours d'été, après les grosses chaleurs. Un parfum de vacances… Mon cœur se gonfle d'enthousiasme. Je suis en Californie avec plusieurs semaines de liberté devant moi, et je viens d'en croiser le représentant masculin le plus sexy. Comment rêver d'un meilleur début d'été ?

Josh place une main devant mes yeux avant d'ouvrir la porte.

– Prête ?

J'adore ce mot dans sa bouche. Il annonce toujours quelque chose d'intéressant. Je confirme :

– Prête.

Josh m'incite à entrer d'une main posée sur mes reins. En même temps, il retire celle devant mes yeux. J'ouvre tout grand les mirettes. Le thème « chemin de fer » est omniprésent, que ce soit dans le bois qui rappelle celui des vieux trains, dans les patères en métal doré ou dans le circuit de train miniature qui fait le tour de la pièce, sur une étagère en hauteur. L'ensemble possède un cachet très « british », une démonstration de luxe discret au parfum de cèdre. Je désigne du doigt la locomotive rouge et ses wagons :

– Il marche vraiment ?

Pour toute réponse, Josh se dirige vers le panneau de contrôle et appuie sur quelques boutons. Aussitôt, le train se met en branle. Un gloussement m'échappe.

– C'est génial !

– Je trouve aussi, approuve Josh en m'enlaçant par-derrière. Et en parlant de choses géniales, poursuit-il, les lèvres contre mon cou, ton parfum en est une autre. Il me donne envie de te dévorer toute crue.

Quelque chose monte dans ma gorge, comme une envie de ronronner. Je penche la tête sur le côté pour lui offrir un meilleur accès et presse mes fesses contre son bassin. Son érection tend déjà la toile de son jean.

– Mmmh…

J'ai gémi tout haut. Josh éclate de rire. Son souffle caresse la peau sous mon oreille, faisant dresser tous les petits cheveux de ma nuque.

J'ai envie de lui. Maintenant.

– Je te fais visiter le lit?

Il me soulève soudain entre ses bras comme si je ne pesais rien. Je pose une main sur son biceps gonflé par l'effort. Aucun homme ne m'a jamais fait ce coup. Ça a un côté très primitif et en même temps, je me sens complètement en sécurité, comme quand nous étions sur le jet-ski. Je ne le lâche pas des yeux tandis qu'il me dépose sur le matelas.

– Enlève ton T-shirt.

Ma demande semble d'abord le surprendre, puis il m'adresse un clin d'œil. Il se redresse face à moi et lentement, très, très lentement, entreprend de remonter le tissu le long de son estomac plat et bronzé.

Un strip-tease? Je veux!

Je m'allonge confortablement contre les oreillers, mains croisées derrière la nuque, pour profiter du spectacle. Mon corps réagit déjà: les pointes de mes seins se dressent sous le tissu de ma robe et une chaleur subite monte entre mes cuisses. J'humecte du bout de la langue mes lèvres sèches. Josh me sourit, narquois. Ses doigts quittent le bord de son T-shirt pour suivre le vol des mouettes sur son bras. La manche glisse à son tour tandis que j'écarquille les yeux. Comme je m'en doutais, le vol se poursuit sur son torse… jusqu'au cœur tatoué par-dessus le sien. Hypnotisée, j'avance la main pour le toucher. Mes doigts caressent sa peau chaude et je perçois les battements de son cœur à travers ma paume. Boum-boum, boum-boum, boum-boum… juste un peu trop vite, à un rythme qui est celui du désir.

Les lèvres de Josh se posent sur les miennes tandis que son torse se rapproche du mien, emprisonnant ma main entre nos deux corps. Sa main libre va chercher le bas de ma robe pour la relever lentement, le long de ma cuisse, de ma hanche et de mes côtes. Mon propre cœur s'affole. J'ai soudain une conscience aiguë d'être vivante, plus encore que lors de notre sortie en mer. Ma langue goûte celle de Josh, mon bassin ondule contre le sien, avide de sentir son excitation.

Je sais déjà que cette nuit comptera au nombre de celles qu'on se rappelle toute sa vie.

Un « tût-tût » puissant nous fait tous les deux sursauter, brisant l'intensité du moment. Josh éclate de rire tandis que je me cache la tête dans l'oreiller.

– Arrête ce fichu train !

– Je croyais que tu aimais ça ? me taquine Josh.

– J'ai trouvé un meilleur jouet.

Ses yeux sombres se mettent à briller.

– Un jouet, hein ?

Il roule sur moi, son bassin placé entre mes cuisses de façon que l'érection qui déforme son jean appuie exactement contre mon sexe. Le frottement du tissu contre la peau tendre, avide de caresses, à l'intérieur de mes cuisses, me fait haleter. J'écarte davantage les jambes pour pouvoir nouer mes chevilles derrière ses fesses.

Hors de question que je le laisse partir.

– Montre-moi comment tu veux jouer avec moi, murmure-t-il à mon oreille.

Je donne un coup de bassin, lui arrachant un halètement. Mes doigts s'insinuent sous la ceinture de son jean.

– Pour ça, il me faudrait la manette…

Il rit. La vibration se répercute de ma poitrine directement dans mon clitoris. Je le sens gonfler et vibrer d'impatience. Le mince rempart de tissu de ma culotte est trempé. Je tire plus fort sur la ceinture du jean. Il est temps de passer au niveau de jeu supérieur.

Josh se redresse sur les genoux pour faire glisser le vêtement superflu. Au même instant, le train siffle de nouveau. J'ai tout le temps d'admirer le fessier parfait de Josh, moulé dans un tissu noir et brillant qui ressemble à de la soie extensible, tandis qu'il se penche pour l'arrêter. Quand il se retourne vers moi, une imposante érection déforme l'avant de son caleçon. Ma bouche s'assèche. J'attrape l'élastique du vêtement à la seconde où il se trouve à ma portée et je tire vers le bas. Ce que je vois sous mon nez est drôlement appétissant. Mes lèvres s'entrouvrent d'elles-mêmes. Les doigts de Josh se referment dans mes cheveux.

– C'est vraiment ce que tu veux?

Sa voix est rauque et en même temps, un peu surprise. Je marque une pause. Que dit le code de la drague au sujet de la première nuit?

Oh et puis au diable le code de la drague!

Ce soir j'ai envie de m'amuser. D'une main, j'entoure la base de sa verge et je la fais coulisser deux fois, pour tester mon effet. Josh bascule le torse en arrière, appuyé sur les coudes, pour me laisser libre accès à sa verge. Quand j'enroule les doigts autour, je le sens retenir sa respiration. Je fais coulisser lentement ma main puis j'utilise l'autre pour lui masser les bourses. La façon dont il me regarde me donne la fièvre. Je remonte jusqu'au gland; de la pulpe du pouce, j'étale le liquide clair qui en perle.

– Carrie…

– Oui?

Je me lèche les lèvres d'un air innocent.

– Plus vite, grogne-t-il. Tu me tues, là.

Ma main s'active plus vite sur la hampe de chair. Avec un grognement, Josh se renverse en arrière, une main posée au creux de mes reins pour m'inviter à l'accompagner. Au lieu d'obtempérer, je le lâche et j'enfourche ses hanches comme si je montais sur sa moto. Alors, un sourire malicieux filtre à travers son expression affamée.

– Je t'offre une chevauchée sauvage?

Je cherche du regard l'équipement nécessaire à ladite chevauchée, me maudissant soudain de ne pas avoir insisté pour passer à la pharmacie sur le chemin de l'hôtel.

Ça aurait fait un peu trop, quand même.

Josh se retourne pour atteindre la table de chevet. Dans le tiroir, un exemplaire de la Bible voisine avec une boîte de préservatifs.

Quelqu'un a été plus prévoyant que moi.

J'en pioche une poignée, ce qui fait rire Josh.

– J'aime les filles ambitieuses.

Il déchire l'extrémité d'un emballage avec les dents.

Si cliché, si sexy.

Puis il me tend le préservatif avant de se rallonger sur le dos, un sourire taquin aux lèvres. Bon. Je n'en ai jamais enfilé à un homme (mes partenaires se chargeaient jusque-là eux-mêmes de cette partie) mais ça ne doit pas être bien sorcier. Et je ne suis pas du genre à reculer devant un défi.

Je saisis le préservatif par la base et j'introduis un index dedans avec un clin d'œil suggestif. Josh laisse échapper un rire un peu rauque, teinté de désir. Mes cheveux lui chatouillent le ventre quand je me penche pour accomplir ma tâche. Il en relève une poignée afin de pouvoir observer mon visage. Je tire un bout de langue tandis que je me concentre.

– Je te préviens, halète Josh, sa main crispée dans mes cheveux. Je te rendrai tout au centuple.

Mon sexe est parcouru d'une impulsion électrique à cette perspective. Je déroule lentement le préservatif, prenant mon temps pour lisser du pouce la moindre imperfection et m'assurer de la présence d'une poche d'air au bout. Josh tire légèrement sur mes cheveux pour m'inciter à me redresser. Quand je regarde son visage, ses prunelles sombres semblent avoir viré au noir complet.

– Maintenant, ordonne-t-il d'une voix rauque.

Un genou de chaque côté de ses hanches, je frotte ma fente trempée le long de sa verge. Elle tressaute contre mon clitoris, brûlante et gonflée. Josh pose les mains sur mes hanches, décidé à m'imposer son rythme. Incapable de parler, je me tortille pour l'inciter à accélérer. Ses mains quittent mes hanches pour remonter vers mes seins. Le contact de ses paumes contre leur peau tendre me distrait un moment du désir qui enfle dans mon sexe. Quand ses pouces se posent sur mes tétons, j'ai l'impression que la foudre vient de s'abattre sur la pièce, laissant derrière elle une atmosphère électrique. Le souffle coupé, je m'immobilise, mon cœur battant à tout rompre. Je pose ma main droite sur sa poitrine pour savoir si je suis la seule à ressentir ça ou si pour lui aussi, il se passe quelque chose d'incontrôlable.

Son cœur bat si fort que le mien fait un bond.

C'est dingue.

Je n'ai jamais ressenti ça. Quelque part, j'ai conscience que ça va au-delà du sexe et d'un autre côté, c'est complètement, follement excitant. Joshua se redresse à demi pour lécher les pointes de mes seins. Un cri aigu m'échappe. J'ai l'impression que mon corps va entrer en fusion. Je recommence mes mouvements de bassin dans l'espoir de reprendre le dessus. Son pénis durcit encore contre mon sexe trempé.

Je crois que je pourrais jouir sans même qu'il me pénètre.

Pourtant j'en ai besoin comme je n'ai jamais eu besoin de rien d'autre dans ma vie. Je me redresse et glisse une main entre nous deux pour le guider en moi. Mon sexe s'écartèle sous la pression, mais à aucun moment je n'éprouve de la douleur. Au contraire, mon excitation monte d'un cran supplémentaire à me sentir ainsi emplie. Josh donne un coup de reins, approfondissant notre connexion. Le plaisir enfle en moi comme une vague ; je me mords la lèvre pour résister.

C'est trop tôt.

– Carrie, gémit Josh.

La façon dont il prononce mon prénom est une caresse qui embrase mes sens. Je me penche pour le cueillir sur ses lèvres. Il m'embrasse sauvagement ; sa langue entre et sort de ma bouche au même rythme que sa queue me pilonne. Je m'accroche à ses larges épaules pour résister à cette chevauchée sauvage. Ses mains caressent mes hanches, remontent le long de mes côtes jusqu'à mes seins. Quand il en pince la pointe dressée, le plaisir explose en moi, irrésistible. Je me redresse en criant, mon vagin parcouru de spasmes. Chaque coup de reins supplémentaire de Josh me propulse un peu plus loin sur la crête de l'orgasme. Mon cœur bat si fort que j'ai l'impression qu'il va éclater. Le corps de Josh se tend comme un arc sous le mien. Mes cuisses se contractent autour de sa taille. La dernière vague fauche toute mon énergie.

Je m'effondre contre Josh, mon visage contre son cou, inspirant profondément le mélange de nos odeurs. Nos deux cœurs battent à l'unisson. Josh lève une main pour me caresser les cheveux. Ses doigts passent doucement dans mes boucles emmêlées, avec une tendresse qui me noue le ventre.

Ce qui vient de se passer était plus fort que du sexe.

Le meilleur orgasme de ma vie, sans aucun doute possible ; mais aussi autre chose que je redoute d'analyser. Je m'alanguis contre lui, prête à m'endormir tandis que d'ordinaire, une bonne partie de jambes en l'air a tendance à me remplir d'énergie. Un grognement de protestation m'échappe quand il me repousse doucement, m'arrachant à la délicieuse chaleur de son corps. Il se penche un instant hors du lit, puis un tissu épais, doux et parfumé me caresse les cuisses. Je me laisse faire sans un mot, même le côté intime de cette toilette me trouble.

Tout est différent, avec lui.

Peu à peu, ses doigts remplacent le tissu. Ils courent sur ma peau, dessinent des arabesques compliquées dont le dessin remonte peu à peu. Malgré l'orgasme que je viens d'avoir, mes seins pointent de nouveau et mon sexe s'humidifie.

– Josh…

– Je t'avais dit que je te rendrais la monnaie de ta pièce, chuchote-t-il.

À cette perspective, un élan de désir pur parcourt mon corps avant de se loger entre mes cuisses, lourd d'attente. Je proteste pour la forme :

– Je ne peux pas…

– On parie ?

Je sais déjà qu'il va gagner. Pourtant, je ne peux m'empêcher de relever :

– On parie quoi ?

– Celui qui gagne a le droit de demander à l'autre ce qu'il veut.

Je frémis d'excitation. Le pari a un côté dangereux : qui sait ce qu'il pourrait bien me demander ? En même temps, si Josh nourrissait de noirs desseins à mon égard, il aurait eu tout le temps de les mener à bien depuis que nous sommes entrés dans cette chambre. Je suis sûre que ses demandes me plairont. Je souffle :

– Pari tenu.

Josh me sourit, mi-arrogant mi-attendri :

– Je n'en attendais pas moins de toi.

Ses doigts reprennent leur ballet sur mes cuisses tandis que sa bouche s'empare de ma poitrine. Il lèche, suce et mordille mes seins jusqu'à ce que je demande grâce, balançant mes hanches pour l'inciter à porter sa main plus haut, entre mes cuisses. Tout l'air s'expulse de mes poumons quand il introduit un doigt en moi. Des étincelles dansent derrière mes paupières closes. Son pouce se pose sur mon clitoris, qu'il masse à petits cercles. Je halète, ouvre mes cuisses en grand.

Et puis il s'arrête. Je crie :

– Josh !

Il m'attire à lui. Ses lèvres contre les miennes, il murmure :

– Dis-moi ce que tu veux.

– Toi… Je veux toi.

– Ma bouche, ou… ?

J'hésite. Son érection vibre contre ma hanche, flamboyante. Mon corps chante encore de l'orgasme qu'elle vient de me donner. Mais ne dit-on pas qu'il faut varier les plaisirs ?

– Ta bouche…

– Excellent choix.

Ses grandes mains me saisissent à la taille pour m'adosser contre les oreillers, puis écartent mes cuisses. Je m'abandonne complètement. Ses doigts frottent ma fente humide, puis deux d'entre eux s'introduisent en moi. Ils tournent, massent mes parois internes à la recherche du point sensible. Le premier coup de langue sur mon clitoris me fait crier. Le second me réduit au silence. Je ne suis plus que sensations pures. Une boule de feu enfle entre mes cuisses puis explose, transformant chaque molécule de mon corps en étoile filante.

Je tremble quand Josh me prend entre ses bras. Il rit en me caressant le dos.

– J'ai gagné mon pari?

– Demande ce que tu veux.

– Douce musique à mes oreilles.

Il ne me fait pourtant pas tout de suite part de ses désirs. Je m'alanguis contre lui, noyée dans son odeur, sa chaleur et le bien-être consécutif à deux fantastiques orgasmes. Le ballet de ses doigts sur ma peau m'hypnotise.

Je voudrais que cet instant dure toujours.

– Qu'est-ce que tu chantes?

La question de Josh me fait prendre conscience que je me suis mise à fredonner tout bas, comme chaque fois que je me sens profondément heureuse. Le rouge me monte aux joues.

– Rien du tout, désolée.

– Tu oublies que j'ai gagné le pari. Je peux te demander ce que je veux.

– C'est ça que tu veux? fais-je, incrédule. Savoir ce que je chantonnais?

– Non, que tu le chantes plus fort. Nue, précise-t-il.

– Je chante comme un manche. Mon truc, c'est la guitare. Ou le violon.

– Je m'en souviendrai. Mais pour l'instant, il va falloir faire avec les moyens du bord.

Je ne peux m'empêcher de rire. De tous les scénarios que j'avais pu imaginer, celui-ci sort de nulle part. Je saute du lit et m'empare d'un oreiller en guise de guitare improvisée. Ridicule pour ridicule, je me lance dans une interprétation très personnelle de *Sexx Laws*, de Beck. Josh me regarde, un large sourire aux lèvres, partagé entre fou rire, admiration… et un désir manifeste à en juger par sa monumentale érection.

Il se lève avant la fin du deuxième couplet, m'arrache ma fausse guitare et me plaque contre le mur.

– J'ai toujours rêvé de faire l'amour à une rock star, m'avoue-t-il à l'oreille.

Un deuxième emballage de préservatif saute.

Tout compte fait, ma poignée n'était pas si ambitieuse que ça, au rythme où nous allons.

Debout contre le mur, je m'accroche aux épaules de Josh tandis qu'il me prend sans autres préliminaires. Je suis encore tellement humide de nos précédents ébats qu'il s'enfonce sans difficulté en moi, me coupant le souffle. Les muscles de ses bras roulent sous mes doigts. À ma propre surprise, mon désir se rallume aussitôt. Il suffit à Josh d'une dizaine de coups de reins pour nous propulser de nouveau dans les étoiles. L'orgasme me coupe bras et jambes ; nous nous laissons glisser au sol, entremêlés en une même masse de plaisir. Josh me serre contre lui comme s'il voulait m'empêcher de tomber, ou se raccrocher à moi. Je fredonne à son oreille avant de la mordiller. Il rit :

– Tu sais que la salle de bains est géniale, aussi ?

– Tu comptes me la faire visiter ?

– Si je te dis baignoire à remous ?

– J'achète.

– Je suis compris dans le prix.

– Mais je l'espère bien !

Je ne sais pas comment il trouve la force de se relever. J'ai l'impression que mes membres sont en guimauve. En tout cas, quand il revient, on entend l'eau couler dans la salle de bains et son sexe est à nouveau redressé.

Fantastique.

Je ramasse une demi-douzaine de préservatifs au sol avant qu'il ne me soulève dans ses bras. Nous sommes partis pour battre quelques records.

5

COULEUR ABRICOT

La chambre est plongée dans le noir complet quand je me réveille.

À quel moment avons-nous songé à fermer les rideaux ?

Ce n'est pas moi, en tout cas. J'avais oublié tout ce qui n'était pas Josh. Ma joue posée contre son torse, à l'endroit où les mouettes rejoignent son cœur, je soupire profondément. Son odeur et sa chaleur m'enveloppent comme une couverture enchantée. Pas envie de me lever… Redresser la tête pour consulter le réveil posé sur la table de chevet me demande un effort presque insurmontable.

– Onze heures trente !?

Un soudain afflux d'adrénaline noie mes veines. C'est le jour du mariage. J'ai promis à Jane d'être à l'heure, or ma robe de demoiselle d'honneur est restée à mon hôtel, je dois encore prendre une douche et emprunter le train poussif qui relie Palo Alto à San Francisco.

Je bondis hors du lit. Josh demeure immobile, plongé dans un profond sommeil même quand je soulève un coin du rideau pour récupérer mes vêtements. Si je le réveillais, il pourrait me servir de chauffeur. Enfin, s'il n'a pas ses propres occupations… Non, nous n'avons pas encore atteint le degré d'intimité suffisant pour que je lui demande de me conduire au mariage de ma mère.

Je rassemble mes affaires, fouille dans mon sac pour y récupérer un stylo et un bout de papier (un prospectus de Stanford) sur lequel je griffonne :

« *Désolée, des affaires urgentes à régler, je n'ai pas voulu te réveiller, à la prochaine ?* »

Le point du point d'interrogation crève le papier. Y aura-t-il seulement une prochaine fois ? Nous n'avons fait aucun plan d'avenir, aucune promesse. Même si le sexe, cette nuit, a été fantastique, ça ne suffit pas à bâtir une relation. Juste à donner l'envie d'essayer encore.

Je ressors sans bruit de la chambre.

***

Je suis malgré tout en retard d'une demi-heure quand j'arrive à Fort Mason.

Maudits soient les transports en commun.

Les États-Unis sont le royaume de la voiture individuelle et quand on n'en a pas, tout prend cinq fois plus de temps. J'ai bien songé à appeler un taxi, mais le tarif m'a fait reculer.

Un jour, je serai riche...

Ou pas. Les ingénieurs du son ne gagnent pas exactement les mêmes sommes que les rock stars. En contrepartie, ils sont assurés d'un salaire tous les mois. Or, j'ai besoin de stabilité.

Summer me tombe dessus au moment où je franchis le seuil de la résidence du général. Sa robe, imprimée d'énormes fleurs psychédéliques, flotte autour d'elle dans un parfum de santal.

– Carrie, enfin ! Tu es en retard.

– Désolée. Problèmes de train.

Elle me dévisage comme s'il venait de me pousser des cornes.

– Tu es venue en train !? Mais il fallait prévenir, voyons, quelqu'un serait allé te chercher.

Sans doute, mais je ne veux rien devoir à Jane.

– Tu as ta robe, au moins ?

Je désigne la housse pliée sur mon bras. Summer soupire.

– Mon Dieu, tes cheveux... Bon, voyons ce que nous pouvons faire.

La Funston Room sent la poudre de riz et la laque pour cheveux. Assise sur une chaise pliante, Hannah se laisse docilement maquiller par une jeune femme à la coupe afro teinte de toutes les couleurs de l'arc-en-ciel. Debout au centre de la pièce, Jane ajuste la rose en tissu sur son épaule. Je marque une pause pour admirer la robe de mariée.

C'est bizarre, elle n'est pas blanche.

En même temps, il s'agit d'un second mariage. Pas d'un « vrai ».

Voilà que je commence à penser comme les parents d'Andrew, ça craint.

Je m'éclaircis la voix.

– Très joli.

Le ton champagne clair du tissu prend des reflets dorés à chaque mouvement. Le drapé élégant du buste rappelle les robes qu'elle portait, autrefois, lors des concerts. Le jupon, lui, représente une concession au côté « contes de fées », avec ses mètres de tulle et les petites roses brodées dessus. Jane se retourne avec un grand sourire et m'attrape les deux mains.

– Carrie, je suis si heureuse que tu sois là. Ma grande fille dont je suis si fière…

Le mariage produit des effets délétères sur la personnalité. La mère dont je me souviens ne m'a jamais, au grand jamais, sorti ce genre de réplique. Je brandis ma housse de vêtement comme un bouclier.

– Je dois me changer.

Jane me pousse derrière un paravent puis reste à babiller de l'autre côté tandis que je m'efforce de déterminer dans quel sens s'enfile la robe. Ma mère a l'air tellement surexcitée et tellement jeune, d'un seul coup… ça fait bizarre. Je culpabilise de considérer ce mariage comme une corvée et de ne pas lui avoir dit que je restais à Stanford.

– Nous allons construire une famille idéale, tous ensemble, rêve-t-elle de l'autre côté du paravent. Tu sais, Andrew a perdu sa première femme dans des circonstances pénibles, quand son fils avait 10 ans et… Eh bien, il n'a pas très bien géré la chose. J'espère qu'ils pourront de nouveau se rapprocher, après le mariage. Son fils adore Heidi et réciproquement. Je suis certaine que tu lui plairas, toi aussi.

Tout ceci part d'une bonne intention, bien sûr. Mais de mon point de vue, ça arrive un peu tard. Je me suis construite sans ma mère et ce n'est pas à 21 ans, au moment où je prends mon indépendance, que je vais entamer une nouvelle relation. Jane aurait dû prendre conscience de tout ça des années plus tôt et non sous l'influence des hormones d'une grossesse tardive. Toutefois, c'est le jour de son mariage, elle a le droit de rêver, je m'abstiens donc de toute réflexion.

Par chance, la robe me va à la perfection. Quand je sors de derrière le paravent, Jane joint les deux mains sur son cœur.

– Tu es tellement belle, ma chérie !

Esther m'adresse un sourire narquois. N'empêche, la robe me va mieux qu'à elle. Je soupçonne Jane d'avoir choisi la coupe et la couleur exprès en fonction de ma morphologie et je ne sais pas si je dois trouver ça attendrissant ou irritant. Pas le temps de me poser des questions existentielles, toutefois, la coiffeuse me saute dessus. Durant les vingt minutes suivantes, je m'efforce de réprimer les larmes qui me montent aux yeux chaque fois qu'elle tire un peu trop énergiquement sur la brosse. Enfin je passe entre les mains de la maquilleuse à la tignasse arc-en-ciel. Le résultat, quand je me regarde dans la glace, est bluffant : je ressemble à une princesse. Quelle petite fille n'en a jamais rêvé ? Cette réflexion me fait penser à Heidi. Ma diabolique petite sœur ne se trouve nulle part en vue. Rassurant ou inquiétant ? Je me renseigne auprès de Jane :

– Heidi n'est pas là ?

Le visage de ma mère s'illumine. Elle a tellement envie que nous nous entendions que cela en devient pathétique.

– Elle nous attend avec Andrew. Prête pour les photos de famille ?

Pas du tout.

Je soupire.

– Allons-y.

Ravie, Jane me prend par le bras. D'habitude je me satisfais parfaitement de mon mètre soixante-deux mais là, soudain, j'aimerais me sentir plus grande, pour faire moins « petite fille à sa maman ». J'aurais dû mettre des talons aiguilles ! Nous traversons une pelouse brûlée par le soleil en direction d'une tonnelle chargée de fleurs, en bord de mer. Ravissant. À contre-jour, je plisse les yeux pour mieux distinguer les personnes debout dans l'ombre. Le maintien raide, légèrement emprunté, d'Andrew, est caractéristique. Son fils le dépasse presque d'une tête et sa carrure, nettement plus athlétique me rappelle…

Merde.

– Nous voilà ! chantonne Jane.

Tout le monde se retourne vers nous. Les boucles blondes de Heidi dansent sur ses épaules tandis qu'elle s'efforce d'échapper à l'étreinte de Joshua. Ou plutôt, de Josh.

« Sassa » est donc le diminutif de Joshua, c'est tellement logique.

Je vois le choc se peindre sur le visage de celui-ci au moment où il m'aperçoit.

Bienvenue au club.

Comment ai-je pu avoir la malchance de tomber, parmi tous les mecs de Palo Alto, précisément sur celui qui va devenir mon frère par alliance ?

Parce que, ne nous voilons pas la face : nous allons au-devant de gros ennuis.

6

FRÈRES ET SŒURS

– Tu me serres crô fort ! braille Heidi dans les bras de Joshua.

Pour appuyer ses propos, elle tire de toutes ses forces sur ses cheveux, lui arrachant une grimace.

– Heidi, doucement ! la reprend Jane.

– Lâsse-moi ! braille le monstre. Ze veux faire pipi !

Je saute aussitôt sur l'occasion d'échapper au face-à-face.

– Je t'emmène.

Des petites étoiles s'allument dans les yeux de Jane à l'idée que ses deux filles se rapprochent, même pour une raison aussi triviale. Elle pousse Heidi dans ma direction.

– Va avec Carrie, mon poussin, nous vous attendons.

Joshua en profite pour se recomposer un visage. Son expression légèrement arrogante n'est pas sans rappeler celle de son grand-père, soudain.

Comment ai-je pu m'aveugler à ce point ?

J'ai voulu croire que tout serait facile et que je pourrais conserver une barrière étanche entre ma vie d'étudiante et ma famille californienne.

Raté dans les grandes largeurs.

– Heidi, reviens ! Les toilettes sont par là !

– Tu me commandes pas, d'abord ! T'es pas ma sœur !

– Malheureusement, on ne choisit pas.

Pour toute réponse, elle se sauve dans la direction opposée. Je suis très tentée de l'abandonner à son sort, mais Jane en ferait une jaunisse… Et puis elle a 3 ans, moi 21, il m'appartient donc de me montrer raisonnable. L'avantage, c'est que je cours plus vite qu'elle, aussi. Je la rattrape par le dos de sa robe.

– Tu n'avais pas envie d'aller faire pipi ?

– Ze peux toute seule.

– OK, dis-je en la lâchant. Vas-y.

Elle tourne une tête hésitante à droite, puis à gauche. À sa hauteur, elle ne doit voir que des jambes autour d'elle. J'en profite pour pousser mon avantage.

– Tu sais ce qui se passe quand on ne va pas faire pipi alors qu'on en a envie ?

– Culotte..., marmonne-t-elle en se dandinant, cuisses pressées l'une contre l'autre.

– On peut aussi attraper une infection urinaire.

– Quoi ?

– Ça donne beaucoup de fièvre et ça fait très, très mal.

Cette fois, Heidi a l'air carrément effrayée. J'en éprouve presque du remords. En tout cas, mon plan fonctionne. Elle me tend la main en ordonnant :

– Emmène-moi !

Sa menotte est minuscule dans la mienne. Je lutte pour ne pas me laisser attendrir. Elle m'y aide involontairement en ajoutant :

– T'es pas zentille, toi. Sassa, il est zentil.

– Peut-être, mais ce n'est pas ton frère.

– Si, c'est mon frère ! Il zoue avec moi, il est zentil !

Je suppose que la plupart des gens verront la situation sous le même angle qu'elle. L'ennui, c'est que cela fait de moi également la sœur de Joshua. Et ça...

C'est vraiment la merde.

– Carrie, tu es toute pâle, s'exclame Summer quand nous entrons dans les toilettes. Heidi te mène la vie dure ?

Ma diabolique petite sœur passe en trombe devant les deux personnes qui faisaient la queue pour aller tambouriner aux portes fermées.

– Vite ! C'est pressé !

Summer lève les yeux au ciel. Elle se penche vers moi pour me confier :

– Elle est un peu perturbée par la situation. Et puis c'est l'âge. Mais je suis sûre que vous vous entendrez à merveille quand vous vous connaîtrez un peu mieux.

Encore une qui vit au pays des Bisounours.

Je me demande ce qu'elle dirait si elle savait à quel point je connais bien Joshua. Physiquement, du moins. Pour le reste… La réflexion d'Esther au sujet du mariage entre cousins germains me revient en mémoire. De quelle façon la loi californienne considère-t-elle le mariage entre frères et sœurs par alliance ? Techniquement, nous n'avons aucun lien de sang. Socialement, c'est une autre histoire.

– J'ai un fils de cet âge, me confie Summer. Jane et moi nous sommes rencontrées à notre cours de préparation à l'accouchement. Mon Winter peut être un vrai petit diable !

Winter ? Je pince les lèvres pour ne pas glousser. Quand on porte un nom qui signifie « été », on évite de baptiser son fils « hiver » ! Jane et elle se sont décidément bien trouvées. J'attrape au vol Heidi qui ressort en trombe des toilettes.

– On se lave les mains !

– Non ! Lâsse-moi !

– Sinon tu seras moche sur les photos.

Mon argument convainc la petite qui consent à ce que je la porte pour atteindre le robinet. Malheureusement, elle l'ouvre en grand avant que je ne puisse la contrôler et éclabousse abondamment l'assistance. Les dames en grande toilette qui faisaient la queue poussent des piaillements aigus. Heidi bat des mains, ravie.

– C'est drôle !

Je la serre contre moi pour la reposer à terre et j'en profite pour lui susurrer à l'oreille :

– Oui, c'est très drôle.

Après tout, en tant qu'adulte, je dois bien me tenir et ne rien faire qui puisse perturber le mariage. Mais elle, personne ne lui en voudra…

***

La séance de pose est une interminable torture. Mes joues me lancent à force de m'imposer de sourire. Joshua, lui, affiche à mon égard une indifférence polie, comme si nous ne nous étions jamais rencontrés. Il flirte éhontément avec l'assistante du photographe, qui a pourtant l'âge d'être sa mère. Je me repasse en boucle la conversation d'Esther et Hannah au sujet de ses performances sexuelles.

N'étais-je qu'un numéro de plus sur son tableau de chasse?

Ça m'énerve; je suis jalouse et je déteste me sentir comme ça. Je n'ai jamais été ce genre de fille. En même temps, Josh m'a fait éprouver des sensations nouvelles, à tous points de vue. J'avais hâte d'en découvrir plus... et maintenant, c'est mort. Soyons réalistes: si nos parents découvraient ce qui s'est passé entre nous, ça causerait un drame. La vision de la famille idéale de Jane en prendrait un coup.

Orion arrive tandis que nous composons le tableau « frères et sœurs » avec Heidi. Joshua a placé la petite fille entre nous comme un rempart. Je suis tentée de lui suggérer un concours de grimaces. La pauvre supporte encore plus mal que moi les « dites cheese! » à répétition.

– Josh! interpelle Orion.

Nous nous tournons tous les trois vers lui. Orion sursaute à ma vue.

– Carrie?

Oups.

Jane dresse aussitôt l'oreille.

– Vous vous connaissez?

– Nous nous sommes croisés près du campus, avant-hier, dis-je. Le monde est petit!

– Très petit, confirme Orion avec un sourire crispé. J'espère que tu n'as plus mal aux pieds?

– Pourquoi? s'étonne Jane.

– J'ai perdu une sandale en traversant le passage clouté, expliqué-je. Du coup, Orion a failli me renverser et pour s'excuser, il m'a raccompagnée. Voilà comment nous avons fait connaissance.

– En moto? relève ma mère, sourcils froncés.

C'est bien le moment des traditionnelles mises en garde contre les véhicules dangereux, tiens! Je tente de la rassurer:

– J'avais un casque et une tenue adaptée.

– Avec quelqu'un que tu venais de rencontrer…, murmure Jane.

Je sens la moutarde me monter au nez. Heureusement, Heidi me sauve de l'explosion en se tortillant pour échapper à Joshua.

– Z'ai faim ! Ze veux plus les photos !

Le devoir maternel appelle Jane auprès de sa plus jeune fille. J'en profite pour m'échapper en compagnie d'Orion, puisqu'il ne feint pas de ne pas me connaître, lui. La jeune femme brune qui l'accompagne, en revanche, me fixe d'un air carrément hostile. Jalousie ?

– Carrie, je te présente Licia, ma sœur. Licia, voici Carrie, la, euh, fille de Jane.

J'apprécie qu'il ne m'ait pas présentée comme la sœur de Joshua. Celui-ci serre Licia contre lui et l'embrasse sur les deux joues pour lui souhaiter la bienvenue.

En parlant de jalousie…

J'ai soudain l'impression d'être de trop. M'éloignant de quelques pas, je cherche du regard un visage connu. Les parents d'Andrew…

Euh non, merci.

La robe abricot d'une demoiselle d'honneur me tire d'embarras. Je fonce sur Hannah pour lui demander à quelle heure commence la cérémonie.

– Tout de suite, en fait.

Déjà ?

Je me retourne vers la tonnelle. Au moins, grâce à la répétition, je sais où et dans quel ordre doivent se dérouler les événements. Ce que je n'avais pas anticipé, en revanche, c'est la boule dans mon ventre. Ma mère épouse un autre homme, ça y est, ça devient concret. Je ne pensais pas que ça me toucherait. Après tout, j'ai été heureuse quand mon père s'est remarié. La différence, sans doute, c'est que je connaissais déjà Cécile, que j'ai toujours appréciée. Et puis Étienne ne m'a jamais abandonnée, lui…

Alors que je me tiens sous la tonnelle, un bouquet à la main, à écouter l'officiant prononcer les paroles rituelles, une bouffée de colère me monte aux joues. Alors comme ça, Jane veut fonder une nouvelle famille alors qu'elle n'a fait aucun effort pour que celle que nous formions à l'époque fonctionne ? Elle se moque du monde ! Je me surprends à espérer que son mariage ne fonctionne pas. De la sorte, le lien malsain avec Joshua disparaîtrait et… J'enfouis mon visage dans les pétales du bouquet.

C'est tellement mesquin, ça ne me ressemble pas de réagir ainsi.

Jane semble vraiment heureuse. Je devrais plutôt me réjouir pour elle, comme tout le monde. Discrètement, je croise les doigts de ma main gauche en espérant que mon souhait n'aura pas de conséquences fâcheuses. Je ne tiens pas à être la fée maléfique de la cérémonie. Au moment où Jane et Andrew échangent leurs vœux, je parviens même à sourire.

7

UN TOUT PETIT MONDE

Comme j'aurais dû m'y attendre, les nécessités du protocole m'ont placée à côté de Joshua à table. Après avoir songé un instant à échanger mon étiquette avec celle d'Esther ou Licia (qui en seraient ravies, je n'en doute pas), je décide au contraire de profiter de l'occasion pour mettre les choses au clair. Les fesses à peine posées sur ma chaise, j'attaque de front :

– Pourquoi n'es-tu pas venu à la répétition ?

– La répétition ? relève-t-il sans me regarder, occupé à saluer sa voisine de gauche.

– Hier. La répétition du mariage. Si tu étais venu, nous ne nous serions pas retrouvés dans cette situation gênante.

– Quelle situation gênante ?

Je lui retourne un regard incrédule.

Il veut sérieusement faire comme si rien ne s'était passé ?

– J'ai comme l'impression que l'épisode de Dinah's Garden ne plairait guère aux nouveaux mariés.

– Nous n'avons rien fait de mal. Nous sommes majeurs, vaccinés et il n'existe aucun lien de sang entre nous.

Je triture mes couverts. Il a raison, sur le fond, mais peut-on s'asseoir à ce point sur les conventions sociales ?

– Donc, tu ne verrais aucun inconvénient à recommencer ?

– Pas toi ?

Il bluffe.

Son sourire en coin et son regard pétillant me défient. Je relève le menton. Moi aussi, je peux jouer la provocation !

– Alors embrasse-moi. Maintenant.

Il se penche vers moi, ses prunelles sombres vrillées dans les miennes. Je le fixe, déterminée à ne pas céder la première.

Il n'osera pas.

Son nez touche le mien quand je me décide à tourner légèrement la tête, de sorte que sa bouche atterrisse sur mon oreille plutôt que sur mes lèvres. J'en profite pour lui glisser un « crétin » furieux. Josh se redresse en riant, comme si je venais de lui confier une bonne plaisanterie.

C'est quoi, son problème?

Je ne me suis jamais considérée comme conformiste, mais il y a des limites à ce que la société peut accepter, non? Nous embrasser en public durant la réception de mariage de nos parents occasionnerait un énorme scandale qui ruinerait sans doute la journée pour eux. J'imagine d'ici la réaction des parents d'Andrew… qui sont également les grands-parents de Joshua.

– Poule mouillée, se moque Joshua.

– Parce que je me soucie des autres?

– Parce que tu n'oses pas faire ce dont tu as envie.

– Donc toi, si tu as envie de te gratter l'entrejambe en public, tu n'hésites pas? Tes clients doivent apprécier.

– Je parlais de ce qui est vraiment important.

Alors, il considère notre nuit comme importante?

Ma gorge se noue. Une fois, dans le code de la drague, ça ne compte pas vraiment. Nous n'avons échangé aucune promesse et pourtant… J'ai bien senti cette électricité entre nous, cette étincelle qui fait que cette relation naissante échappe aux codes. Ou échappait. Je déplace ma fourchette sur la nappe. Le tissu pêche est parsemé de minuscules pétales blancs. Je les brosse du plat de la main.

– Qu'est-ce que tu fais? demande Joshua.

– Une liste.

– Pour?

Je pose un pétale du côté gauche de la fourchette.

– Le sexe était fantastique.

Puis un du côté droit:

– Nos parents en feraient une jaunisse.

Joshua éclate de rire:

– Tu es sérieuse ?

– Complètement, dis-je en tapotant mon front du bout de mon index. Je réfléchis.

– Très bien, je suis curieux de connaître tes arguments.

J'ajoute des pétales à droite :

– Je suis ici pour m'amuser, pas pour me compliquer la vie ou me prendre la tête avec Jane. Rien ne me dit que tu es sérieux et d'ailleurs, je ne sais pas si j'ai envie que ce soit sérieux. Je te connais à peine, c'est plus facile de faire machine arrière maintenant.

Le menton posé au creux de sa main, Joshua attend que je remplisse la colonne de gauche. Comme je me contente de jouer avec mon couteau, il s'insurge :

– Le sexe. C'est tout ?

– J'ai dit que c'était fantastique.

– Oh, je suis flatté.

Il ramasse une poignée de pétales sur la nappe et la déverse à gauche d'un air de défi, sans mot dire. Je commente :

– Un peu facile. J'attends les arguments qui vont avec.

Josh se penche vers moi. Son parfum épicé m'emplit les narines. J'éprouve une envie subite de lécher sa peau bronzée, à l'endroit où le pouls bat dans son cou.

– Viens avec moi, je te les montrerai.

J'éclate de rire à mon tour.

– C'est tellement éculé comme technique de drague !

– Je n'ai pas besoin de te draguer, objecte-t-il, tu m'as déjà dit oui.

Je désigne nos tas de pétales du menton.

– Ça ne signifie pas que je recommencerai. Comptes-tu oui ou non en parler à nos parents ?

Son expression se fait sérieuse. Pour la première fois, j'ai l'entrepreneur devant moi et… je craque encore davantage.

Je reconnais, j'ai oublié « hyper sexy » dans la colonne de gauche.

Je suis certaine qu'Esther, assise de l'autre côté de lui, lui fait du genou sous la table. Elle se penche tellement pour écouter notre conversation que j'ai une vue plongeante sur son décolleté. Heureusement, Joshua a posé un bras sur la table pour lui barrer le passage, et le brouhaha ambiant est suffisant pour brouiller nos paroles.

– Je n'en parlerai pas si ça te gêne, promet-il. C'est toi qui décides.

– Alors ne dis rien, s'il te plaît. Et pendant qu'on y est, ne parle pas non plus de mes études à Stanford.

– Pourquoi ?

– Jane ne sait pas que je m'installe sur le campus. Si elle l'apprend, elle voudra que je vienne la voir tous les week-ends !

– Pourquoi avoir choisi précisément Stanford, dans ce cas ?

– Ma meilleure amie en rêve depuis toujours.

– Et pas toi ?

Je hausse les épaules. Un serveur dépose devant moi une entrée composée de charcuterie et de roses en légumes. J'en pique une du bout de ma fourchette.

Pourquoi ai-je toujours autant de mal à défendre mes choix en la matière ?

– Tina m'a tellement fait lire les brochures de l'université que je m'y sens déjà chez moi. Je ne pouvais pas savoir que Jane allait déménager à San Francisco !

– Les études en valent le coup ?

– Bien sûr. Stanford fait partie des meilleures universités mondiales.

– Et tu as besoin d'étudier dans l'une des meilleures universités mondiales pour devenir ingénieur du son ?

– Il y a beaucoup de travaux de recherche.

Ma voix ne sonne pas très convaincante à mes propres oreilles. Sans doute parce que je suis troublée par la cuisse de Joshua qui vient de se coller à la mienne, sous la table. Il dégage une chaleur solaire. Les ondes remontent insidieusement vers mon ventre…

Stop ! Les fantasmes, c'est fini !

Je n'ai qu'à l'imaginer comme une Heidi plus âgée et masculine. Avec un peu d'application, ce doit être possible. Enfin, s'il daigne arrêter de me coller comme ça. Là, j'ai beau boire des litres d'eau additionnée du plus de glaçons possible, mon système interne ne parvient pas à refroidir. Et plus je foudroie Josh du regard, plus il me sourit d'un air narquois.

Ce repas va me paraître très long…

***

Je bondis sur mes pieds dès que Jane et Andrew donnent le signal du début du bal. Tout pour m'éloigner du supplice de Tantale que constitue mon voisin. Hélas, celui-ci me retient par le bras avant que je parvienne à me dégager de ma chaise.

– La première danse est pour moi.

Je m'apprête à protester quand il me désigne nos parents du menton :

– Ça leur fera tellement plaisir.

– Vil manipulateur.

En même temps, je ne résiste pas beaucoup. Je me raconte que c'est pour faire plaisir à Jane, mais en réalité, je suis guidée par les frissons électriques qui parcourent la peau nue de mon bras sous le toucher de Joshua. La tension s'accroît quand nous nous positionnons face à face, l'une de ses mains posée dans mon dos, l'autre emprisonnant fermement mes doigts. Si nous étions dans le noir, tout le monde me verrait crépiter de la tête aux pieds.

– Ne me serre pas comme ça !

– C'est comme ça qu'on danse le tango.

– Je ne crois pas que *All You Need Is Love* soit un tango.

J'avais oublié la passion de Jane pour les Beatles. Selon elle, c'est le seul groupe en dehors de la musique classique qui mérite d'être écouté. Joshua caresse mon dos en réponse.

– Aucune importance. On peut danser le tango sur n'importe quoi.

– Mais je ne sais pas… Ah !

Il m'a propulsée en avant d'une main sûre. Je m'écarte de trois pas avant qu'il ne me ramène à lui, souriant. Sûr de lui.

– Comment as-tu appris le tango?

– J'ai pris des cours.

– Pourquoi?

En guise de réponse, il m'adresse un clin d'œil suggestif.

Ah… Je suppose que ça vaut les motos, pour impressionner les filles.

J'écarte la pointe de jalousie qui me transperce à cette idée. Comme lors de notre sortie en mer, sa maîtrise des pas me rassure. Je me laisse aller au plaisir de la danse. La vitesse me grise autant que le parfum de mon partenaire et que ses doigts sur ma peau. Un large sourire fleurit sur mes lèvres tandis que Joshua m'entraîne dans un tourbillon irrésistible. J'ai l'impression de voler!

J'aimerais que ça ne s'arrête jamais.

Hélas, la chanson prend fin bien assez vite à mon goût. Josh me conserve un instant contre lui tandis que nous reprenons notre souffle. Sa peau est humide de sueur. J'en approche mon nez comme si je voulais la lécher. Ma main est toujours dans la sienne.

Pourquoi nous limiter à une danse? La soirée est loin d'être finie!

– Danser avec son frère ne présente aucun intérêt.

La voix légèrement teintée d'accent latino de Licia me tire de ma transe. Je pivote, dos à Joshua, pour faire face à la sœur d'Orion, accompagnée de son frère qui prend l'air vexé:

– Je te remercie!

– Échangeons nos cavaliers! propose Licia sans me regarder.

Elle ne voit déjà plus que Joshua. Celui-ci caresse mon bras comme s'il répugnait à me lâcher.

Je n'ai pas envie qu'il me lâche non plus.

Quand il desserre son étreinte, j'ai soudain froid malgré la moiteur de la nuit californienne. J'ajuste le bustier de ma robe avant de déclarer:

– Je vais me chercher à boire.

Orion m'accompagne en silence. Il attend que j'aie un verre entre les mains pour demander:

– Est-ce que ça va?

Je n'essaye pas de prétendre que je ne comprends pas de quoi il parle. J'avale une gorgée de mon thé glacé avant de commenter:

– Eh bien, nous vivons dans un tout petit monde.

– Vous ne vous étiez jamais rencontrés avant?

– J'habite en France et je vois très peu ma mère. Elle voyage beaucoup… Enfin, elle voyageait avant la naissance de Heidi. Après, j'imagine qu'elle a été trop occupée. Bref. Si elle a évoqué Joshua, je n'ai pas fait attention.

– Ta mère et toi n'êtes pas très proches, si je comprends bien?

Il lève aussitôt une main pour tempérer ses propos.

– Désolé si je suis indiscret.

– Pas de problème. Ça te dérange si on sort? On étouffe, dans cette salle.

J'accueille la brise marine avec soulagement. Suivie d'Orion, je vais m'installer sous la tonnelle fleurie qui a servi pour la cérémonie. Nous nous asseyons par terre sans nous soucier de nos belles tenues. Orion desserre sa cravate.

– Je ne suis pas fan de ce genre de cérémonie, avoue-t-il, gêné.

– Moi non plus.

Je sirote mon thé glacé en silence. Orion est sympa. Et très sexy dans son genre. Mais aucun courant électrique ne passe entre nous. C'est plutôt épais et doux comme du coton. Je me sens bien avec lui mais je n'ai pas envie de me jeter sur lui pour le déshabiller.

La vie est mal faite.

Nous demeurons là un long moment, bien après avoir fini nos verres. Orion ne manifeste aucune hâte à regagner la salle. De mon côté, je m'efforce de ne pas penser à ce que fait Joshua avec Licia. Nous discutons à bâtons rompus de la vie à Palo Alto, des meilleurs bars, des endroits où rouler vite, des spots de surf…

– Z'ai trouvé!

L'exclamation de Heidi me fait sursauter.

J'avais presque réussi à l'oublier, celle-là.

Jane arrive juste derrière, flanquée de Summer. Sa belle robe blanche a souffert du contact des menottes de Heidi. On voit distinctement cinq petits doigts rouges imprimés sur un côté.

– Carrie, ma chérie ! Que fais-tu ici ?

– J'avais trop chaud.

La façon dont Jane toise Orion démontre qu'elle ne me croit qu'à moitié. On dirait que je viens de ramener mon premier petit copain à la maison et qu'elle le trouve mauvais genre.

Je suis heureuse d'avoir traversé l'adolescence sous la houlette de mon père.

Pauvre Heidi, elle ignore ce qui l'attend… Jane se reprend très vite et me décoche un sourire rayonnant.

– Viens avec moi, je veux te montrer quelque chose.

– Moi ze sais, moi ze sais, chantonne Heidi en sautillant autour de nous.

Je leur emboîte le pas à contrecœur, abandonnant Orion sous la tonnelle. Quand j'entre dans la salle, j'ai l'impression de pénétrer dans une étuve. Heureusement que ma robe laisse mes épaules et le haut de mon dos nus. Jane me pousse vers une estrade dressée dans un coin. Je freine des deux fers à la vue des violons posés sur les chaises.

– Attends ! Qu'est-ce que tu veux ?

– Jouer un morceau pour remercier nos invités, répond Jane. Et ça me ferait tellement plaisir que tu m'accompagnes !

– Tu plaisantes ? Je n'ai pas joué du violon depuis des siècles !

– C'est comme le vélo : ça ne s'oublie pas, commente Jane, désinvolte.

Je demeure bouche bée devant tant de mauvaise foi. Qui me répétait, quand j'étais enfant, qu'un musicien doit s'exercer tous les jours ?

– Moi, ze veux zouer ! s'exclame Heidi.

– Tu es trop petite pour le violon, explique Jane.

La petite se met à trépigner. Pour la calmer, sa mère lui tend un triangle :

– Tu peux nous accompagner avec ça.

Pas dupe, Heidi me fixe d'un regard noir.

– Elle, elle a un violon !

– Elle est plus grande que toi, objecte Jane.

– Mais ze suis grande, d'abord!

Je me demande si je peux profiter de la discussion pour m'éclipser discrètement. Mais Summer me barre le passage. Résignée, je vais prendre l'un des deux violons pour tester le son. Une excitation familière fait fourmiller mes doigts. La musique a toujours été pour moi un exutoire à mes émotions. Or ce soir, j'ai bien besoin de me calmer. Regard baissé sur les cordes, je refuse de regarder la salle.

Ce que fait Joshua ne me regarde pas et je ne jouerai certainement pas pour l'impressionner.

Vu comme je dois être rouillée, de toute façon, je ne risque pas d'impressionner grand monde. Jane me rejoint armée d'un sourire à 50 000 watts.

– J'ai choisi un morceau facile, me promet-elle.

– La bande originale de *Titanic*?

C'est le premier morceau que j'ai appris au violon. Étienne m'a fait promettre de ne plus jamais le jouer devant lui tant il l'a entendu. Jane m'adresse un sourire crispé. Elle n'a aucun humour en matière musicale.

– La *Valse n° 2* de Chostakovitch.

C'est presque pire que Titanic.

Décidée à abréger mes souffrances, je m'empare de mon archet. Par réflexe, je me tourne vers le public avant de commencer. Joshua est assis au premier rang, légèrement penché en avant, les coudes sur les genoux. Attentif.

Zut.

Je refuse de me laisser mettre la pression. Paupières à demi fermées, je me concentre sur la musique. Pas besoin de lire la partition, je connais cette valse par cœur, je pourrais la jouer à l'envers. Pourtant, la conscience aiguë de la présence de Joshua me fait hésiter. Je ne parviens pas à m'immerger dans les notes comme d'habitude tant j'ai l'impression que son regard me brûle la peau. Mon archer dérape, faisant sursauter tout le monde. Jane s'est crispée. Je fais un geste pour reposer l'instrument.

– Je t'avais dit que j'étais rouillée.

– Encore une fois, ça va venir.

Je prends une grande inspiration. Ce morceau me sort par les oreilles mais si j'essaye d'en faire un truc plus sympa… Jane se fige, surprise, aux premières notes. Puis elle reprend sur la lignée classique. Mon interprétation plus rock se cale sur la sienne. Le mélange des deux me donne des frissons. Je serre les doigts sur mon archet. C'est pour des moments comme ça que j'adore la musique. J'en regrette presque d'avoir laissé mon propre violon en France.

Des applaudissements nourris éclatent à la fin du morceau. Je me force à ne pas regarder en direction de Joshua.

– Tu joues remarquablement bien, pour quelqu'un qui se prétend rouillé, remarque Summer.

Jane s'épanouit comme une fleur au soleil.

– C'est de famille, se rengorge-t-elle.

Je ne peux m'empêcher de glisser une pique :

– Mon père est mon premier fan.

Le sourire de Jane se fane. Heureusement, Heidi détourne son attention en exigeant qu'on s'intéresse à sa prestation au triangle. Je me tourne vers Joshua. Il a disparu. Aussitôt, je dépose archet et violon.

– Je sors prendre l'air.

Personne ne me retient. Je me rue vers l'extérieur… et vers Josh.

8

SURPRISE !

Les invités envahissent peu à peu le jardin. Avec la température qui règne dans la pièce (la climatisation doit être en panne) je comprends que l'extérieur soit plus agréable. Mais comment retrouver Josh dans la foule? D'ailleurs, à supposer que je le retrouve, qu'est-ce que je vais lui dire? « Qu'as-tu pensé de mon interprétation au violon? »

La honte...

Si ça se trouve, il a trouvé ça tellement mauvais qu'il est parti avant la fin pour épargner ses oreilles. Et pourquoi ça m'importe autant, d'abord?

– Bonjour, mademoiselle.

Perdue dans mes pensées, j'ai failli percuter l'homme qui me barre le chemin. Il me tend l'une des deux flûtes de champagne qu'il tenait à la main en souriant:

– Carrie, c'est ça? Enchanté, je m'appelle Mike Falcon.

Je saisis machinalement la flûte.

M'a-t-on déjà parlé de ce Mike? Devrais-je le connaître?

Il porte un costume clair avec l'aisance de qui est né dans un milieu riche. Ses cheveux blonds soigneusement peignés en arrière et ses lunettes à monture métallique lui confèrent un charme classique.

Il plairait beaucoup à Tina.

– Je suis le plus proche collaborateur de Joshua, ajoute-t-il en serrant délicatement ma main.

– Oh! Enchantée. Sur quel type de matériel travaillez-vous?

– Je suis directeur général. Je gère les finances et les ressources humaines, principalement, ainsi que les relations avec nos clients.

La partie que Josh a qualifiée de « barbante », quoi.

Je trempe mes lèvres dans ma flûte, pour la forme. Je n'ai jamais été une grande amatrice de champagne, au contraire de Jane qui y voit le summum du chic français. En plus, celui-ci manque de corps ; il n'a pas apprécié le passage de l'Atlantique.

– Êtes-vous tous aussi jeunes, dans l'entreprise ?

À vue de nez, Mike ne doit pas avoir passé le cap de la trentaine. Pour un cadre dirigeant d'une grande entreprise, ça me paraît jeune, même si le patron donne l'exemple. Mon interlocuteur esquisse un sourire un poil condescendant.

– Nous avons du personnel de tous âges, comme n'importe quelle entreprise. Robert, l'ingénieur qui assiste Joshua sur les moteurs électriques, a dépassé les 65 ans. Ceci dit, du fait de sa situation personnelle, Joshua est sans doute plus enclin que d'autres patrons à donner leur chance à des jeunes.

– C'est bien.

– Êtes-vous encore étudiante ?

– En musicologie.

Quelque chose me dérange chez ce type, sans que je ne parvienne à savoir quoi au juste. Un peu trop poli pour être honnête ? En même temps, s'il travaille avec Joshua, c'est que celui-ci a reconnu ses qualités, non ? Et si l'entreprise de Joshua réussit aussi bien, c'est qu'il doit savoir bien s'entourer.

– Stanford ? suggère-t-il.

Je jette un coup d'œil alentour. Pas de Jane en vue. Dois-je mentir ? Mais si jamais je dois revoir Josh au cours de cette année et que je le croise de nouveau, il saura que je ne lui ai pas dit la vérité. La question est : vais-je revoir Joshua en dehors de nos réunions familiales ?

Je suis un peu perdue, là…

– Vous voudrez être proche de votre famille, je suppose, poursuit Mike. Cela fera du bien à Joshua d'avoir quelqu'un à proximité. Il couche à son bureau, la plupart du temps, vous savez ? Je le soupçonne même d'oublier de se nourrir quand il travaille sur un nouveau projet.

Un puissant instinct protecteur, que j'ignorais posséder, se lève en moi. Je me vois sortir de Stanford pour courir au siège de l'entreprise de Joshua lui apporter un panier-repas, veiller à ce qu'il se détende…

Je délire officiellement. Ce doit être la chaleur.

Je n'ai jamais été le genre de fille à couver ses petits amis. Ce n'est pas un hasard si je choisis des hommes indépendants et anticonformistes. Alors d'où vient ce désir incongru? Le parfum de Josh m'annonce sa présence avant même que je ne sente la chaleur de sa main sur mon épaule.

– Désolé, Mike, je te l'enlève un instant. Réunion de famille au sommet.

Je m'accroche au bras de Josh d'une main, la flûte de champagne toujours dans l'autre.

– Réunion de famille?

– C'est une surprise, paraît-il.

Mon ventre se noue.

Une surprise? J'avais cru que c'était le violon, la surprise?

Joshua a dû percevoir ma tension, parce qu'il me tapote la main d'un geste affectueux.

– Pas de panique. Les surprises font partie de la procédure normale dans les mariages.

– Tu ne peux pas le savoir, tu as manqué la répétition.

– Et toi, tu es au courant?

Je hausse les épaules.

– Si je le savais, ça ne serait pas une surprise.

– Donc, la répétition n'a servi à rien.

– Tu veux toujours avoir le dernier mot, hein?

– Seulement avec toi.

Nos regards se verrouillent. Je sens les étincelles crépiter entre nous.

Ce n'est pas juste.

S'il n'était pas le fils d'Andrew, rien ne nous empêcherait de les laisser devenir brasier. Nous pourrions danser encore, puis rentrer essayer une autre chambre chez Dinah's Garden, ou même, simplement à mon hôtel…

– Ah, vous voilà.

Andrew pose une main sur l'épaule de Joshua, l'autre sur la mienne. Sa paume est sèche et froide.

Je le déteste.

C'est sans doute injuste, mais s'il n'avait pas épousé ma mère, Jane serait restée à New York, j'aurais entamé mon année à Stanford l'esprit tranquille et profité de ma rencontre avec Josh sans arrière-pensées. Inconscient de mon état d'esprit (et surtout de ce qui se trame entre son fils et moi), il poursuit :

– Jane et Heidi vous attendent à l'intérieur. Installez-vous, je reviens tout de suite.

Josh attend qu'il ait tourné les talons pour me glisser à l'oreille :

– On s'enfuit ?

Très tentant.

Mais je dois être une gentille fille, au fond (même si cette perspective m'énerve !) parce que je réponds :

– Je suis sûre qu'il a ton numéro de téléphone. Il nous retrouverait.

– Le jet-ski que nous avons essayé l'autre jour peut nous emmener très loin au large.

– Tu ne le penses pas vraiment.

– Pourquoi pas ?

– Même si tu te moques de l'opinion de ton père, en tant que chef d'entreprise, tu es censé adopter un comportement responsable en public.

Il secoue la tête, dégoûté.

– Très bien, dans ce cas, allons à cette réunion de famille. Tu ne te plaindras pas que je ne t'aie pas proposé d'échappatoire.

***

Heidi transpire, elle aussi. De fines gouttes de sueur perlent sur ses tempes. Fatiguée, elle s'est endormie, cramponnée à Jane comme un bébé koala.

– Andrew va déposer une demande pour l'adopter, tu sais ? chuchote ma mère en lui caressant les cheveux.

Première nouvelle.

Je glisse un regard en coin à Joshua pour savoir s'il était au courant. Peine perdue : il est occupé à mater Hannah, qui prend la chaleur comme prétexte pour relever au maximum sa robe de demoiselle d'honneur sur ses jambes bronzées.

– Fais attention, tu baves.

– Carrie ! me reprend Jane.

Joshua, lui, se lève sans un mot pour aller proposer un rafraîchissement à la pin-up.

On croit rêver…

Me sentant sans doute sur le point d'exploser, Jane pose une main sur mon bras.

– Ne le juge pas trop sévèrement, chérie.

– Je ne juge personne.

– Je te connais, Carrie, tu fronces toujours les sourcils de la même façon quand tu es contrariée.

– Nous étions censés avoir une réunion de famille ! Pourquoi en est-il dispensé ?

– Il va revenir, ne t'inquiète pas. Tu sais, sa mère est morte quand il était très jeune. Il a manqué d'affection féminine dans son enfance et surtout durant son adolescence, il ne faut pas s'étonner qu'il compense.

C'est quoi, cette psychologie à deux balles ?

Je triture un pan de ma robe entre mes doigts. C'est vrai qu'elle tient chaud : j'imiterais bien Hannah si je ne venais pas de critiquer son attitude.

– Joshua est un homme honnête et généreux, poursuit Jane. Savais-tu que son entreprise parraine une fondation d'aide aux enfants malades ?

– Il n'en a pas parlé…

– Par modestie. À ta place, je me méfierais bien plus de cet Orion avec qui tu traînais sous la tonnelle, tout à l'heure.

– Parce qu'il est latino ?

– Je t'en prie, Carrie !

– Ou parce qu'il tient un garage ? Pas assez riche pour moi ?

– Il a poussé Joshua à faire de la moto ! C'est dangereux, la preuve : il a failli te renverser, l'autre jour.

– Tu sais, je crois qu'un certain nombre d'engins produits par la boîte de Joshua sont encore plus dangereux…

Je me demande pourquoi je gaspille ma salive : Orion et Joshua sont catalogués, elle ne changera pas d'avis. Je soupire.

Finalement, nous voir peu souvent nous a sans doute épargné pas mal de prises de tête.

C'est Andrew qui rattrape la situation en arrivant, un plateau à la main. Au passage il échange son fils contre un verre de boisson désaltérante auprès de Hannah. Heidi se réveille pour se jeter sur le jus d'orange. J'opte pour une limonade concombre-basilic avec une montagne de glaçons. Joshua grogne contre l'absence de bière et finit par me piquer mon verre, prétendument pour goûter. J'espère que personne d'autre que moi n'a remarqué qu'il s'était appliqué à poser ses lèvres à l'emplacement exact de la marque de mon rouge…

– Alors, dis-je pour m'efforcer de penser à autre chose, pouvons-nous connaître la raison de cette grande réunion familiale ?

Un instant, je crains de m'être montrée trop ironique. Mais Jane joint ses mains sous son menton, dans une pose tellement caricaturale que je jurerais avoir vu des étoiles briller dans ses yeux.

– Andrew et moi avons une surprise pour vous.

– Mais encore ?

– Tu es en vacances, Carrie. Quant à Joshua, il a grand besoin d'en prendre.

– J'ai une entreprise à gérer, proteste l'intéressé.

– Et tu n'as pris aucun congé depuis que tu l'as créée, riposte son père. Il faut savoir lâcher la pression, de temps en temps.

– Et pourquoi prendrais-je des vacances ? s'informe Joshua, bras croisés sur sa poitrine.

– Pour un séjour de rêve ! s'exclame Jane.

Elle brandit sous nos yeux une brochure sur papier glacé. Ciel bleu, plage, palmiers… Plissant les paupières, je parviens à déchiffrer le mot *Maldives* tout en bas.

– Ce n'est pas là où vous deviez partir en voyage de noces?

Ils n'auraient pas osé, quand même.

– Nous partons toujours, répond Jane. Mais vous venez avec nous.

Si, ils ont osé.

Joshua en demeure bouche bée. Je me moquerais bien de lui si je ne me trouvais pas moi-même sous le choc. Je tente de protester:

– Mais, mais... On ne peut pas partir comme ça! J'avais des projets.

– Étienne m'a dit que tu étais libre.

Le sale traître.

Quand a-t-elle parlé avec papa, d'abord? Et quels autres sujets ont-ils abordés? J'espère qu'il n'a pas vendu la mèche pour Stanford! Il va m'entendre, c'est moi qui vous le dis!

– Moi pas, coupe Joshua.

– Je viens de parler à ton collaborateur, rétorque Andrew. Il m'a assuré que ça ne posait pas de problème.

– Mais je...

– Un voyage de noces se fait à deux, dis-je, volant à son secours. Pas à quatre.

– Justement, répond Jane. Vous vous occuperez de Heidi, tous les deux, pendant qu'Andrew et moi profiterons de notre lune de miel.

Machiavélique.

Joshua me coule un regard en coin.

– Tous les deux? répète-t-il en détachant chaque syllabe.

Je prie pour que la chaleur intense qui me monte aux joues ne transparaisse pas sous ma couche de fond de teint. Ce matin, j'aurais été ravie à la perspective de passer une semaine avec lui. À présent, je vois surtout les complications que cela risque d'engendrer. Je secoue la tête.

– Je suis une très mauvaise baby-sitter.

– Moi, j'ai l'habitude, affirme-t-il. Je te donnerai des cours particuliers.

Suis-je la seule à remarquer que la façon dont il prononce les mots « cours particuliers » n'évoque en rien une activité aussi respectable que le baby-sitting?

Jane, toujours sur son nuage rose bonbon, confirme :

– Joshua s'occupe très bien de sa petite sœur, c'est tellement mignon.

Petite sœur ?

D'où ça sort, ça ? Tant qu'Andrew ne l'a pas adoptée, il n'a pas plus de lien avec elle qu'avec moi.

Euh, mauvais exemple.

Je cherche désespérément un prétexte qui me permettrait d'échapper à la corvée familiale sans dire explicitement que je n'ai pas envie de passer du temps avec eux. Joshua m'adresse un clin d'œil :

– Je suis certain que nous ferons une excellente équipe.

S'il croit que son charme prend, alors que je l'ai vu draguer Hannah il n'y a pas cinq minutes… Eh bien, il n'a pas tout à fait tort et ça m'agace ! Une semaine avec lui sur un atoll paradisiaque ? Il jouera le rôle du serpent, sûr et certain.

– Désolée de te prendre au dépourvu, s'excuse Jane en me caressant les cheveux, comme elle l'a fait pour Heidi. J'ai voulu te faire une surprise.

– Ça, pour une surprise…

– L'hôtel te plaira, j'en suis sûre, promet-elle en agitant la brochure sous mon nez.

– Moi aussi.

Ce n'est pas l'hôtel qui me pose problème. En face de moi, Joshua ricane en sirotant *ma* limonade. Heidi pose une menotte poisseuse sur ma robe.

– Tu sais pas nazer ? T'as peur ?

Joshua hoche vigoureusement la tête. Son « poule mouillée » me résonne encore dans les oreilles. Je vois rouge.

– Bien sûr que non, je n'ai pas peur. Je t'apprendrai même à nager, si tu veux, bébé.

– Ze suis pas un bébé !

– Mais tu ne sais pas nager.

– Si ! Ze naze !

– Sans bouée ?

– T’es pas belle.

Jane se récrie aussitôt et propose au petit monstre d’autres sucreries pour détourner son attention. Joshua s’étire paresseusement sur sa chaise. Sa chemise remonte, dévoilant son ventre plat et bronzé.

– J’ai hâte d’y être, me lance-t-il d’une voix basse, pleine de promesses.

La question est : au paradis, saurai-je résister à la tentation ?

9

UNE CHAMBRE POUR TROIS

Josh allonge ses jambes, ou du moins, tente de les allonger dans l'espace réduit entre son siège et celui du passager devant lui ; sa cuisse appuie lourdement contre la mienne.

Maladresse ? Je l'ai cru la première fois, mais au bout de dix heures de vol, je ne me fais plus la moindre illusion.

Je chuchote furieusement :

– Fais attention !

– Mais tu as toute mon attention, rétorque-t-il avec un sourire charmeur.

Au secours...

Entre les tentatives de séduction à peine voilées de Josh et les crises de colère de Heidi, assise devant nous entre Jane et Andrew, et qui supporte très mal de devoir rester tranquille plusieurs heures d'affilée, ce voyage est un cauchemar.

J'enfonce mes écouteurs dans mes oreilles en m'efforçant d'ignorer les cris de ma diabolique petite sœur ainsi que le parfum troublant de mon voisin. Impossible pourtant de me concentrer sur le film que j'ai choisi : le sex-appeal de l'acteur principal souffre de la concurrence de Josh. Sans parler des commentaires de mon voisin sur la crédibilité du scénario.

– N'essaye pas ça chez toi. Aucune voiture n'est capable de sauter par-dessus un tel fossé.

– Même les tiennes ?

– Je suis flatté de l'estime que tu accordes à mes talents d'inventeur. Hélas, je n'ai toujours pas trouvé le moyen de vaincre les lois de la gravité.

– Si un tas de ferraille de plusieurs centaines de tonnes peut voler, dis-je en désignant l'aile de l'avion à travers le hublot, pourquoi une voiture ne pourrait-elle pas franchir un petit fossé?

– Parce que les voitures ne sont pas des avions? Tu sais, je pense que tu aurais besoin de cours particuliers de physique, ajoute-t-il avec un clin d'œil pas du tout innocent.

Je lève ostensiblement les yeux au ciel. Au fond, ce petit jeu me plaît… un peu trop, étant donné que nous sommes censés nous comporter comme frère et sœur durant tout le séjour. Au même instant, les hurlements de Heidi atteignent un nouveau record. Les autres passagers assassinent Jane et Andrew du regard. Certains se plaignent même à voix haute. Ma mère s'efforce de calmer le monstre, mais aboutit au résultat inverse. Andrew se retranche derrière son casque et son téléphone portable. Quant à l'hôtesse en charge de notre section, elle a jeté l'éponge depuis longtemps. Je me tasse au fond de mon fauteuil.

Je ne connais pas cette enfant.

Je chuchote à Joshua:

– On risque combien si on la balance par le hublot?

– Ce n'est pas sa faute, tempère-t-il. Elle est fatiguée.

– Eh bien qu'elle dorme! Tout le monde lui en sera reconnaissant.

Hélas, il semblerait bien qu'elle ait perdu le mode d'emploi. Elle sautille sur son siège, les joues rouges, et renverse le verre d'eau que Jane lui propose. À ce rythme, c'est toute la famille qui va se faire balancer par le hublot.

– File-moi ton portable, dis-je à Joshua.

– Hein? Pourquoi?

– Tu n'as pas d'images de chatons mignons ou quelque chose du genre?

– J'ai une tête à stocker des images de chaton sur mon téléphone?

– N'importe quoi qui puisse plaire à une gamine de 3 ans.

– Si par « gamine de 3 ans » tu entends « Heidi », elle est fan de *Sprout a craqué son slip.*

– Titre prometteur.

– Les héros sont des paires de fesses.

Je cligne des yeux.

La blague est un peu grosse.

– Je te jure, affirme Josh en me tendant son téléphone portable.

Quelques images d'engins de sport défilent sur l'écran, puis apparaît une vidéo, dont le héros ressemble effectivement à une paire de fesses dotée de bras et de jambes.

Qu'est devenue la télévision de mon enfance !?

– Tu regardes ça le soir pour t'endormir ?

– Il m'arrive de garder Heidi. Quand on n'a rien d'autre sous la main, ça peut sauver un après-midi.

– Et tu ne l'as pas utilisé parce que… ?

– La vidéo plante au bout de trente secondes. Ça la fait criser. J'aurais dû en charger une autre avant de partir, mais j'ai oublié.

– Et Jane ? Ou Andrew ? Il pourrait passer son téléphone à Heidi cinq minutes.

– Ils sont contre ce genre d'émission. Question de principe.

– Ouais, eh bien à un moment, ça devient une question de survie. Passe-moi le téléphone.

Joshua me le remet sans hésiter. Une décharge d'électricité statique claque entre nos doigts. Il m'adresse un sourire charmeur.

– Électrique, hein ?

– L'air est trop sec.

Je m'empare de mon propre téléphone. Il se trouve que oui, j'ai des chatons dans mes photos. La chatte de Tina a eu une portée ce printemps et… bref. Nous aurons donc l'histoire du chaton et de la paire de fesses, ça va être grandiose. Je brandis les appareils au-dessus du siège de Heidi en prenant une voix de fausset :

– Mais qu'est-ce que c'est que ça, Chaton ?

Je reprends d'un ton plus grave :

– Une petite fille qui pleure, Fesses !

À côté de moi, Joshua se retient si fort de rire qu'il risque l'explosion en plein vol. N'empêche, le stratagème fonctionne : Heidi cesse de pleurer pour s'intéresser aux aventures de Chaton et Fesses, partis à la recherche du rire perdu. Au bout de quelques instants, elle commence à sucer son pouce, et vingt minutes plus tard, elle est au pays des rêves. Tous les passagers me regardent comme si j'étais une superhéroïne. Jane arbore une drôle de grimace, partagée entre le soulagement que sa fille se soit tue et l'aversion que lui inspire la paire de fesses. Andrew, imperturbable, n'a pas levé les yeux de son écran.

– Je suis impressionné, commente Joshua quand je lui rends son téléphone portable.

Cette fois, il n'y a aucune trace de taquinerie dans sa voix. Le rouge me monte aux joues. Je viens quand même de raconter une histoire incluant une paire de fesses !

Plus jamais.

Je marmonne en rajustant l'oreiller famélique prêté par la compagnie :

– Cinq ans d'impro théâtrale.

Un élan soudain de nostalgie me saisit au rappel que je ne verrai plus la troupe pendant un an. Ils auraient adoré ma prestation de ce soir, j'en suis sûre.

Qu'est-ce que je fais dans cet avion à l'autre bout du monde ?

Comme s'il avait senti que j'avais froid, Josh remonte la couverture sur moi tout en me glissant à l'oreille :

– On va enfin pouvoir dormir. Bien joué, Chaton.

– Bonne nuit, Fesses.

Je ne devrais pas lui permettre de remonter l'accoudoir entre nous deux, ni de passer un bras autour de ma taille. Mais son épaule est tellement plus confortable que mon siège et son odeur, tellement délicieuse… Je pousse un petit soupir en me laissant aller contre lui. Après tout, nous ne faisons rien de mal. Et ce n'est pas ma faute si ces fauteuils sont si étroits. Bercée par les battements de cœur de Josh, je m'enfonce dans le sommeil.

***

J'aurais dû mieux me renseigner avant de partir. Comme d'habitude quand je suis confrontée à ce qui ressemble à une corvée, je la chasse de mon esprit jusqu'à la dernière minute… Et c'est ainsi que je me retrouve à partager une chambre avec Heidi et Joshua. J'ai fait trois fois le tour du bungalow avant de me rendre à l'évidence : si nous disposons d'un espace confortable, son agencement, en revanche, laisse à désirer. Avons-nous vraiment besoin d'un salon aussi grand que la chambre ? Si encore on pouvait y transférer un lit… Mais ceux-ci sont trop larges pour passer par la porte ! Quant aux canapés qui y sont installés, ils tiennent davantage de la chaise longue que du sofa moelleux. Pour achever le tout, les baies vitrées qui donnent sur la piscine sont dépourvues de rideaux. Idéal pour prendre le soleil, moins pour dormir le matin. Reste la salle de bains, de l'autre côté de la chambre. La baignoire est assez vaste pour accueillir deux personnes à l'aise. Peut-être qu'en y installant un matelas…

Déprimée, je reviens dans la chambre pour me laisser tomber sur le lit. Trente heures d'avion plus un transfert en bateau ont eu raison de mon énergie. Joshua, lui, est déjà en train de transférer ses affaires de la valise dans la garde-robe attenante à l'entrée.

– Tu étais au courant ?

– De quoi ? demande-t-il en me tournant le dos.

– Que nous devions partager une chambre.

– Si tu avais consulté la brochure, tu aurais vu que c'était une chambre par bungalow.

J'écarte les bras en croix. Le lit est confortable, les draps frais, le cadre apaisant. Un souffle d'air tiède entre par la fenêtre ouverte. La mer, à quelques pas du bungalow, m'appelle d'un murmure tentateur.

– Et les parents n'y voient aucun inconvénient ?

– Nous sommes frère et sœur, après tout, raille Joshua.

Une tornade traverse la chambre pour aller se jeter sur le lit installé contre le mur opposé, perpendiculairement au mien et à celui de Joshua. Heidi rebondit plusieurs fois sur le matelas en riant comme une possédée.

Il est certain qu'avec ce genre de chaperon, nous ne risquons pas de nous livrer à des ébats déplacés…

Joshua jette un coup d'œil au monstre avant de sortir son ordinateur portable de son sac.

– Désolé, j'ai des affaires à régler pour la boîte, annonce-t-il. Je te laisse Heidi.

– Hein !?

Trop tard, il a disparu dans le salon, dont il referme la paroi coulissante derrière lui. J'en demeure bouche bée.

Non mais quel culot !

Je n'ai jamais demandé à jouer les baby-sitters, moi ! Et je pourrais avoir des trucs importants à faire, comme… comme… Enfin, il aurait pu demander, au minimum ! Je me redresse avec un soupir.

– Bon, qu'est-ce que tu veux faire, microbe ?

– Appelle pas moi microbe !

– D'accord, d'accord.

Ce qu'elle est susceptible !

– On pourrait aller visiter l'hôtel ?

– Non !

– Ou alors tu veux faire la sieste ? Tu dois être fatiguée, ce serait bien, la sieste.

– Veux pas !

Je prends une profonde inspiration.

Reste calme, surtout reste calme.

– Alors un tour dans la piscine ? Tu as ton maillot de bain ?

– Veux pas, veux pas, veux pas !

– J'avais compris, que tu ne veux pas. Ce qui m'intéresse, c'est ce que tu veux !

Heidi se frotte les yeux. Ses joues sont écarlates, ses boucles blondes emmêlées et poissées de sueur. À mon avis, elle a besoin de dormir. Je saisis la télécommande sur la table de chevet. Jane a bien mentionné que Heidi ne devait pas trop regarder la télévision, mais je n'éprouve pas une envie folle de renouveler ma petite séance de marionnettes. Cette fois, je ne demande pas son avis au monstre. Je zappe entre les différents programmes jusqu'à ce qu'elle se mette à hurler :

– Remets les poissons !

– Quoi ?

– Ze veux les poissons !

Deux chaînes en arrière, je retrouve un documentaire sur les poissons tropicaux. Deux minutes de visionnage suffisent à me faire bâiller, mais Heidi, elle, paraît fascinée. Je repose la télécommande pour m'emparer de ma tablette. C'est le début de l'après-midi ici, donc le début de la matinée en France. Tina a intérêt à s'être levée tôt… Après m'être connectée au Wi-Fi de l'hôtel, je lance la messagerie instantanée sur Skype. Tina répond aussitôt :

Tina_ Quoi de neuf au paradis ?

Carrie_ Je dois partager une chambre
avec Joshua et Heidi, c'est l'enfer.

Tina_ Tu ne peux pas changer ?

Carrie_À moins de dormir dans le salon…

Tina_ Alors trouve-toi un copain
qui possède une chambre individuelle.

Carrie_ Tu oublies que je suis censée
baby-sitter le monstre.

Tina_ Refile-la à ton frère.

Je me crispe à la mention du mot « frère ». Tina ignore ce qui s'est passé entre Joshua et moi. Elle en est restée à la version « j'ai rencontré un mec canon mon premier jour à Stanford, nous avons passé une nuit fantastique, je ne l'ai plus revu depuis ». Aucun lien donc avec le fils d'Andrew, qui pour sa part est « arrogant, égocentrique et insupportable ».

Carrie_ Tu parles, Monsieur travaille, lui.

Tina_N'espère pas que je vais te plaindre :
tu te prélasses à la plage
pendant que j'encadre une bande d'ados
à l'hygiène douteuse.

Malgré la bourse, Tina travaille pour financer son année à Stanford, tandis que je me contente de profiter du portefeuille de mes parents. Je fais la grimace. Entre Joshua qui ne manque pas une occasion de me rappeler que je suis une étudiante improductive, et Tina, que je fais partie des privilégiés, mon amour-propre encaisse quelques coups.

Carrie_Tu as raison, je vais aller profiter
de la plage en pensant à toi.

Tina_Envoie-moi des photos !
Et si tu dois prendre Heidi avec toi,
n'oublie pas que les mâles d'un certain âge
adorent les enfants, ça fait ressortir leur instinct protecteur.

Carrie_N'importe quoi. Les gens qui viennent ici cherchent
à prendre du bon temps loin de leurs responsabilités.
Et puis on parle du diable sous un masque de petite fille, là.

Tina_Tu exagères. Essaie mes ados une semaine
et on en reparle. D'ailleurs, je dois filer,
c'est l'heure de sonner le réveil des troupes.

Carrie_Bon courage !

Je me déconnecte et lève le nez, espérant très fort voir Heidi endormie sur son lit… Mais elle a disparu !

Il ne manquait plus que ça !

10

EN MUSIQUE !

– Heidi ! Heidi !

Elle ne doit pas être bien loin, je l'ai quittée des yeux à peine dix minutes…

Elle pourrait répondre, quand on l'appelle !

Je commence par vérifier à la salle de bains. Personne. De l'autre côté de la chambre, la porte de communication avec la terrasse, que Joshua avait fermée, est à présent entrebâillée.

– C'est malin !

Je me rue à la poursuite de Heidi. Joshua, installé sur l'un des canapés avec son ordinateur portable, ne lève même pas le nez à mon passage.

Tu parles d'un adulte responsable !

Je préfère toutefois m'assurer du sort de Heidi avant de tirer la sonnette d'alarme. Pieds nus, je traverse la terrasse en bois chauffée au soleil. Au bord de la piscine, j'aperçois les boucles blondes de Heidi penchées au-dessus de l'eau. Mon cœur fait un bond. Elle ne sait pas nager sans bouée, mais telle que je la connais, ça ne l'empêchera pas d'essayer !

Cette enfant est infernale.

– Heidi, qu'est-ce que tu fais ?

– Ze zoue au poisson.

– OK, mais tu restes au bord, hein ? Ne te penche pas trop.

J'ai l'impression d'entendre Jane, quand je parle. Heidi me toise, méprisante :

– Ze sais !

– Bon, alors il est où, ton poisson ?

Ravie, elle pointe du doigt le fond de la piscine :

– Fesses !

– Quoi !?

Je me précipite au bord, pour apercevoir avec horreur le téléphone portable de Joshua.

Génial.

Je plonge sans hésiter. C'est ça, ou étrangler le monstre. Deux brasses me suffisent pour toucher le fond et m'emparer de l'appareil en détresse.

Elle est délicieuse.

Sans Heidi, je pense que j'apprécierais mon séjour ici. Je remonte sous le regard admiratif de la petite.

– Tu nazes bien !

– Ouais. Le téléphone, lui, c'est moins sûr. On ne t'a jamais dit qu'il ne fallait jamais les mettre dans l'eau ?

– Pas dans les toilettes, réfléchit-elle. Et pas dans le bain. Mais la piscine c'est pas pareil !

– Si c'est pareil, dis-je en secouant l'appareil. Et aussi la mer, la douche, la carafe… Bref, partout où il y a de l'eau.

Le téléphone refuse de s'allumer, ce qui n'est pas bon signe. Heidi prend l'air inquiet.

– Alors il est tout cassé ?

– J'en ai bien l'impression.

– L'impression de quoi ?

Le légitime propriétaire de l'appareil s'avance vers nous, pieds nus, les cheveux en bataille. Je croise les bras, soudain consciente de la façon dont mon T-shirt trempé moule mes seins.

– Que tu n'aurais pas dû laisser ton téléphone à portée de Heidi.

Son visage s'assombrit. La colère lui va bien. Elle lui donne un air dangereux très excitant.

Mais à quoi je pense, moi ?

– Tu étais censée la surveiller ! martèle Joshua.

– Désolée. J'ai bien précisé que j'étais nulle en tant que baby-sitter.

– Nulle ! glousse Heidi.

Je la foudroie du regard. Si elle était tombée dans la piscine…

Ça aurait été ma faute.

Je me redresse sans plus me soucier de mes vêtements trempés. Josh me détaille de la tête aux pieds, ou plutôt, des hanches à la poitrine.

– Tu t'entraînes pour le concours de Miss T-shirt mouillé ?

– Pourquoi ne suis-je pas surprise que tu aimes ce genre de manifestation ? Sur ce, je vais me changer. Désolée pour ton téléphone.

Tandis que je me dirige vers la terrasse, j'entends Heidi demander :

– Pourquoi on fait un concours avec des tisseurtes mouillés ?

– Pour avoir moins chaud, répond Joshua, imperturbable.

– Ze veux !

Bon courage…

Je troque jean et T-shirt contre un maillot de bain, une robe légère et des sandales. Et puisque Joshua s'occupe de Heidi, je décide de suivre le conseil de Tina : profiter de la plage. J'attrape un flacon de crème solaire, des lunettes et un chapeau dans ma valise, ainsi que la brochure de l'hôtel que je n'avais pas pris le temps de lire jusque-là. Et mon téléphone portable, on n'est jamais trop prudent. Pour le reste, j'applique ma méthode de rangement préféré : le bazar organisé. Tout en vrac dans la valise, la valise sous le lit et ça roule.

Un sentiment de liberté m'envahit dès que j'ai quitté notre bungalow. Je respire à fond l'air marin. Ça sent l'huile de coco et les vacances. Grâce au plan imprimé au dos de la brochure, je repère sans mal le coin idéal pour bronzer, une immense plage de sable blanc équipée de transats. Plusieurs sont encore libres. Je m'en approprie un, puis je m'enduis de crème solaire avant de poser mon casque sur mes oreilles et de lancer ma playlist favorite.

Là oui, je commence à apprécier le séjour.

Assommée par la durée du voyage, je ne tarde pas à somnoler. Hélas, je suis réveillée en sursaut par une projection de gouttes glacées. Je me redresse d'un bond.

– Hé, ça va pas !?

– Désolé !

Une ombre me cache la lumière. J'abaisse mes lunettes de soleil pour distinguer les traits de mon interlocuteur, qui se trouve en contre-jour. Au départ, je ne vois que l'aura blonde de ses cheveux mi-longs. Puis son visage m'apparaît avec ses pommettes hautes, ses yeux clairs et la légère bosse au milieu de son nez.

Pas mal.

Il me tend une main encore mouillée d'eau de mer. Son contact est agréablement frais.

– Trevor, se présente-t-il. Puis-je vous offrir un verre pour m'excuser?

Ses copains m'adressent des signes amicaux par-dessus son épaule. L'un d'eux arbore une barbe de trois jours et un caleçon à fleurs. L'autre est manifestement adepte des salles de sport à en juger par la circonférence de ses biceps. Ils ont l'air plutôt sympathiques. Mon instinct ne ressent que des bonnes vibrations. Pas d'électricité, comme pour Josh, plutôt les vagues tièdes de l'amitié.

Pourquoi pas? Après tout, je suis là pour m'amuser!

J'éteins ma musique pour me lever.

– C'est si gentiment proposé.

– Vous êtes seule? demande Trevor.

– En famille. Ma mère est en voyage de noces et... longue histoire. J'ai besoin de me détendre.

– Excellent programme, approuve Trevor. Nous sommes des champions en la matière, pas vrai les gars?

– Ils ont inventé le diplôme spécialement pour toi, rigole le grand musclé. Je m'appelle Matt, au fait, ajoute-t-il en me tendant la main.

Je la serre vigoureusement pour ne pas être broyée.

– Carrie.

– Hudson, se présente à son tour le brun. Et nous avons un Jimmy qui traîne dans le coin, il nous rejoindra plus tard.

Nous nous installons autour d'une table, sur la terrasse en bord de mer. Un soupir d'aise m'échappe. Si Tina me voyait, elle serait fière de la façon dont je gère mes vacances!

– Alors, d'où viens-tu ? interroge Trevor en poussant vers moi un cocktail vert anis surmonté d'un petit parasol.

– De Paris. Enfin, cette année, j'étudie à Stanford.

– Le monde est petit, commente Hudson en sirotant sa propre boisson.

– Comment ?

– Nous sommes tous originaires de San Francisco, révèle Trevor. Sun Juice, ça te dit quelque chose ?

Je fais non de la tête. Trevor prend une pose exagérément tragique, une main sur le cœur.

– Ah ! Moi qui pensais que nous avions atteint une renommée internationale !

– Sinon, tes chevilles, ça va ? s'enquiert Matt.

– Nous sommes musiciens, résume Hudson. Dans un groupe de rock. En fait, nous nous sommes offert ce séjour pour fêter la fin de notre première tournée.

– Ce qui engloutit la quasi-totalité des bénéfices, souligne Matt.

– Et alors ! proteste Trevor. Tout l'intérêt d'être musicien, c'est de profiter de la vie, non ?

– Je croyais que c'était la musique.

Je souris en faisant tournoyer le parasol dans mon cocktail. La musique… Décidément, ça me poursuit. J'apprends donc que Trevor est le guitariste du groupe, Matt le batteur et Hudson le chanteur. Il manque à l'appel Jimmy, le bassiste. Nous discutons de San Francisco, de voyages et, fatalement, de musique.

– Tu t'y connais pas mal, approuve Trevor en vidant son cinquième cocktail d'affilée.

Je me suis sagement arrêtée au second, même s'ils ne sont pas très forts. Je hausse les épaules, faussement désinvolte.

– Bah, je ne suis qu'une amatrice.

– Mais tu as des goûts sûrs.

– Merci.

Mes parents, pour une fois d'accord, m'ont toujours poussée vers le classique, ce qu'Étienne appelle délicatement « la vraie musique ». Je me suis forgé moi-même mon éducation musicale en matière de rock (et j'en ai profité pour former César, histoire de disposer d'un allié dans la lutte pour le choix de la fréquence radio durant les trajets en voiture). Alors le compliment me touche.

– Tu joues d'un instrument ? demande Hudson.

– Du violon et de la guitare. En amateur, bien sûr.

– Et tu en as un ici ?

Je secoue la tête. Ma guitare est restée à Stanford, dans ma chambre provisoire. Trop encombrant, ai-je décidé. En réalité, je n'ai pas voulu montrer à Jane que j'avais besoin de jouer tous les jours. Je le regrette, à présent. Gratter les cordes me détendrait, or je risque d'en avoir bien besoin dans les jours à venir !

– Eh bien, viens jouer avec nous un de ces quatre, propose Trevor. On te prêtera quelque chose. Plus on est de fous…

– Volontiers.

La chance me sourit : si Joshua ou Heidi me rendent folle, au moins, j'ai une solution de repli toute trouvée. Sans compter que Trevor, Hudson et Matt sont absolument adorables. Je vais peut-être finir par apprécier ces vacances… En attendant, les serveurs commencent à dresser les tables pour le repas du soir. Le devoir familial m'appelle. Je note soigneusement le numéro de bungalow des garçons avant de prendre congé.

***

La nourriture est délicieuse, le service impeccable… mais un repas au restaurant dure toujours trop longtemps. Surtout quand on doit faire la conversation avec une mère intrusive, un beau-père absent et un frère par alliance qui ne manque pas une occasion de glisser une réflexion ou une allusion osée dans la conversation. En face de moi, Heidi improvise une pêche à la crevette dans son verre d'eau.

On ne peut pas lui reprocher de manquer d'imagination.

Je me penche en avant :

– Ça te dirait d'aller faire un tour sur la plage ?

– Ouais !

Elle a visiblement oublié qu'elle ne m'aimait pas. Je crois que quiconque l'arracherait à l'ennui mortel de cette tablée, à cet instant, deviendrait instantanément son meilleur ami.

– Vous ne voulez pas de dessert? s'étonne Jane.

Elle ne conçoit pas de finir un repas sans une note sucrée. Je secoue la tête :

– J'ai trop mangé!

– Moi aussi! approuve Heidi en singeant ma mimique.

Je déteste qu'elle me copie et en même temps, je la trouve adorable.

Paradoxe, quand tu nous tiens...

– Tu devrais me laisser ton téléphone portable, suggère sournoisement Joshua. Des fois qu'il se retrouve à l'eau...

Il n'a visiblement toujours pas digéré l'incident. Je hausse les épaules.

– Je ferai attention.

– Je croyais que tu n'aimais pas le baby-sitting?

– Nous allons juste faire un tour sur la plage.

– C'est une excellente idée! approuve Jane.

Que je ne sache pas m'occuper correctement de Heidi ne l'effleure même pas.

Je me demande ce qu'elle aurait pensé de la scène de la piscine.

Ma diabolique petite sœur est déjà debout, piaffant d'impatience. Quant à Andrew, il se désintéresse complètement de la situation, absorbé par la consultation de messages sur son téléphone portable.

Tel père, tel fils.

Quoique, je dois rendre justice à Josh, il a participé de son mieux à la conversation durant le dîner, si on en retire les passages tendancieux. Et à en juger par l'énergie déployée par Heidi, il a dû parvenir à lui faire faire la sieste.

Comme si j'avais besoin de raisons pour l'admirer davantage.

Je tends une main à Heidi.

– Viens, chipie, on va voir la mer.

– Ze suis pas une chipie! proteste-t-elle en glissant sa menotte dans la mienne.

– Tu es quoi, alors ?

– Une princesse !

J'aurais dû m'en douter. Hors de portée d'oreilles de Jane, je rigole :

– Ça oui, tu es une vraie petite princesse.

– Pas petite !

– Ah ouais ? Tiens, on va faire la course jusqu'à la mer. La dernière à l'eau est une petite !

Heidi plisse les paupières, soupçonneuse.

– Alors tu pars de là et moi de là.

Maligne, la petite. Elle se donne bien cinquante mètres d'avance. En plus, elle se permet le luxe de me narguer :

– Tu as peur de perdre ?

– Moi ? Jamais.

Nous prenons place à nos points de départ respectifs et bien sûr, la petite peste me gruge sur le top départ. Je m'élance à sa poursuite, le sable volant sous la semelle de mes sandales.

On va voir ce qu'on va voir !

11

LA PROPOSITION

Après la course, que j'ai remportée *in extremis*, Heidi et moi longeons la plage dans le soir tombant. Le personnel de l'hôtel allume des chemins de bougies le long de la mer. C'est féerique, mais je peine à faire comprendre à Heidi qu'elle ne peut pas toutes les souffler. Des bruits de conversations et des rires nous parviennent de derrière les écrans de verdure qui protègent l'intimité des bungalows. Nous croisons plusieurs couples enlacés, que ma petite sœur salue d'un « beurk » éloquent. Soudain, je dresse l'oreille. La brise nocturne me porte des échos de guitare et des rires.

– Hé, Heidi, ça te dit d'aller faire la fête?

– Ouais, la fête! approuve-t-elle avec enthousiasme.

Me guidant au son, je parviens devant un bungalow brillamment illuminé. Des guirlandes électriques ont été accrochées sur les palissades extérieures, conférant à la plage une petite allure de guinguette. Une dizaine de jeunes adultes, assis à même le sable, boivent en écoutant les musiciens. Trevor gratte sa guitare, Matt tape sur des fûts en bois, Jimmy et Hudson composent dans leur coin. Deux spectateurs frappent dans leurs mains, une autre danse pieds nus sur le sable. Trevor pose son instrument en me voyant arriver.

– Salut Carrie! m'accueille-t-il avant de se pencher sur Heidi. C'est ta…

– Petite sœur. Elle s'appelle Heidi.

D'un haussement de sourcils, je l'avertis de ne pas chercher à comprendre ma situation familiale. Si je suis venue ici, c'est un peu pour l'oublier… Et aussi dans l'espoir que bien fatiguée, Heidi dormira comme un ange ce soir. En plus, j'accumule des heures de baby-sitting, comme ça, ce sera au tour de Josh de s'en occuper demain matin.

Je suis machiavélique.

– Alors c'est le moment de nous montrer ce que tu vaux à la guitare, me défie Trevor.

Je passe une main dans mes cheveux, un tic quand je suis nerveuse. Jouer avec eux pour m'amuser ne me pose pas de problème. Mais là, nous avons des spectateurs. Peu, certes, mais quand même. Je secoue la tête.

– Montre l'exemple.

Il me tend sa main ouverte.

– OK: on t'interprète quelques-uns de nos titres et après, à ton tour de jouer avec les gars. *Deal*?

Mon cœur bat sauvagement dans ma gorge. Le stress familier des matchs d'improvisation se rappelle à mon souvenir. Je serre la main de Trevor.

– *Deal.*

Le guitariste lève les deux bras en l'air avant de rugir un « hello! » tonitruant. Tout le monde se tourne vers nous. Jimmy lui lance:

– Qu'est-ce qui te prend?

– C'est l'heure de se mettre au travail, annonce Trevor. Nous avons un public de choix!

Tous les regards se tournent vers moi. Pour la discrétion, on repassera... Hudson se lève pour m'enfermer dans une puissante accolade. Deux des spectatrices, qui ont sans doute des vues sur le chanteur, me fusillent du regard. Les musiciens s'installent face à leur public, sous la guirlande lumineuse.

Je me demande comment ils ont convaincu l'hôtel de leur fournir cet accessoire...

Matt donne le signal du départ en tambourinant sur ses fûts. Le groupe se lance dans un concert improvisé. Je tape en rythme dans mes mains tandis que Heidi, déchaînée, se trémousse pieds nus sur le sable.

Pas mal du tout! C'est même carrément sympa!

Je me surprends à mimer les mouvements de Trevor pour accompagner le groupe. La prestation a attiré quelques spectateurs supplémentaires, qui se joignent à Heidi pour danser. J'enlève mes sandales pour enfoncer mes pieds nus dans le sable encore chaud.

Ça, ce sont des vacances comme je les aime.

Heidi obtient un franc succès. Je m'amuse de la voir valser sans complexe avec des jeunes gens de mon âge. L'un d'eux tente de m'inviter, mais je décline : ce soir, c'est la musique qui me fait vibrer. Je me creuse un nid dans le sable chaud pour mieux écouter. Les doigts de Trevor courent sur les cordes de son instrument ; en réponse, les miens me démangent.

Quelle idiote d'avoir laissé ma guitare à Stanford ! Tiens, même un violon ferait l'affaire, en ce moment.

Aussi, quand le groupe s'arrête de jouer et que Trevor me tend la guitare avec un sourire de défi, j'hésite à peine avant de m'en emparer. Le bois est encore tiède, la peinture écaillée par endroits, mais je l'équilibre sans peine entre mes bras.

Un instrument de connaisseur plus que de m'as-tu-vu. Et un bon point pour lui.

Un frisson de plaisir m'agite quand mes doigts se posent sur les cordes. Je plaque un accord pour les sentir vibrer. Les garçons me regardent.

– Qu'est-ce que tu veux jouer ? demande Jimmy.

– Votre deuxième morceau, là… « Twinkle Star » ?

– Tu vas t'en sortir après l'avoir entendu une fois ?

J'ai toujours eu une excellente mémoire auditive. Il me suffit généralement d'entendre un morceau une ou deux fois pour pouvoir le reproduire. Ça me paraît si naturel que j'ai du mal à comprendre l'étonnement des autres.

– Essayons et si je cale, nous pourrons toujours nous rabattre sur une reprise.

– Ça me va ! lance Matt en tambourinant sur ses fûts.

Trevor m'adresse un sourire de défi.

Il pense que je vais me planter.

L'adrénaline fait battre mon cœur plus vite.

Je vais lui prouver ce que je vaux!

Les spectateurs ont à peine remarqué le changement. Tant qu'il y a de la musique... La guitare bien calée contre moi, je me concentre sur la ligne de basse de Jimmy. En me basant dessus, je devrais m'en sortir à peu près honorablement. La plage, Heidi, Trevor, tout disparaît. Il n'existe plus que les notes, la sensation des cordes sous mes doigts, les vibrations de l'instrument contre mon ventre. Quelque chose de sauvage s'est réveillé, qui demande à être libéré. Et je le laisse s'envoler à travers mes notes.

Les applaudissements, à la fin du morceau, me sortent d'une véritable transe. Trevor lève un pouce à mon intention. J'étais tellement prise dans le moment que je serais incapable de dire si j'ai bien joué ou non, mais ça a l'air d'aller. Les garçons ont même l'air impressionnés.

– Essayons encore quelques reprises, suggère Jimmy.

Quelque chose dans la façon dont il me regarde me met mal à l'aise. Il me rappelle mon ancien prof de guitare... Il attend visiblement quelque chose de moi, mais quoi? Ne voulant pas gâcher l'ambiance, j'acquiesce à quelques titres pas trop prise de tête, de la musique de vacances pour danser, se défouler et oublier tout le reste. Heidi bondit comme un cabri, notre petit groupe de fêtards s'agrandit peu à peu. Quelqu'un a eu la bonne idée d'apporter des rafraîchissements. Peu à peu, je m'abandonne au plaisir de jouer. Les notes vibrent contre ma peau, gonflent mon cœur d'une joie sauvage. Si je n'avais pas d'instrument entre les mains, j'imiterais bien Heidi.

Quand nous terminons, les applaudissements me réchauffent le cœur. C'est à regret que je tends la guitare à son légitime propriétaire. Trevor m'offre une limonade en échange avant de m'entraîner à l'écart avec Jimmy. Je vérifie du coin de l'œil que Heidi est sous contrôle. Matt lui apprend comment taper sur les fûts, tout va bien. Enfin jusqu'au moment où elle aura l'idée de faire la même chose avec un autre support. Trevor vide son verre avant de me lancer:

– Nous avons besoin d'une seconde guitare. Le poste t'intéresse?

J'en recrache une gorgée de ma limonade.

– Quoi?!

Il me tape dans le dos en riant:

– Ne t'étouffe pas! Ridge, notre second guitariste, nous a quittés à la fin de la tournée. Il monte un restaurant avec sa petite amie. Seulement nous, on a un album à enregistrer. Alors on cherche quelqu'un.

– Mais tu me connais depuis quelques heures seulement!

– Nous t'avons entendue jouer, intervient Jimmy.

Je détourne le regard, comme chaque fois qu'on me complimente sur ma musique. Un de mes professeurs de violon m'a dit un jour qu'il était criminel d'avoir un talent et de ne pas l'exploiter. Je n'ai plus jamais voulu prendre de cours avec lui.

– Il ne suffit pas de savoir se débrouiller avec une guitare pour faire partie d'un groupe.

– Entièrement d'accord avec toi! approuve Jimmy. D'ailleurs, Trevor n'a pas dit qu'on t'engageait. Juste que nous en envisagions la possibilité. Combien de temps restes-tu?

– Ici? Une semaine.

– Ça nous laisse tout le temps de nous accorder.

Une semaine à taquiner la guitare?

Ça me paraît un bon plan. En plus, ça occupera Heidi.

Pourtant je préfère jouer la carte de l'honnêteté:

– Même si ça colle, je ne suis à Stanford que pour un an.

– Au moins, tu nous dépannerais en attendant qu'on trouve quelqu'un d'autre. Ça nous permettrait de rechercher sereinement.

Je remue mes doigts de pieds dans le sable chaud. Un an dans un groupe professionnel? Ça pourrait être sympa. Tant que je ne compte pas y faire carrière, il n'y a pas de mal à s'amuser. Et à en juger par notre concert improvisé, nous pourrions *beaucoup* nous amuser.

– Pas d'engagement?

– Aucun engagement, promet Trevor. Que du bonheur!

– Mais votre album…

– On fait un test : si ça ne te va pas, ou si ça ne nous va pas, aucun problème, on se sépare bons amis.

– Je vais y réfléchir.

– Tu vas jouer, surtout. Tu aimes ça, ça se voit. Et dans un cadre pareil, qui ne serait pas inspiré ?

Au même instant, une menotte tire sur le bas de ma robe. Heidi me désigne la guitare d'un air impérieux :

– Zouer !

– On va prendre celle de l'hôtel, dis-je en ébouriffant ses boucles blondes.

Ses petits bras ne peuvent pas faire le tour de l'instrument, alors je le tiens pour elle pendant qu'elle gratte les cordes. Trevor lui prête un médiator pour lui montrer comment plaquer un accord. Heidi sourit si fort que nous ne pouvons pas nous empêcher de l'imiter. Son bonheur est contagieux.

Comme quoi, quand le reste de la famille ne se trouve pas dans les parages, j'arrive presque à la trouver sympathique.

D'ailleurs, elle-même reconnaît ses torts puisqu'elle admet, une fois que nous sommes parvenus à l'arracher à sa guitare :

– Tu es zentille, Carrie.

Comme je ne sais pas quoi répondre, je lui fais un câlin. Elle est si petite par rapport à César, ça fait bizarre. Ses cheveux ont une odeur un peu sucrée. Soudain, elle se tortille pour échapper à mon étreinte.

– Sassa !

Je me retourne. Joshua se tient à quelques pas, bras croisés, visage fermé, quelques mèches sombres retombant sur ses yeux. Dangereux. Je frissonne délicieusement. Trevor, lui, jette un « qui c'est ? » d'un ton un peu sec. Le charme n'opère visiblement pas sur lui.

– Mon frère. Enfin, mon demi-frère. C'est compliqué.

– Il a l'air stressé.

De fait, Joshua écarte Heidi qui voulait l'inviter à danser. Il fend le groupe des fêtards comme une lame d'air glacial pour se diriger droit sur moi.

– Qu'est-ce que vous faites là?

L'agressivité de la question me braque aussitôt. Je réponds d'un ton de défi:

– On s'amusait. C'est interdit?

– Non, mais qui sont ces gens?

– Il te faut leurs passeports?

Joshua penche la tête sur le côté.

– Il est tard. Heidi devrait se reposer, argumente-t-il.

– Même pas fatiguée! hurle aussitôt l'intéressée.

– Désirez-vous un verre? demande poliment Hudson.

– Ce n'est pas un endroit pour une enfant! s'emporte Joshua.

– Ce n'est que du jus de mangue...

– Vous devriez vous détendre, conseille Trevor.

Cela revient à peu près à agiter un chiffon rouge sous le nez d'un taureau. Joshua fume littéralement.

– Je veille sur mes sœurs.

– Tu n'es pas mon frère, commenté-je.

– Moi non plus! hurle Heidi.

– Tu ne peux pas choisir comme ça t'arrange! proteste Joshua. Ou je le suis, ou je ne le suis pas, mais c'est ou l'un ou l'autre.

Notre petite conversation commence à attirer l'attention. La lèvre inférieure de Heidi tremble comme si elle allait se mettre à pleurer. Je l'attire dans mes bras.

– Ça te dirait un tour dans la piscine avant d'aller dormir?

– Suis pas fatiguée, proteste-t-elle en commençant à sucer son pouce.

– Je vais la ramener au bungalow, annoncé-je. Vous êtes les bienvenus si vous voulez passer plus tard, Trevor.

– Pas question, grogne Joshua. C'est aussi *mon* bungalow!

– Pisse autour histoire de marquer ton territoire, tant qu'à faire!

– Je crois qu'il vaut mieux que toi, tu reviennes quand la petite sera couchée, conseille Trevor en se retenant visiblement de rire.

– Pas question, contre-attaque Joshua, c'est à toi de garder Heidi ce soir.

– Vraiment? J'ai dû louper le moment où nous en avons discuté.

Nous nous mesurons du regard.

Il y a de l'orage dans l'air, ce soir.

J'ai envie de prolonger la soirée et de l'abandonner avec Heidi, juste pour lui montrer que je ne suis pas à ses ordres. D'un autre côté, je me sens un peu responsable de la petite blottie contre moi. Et je commence à être crevée. La voix de la raison l'emporte sur celle de la bataille :

– On se voit demain, Trevor ?

– À demain, alors, concède-t-il, pas contrariant. Je vais voir s'ils n'ont pas une meilleure guitare à te prêter.

Heidi déjà somnolente dans les bras, je salue les fêtards, dont l'enthousiasme a été sérieusement douché par l'irruption de Joshua. Plusieurs bredouillent qu'il se fait tard, ils vont rentrer. Il est vrai que la nuit tropicale tombe tôt : je ne m'en étais même pas aperçue tellement j'étais dans l'ambiance !

– Je peux savoir ce qui t'a pris ? attaqué-je dès que nous sommes hors de portée de voix des autres.

– Non, se contente de répondre Joshua.

– Tu sais à quoi ça ressemblait ?

– À l'intervention d'un adulte responsable parmi une bande de gamins ?

– De gamins ? Ils ont le même âge que toi ! Arrête de te croire supérieur.

Au lieu de contester l'accusation, il opte pour un biais :

– C'est quoi, cette histoire de guitare ?

– Tu es jaloux, voilà tout !

– Moi ? Et pourquoi serais-je jaloux ?

– Je ne sais pas, moi !

Je m'arrête pour rajuster Heidi contre mon épaule. Tout à fait endormie à présent, elle pèse le poids d'un poney mort. Joshua tend les bras pour la prendre mais je refuse.

– Explique-moi pourquoi on se dispute ? demandé-je en reprenant la direction du bungalow.

– Parce que tu t'obstines à nier ce qui existe entre nous ?

– Et ça te donne le droit de te comporter en homme des cavernes ?

Son rire résonne à travers la nuit tropicale.

J'ai envie de le frapper. Ou de l'embrasser, je ne sais pas.

– C'était plutôt marrant, reconnaît-il.

– Parle pour toi!

– Alors tu vas jouer de la guitare avec eux?

– Quand on se sera mis d'accord sur le planning de garde du monstre.

– Je plaisantais. J'irai vous écouter avec elle, je suis sûr qu'elle va adorer.

L'ombre dissimule ma grimace. Le plan était de passer du bon temps loin des contraintes familiales! D'un autre côté, des étincelles d'électricité crépitent dans mon ventre à la perspective que Josh me regarde jouer.

Il a raison: j'essaye de nier ce que j'éprouve pour lui. Mais j'ai raison de le faire, non?

Il me dira merci plus tard, quand les choses se seront décantées. Ça finira bien par passer.

***

Joshua me reprend Heidi à mi-chemin du bungalow. Soulagée de mon fardeau, je regrette néanmoins son contact tiède. Elle se réveille au moment où il tente de la glisser dans son lit et se met aussitôt à hurler.

– Carrie!

– Je suis là.

– Moi aussi, rappelle Joshua, vexé.

– Ze veux Carrie, chouine Heidi.

Je ne peux m'empêcher de railler:

– *Sic transit gloria mundi.*

– Qu'est-ce que tu as dit?

– « Ainsi passe la gloire du monde. » C'est du latin.

– C'est vrai, tu es une future étudiante de Stanford, ironise Joshua.

Je lui fais les gros yeux. Mentionner Stanford devant Heidi n'est pas très malin! Sans parler du mépris ostentatoire qu'il affiche à l'égard de l'université.

– Carrie ! Sanson !

– Quoi ?

– Ze veux une sanson pour le dodo.

Ah… Ce soudain intérêt pour ma personne s'explique : elle me prend pour son juke-box personnel.

– Mais je ne chante pas, moi : je joue de la guitare.

– Elle est où la guitare ?

– À l'hôtel. Elle ne m'appartient pas.

– Alors tu santes !

– Je chante très mal.

– Non c'est bien ! Ze veux une sanson, sinon ze peux pas dormir !

– Bonne chance, se moque Joshua en m'abandonnant au petit monstre.

Il ne perd rien pour attendre.

J'aide Heidi à passer une chemise de nuit sur laquelle est inscrit : « Je suis une princesse. » Puis je la borde dans son lit et je propose :

– Alors, qu'est-ce que tu veux, comme chanson ?

– Une sanson !

Au moins, elle n'est pas difficile.

Je fouille dans ma mémoire à la recherche d'un truc court et pas trop compliqué. Hors de question de me lancer dans du Disney ou de reprendre les comptines que m'a apprises Jane quand j'étais petite. Un sourire diabolique me monte aux lèvres.

– Je vais te chanter une chanson sur Cendrillon, puisque tu aimes les princesses.

Certes, la version de Téléphone n'a pas grand-chose à voir avec celle de Disney, mais elle est en français, langue que Heidi ne comprend pas. Elle applaudit à ma proposition et croise ses petites mains sur la répugnante loque de peluche grise qui lui tient lieu de doudou.

Mon interprétation est loin de valoir celle de Jean-Louis Aubert, mais elle présente un avantage majeur : elle endort Heidi en moins de temps qu'il n'en faut pour réciter « il était une fois ». Fière de ma prestation, je remonte le drap sur la petite endormie et file rejoindre Joshua au bord de la piscine.

– Mission accomplie.

Allongé sur le dos, une main trempant dans l'eau, Joshua semble lui aussi s'être assoupi. Impression trompeuse : au moment où je passe à sa portée, il m'attrape par les chevilles et me déséquilibre. Je bascule dans l'eau avec un grand *plouf*. Prise au dépourvu, je bois la tasse, bats des bras pour remonter à la surface, recrache de l'eau, tousse et m'écrie enfin :

– Ça ne va pas !?

– Moi je vais très bien, répond Joshua, indolent. Je n'en dirais pas autant de mon téléphone.

– Alors tu t'es vengé ? C'est… c'est… puéril !

Il roule sur le côté pour mieux me voir. La façon dont il m'observe n'a rien de puéril. Je tente vainement de me cacher sous l'eau et de ne pas détailler à mon tour son corps dont son maillot de bain écarlate ne me cache presque aucun détail. Mon inconscient enregistre malgré tout avec gourmandise les muscles déliés, le ventre plat, les hanches étroites et les épaules larges, le tout emballé dans une peau bronzée à souhait.

L'eau de la piscine vient de gagner plusieurs degrés.

Pour dissimuler mon trouble, je l'asperge copieusement. Il pousse un cri de guerre avant de sauter à l'eau dans une bombe parfaite. Je glapis :

– Ne t'approche pas ! Je te préviens, je mords !

Pour toute réponse, il se lance en avant, visant ma taille. Je lui échappe de justesse. L'une de ses mains glisse sur mes fesses, me faisant bondir.

– À quoi tu joues ?

Son sourire étincelle :

– À « si je t'attrape, je te dévore » ?

Je recule.

– On avait dit que non !

– Alors débrouille-toi pour que je ne t'attrape pas.

Facile.

Il me suffit de sortir de l'eau. Nous n'avons pas stipulé les règles du jeu à voix haute, mais je sais que si je quitte la piscine, il ne me poursuivra pas. Il me laisse le choix. Et moi, je demeure figée au bord, incapable de donner le coup de talon nécessaire pour mettre fin à la scène. Josh s'approche à pas lents, le corps ramassé comme celui d'un fauve. J'ai beau m'intimer l'ordre de sortir, mon regard est aimanté par les gouttes d'eau qui roulent sur ses épaules.

Je veux me transformer en goutte d'eau.

Les gouttes d'eau n'ont pas de cas de conscience à gérer. Elles se contentent de couler. Joshua est si proche, à présent, que je perçois la chaleur de son corps. Il me dépasse d'une tête, si bien qu'il doit incliner le menton pour me regarder dans les yeux.

Je suis fichue.

Son nez touche le mien. Ses mains emprisonnent mes hanches. Il murmure contre mes lèvres :

– Trop tard. Je t'ai attrapée.

Dans une ultime tentative de sauver ce qui peut encore l'être, je chuchote :

– Juste ce soir.

– Et maintenant, je vais te manger.

Son corps se plaque au mien. Ni l'élasticité de son maillot de bain ni la minceur de ma robe trempée ne peuvent me dissimuler son érection. Quand ses lèvres se posent sur les miennes, l'eau autour de nous s'électrifie.

Une vraie centrale à nous tout seuls.

J'ai dérapé, je le sais. Ça n'aurait pas dû se produire. Mais enfin, à présent que nous avons franchi la ligne, autant en profiter. Je passe mes mains derrière la nuque de Josh, plonge les doigts dans ses cheveux et ouvre davantage la bouche pour approfondir notre baiser. Il gémit tout bas, faisant vibrer chaque cellule de mon corps. D'un seul élan, il me soulève entre ses bras. Je me pelotonne contre sa poitrine. Nous traversons la terrasse, puis Josh me dépose sur l'un des deux canapés du salon. Enfin, il va fermer la porte de séparation avec la chambre.

Heidi. Je l'avais complètement oubliée.

L'espace d'un instant, la raison menace de refaire surface. Je me redresse sur un coude, passe une main dans mes cheveux trempés. J'ouvre la bouche pour suggérer d'oublier ce moment de folie passagère quand Josh me reprend dans ses bras. Les objections s'évaporent de mon esprit au moment où ses lèvres touchent les miennes.

Je m'en souviendrai demain. Ou jamais.

Ce soir, nous sommes encore seuls au monde.

Mes mains se referment sur les épaules de Joshua. Il frissonne au contact de ma robe mouillée.

Qui m'a jetée à l'eau tout habillée, hein?

Ses bras musclés m'enveloppent, m'isolent du reste du monde. Sa langue, contre la mienne, a la saveur trompeusement sucrée des cocktails. Je me noie dans sa chaleur.

– Tu vas prendre froid, proteste-t-il contre mes lèvres.

– C'est juste un prétexte pour m'enlever ma robe, hein?

– Tout à fait.

Je ne peux m'empêcher de rire. Il n'essaye même pas de nier. Toutes les allusions dont il m'abreuve depuis le début du voyage se rappellent à ma mémoire.

Je vais enfin pouvoir me venger.

Je me décolle de lui avec un frisson. D'un doigt, je soulève une bretelle de ma robe. Le tissu mouillé adhère à ma poitrine, empêchant le vêtement de glisser vers le bas. J'en profite pour enlever l'autre bretelle, en prenant mon temps. Josh ne me quitte pas du regard. Son attention me caresse la peau comme un courant électrique.

Au diable la lenteur.

Le principe consiste à ne pas réfléchir. Si je commence, je risque de me retrouver côté chambre avec Heidi avant d'aller au bout. J'arrache presque la robe dans ma soudaine hâte à entrer dans l'action. En dessous, je porte une simple culotte blanche en coton.

Pas très sexy, j'admets.

Seulement, je n'avais pas prévu de séduire qui que ce soit ce soir, alors j'ai privilégié le confort. De toute façon, ce détail n'arrête pas Joshua un seul instant. Il pose une main de chaque côté de mes hanches et me guide pour me faire allonger sur le canapé. Celui-ci s'apparente à une chaise longue en un peu plus confortable, de sorte qu'il n'y a la place que pour une seule personne.

Mais en ce moment, nous ne faisons qu'un.

Mon dos s'enfonce dans le coussin du dossier. Joshua s'installe entre mes jambes écartées. Ses lèvres tracent un chemin chaud et humide de mon cou à mes épaules, de mes clavicules à mes seins, du sillon entre mes seins à mon ventre, de mon estomac à mes hanches. Ma respiration se bloque dans ma poitrine.

Qu'est-ce que je fais ? Qu'est-ce que nous faisons ?

Quand sa bouche caresse ma peau, je ne parviens pas à me rappeler toutes les bonnes raisons pour lesquelles elle ne devrait pas. Je tends une main pour l'arrêter au moment où il veut enlever ma culotte, ultime réaction de défense. Mais celle-ci finit sa course dans ses cheveux, mes doigts plongés dans ses mèches sombres dans un geste d'encouragement. Je soulève même le bassin pour l'aider dans sa tâche.

Tant pis pour la raison, c'est trop bon.

Joshua pose un genou à terre à côté du canapé, pour placer son visage au niveau de mes cuisses. Je halète, relève les bras au-dessus de ma tête, anticipant la suite. Joshua m'écarte un peu plus les jambes et pose ses lèvres au creux d'un de mes genoux. Je tremble alors qu'il remonte peu à peu vers le haut, agaçant la peau sensible de la langue et des dents. Un gémissement vite étouffé m'échappe.

Ne pas faire de bruit, ne pas faire de bruit, ne pas faire de bruit.

Réveiller Heidi serait pourtant le meilleur moyen pour que tout s'arrête, mais ce n'est plus ce que je veux, maintenant. Joshua souffle doucement sur mon intimité déjà moite. La caresse aérienne me fait arquer le dos, mains crispées sur le dossier du canapé. Je serre les dents tandis que sa langue agace mon clitoris. S'il n'y avait pas cette obligation de demeurer silencieuse, j'en serais déjà à le supplier.

Je suis faible… et lui très doué.

Tant mieux. Le désir qui dévore mes sens justifie tout.

Il faudrait être en marbre pour résister et moi, je ne me suis jamais sentie aussi vivante.

Joshua se redresse, le souffle court. Nos regards se croisent, électriques. Il se penche pour déposer un baiser au creux de mon estomac, laissant ses doigts remonter le long de mes cuisses. Son index écarte délicatement les plis de ma féminité avant de s'enfoncer en moi sans aucune difficulté.

– Tu es trempée.

Cette fois, aucun double sens possible. Je soupire quand son pouce se pose sur mon clitoris. Mes ongles s'enfoncent dans le tissu du dossier. J'ai l'impression que toutes mes sensations se concentrent en une boule de feu au contact de Joshua.

J'ai tellement, tellement envie de lui…

Mes hanches ondulent à la recherche de plus de contacts, plus de frottements, plus de frissons. Je renverse la tête en arrière, exposant ma poitrine. Les lèvres de Joshua se referment sur la pointe de mon sein droit, qu'il suce avec une lenteur diabolique. Sa langue trace plusieurs fois le tour de mon téton avant de s'attaquer à l'autre côté. Je siffle :

– Josh…

Je veux le toucher. J'ai besoin de le toucher.

Je lâche le dossier du canapé pour refermer une main dans ses cheveux. Un spasme soudain, né du brasier qui se répand peu à peu dans mon bas-ventre, me fait tirer un peu plus fort que nécessaire. Joshua lève son visage vers le mien. Ses prunelles sombres brillent dans la demi-pénombre.

– Dis-moi ce que tu veux, demande-t-il.

Je m'étais juré de ne pas céder à la tentation, de me tenir loin de son charme, de son magnétisme, de l'attrait irrésistible qu'il exerce sur moi. Pourtant, à cet instant précis, je ne regrette pas ma décision. Rien ne peut être meilleur que le contact de sa peau contre la mienne.

– Toi. Je te veux toi.

Il se relève d'un bond et s'écarte de moi. Je demeure interloquée.

Qu'est-ce que j'ai dit ?

Vient-il de décider que nous commettions une erreur? Ce n'est vraiment pas le moment, quand chaque fibre de mon corps hurle son besoin de lui! S'il me laisse comme ça, je vais… Les battements de mon cœur, qui avaient follement accéléré, ralentissent alors que je le vois fouiller dans un sac.

Certains ont été prévoyants…

En même temps, le préservatif fait partie du kit de voyage sous les tropiques, non? Même moi, j'en ai planqué au fond de la penderie, alors que je n'avais aucune intention de coucher avec Joshua. Pas consciemment, du moins. Joshua semble à présent se battre avec le bagage. Les noms colorés dont il baptise les divers éléments qu'il en sort me font sourire.

C'est toujours comme ça, avec lui.

Quand il me fait rire, je ne sais rien lui refuser, même si je sais que j'ai tort. J'admire son corps tandis qu'il revient vers moi, un préservatif dans une main, l'autre main faisant glisser l'élastique de son maillot de bain. Il s'arrête juste hors de ma portée et me nargue, prenant tout son temps pour dérouler le latex. Sans même y penser, je laisse glisser ma main jusqu'à mon propre sexe. De l'index, je masse mon clitoris gonflé. L'excitation s'accompagne d'une intense frustration, un mélange explosif. Joshua attrape brusquement mon poignet, le relève au-dessus de ma tête d'une main tandis que de l'autre, il soulève mon bassin. Je me laisse faire comme une poupée de son, réduite à l'état de sensations pures. Un cri m'échappe quand il plonge en moi d'un seul coup de reins. Joshua l'étouffe aussitôt d'un baiser.

Le contraste entre ce baiser, léger, tendre, infiniment doux, et la façon presque brutale dont son sexe me pilonne, me fait tourner la tête.

Je vole, je m'envole.

Mes cuisses enserrent ses hanches, dans l'espoir vain de contrôler encore le rythme. Mes doigts se nouent aux siens. Une boule électrique enfle dans mon vagin, grossit à chaque va-et-vient. Joshua mordille ma lèvre inférieure en grognant tout bas. J'ai envie de hurler. Me retenir me demande un effort surhumain et paradoxalement, accroît mon désir. Je balance mes hanches contre Joshua pour l'attirer plus près, plus profond. Pour me noyer dans son corps. Son odeur, mêlée à celle du sexe, m'enivre.

Le canapé, prévu pour des siestes tranquilles, proteste soudain contre le traitement auquel nous le soumettons. Une latte émet un craquement sinistre. Joshua me lâche, se redresse, se retire. Je maudis le canapé de toutes mes forces, lui souhaitant de finir son existence de meuble en feu de bois.

– Viens, m'invite Joshua, main tendue et sexe toujours fièrement dressé.

Je jette un coup d'œil nerveux aux panneaux donnant sur la piscine.

Il ne veut quand même pas…

– Tu as peur?

Je rejette mes cheveux en arrière.

– Bien sûr que non! Mais l'exhibitionnisme n'a jamais fait partie de mes fantasmes.

– Quel exhibitionnisme? On ne peut rien voir à travers les claustras. De plus, la nuit est tombée. Il fait noir, dehors.

– D'accord, mais si Heidi se réveille?

– Tu cherches des prétextes.

Il a raison.

Dès que nous ralentissons le rythme, mes doutes reviennent en force. Il nous faut de l'action! Je bondis soudain sur mes jambes, traverse le salon comme une flèche, puis la terrasse, et je me jette à l'eau.

Mon corps, qui s'était crispé dans l'attente du choc thermique, ne rencontre qu'une délicieuse tiédeur. Je déplie bras et jambes puis ferme les yeux. Il me faut quelques secondes à peine pour ne plus distinguer le haut du bas. Je flotte en apesanteur, l'eau caressant ma peau nue.

C'est la première fois que je me baigne à poil!

Cette constatation me tire un rire d'incrédulité. De petites bulles s'échappent de la commissure de mes lèvres. Décidément, Joshua me pousse à tenter de nouvelles expériences. De grandes mains chaudes entourent ma taille, me guident vers la surface. Je prends une grande inspiration au moment où ma tête sort de l'eau. Par contraste avec la température de celle-ci, l'air me paraît presque frais. La peau de Joshua, en revanche, est brûlante. Il me soulève sans effort pour m'asseoir sur le bord de la piscine et se glisse aussitôt entre mes jambes écartées. Sa langue lèche les gouttes qui roulent entre mes seins, puis dérive sur la gauche. Je plante mes talons dans ses fesses.

Pas question de s'arrêter en plein milieu, cette fois.

Une poignée de capotes atterrit miraculeusement sur ma gauche. Joshua ne m'a pas suivie sans munitions…

Tant mieux.

Je déchire moi-même l'emballage tandis que Joshua s'efforce de me distraire en mordillant mes seins. Il y parvient trop bien, d'ailleurs : le préservatif s'échappe de mes doigts tremblants pour tomber à l'eau. Joshua éclate de rire.

– Tu es trop pressée.

Me soulevant entre ses bras, il me ramène dans la piscine. Son baiser me fait tant tourner la tête qu'à nouveau j'oublie où se trouvent le ciel et la terre. Paupières closes, je me laisse dériver avec lui. La caresse de l'eau s'ajoute à celle de ses doigts sur ma peau.

Délicieuse combinaison.

Le rythme est plus doux, plus tendre que sur le canapé, quelques instants plus tôt, mais le désir qui en naît n'en est que plus fort. Je mordille sa lèvre inférieure tandis que mes mains se font plus insistantes sur son corps. Il se cambre contre moi quand mes ongles s'enfoncent dans ses reins. Je m'accroche à lui pour ne pas couler. Son érection frotte contre mon sexe.

Il serait si facile de céder à la tentation.

Je comprends (et j'approuve) à présent tous les fantasmes au sujet de ce qu'on peut faire dans une piscine. Seulement, les petits emballages carrés nous narguent sur le bord, à deux mètres à peine. Joshua me lâche brusquement. Privée de son soutien, je m'enfonce sous la surface, bois la tasse et remonte, furieuse, à temps pour admirer son crawl impeccable.

– Tu vas me le payer.

Il m'adresse un sourire railleur par-dessus son épaule.

Ah, il veut jouer à ça? Il va voir!

Inutile de me bercer d'illusions, en puissance pure, il me bat à plate couture. En revanche je possède un petit talent qu'il ignore... Je prends une grande inspiration et je replonge. Les bras le long du corps, je me laisse glisser au fond du bassin où j'imite une étoile de mer, immobile, flottant entre deux eaux. Et j'attends.

Je peux retenir ma respiration très, très longtemps.

Ça flanque toujours une frousse bleue à mon père. Et même à César. Ils me font systématiquement promettre de ne jamais le faire quand ils m'accompagnent à la piscine. Isolée du bruit, en apesanteur, j'attends. De petites impulsions électriques parcourent ma peau. Ne pas savoir ce que fait Joshua, à quel moment il va se décider à intervenir et ce qu'il va faire m'excite.

En même temps, qu'est-ce qui ne m'excite pas, avec lui?

Je me force à ne pas bouger. Bras et jambes légèrement écartés, je flotte. Puis un grand *plouf* vient troubler la tranquillité de mon cocon aquatique. Deux bras puissants m'attrapent à bras-le-corps, me ramènent vers le haut. Mon dos entre en contact avec des planches de bois tièdes.

– Carrie, est-ce que ça va?

Oups, il a l'air vraiment inquiet.

Je rouvre les yeux, me redresse sur un coude et lui adresse un sourire éblouissant.

– Bien sûr, pourquoi?

L'expression angoissée de Joshua vire aussitôt à l'orage. Mon cœur vibre dans ma poitrine. Le fait qu'il se soit vraiment inquiété pour moi me fait fondre. Sa colère attise mon désir. Il recouvre mon corps du sien, ruisselant d'eau. Le contraste entre la fraîcheur de sa peau et la chaleur du bois de la terrasse me remplit d'un désir liquide.

– Tu m'as fait marcher, accuse-t-il.

– C'est toi qui as commencé !

Nous fronçons les sourcils, pinçons les lèvres, nous efforçons de nous convaincre que nous sommes fâchés. Peine perdue : nous éclatons de rire. Joshua en profite pour me chatouiller impitoyablement, jusqu'à ce que je le supplie d'arrêter. Ma peau fourmille du contact de ses doigts. Il consent à me libérer juste assez longtemps pour attraper un nouvel emballage de préservatif. Je le regarde le déchirer, puis dérouler le latex sur son sexe en érection, tandis que je reprends mon souffle.

Disons que le spectacle ne m'aide pas.

Joshua revient s'allonger à mes côtés. D'une main, il trace les contours de mon corps, de l'épaule à la hanche. Je le laisse faire, alanguie, partagée entre l'urgence d'un désir qui, de coups de langue en coup en traître, n'a fait que croître depuis que nous nous sommes retrouvés seuls, et la tendresse singulière de cet instant. Ma paume vient se poser sur la joue de Joshua ; du pouce, je retrace l'arc de son sourcil, l'arête de son nez, la courbe de ses lèvres... Il ferme les yeux comme s'il voulait arrêter le temps.

Moi aussi, j'aimerais que cet instant dure toujours.

Je voudrais que cette terrasse se transforme en bulle étanche, un monde dans lequel rien d'autre n'existerait que nous et cette magie qui naît chaque fois que nous nous touchons. Au-dessus de nous, le ciel tropical étend sa voûte étoilée comme une couverture. À côté de nous, éclairée par des spots placés au fond de la piscine, l'eau clapote doucement. Joshua happe mon pouce entre ses lèvres pour le sucer. La sensation fulgurante traverse mon corps comme une coulée de lave pour venir se nicher entre mes cuisses. J'enfouis mon visage dans son cou, où je mordille la peau douce et sensible. Le chlore s'y mêle au sel et à son parfum auquel je deviens rapidement accro.

Je piquerais bien son flacon dans la salle de bains, histoire de toujours en avoir une dose avec moi...

Joshua attrape mon menton dans sa main libre pour m'obliger à le regarder en face. Nos bouches se cherchent, se trouvent et s'explorent. Nos jambes s'entremêlent. Nous prenons notre temps, comme si la nuit était éternelle. J'écarte les cuisses au moment où Joshua fait basculer son corps sur le mien. Mon bassin se relève pour mieux l'accueillir.

Plus de doute, mais une lumineuse évidence: nous sommes faits l'un pour l'autre.

Il me pénètre d'un seul coup de reins puis s'immobilise, pour nous laisser le temps de nous accommoder à la sensation. Il est chaud, dur et doux à la fois. Je pose mes doigts sur les fossettes à la base de ses fesses. Et je m'accroche quand il m'embrasse encore, encore et encore, jusqu'à ce que les étincelles sous mes paupières se confondent avec les étoiles du ciel. Peu à peu, il recommence à bouger, sur un rythme lent comme le ressac de l'océan tout proche. Je me laisse porter par les sensations. Nos corps emmêlés, sa peau qui se couvre de sueur sous mes doigts, la chaleur de son corps et le vent tiède qui nous rafraîchit... Le plaisir enfle peu à peu, bouillonne dans mes veines, irrigue chacune de mes terminaisons nerveuses.

– Josh...

– Chut! souffle-t-il contre mes lèvres. Il ne faut pas faire de bruit, tu te souviens?

Pour toute réponse je plaque ma bouche à la sienne dans un baiser sauvage. Le gémissement qui monte de ma gorge nous fait vibrer tous les deux. Le va-et-vient de Joshua se fait plus rapide, plus pressant. Mon cœur bondit dans ma poitrine. Je voudrais crier son nom mais ses lèvres scellent toujours les miennes. J'enfonce mes ongles dans sa peau pour résister au raz-de-marée. Peine perdue. L'orgasme m'éparpille en un million de particules incandescentes. Joshua gémit contre ma bouche, un son bas, étrangement vulnérable, qui remplace l'ultime déferlante de plaisir en tsunami de tendresse. Je le serre entre mes bras pour le retenir contre moi.

Encore un peu... Juste un peu.

Il caresse mes cheveux emmêlés. Son souffle chatouille mon cou. Petit à petit, nos cœurs retrouvent un rythme normal. Joshua roule sur le côté, une main toujours posée sur mon ventre.

– Je t'ai épuisée ? chuchote-t-il, moqueur.

– Ne te vante pas.

J'ai l'impression que mes muscles se sont transformés en guimauve, mais ça va passer.

– Tant mieux. Parce que, poursuit-il en attrapant une poignée de capotes derrière lui, il nous reste des munitions.

– J'ai dit : ne te vante pas.

– On parie ?

Ses yeux brillent dans la pénombre. Je ne peux m'empêcher de sourire.

– Je ne parie pas avec toi.

– Tu as peur de perdre ? me provoque-t-il.

– Jamais. Je trouve simplement idiot de parier sur… ça.

– Tu as peur ! répète-t-il.

– Attends seulement que je récupère mon énergie et je te jette à l'eau pour la peine.

– J'ai une meilleure idée concernant la façon d'employer ton énergie.

Ses doigts tracent de petits cercles sur mon ventre, longent ma hanche, dessinent la courbe de mes cuisses. Ma peau se hérisse de chair de poule. Malgré un orgasme d'anthologie, je sens la flamme du désir se rallumer dans mon bas-ventre.

Heureusement, comme l'a signalé Joshua, il nous reste de quoi tenir toute une nuit.

12

DISPARUE !

Une douleur atroce dans le mollet m'arrache à un sommeil profond. Je me redresse d'un bond, échappant aux bras de Joshua. Celui-ci ouvre des yeux ensommeillés pour me regarder sautiller à travers le salon.

– Qu'est-ce qui te prend?

Je siffle entre mes dents:

– Crampe…

Les canapés n'ont pas vraiment été conçus pour dormir dessus, du moins, pas une nuit entière. De plus, il faut s'y serrer pour tenir à deux. Ma jambe pendait dans le vide et la circulation sanguine, en y revenant, me fait un mal de chien.

Dur retour à la réalité des choses.

Si j'étais superstitieuse, je dirais que le destin m'adresse un signe. Joshua rit. J'esquisse un geste pour le frapper, mais cela me déséquilibre et je retombe sur le canapé. Il m'entoure aussitôt de ses bras. Je me raidis, incertaine. Sa chaleur et son parfum viril m'évoquent notre nuit torride, tandis que la douleur dans mon mollet m'en rappelle les conséquences.

Que va-t-il se passer, maintenant?

– Montre-moi ça, demande-t-il.

Ses grandes paumes chaudes entourent mon mollet, qu'elles massent doucement.

Mmm, ça fait du bien.

Son contact me fait systématiquement oublier que je devrais plutôt le fuir.

Après tout, tant que nous n'avons pas pris le petit déjeuner, c'est techniquement encore la nuit.

J'ai droit à un répit.

J'appuie mon front sur son épaule pour mieux profiter de l'instant. Ses lèvres effleurent mon oreille. Il murmure quelque chose que je ne comprends pas. Tandis que la douleur s'estompe, le petit démon au fond de ma conscience entreprend de négocier : ne pourrait-on pas étendre le moratoire jusqu'à la fin de notre séjour ? Après tout, je suis là pour prendre du bon temps, non ? Or notre temps nocturne a certainement été délicieux.

Soudain, mon estomac émet un gargouillis sonore. Mortifiée, je pose une main dessus tandis que Joshua éclate encore une fois de rire. Je tente de me justifier :

– Il est tard !

C'est alors que deux évidences me frappent. Premièrement, le soleil est déjà haut dans le ciel. Il inonde le salon à travers la baie vitrée dont nous avons négligé de fermer les rideaux. Deuxièmement, Heidi devrait être levée depuis longtemps. Un poing glacé se referme sur mon cœur.

– Heidi…

– Quoi, Heidi ? demande distraitement Joshua dont les doigts remontent peu à peu de mon mollet vers l'intérieur de ma cuisse.

– Elle devrait être levée, non ? Ils se lèvent tôt, à cet âge.

Joshua se redresse, le front barré d'un pli.

– Si elle était réveillée, nous l'aurions déjà entendue.

– Justement.

– Bon, je vais voir.

Il enroule une serviette autour de ses hanches. Je me souviens qu'hier soir, il ne portait qu'un maillot de bain. De mon côté, je n'ai pas franchement envie de renfiler ma robe encore humide. Je m'empare de la seconde serviette pour me confectionner un court paréo tandis qu'il entre dans la chambre. Il en ressort aussitôt.

– Elle n'est pas là.

– Quoi ?

– Heidi. Elle n'est pas là.

Sa voix contient une nuance d'inquiétude qui propulse la mienne dans la stratosphère. Je me souviens de la scène au bord de la piscine, la veille.

Comment avons-nous pu la laisser sans surveillance!?

Retenant ma serviette d'une main, je cours au bord de l'eau. Personne. Aucun objet suspect ne flotte à la surface ni ne repose sur le fond bleu.

– La mer, dis-je à Joshua qui arrive dans mon dos. Si elle est allée vers la mer…

– Du calme. Elle est peut-être avec Jane?

– Bonne idée, tu l'appelles pour lui dire qu'on a perdu Heidi?

Il se renfrogne. Nous savons tous les deux que si Heidi n'est pas auprès de Jane, celle-ci va complètement paniquer. Et je doute que malgré ses provocations, il soit plus enclin que moi à exposer les raisons qui nous ont conduits à négliger la surveillance de la petite. Mieux vaut repousser les explications au moment où nous aurons remis la main sur la fugitive.

– Bon. Elle ne doit pas être bien loin.

Le soleil est déjà haut dans le ciel. Si Heidi s'est levée aux aurores, elle a eu le temps de faire le tour de l'île. Je ne réponds rien, préférant ne pas alourdir l'ambiance déjà pesante. Nous nous habillons en hâte, sans aucun jeu de séduction, cette fois: l'heure du flirt est clairement passée.

Personne sur la plage devant le bungalow, pas de petite fille à portée de voix. Ou alors elle se cache, ce serait bien son genre. Si elle nous a joué une farce, je vais l'étriper.

– Elle est peut-être retournée chez Trevor?

L'hypothèse fait grogner Joshua, mais faute d'une meilleure idée, nous nous dirigeons vers le bungalow des musiciens. Assis sur la rambarde, sa guitare calée au creux de son épaule, Trevor déguste une boisson jaune fluo d'une main tout en taquinant les cordes de l'autre. Son visage s'éclaire à ma vue.

– Carrie! Tu viens jouer?

– Euh… Oui, dès que j'aurai mis la main sur ma petite sœur. Tu ne l'as pas vue dans le coin, par hasard?

– Elle a disparu?

– Disons que… elle est partie se promener sans nous.

J'entends Joshua grincer des dents derrière moi.

Avouer une faute de surveillance devant Trevor assène manifestement un mauvais coup à sa fierté. Le guitariste pose son instrument et claque des doigts.

– Les gars ! J'ai une mission pour vous !

Des musiciens ensommeillés et plus ou moins vêtus se traînent hors du bungalow. Toutefois, l'annonce de la disparition de Heidi leur donne un coup de fouet. En moins de dix minutes, ils se trouvent à pied d'œuvre, prêts à participer aux recherches.

– Bon, annonce Joshua, décidé à reprendre la direction des opérations. Il vaut mieux nous diviser pour quadriller l'île. Trevor, tu prends la réception. Vous, poursuit-il en désignant Hudson et Jimmy, faites le tour des plages, chacun dans un sens. Et toi, conclut-il pour Matt, tu vérifies les points de restauration. Je m'occupe des bungalows avec Carrie.

– Chef, oui, chef ! plaisante Trevor.

Joshua l'assassine du regard. L'inquiétude lui ôte tout sens de l'humour. Je suis presque tentée de lui demander d'échanger sa place avec Trevor, mais quelque chose me dit qu'il le prendrait mal. Alors, comme le reste de l'équipe, j'obéis docilement. Enfin presque. Avant que nous nous séparions, je suggère aux garçons :

– Donnez-moi votre numéro de téléphone. Le premier qui trouve quelque chose contacte les autres.

– Excellente idée, approuve Trevor en sortant son portable.

Agacé, Joshua nous ordonne de nous dépêcher.

– Tu dragueras un autre jour, me dit-il alors que nous nous éloignons.

– Il me semble que nous avons déjà eu cette conversation hier soir.

Pourquoi me suis-je imaginé que notre nuit ensemble allait tout changer ?

Je suis vraiment naïve, parfois ! Que nous nous entendions bien (plus que bien, même) au lit ne signifie pas forcément que nous soyons sur la même longueur d'onde pour le reste.

Petite peste !

Dire que je commençais à apprécier Heidi... Tout ça est de sa faute ! Je suis sûre qu'elle a fugué rien que pour nous embêter.

Encore que, je préfère cette hypothèse à celle où elle se serait noyée… J'accélère le pas. Nous allons la retrouver, c'est forcé.

Les bungalows sont remarquablement agencés en ceci que, de l'intérieur de l'île, on ne se rend pas compte de leur nombre. Ils forment une sorte de labyrinthe adroitement imbriqué, les bâtiments isolés les uns des autres par des panneaux de bois couverts de plantes grimpantes. Autant dire que sans plan, on s'y perd en moins de temps qu'il n'en faut pour demander « où est le B3, s'il vous plaît? ». De plus, les brise-vue qui protègent l'intimité des occupants nous empêchent aussi de vérifier d'un coup d'œil si une petite fille blonde n'est pas en train de jouer du côté de la piscine. Je m'inquiète :

– Comment on fait? On sonne à toutes les portes pour demander s'ils n'ont pas vu passer Heidi?

– Autant demander à l'accueil de diffuser une petite annonce, répond Joshua, caustique.

– Alors quoi?

– Heidi a la voix qui porte. Ouvre les oreilles.

Il accompagne son conseil d'une main posée sur mon épaule. Le nœud d'angoisse qui me tord le ventre se desserre à son contact. Je parviens presque à croire que nous allons entendre d'une minute à l'autre un tonitruant « t'es pas belle ». Pourtant, le temps passe et nous ne surprenons rien de plus passionnant que quelques disputes conjugales et des couples persuadés que puisqu'on ne peut pas les voir, on ne peut pas non plus les entendre. J'étreins mon téléphone portable comme si je pouvais l'obliger à sonner.

Où est-elle?

Nous sommes sur une île, elle ne peut pas avoir disparu comme ça!

Sauf si elle s'est noyée…

Encore une fois, je repousse cette perspective de toutes mes forces. Nous allons la trouver, j'en suis certaine. Joshua en est capable. Mes doigts frôlent les siens et de minuscules étincelles dansent dans mon estomac, malgré l'angoisse.

– Ze veux pas de la glace!

Nous nous figeons instantanément. Cette voix semblable à un coup de trompette…

– Elle est là, décrète Joshua en m'attrapant par le bras.

Je crains qu'il ne casse la porte du bungalow tant il met d'énergie à cogner dessus. De l'intérieur on entend un « Sassa ! » enthousiaste. Visiblement, Heidi reconnaît sa façon de frapper. L'homme qui vient nous ouvrir ressemble à un croisement entre Homer Simpson et un homard ébouillanté. Il nous dévisage comme si nous étions des vendeurs d'aspirateurs.

– C'est pour quoi ?

– Heidi, jette Joshua sans s'embarrasser de formules de politesse.

– Qui ça ?

La petite nous tire d'embarras en déboulant à toutes jambes. Je suis tellement soulagée de la voir que j'ouvre les bras et la serre contre mon cœur. Les réprimandes attendront.

– Ah, c'est votre fille, bougonne le vieux homard. Vous pourriez la surveiller un peu mieux !

– Elle s'est sauvée pendant que nous étions occupés à des activités réservées aux adultes, répond Joshua avec un clin d'œil. Vous savez ce que c'est.

Son interlocuteur passe du rouge crustacé au pourpre cardinal. Son épouse, qui arrivait derrière lui armée d'un parasol, affiche une mine scandalisée.

– Moi aussi, ze veux faire les zeux d'adultes, affirme Heidi.

– Ne raconte pas n'importe quoi.

J'ajoute, au profit des Homards :

– Joshua plaisante. Heidi est notre petite sœur.

– Et la raison pour laquelle nous ne voudrons jamais d'enfants, ajoute Joshua.

– Tu peux pas avoir d'enfant, commente Heidi, t'as pas d'amoureuse.

Cette information me soulage plus qu'elle ne devrait.

C'est vrai, logiquement, si Josh m'a draguée, le premier jour, c'est qu'il n'y avait personne dans sa vie.

À moins d'être un salaud, ce qui n'est pas le cas. Bien qu'il puisse se montrer très agaçant, il est fondamentalement quelqu'un de bien.

Enfin bref.

Madame Homard pince les lèvres :

– Où sont les parents de cette enfant ?

– Occupés à des trucs d'adultes eux aussi, je le crains, confie Joshua.

Je me mords l'intérieur de la joue pour ne pas éclater de rire. Heidi sautille autour de moi.

– Z'ai faim, z'ai faim, z'ai faim !

– Nous lui avons offert le petit déjeuner, souligne Madame Homard.

– C'était même pas bon !

Monsieur Homard renifle.

– L'éducation de cette petite...

– Nous nous en chargeons, coupe Joshua. Merci beaucoup d'avoir pris soin d'elle !

– Il fallait bien que quelqu'un s'en occupe, fait remarquer Madame Homard, acide.

– Elle aurait bien retrouvé son chemin toute seule, dis-je. Elle est très débrouillarde, vous savez. Mais merci quand même !

Laissant les deux homards bouillir dans leur indignation, nous nous sauvons avec notre butin. Joshua perche Heidi sur ses épaules pour aller plus vite, tandis que j'envoie un message à tous les participants aux recherches pour leur signaler qu'ils peuvent arrêter. Je les remercie chaleureusement au passage et leur fixe rendez-vous en fin de matinée. Le temps d'avoir une petite explication avec Miss Fille-de-l'air.

***

– Pourquoi es-tu partie toute seule ? attaque Joshua une demi-heure plus tard, devant un plantureux petit déjeuner.

Le room service nous a apporté une quantité de céréales hallucinante, pour la plus grande joie de Heidi qui s'essaye à des mélanges improbables arrosés de jus d'orange.

– Chauchemar, articule-t-elle la bouche pleine.

– Tu as fait un cauchemar ? Quand ?

J'espère très fort que nous étions endormis, pas occupés à ce que Joshua appelle « des activités réservées aux adultes ». Heidi hausse les épaules.

– Y avait du jour.

– OK. Donc, tu t'es levée parce que tu avais fait un cauchemar…

– Vous étiez même pas là ! accuse-t-elle.

– Nous étions juste à côté, rétorque Joshua. Si tu avais appelé, nous aurions entendu.

Pour ma part, je dormais comme une pierre…

Mais ma diabolique petite sœur possède une impressionnante capacité pulmonaire, comme nous venons d'en avoir la preuve. Joshua a raison, elle n'a pas dû appeler. Elle hausse de nouveau les épaules en secouant ses boucles blondes.

– Ze suis pas un bébé. Alors ze suis allée voir maman toute seule !

Elle a du cran, la petite, quand même.

Même si en l'occurrence, ça ne constitue pas forcément une qualité. Joshua fronce les sourcils.

– Tu ne dois pas te promener toute seule, tu te souviens ?

– Mais ze suis grande !

– Si tu étais grande, le monsieur et la dame t'auraient laissée tranquille. Tu ne dois pas suivre des gens que tu ne connais pas, tu sais ça, aussi ?

Prise en faute, Heidi se venge sur les céréales qu'elle massacre à grands coups de cuillère.

– Mais ze savais plus où était maman.

– Et alors ? Ils auraient pu être méchants !

La mixture dans le bol de Heidi a pris une allure carrément ignoble.

– C'est toi, le méssant, dit-elle à Joshua, avant de se tourner vers moi, lèvre tremblante et grands yeux de chaton battu.

Le pire, c'est que ça marche presque.

La colère que j'éprouvais au début des recherches s'est dissipée. Après tout, nous l'avons retrouvée en forme, tout est bien qui finit bien. Joshua m'adresse une grimace expressive par-dessus sa tête. Il n'a pas envie de passer pour le seul méchant de l'histoire. Je réponds à la petite diablesse :

– Joshua a raison. Tu ne dois pas te promener toute seule. Appelle-nous, la prochaine fois !

Plus question de nuit sauvage dans le salon.

L'incident qui vient de se produire démontre que la nuit passée était une erreur. Heidi trépigne sous la table, consciente qu'à deux contre une, elle n'est pas en position de force. Je tente une ultime manœuvre :

– Écoute, on ne dira rien à Jane pour cette fois, d'accord ?

C'est surtout dans mon intérêt et celui de Joshua, d'ailleurs.

Devant la mine boudeuse de l'enfant démoniaque, j'abats mon atout maître :

– Et tout à l'heure, nous irons faire de la musique avec Trevor et ses amis.

Cette perspective transfigure instantanément la petite. Elle écarte le bol de céréales en bouillie pour s'en servir de nouvelles, qu'elle dévore avec appétit. J'ai à peine fini mon jus de mangue qu'on frappe à la porte.

– Bonjour ! s'écrie Jane, avec un sourire rayonnant. Comment allez-vous ?

Trois « très bien » simultanés lui répondent. J'échange un regard avec Joshua et Heidi. La petite pouffe de rire. Andrew nous considère tous les trois d'un œil perplexe mais Jane, ravie de nous entendre rire ensemble, ne cherche pas plus loin.

– Nous allons prendre Heidi avec nous ce matin, annonce-t-elle, que Joshua et toi puissiez vous détendre un peu.

– Bonne idée ! Je vais…

Je m'arrête juste avant le « jouer de la musique avec la bande ». Je répugne toujours à dévoiler devant Jane ma passion pour la guitare, de peur qu'elle ne soit tentée, en tant que musicienne elle-même, de fourrer le nez dans mes affaires. Je ne suis sans doute pas très à l'aise à l'idée de partager ce trait de caractère avec elle, dans la mesure où son métier de violoniste a très largement contribué à pourrir notre relation. J'achève précipitamment :

– … profiter du spa.

– Je t'accompagne, propose aussitôt Joshua.

À la façon dont il pose une main sur mon épaule, je sens bien qu'il n'est pas dupe une seconde de mon excuse. J'hésite : dois-je rester sur mon plan initial, ou le suivre, histoire de mettre au clair la suite (ou plutôt l'absence de suite) à cette nuit ?

L'ennui, c'est que je ne me fais pas du tout confiance pour lui résister, si jamais il ne partageait pas mon point de vue.

Or à la façon dont son pouce caresse discrètement mon cou, sous la masse de mes cheveux, j'ai la nette impression qu'il envisage de poursuivre dans la même veine.

Pourquoi est-ce à moi d'être raisonnable pour deux ?

Je suis très mauvaise dans le rôle, en plus. D'habitude, je prends les décisions impulsives et Tina joue la voix de la raison. Je me dégage un peu brusquement.

– Bon, je vais chercher mon maillot de bain. Salut Heidi, sois sage ! Amusez-vous bien !

– On se voit à midi au restaurant, me lance Jane.

Pas folle, elle ne compte pas garder le petit monstre toute la journée. Vu l'heure tardive, ça me laisse en gros une heure pour jouer… On fera avec.

– Tu comptes te baigner à poil ? demande Joshua en me voyant ressortir de la chambre les mains vides.

– Je vais chez Trevor. Nous ne les avons même pas remerciés pour leur aide, tout à l'heure.

– Tu as dit à ta mère que tu allais au spa.

– J'ai changé d'avis.

– En cinq minutes ?

Je laisse crépiter quelques étincelles entre nous deux avant de détourner le regard.

– Bon, d'accord, je n'avais pas envie de dire à Jane que j'allais jouer…

– Tout comme tu lui caches ton inscription à Stanford? Tu crois vraiment que tu pourras lui dissimuler éternellement ce que tu fais?

Je me hérisse. Sa remarque réveille en moi un vieux fond de culpabilité, que je transforme en agressivité:

– Ce ne sont pas tes affaires.

– Voyons, nous faisons partie de la même famille, maintenant, souligne-t-il d'un ton ironique.

– Tu parles. Tu n'en as rien à faire.

– À cause de cette nuit?

– C'était une erreur.

Son regard, fixé sur moi, est trop sérieux à mon goût. Je préfère quand il s'amuse à me provoquer, tout compte fait. Il se laisse aller sur le canapé qui a accueilli nos ébats, à peine quelques heures plus tôt.

– Tu te prends la tête pour rien. Ce n'est pas comme si nous avions des liens de sang ou quoi que ce soit.

– Mais socialement, ça revient au même.

– Je me fous des règles sociales.

Ça lui ressemble bien, en effet.

Et moi qui me croyais libre, bien dans mes baskets et sûre de moi, je découvre qu'au fond je ne m'en fiche pas tant que ça.

C'est frustrant.

– C'est encore un problème vis-à-vis de ta mère? questionne Joshua.

– Pourquoi? Tu penses que ton père serait ravi?

Il pince les lèvres. Apparemment, j'ai touché un point sensible.

La paille, la poutre, tout ça.

– Mon père n'a pas à me dicter ma conduite.

– Et c'est moi qui ai des problèmes avec ma mère…

– Écoute, si tu ne veux pas, dis-le franchement et n'en parlons plus!

Si je ne veux pas…

L'ennui c'est que je veux. Très, très fort. Mais ce que je veux et ce que je dois faire sont deux choses différentes. Je me laisse glisser à terre sans aucune élégance. Entourant mes jambes de mes deux bras, je pose la tête sur mes genoux.

– J'ai un frère.

Joshua cligne des yeux, désorienté. Je rectifie :

– Un demi-frère. Ou plutôt, un pas-frère-du-tout selon tes critères. C'est le fils de ma belle-mère, Cécile. Il s'appelle César. Je l'adore. Pour moi, il est vraiment comme un frère. Alors toi… ça fait bizarre.

– Il a quel âge, César ?

– Il a 13 ans.

– Ce n'est pas pareil.

– Même s'il était plus grand, ça ne changerait rien. C'est mon frère.

– Parce que tu l'as décidé ainsi, argumente Joshua. Mais ce n'est pas une réalité physique.

– Un enfant adopté n'est pas non plus l'enfant biologique de ses parents. Est-ce que ça rend leur lien moins réel ?

Joshua lève les bras au ciel dans un geste d'exaspération.

– D'accord ! Alors, c'est non. Pas besoin d'épiloguer.

– Tu abandonnes ?

Je ne peux pas m'empêcher de me sentir déçue.

– Ce n'est pas ce que tu voulais ? demande Joshua en s'étirant de tout son long.

– Si, bien sûr.

Je m'oblige à détacher les yeux de la bande de peau bronzée, si appétissante, entre son T-shirt et son jean.

Question de crédibilité.

– Mais, étant donné que tu ne t'es pas privé de me draguer durant tout le voyage, je m'étonne un peu que tu cèdes si facilement.

Un sourire narquois ourle ses lèvres. Mon regard s'y accroche aussitôt, comme aimanté.

Je suis un cas désespéré.

– Si tu cèdes, remarque-t-il, c'est que tu n'es pas si convaincue d'avoir raison.

– Ça ne veut pas dire que je ne regretterai pas après.

Il croise les bras sur sa poitrine, sourcils froncés, mâchoire crispée :

– Parce que tu regrettes, là ?

– Ça complique les choses.

– Seulement si tu le décides ainsi.

Nous ne tomberons jamais d'accord sur la question.

J'esquisse un pas de retrait en direction de la porte.

– Je vais jouer de la guitare.

– Tu avais dit à Heidi que tu l'emmènerais.

– Ce n'est pas ma faute si sa mère l'a récupérée.

– Tu la détestes ?

Je me fige dans mon élan.

D'où sort cette question, d'un seul coup ?

Je tente de m'en sortir en renvoyant la balle à l'envoyeur.

– C'est toi qui as dit qu'elle était la raison pour laquelle nous n'aurions jamais d'enfants, tout à l'heure.

– Je plaisantais. J'adore Heidi.

– Bien qu'elle ne soit pas vraiment ta sœur.

Il hausse les épaules.

– La famille, ce n'est pas vraiment mon truc. Je préfère les relations choisies.

Les confidences de Jane me reviennent à l'esprit. La mère de Joshua est morte de façon brutale alors qu'il était encore très jeune, son père n'a pas vraiment assuré…

– C'est pour ça que tu vis à l'hôtel ? Tu ne veux même pas d'une maison ?

– Vu le temps que je passe au boulot, ce serait un gaspillage d'argent.

– En fait, ton bébé, c'est ta boîte.

Il grimace.

– Ce n'est pas mon bébé ! Je peux la vendre demain si je veux.

– Tu le ferais ?

– Pas tant que ça me rapporte…

Il bluffe. Ou il se ment à lui-même.

Je contre :

– Moi, je veux me marier. Enfin, quand j'aurai fini mes études, trouvé un boulot et surtout, l'homme que je voudrai épouser. Je veux une grande maison, un chien, deux chats...

– Et tes rêves se limitent à ça?

Il ne me taquine plus, à présent. Le sarcasme est méchant. Il me touche d'autant plus que cela fait vibrer une corde, au fond de mon cœur, dont je persiste à nier l'existence. Je réponds froidement:

– À chacun son truc.

Et cette fois, je sors sans me retourner. Au lieu de me rendre directement chez Trevor, je fais une halte au bord de la mer. Assise dans l'ombre d'un cocotier, j'envoie un message à Tina, des photos à César. Ils me manquent soudain terriblement.

Joshua a tort. La famille, c'est important.

Enfin, quand on s'entend... Je balaye la plage du regard. Pas de Heidi en vue.

J'entretiens une relation problématique avec Jane, et alors?

Ça prouve qu'elle est importante pour moi, sinon je m'en tiendrais à une indifférence polie, comme Joshua avec son père. Je démêle mes cheveux du bout des doigts. Ce matin, j'ai manqué de temps pour me coiffer, merci Heidi. Cette situation est bien trop compliquée pour moi et je n'ai même pas Tina sous la main pour m'aider à me remettre les idées en place. Alors il ne me reste qu'une solution.

Je me relève pour aller retrouver Trevor et la musique.

13

MENSONGES ET CONFIDENCES

– À moi, à moi ! réclame Heidi.

Je me pousse pour lui laisser une place devant le tambour. L'homme qui nous initie au *boduberu*, la musique traditionnelle des Maldives, nous jette un coup d'œil peu amène. Les percussions, c'est du sérieux, même quand on doit les enseigner à un groupe de touristes !

– On va jouer ensemble, dis-je à Heidi. Tu tapes en même temps que moi, d'accord ?

– Non, toute seule !

– Si tu protestes, je t'enterre dans le sable et personne ne retrouvera jamais ton cadavre.

Elle me regarde, bouche ouverte, se demandant visiblement si je plaisante ou non. Son visage d'ange se renfrogne.

– T'es pas belle, bougonne-t-elle.

Mais la protestation manque de conviction. En face de nous, Trevor nous adresse un clin d'œil. Je lui renvoie un sourire. Depuis cinq jours que nous nous connaissons, j'apprécie de plus en plus sa compagnie. Sa bonne humeur ne s'est jamais démentie, ni devant les inventions de Heidi ni devant l'hostilité de Joshua.

M'amuser sans prise de tête : c'est exactement ce dont j'ai besoin.

Je laisse Heidi frapper quelques coups seule, pour lui faire plaisir. Elle manque de force physique pour faire sonner la peau de raie, mais elle a un bon sens du rythme !

Jane dirait que c'est de famille...

Malheureusement, Heidi ayant vendu la mèche au sujet de la guitare (j'aurais dû m'y attendre), ma mère sait désormais à quoi je passe mes après-midi. Je m'efforce d'ignorer ses conseils sur la façon « d'entrer en résonance avec ma musique interne » et de « trouver ma voie ». Elle a passé trop de temps avec Summer. De toute façon, je m'efforce de limiter au maximum nos rencontres. Un dîner de temps en temps quand je ne peux pas y échapper.

Elle est en voyage de noces, après tout.

Il est de mon devoir de lui laisser passer autant de temps que possible en tête à tête avec son nouvel époux. Quitte à me coltiner le petit monstre. Éloignée de sa mère et dûment avertie qu'avec moi, ses mines de chiot battu ne fonctionnaient pas, Heidi se montre à peu près fréquentable.

Non, je ne me laisse pas attendrir.

Ce n'est que temporaire. Une semaine de vacances avant que nos chemins ne se séparent de nouveau. Alors, pas question de trop m'attacher à elle, ou de lui devenir indispensable. Je sais ce que ça fait, d'attendre quelqu'un qui ne vient jamais. Pas question de faire vivre ça à Heidi, même si une grande sœur n'est pas une mère.

Mon attention dérive au large. Un groupe prend des cours de planche à voile. Enfin, certains prennent des cours. D'autres se contentent d'exhiber leur bronzage sur leur planche. Joshua les surclasse tous. Je m'essuie machinalement le menton pour être sûre de ne pas baver.

Pourquoi lui ai-je dit que nous devions garder nos distances, déjà ?

Et pourquoi a-t-il soudain décidé de m'obéir ? Nous nous croisons à peine au bungalow pour dormir. Et lors des repas de famille, durant lesquels il a brusquement décidé d'imiter son père.

J'aurais dû laisser son téléphone portable plus longtemps dans l'eau.

Il a prétendument du travail pour sa boîte. Je veux bien croire que diriger une entreprise de cette taille demande un investissement personnel considérable, mais il a bien le temps de faire de la planche à voile, alors échanger plus de cinq mots par jour avec moi devrait être à sa portée.

Mon cerveau est une boule de contradictions et de frustrations.

Je devrais apprécier qu'il ait accepté ce que je lui ai demandé, mais non. Ses provocations me manquent. Le contact de son corps aussi. Je déteste qu'il salue de la main un groupe de filles en bikini, sur la plage, qui se lèvent pour mieux lui laisser admirer leur plastique avantageuse. Et je déteste me sentir jalouse alors que je n'y ai aucun droit.

J'assène une claque retentissante sur mon tambour. Malheureusement, perdue dans mes pensées, je n'avais pas remarqué que le cours était terminé. L'instrument résonne comme le tonnerre dans un ciel sans nuages. Notre professeur me foudroie du regard.

– Je vous prie de prendre soin du matériel.

Et on prétend que la musique adoucit les mœurs...

Je m'empresse de rendre le tambour avant d'être accusée de maltraitance sur instrument. Trevor me prend le bras.

– Tu viens boire un verre?

Un parasol et un cocktail frais me paraissent très tentants... Seulement, je ne veux pas perdre Joshua de vue. Qui sait de quoi sont capables les sirènes quand il descendra de sa planche?

– Je vais rester encore un peu sur la plage avec Heidi.

Avantage bonus: plus elle sera fatiguée, mieux elle dormira ce soir. Elle sautille autour de moi, armée de sa pelle et de son seau.

– On fait des sateaux?

– J'ai mieux à te proposer.

Mais d'abord, il faut passer la crème solaire, Jane est intransigeante sur la question. Heidi déteste. Elle prend un malin plaisir à se rouler dans le sable juste après, de sorte que le résultat final évoque une escalope panée. Enfin après tout, tant qu'elle ne prend pas de coups de soleil, ça fait l'affaire. Je pioche moi aussi des outils dans l'immense sac fourni par Jane. Nous aurions de quoi monter une armée avec le nombre de pelles, râteaux, seaux et divers ustensiles qu'il contient.

– On va creuser des pièges.

La frimousse recouverte de sable s'illumine.

– Ouais!

Heidi brandit sa pelle comme une épée avant de laisser retomber son bras, perplexe.

– Des pièzes pour qui?

– Eh bien voyons... Qui aimerais-tu piéger?

Elle tourne sur elle-même, examinant la plage à la recherche d'une proie tel le chat espionnant les souris. Soudain, elle tend sa pelle en direction des demoiselles en bikini.

– Elles! Elles sont pas belles.

Si elle n'était pas couverte de sable, je l'embrasserais. J'approuve vigoureusement:

– Tu as raison. Alors, voilà le plan: on va se mettre juste entre elles et la mer et puis on va creuser de grands trous.

C'est puéril, je sais.

Et un peu dangereux aussi. Si jamais l'une d'elles se foulait la cheville... Mais elles nous verront bien creuser.

Et puis elles n'ont qu'à faire attention où elles mettent les pieds au lieu de mater le derrière de Joshua.

De toute façon, nous reboucherons les trous avant de partir. Dans l'intervalle, j'ai besoin de me défouler. Heidi creuse avec une telle énergie que je ne tarde pas à être couverte de sable, moi aussi. Mais c'est amusant. Je me prends si bien au jeu que lorsque je relève la tête, les bikinis ont émigré ailleurs et la planche de Joshua a disparu.

– On rebouche et on va prendre une douche?

– Pourquoi on rebousse?

– Sinon tout le monde verra le piège, voyons!

Heureusement pour moi, Heidi ne conteste pas ma logique douteuse. Nous repoussons sommairement le sable dans les cratères avant de faire la course pour rentrer au bungalow.

Nous y retrouverons peut-être Joshua?

***

Pas de Joshua au bungalow. Pas de Joshua à table. Andrew pianote sur son téléphone, l'air contrarié.

– Où il est, Sassa ? demande Heidi.

– Aucune idée.

Je me suis montrée trop sèche. Jane plisse les paupières par-dessus l'ombrelle plantée dans son cocktail.

– Vous vous êtes disputés ?

– Pour nous disputer, il faudrait déjà que nous nous croisions…

– Il travaille crop, Sassa, tranche Heidi.

– Lui demander de respecter les horaires des repas, ce n'est pourtant pas…, commence Andrew. Ah, le voilà.

Joshua glisse son téléphone portable dans sa poche avant de s'asseoir à côté de Heidi, que j'ai prudemment interposée entre nos deux places.

– Excusez-moi, j'avais une affaire urgente à régler.

– Tu es censé être en congés, lui rappelle Andrew.

Joshua attrape son cocktail d'un geste si brutal qu'il en renverse quelques gouttes.

– Ça, c'est l'hôpital qui se fout de la charité.

Jane intervient aussitôt, paniquée à l'idée d'un orage dans son univers de Bisounours :

– Le principal, c'est que nous soyons tous réunis. Que voulez-vous manger ?

– Pas du poisson, réplique aussitôt Heidi.

Je partage ce point de vue. La chair fade et flasque des habitants de l'océan entre dans la catégorie « à réserver au chat ». Malheureusement, elle constitue l'ingrédient central de la cuisine des Maldives… J'épluche le menu à la recherche d'un plat contenant du bœuf, du poulet, ou à défaut, végétarien. Joshua se moque de nous.

– Les plats locaux sont toujours les meilleurs.

– Curry thon et noix de coco ? Je ne crois pas, non…

– Tu préfères le steak frites ?

– Oui ! s'écrie Heidi.

Je lui tapote le bras d'un geste approbateur. Sur le plan culinaire, nous nous comprenons parfaitement.

Sauf peut-être en ce qui concerne le petit déjeuner. Je n'ai jamais arrosé mes céréales de jus d'orange.

– Le poisson rend intelligent, insiste Joshua. Je suis certain que les étudiants de Stanford en font une consommation régulière. Si tu veux être au niveau…

Il s'interrompt au milieu de sa phrase. Je me cache derrière le menu, qui menace de se déchirer tant je le serre fort entre mes doigts.

Quel crétin !

Pourvu que Jane n'ait rien remarqué… Mais bien entendu, je n'ai pas cette chance.

– Stanford ? relève-t-elle. Tu comptes étudier à Stanford, Carrie ?

Je contemple le menu comme si je pouvais y lire la bonne réponse à cette question. Soit je nie et je me place dans une situation potentiellement pire le jour où elle découvrira le pot aux roses, soit j'avoue et j'affronte l'orage tout de suite.

– À partir d'août, dis-je comme s'il s'agissait d'un détail négligeable.

Jane fait littéralement un bond de plusieurs centimètres au-dessus de sa chaise.

– Août !? Depuis combien de temps le sais-tu ? Et pourquoi ne m'en as-tu pas parlé ?

Je foudroie Joshua du regard.

– Merci, vraiment.

– Mais de rien.

Il l'a fait exprès, j'en suis sûre !

Je m'occuperai de le tuer plus tard. En attendant, j'ai un incendie à éteindre. Je souris innocemment à Jane.

– J'attendais le bon moment pour t'en parler.

– Après ton départ ?

Ouh là, si elle abandonne le mode Bisounours, elle doit être vraiment fâchée.

En plus, elle se rend très bien compte que j'ai cherché à l'éviter. Je mens sans vergogne :

– Après le voyage de noces.

– Qu'est-ce que ça change ?

– Eh bien, tu aurais eu l'esprit plus… libre ?

Je m'enfonce.

Heidi commence à s'agiter sur sa chaise. Elle doit percevoir les mauvaises vibrations entre Jane et moi. De façon surprenante, c'est Andrew qui vole à mon secours.

– Félicitations. Tu as dû présenter un sacré dossier d'admission.

– Le niveau est très élevé, c'est vrai, dis-je en regardant Joshua.

Alors ? Je n'ai peut-être pas monté ma boîte à 18 ans, mais je ne me débrouille pas si mal quand même !

Le pire, c'est que je n'ai jamais eu l'impression de faire partie d'une élite. Étudier à Stanford était notre rêve, à Tina et à moi, nous avons fait ce qu'il fallait pour le réaliser, point.

– Le campus est juste à côté de Palo Alto, reprend Andrew. Tu pourrais héberger Carrie, Joshua.

Je m'étrangle à moitié avec mon cocktail, ce qui fait rire Heidi. Joshua repose le sien aussi brutalement qu'il l'avait pris.

– Tu sais bien que je n'ai pas d'appartement.

– Justement. C'est l'occasion idéale de te poser.

– Mais je n'ai pas envie de me poser, comme tu dis ! La situation me convient très bien comme elle est.

– Andrew a raison, intervient Jane. Même si tu voyages beaucoup, avoir un lieu où te ressourcer...

Joshua repousse brusquement sa chaise. Son expression fermée me laisse entrevoir un aspect de sa personnalité que je ne connaissais pas encore. Pas celui que je préfère. Effrayée, Heidi se blottit contre moi.

– Mettons les choses au point, commence-t-il. Je veux bien jouer le jeu de la grande et merveilleuse famille pour Heidi. C'est une gosse adorable, pas de problème. Seulement, ça ne vous donne pas le droit pour autant de vous immiscer dans ma vie. J'ai grandi sans famille et je m'en suis très bien sorti, ce n'est pas maintenant que je vais m'y mettre. Et tant qu'on y est, fichez aussi la paix à Carrie, elle n'a rien demandé. Sur ce, bon appétit.

Il pivote sur ses talons, laissant nos parents respectifs médusés. Je me lève à mon tour, repoussant Heidi avec délicatesse.

– Je vais le chercher.

– Carrie…, commence Jane.

– Ça va aller, ne t'inquiète pas. Commencez à manger sans nous.

Je n'attends pas la réponse pour me sauver. Me retrouver en tête-à-tête avec Jane et Andrew après les révélations au sujet de Stanford, non merci. Même si Joshua m'a plus ou moins sauvé la mise, sur le moment, avec son coup d'éclat, je m'attends à quelques retombées. Un jour plus calme, peut-être… Des touristes affamés se pressent sur le chemin du restaurant. J'ai perdu de vue Joshua.

Je ne l'avais jamais vu dans un tel état.

Quand il dit que j'ai des problèmes avec ma mère… C'est vrai, mais il devrait commencer à balayer devant sa porte ! En même temps, si je n'avais pas tenté de cacher à Jane que j'étais prise à Stanford, cette petite scène n'aurait jamais eu lieu. Avec le recul, ma décision me paraît totalement stupide.

Il faut que j'arrête de réagir de façon épidermique quand il est question d'elle.

Je cours presque sur le chemin du bungalow. La porte est entrouverte. Je trouve Joshua assis au bord de la piscine.

– Carrie…

– Je m'excuse ! dis-je en lui coupant la parole. Tu avais raison, j'aurais dû parler à Jane plus tôt.

– C'est plutôt à moi de m'excuser.

Il passe une main mouillée dans ses cheveux. La goutte d'eau qui suit le contour de sa mâchoire m'hypnotise. J'ôte mes sandales et me glisse à ses côtés, les jambes dans l'eau.

– Pour moi, ça ira. Tu as fait une boulette mais d'un autre côté, je n'aurais pas dû te demander de garder le secret, alors disons que les torts sont partagés. Les parents, en revanche…

– Ne les appelle pas « les parents », coupe-t-il, agacé. Jane n'est pas ma mère.

– C'est plus rapide que « Jane et Andrew » ou « le couple que forment ton père et ma mère ». Enfin bref. Tu devrais retourner les voir.

– Je sais.

Il plonge la main dans l'eau pour se mouiller la nuque. Un soupir lui échappe.

– Il y a des soucis avec ma boîte. La comptable m'a signalé des mouvements de capitaux suspects et je ne comprends rien aux explications de mon directeur général. Il va falloir que je rentre plus tôt.

– Désolée.

Je me sens stupide de lui en avoir voulu.

Il avait vraiment des ennuis, alors.

Il m'adresse un sourire forcé, dépourvu de cette insolence et de cette énergie qui le caractérisent d'habitude.

– Ça va aller. Toi, pendant ce temps… réfléchis à ce que tu veux vraiment.

– À quel sujet?

Il me dévisage sans répondre, jusqu'à ce que j'aie l'impression que les battements de mon cœur emplissent tout l'espace entre nous. J'agite les pieds dans l'eau, nous éclaboussant tous les deux.

– Je ne sais pas…

– Ils apprendront un jour ou l'autre ce qui s'est passé entre nous.

– Et comment?

– Les secrets finissent toujours par sortir, d'une manière ou d'une autre.

Je hausse les épaules. En l'occurrence, c'est parce qu'il a vendu la mèche… Mais je lui accorde qu'ils ne contribuent pas à créer une relation saine.

Enfin, dans la mesure où ma relation avec Jane peut être qualifiée de saine.

– Alors tu m'abandonnes… constaté-je sur le ton de la plaisanterie.

– Tu auras Heidi pour te consoler.

– J'en pleure de joie.

Il passe un bras autour de ma taille pour m'attirer contre lui. Je cède avec un petit soupir. Sa chaleur, son odeur m'ont tellement manqué… Blottie contre son épaule, je lui promets de réfléchir à la suite. À nous.

– Je dois faire mes bagages, annonce-t-il en se dégageant.

– Déjà ?

– Je passerai voir Andrew et Jane avant de partir. Retourne manger avec eux, si tu veux.

Je n'ai pas spécialement envie de le quitter ni de retrouver nos parents, mais je les ai plantés là en plein drame, la politesse exige au moins des explications. Sans enthousiasme, je rejoins donc la table familiale.

– Joshua s'excuse. Des problèmes avec son entreprise l'obligent à rentrer plus tôt.

– Quel genre de problèmes ? s'inquiète Andrew, sourcils froncés.

– Il faudra le lui demander. Il repasse dès qu'il a bouclé ses bagages.

– Sassa, il a oublié sa montre ! s'écrie Heidi en brandissant Penny.

Je m'empare de l'assistante électronique avec soulagement.

Excellent prétexte pour ne pas rester à table.

– Je vais la lui rendre. Merci Heidi ! Je reviens tout de suite.

Tout en marchant vers le bungalow, je passe la montre à mon poignet. Malgré sa taille, l'écran est aussi léger qu'une feuille de papier.

– Confirmation de rendez-vous, intervient soudain la voix de gorge de la machine. 20 juillet à vingt et une heures, heure de Palo Alto, avec la charmante Bridget. Mensurations…

Je pianote frénétiquement pour l'éteindre.

« La charmante Bridget » !? C'est qui, ça ? Il prétend rentrer pour le boulot !

Quel menteur ! Dire que j'ai cru à son baratin… La vérité c'est qu'il a trouvé le bon plan pour échapper à la corvée familiale. J'arrache la montre de ma main au moment où la silhouette de Joshua apparaît sur le sentier.

– Carrie ? Ça va ?

– Il ne marche vraiment pas, ton truc, dis-je en lui tendant Penny.

– Mais…

– Sassa !

Heidi arrive en courant, suivie d'une Jane un peu essoufflée.

Charmante réunion familiale.

Joshua lâche sa valise pour la faire tournoyer dans ses bras. Je laisse retomber les miens. Le moment est mal choisi pour demander qui est Bridget. D'ailleurs, ai-je vraiment envie de le savoir? Penny n'a fait que me confirmer ce que je savais déjà : sortir avec Joshua est une très mauvaise idée. Pour plein de raisons. Alors, si en plus il se moque de moi…

La réflexion ne sera pas longue.

Je demeure en retrait tandis qu'il sert à Jane et Andrew les mêmes explications qu'à moi un peu plus tôt. Dans mon esprit, j'ai déjà tourné la page. Dès mon retour à Stanford, j'entamerai un nouveau chapitre de ma vie. Et Joshua n'en fera pas partie.

14

L'OUBLIER

Un solo de batterie enragé accompagne mon dernier accord de guitare. L'air autour de moi vibre littéralement d'ondes sonores dont l'écho résonne jusque dans mes os. Un large sourire étire mes lèvres.

Ça, c'est de la musique !

Mes oreilles sonnent encore quand Trevor vient me frapper sur l'épaule.

– Beau travail, bébé !

Je me dégage d'un coup de coude.

– Appelle-moi encore une fois « bébé » et tu deviendras célèbre sous le surnom de « Trevor le borgne ».

Hudson glousse de rire dans le micro qu'il n'a toujours pas lâché. Matt nous siffle de derrière sa batterie. Quant à Jimmy, même sans le regarder, je sais qu'il doit lever les yeux au ciel.

Une répétition ordinaire, quoi.

Trevor lève les mains en un geste d'excuse.

– Désolé, Joan.

Je lui renvoie une bourrade dans l'épaule. Je n'ai pas la prétention de me mesurer à la mythique Joan Jett, mais la comparaison est plus flatteuse que le « bébé » qu'il réserve à ses fans.

– Bon, on range, décrète Jimmy en ôtant la sangle de sa basse.

– Oui, papa, grommelle Trevor.

Pauvre Jimmy, le rôle du rabat-joie lui colle à la peau… Pourtant il faut bien que l'un d'entre nous se charge de ramener un peu de sérieux dans nos sessions. Trevor et Matt pensent essentiellement à s'amuser ; en tant que plus jeune membre du groupe et encore étudiante, je ne peux que souscrire à leur vision des choses. Quant à Hudson, il vit les trois quarts du temps sur une autre planète. Jimmy, lui, garde les pieds bien sur terre : le studio dans lequel nous jouons lui appartient par héritage familial et en plus de Sun Juice, il y produit quelques groupes locaux. Il est déjà bien établi dans le monde de la musique, quand les autres commencent tout juste à envisager d'en vivre.

– Tu es faite pour ça, commente Trevor tandis que nous allons poser nos accessoires dans la réserve.

– Porter des pieds de micro ?

– Jouer de la guitare, idiote ! Tu as ça dans la peau, c'est évident !

Nous ouvrons la porte extérieure à la recherche d'un peu d'air frais. Un souffle glacé me balaie le visage. L'adage veut que l'été à San Francisco dure deux jours… par petits bouts. Aujourd'hui, c'est un jour sans. Un épais brouillard colle comme de la barbe à papa grise aux façades des maisons.

– Ouais, on s'amuse bien.

– Ne joue pas les blasées.

– Comme si tu avais besoin de compliments pour gonfler ton ego.

– Eh, c'est de ton talent dont il était question, pas du mien.

Je me concentre sur le rangement de la réserve pour éviter de poursuivre sur cette voie.

Un jour, je serai à l'aise avec les compliments sur mon jeu.

En même temps, je joue en amatrice, tandis qu'ils sont engagés sur la voie professionnelle. On ne peut pas vraiment placer la démarche sur le même plan. Quand nous ressortons de la pièce, Jimmy me tend un pavé de feuilles reliées.

– Les prochains titres à préparer.

– Tout ça !?

– Un album studio entier, bonus compris.

Je compulse les pages d'un geste distrait. Hudson, qui écrit la majorité des morceaux du groupe, a abattu un boulot monstre. Douze titres, plus deux bonus. Je m'arrête sur l'un ou l'autre pour fredonner la mélodie.

– Jimmy doit encore les revoir, indique Trevor.

Il travaille parfois avec Hudson sur les accords, mais c'est toujours Jimmy qui s'occupe de peaufiner les arrangements. Moi, je me contente de jouer. Pour le moment.

– Jimmy trouve toujours quelque chose à redire, remarqué-je. Ça m'a déjà l'air très bien !

De la pop rock énergique, parfaite pour faire danser les foules.

Certains diraient sans doute un peu trop formaté grand public, mais ça me plaît. Ado, j'ai fait la fête sur ce genre de titres. Adulte, j'aime me retrouver de l'autre côté de la guitare. Je prends une grande inspiration. Un album studio. Des enregistrements, gravés pour la postérité. Avec ma guitare dessus.

Stressée, moi ? Pas du tout.

C'est cool, vraiment. L'enregistrement en studio impose certaines contraintes, mais bien plus gérables qu'une tournée. Et puis je n'irai sans doute pas au bout, ils m'auront remplacée avant.

– Comment avancent vos recherches d'un nouveau guitariste ?

Jimmy croise les bras sur sa poitrine.

– Tu ne veux pas participer à l'album ?

– C'est pour novembre, non ? Il y a le temps.

– Mais les morceaux ne s'apprennent pas en claquant des doigts. Même si nous trouvions un guitariste convenable dans un avenir proche, il lui serait difficile d'intégrer tout le répertoire.

Quand Jimmy est ému, il pâlit violemment, de sorte que ses taches de rousseur semblent manger tout son visage. Le phénomène ne manque pas de me fasciner chaque fois. Il insiste :

– Je comprends que tu sois inquiète au sujet de la compatibilité d'un enregistrement avec tes études mais mieux vaut le dire dès le départ, que nous puissions nous organiser.

– Qu'est-ce que tu racontes ? proteste Trevor. Bien sûr qu'elle peut faire les deux ! Stanford n'est pas le bagne !

Un peu quand même.

Moins d'un mois après la rentrée, je me rends compte que nos professeurs attendent beaucoup de nous. Certains de mes camarades ne semblent jamais quitter leur siège à la bibliothèque universitaire. Même Tina passe le plus clair de son temps à étudier au lieu de profiter de l'université de ses rêves !

Les premiers partiels risquent de faire très mal…

Mais pas question de renoncer à mes répétitions avec les garçons. Je m'éclate trop. Et je deviendrais folle si je devais rester enfermée toute la journée à étudier.

– Pas de problème pour l'enregistrement, dis-je à Jimmy. Je m'arrangerai.

– Parfait, conclut Trevor. Carrie, tu viens prendre un verre avec nous ?

– Pas le temps, mon train part dans un quart d'heure.

– Sérieusement, Carrie, râle Matt qui arrive avec sa grosse caisse sous le bras. Tu vis en Californie ! Il te faut une voiture !

– Tout le monde se déplace à vélo sur le campus.

– C'est bon pour les rats qui ne quittent jamais leur bibliothèque, mais tu es une rockeuse ! Tu ne peux pas continuer à emprunter ces trains pourris.

Je proteste mollement :

– Ils ne sont pas si pourris que ça…

– Tu ne râlais pas que le chauffage était en panne, en arrivant ?

– Je n'ai pas les moyens de m'offrir une voiture. Ni d'y mettre de l'essence, d'ailleurs.

– Tu y mets de la mauvaise volonté, grogne Matt. Attends les premiers concerts, tu seras contente d'avoir un véhicule pour rentrer.

– Moi qui comptais sur toi…

Il se retourne, une baguette encore à la main, l'air de se demander si c'est du lard ou du cochon. Je lui tire la langue.

N'empêche qu'il a raison, il faudra que je m'intéresse à cette question de voiture un de ces jours.

Je commence à me lasser des charmes du rail. Et je n'aime pas cette impression d'être coincée à Stanford. L'étudiant qui m'a vendu son vélo m'a dit qu'il pouvait aussi me trouver un véhicule d'occasion pour une bouchée de pain. Mais une bouchée de pain, sur un budget étudiant dévoré par les frais d'inscription… Ma situation financière s'arrangera avec les cachets que je toucherai pour les concerts. Nous avons quelques dates prévues dans les bars et clubs locaux, histoire de « garder le contact avec le public », comme dit Jimmy. Et nous jouerons également en plein air lors de quelques festivals, comme le festival de l'île au trésor, fin octobre.

J'ai hâte.

Plus pour le spectacle lui-même que pour l'argent, d'ailleurs. Je n'ai jamais joué devant plus d'une centaine de spectateurs, j'espère que je serai à la hauteur. Le nez plongé dans nos futurs titres, je m'efforce de déterminer la quantité de travail à fournir pour tous les mémoriser.

J'en ai pour un paquet d'heures d'entraînement... Tina va encore me maudire.

Nous partageons la même chambre à Roth et, si elle apprécie la guitare à petites doses, elle a aussi besoin de travailler. Je ne peux pas la condamner à passer sa vie à la bibliothèque universitaire, même si elle adore ça ! D'ailleurs nos colocataires finiraient elles aussi par se plaindre.

– Comment va ta diabolique petite sœur ? interroge Trevor.

Tirée de mes pensées, je sursaute. Refermant le recueil de titres, je le glisse dans la poche extérieure de ma housse de guitare.

– Euh... Aucune idée.

– Tu as fini par la noyer ?

– Non ! Pourquoi ça t'intéresse, d'un coup ?

– J'essaye de faire la conversation. Tu ne parles jamais de ta famille.

– Peut-être parce que je n'ai pas envie d'en parler. Tu ne préfères pas une gazette de la vie à Stanford ?

– Désolé. Sujet sensible ?

Je remonte la fermeture éclair de mon imperméable. Le brouillard prend une teinte gris foncé. Dix contre un qu'il se mette à pleuvoir avant que j'aie rejoint le campus.

– Non, c'est bon. Simplement, je n'ai pas eu le temps de passer les voir depuis notre retour de vacances, alors je n'ai pas grand-chose à dire.

– Pas eu le temps depuis juillet? relève Trevor, incrédule.

– J'ai été très occupée, entre mon emménagement à Roth, l'arrivée de Tina, le début des cours, les répétitions...

Je me cherche des prétextes et Trevor s'en rend très bien compte. Pour me donner une contenance, je vérifie l'heure sur mon téléphone portable. Encore cinq minutes avant de devoir courir. Pas assez pour traîner jusqu'au bar, suffisamment pour assumer mes relations houleuses avec Jane.

– En fait, je ne m'entends pas super bien avec ma mère. Longue histoire. Disons que moins je la croise, mieux je me porte.

– Et elle ne dit rien?

– Elle m'envoie un message de temps en temps pour m'inviter.

Je me demande combien de temps elle sera dupe de mes prétextes pour refuser. Si du moins elle l'a jamais été.

Enfin elle ne se montre pas exagérément insistante, je dois au moins lui reconnaître ça. Peut-être a-t-elle compris avec le temps que c'était contre-productif.

– Et ton frère? insiste Trevor. Il a fini par te lâcher les baskets?

Mon frère.

L'espace d'un instant, le visage de César se dessine dans mon esprit.

Il me manque, cet idiot. Les conversations via Skype ne remplacent pas une véritable communication.

Mais je sais bien que Trevor parle de Joshua. Il ne lui a jamais pardonné leur première prise de contact un peu... chaotique?

Joshua me manque aussi.

J'ai décidé qu'il était préférable de ne pas le rappeler, après notre séjour aux Maldives. Trop compliqué, trop incertain, trop dangereux. Je suis venue en Californie pour profiter de la vie, pas pour me prendre la tête au sujet d'un homme, aussi attirant soit-il. D'ailleurs, il ne m'a pas rappelée non plus, je ne comptais pas tant que ça pour lui. Il se console sans doute avec Bridget...

Ce brouillard me pique les yeux. Ou alors je couve un rhume.

– Bref, dis-je à Trevor. Sujet suivant.

– Si je promets de te raccompagner après, suggère-t-il en posant un bras sur mes épaules, puis-je te convaincre de prendre un verre avec nous ?

– Ça dépend... Tu as changé de voiture depuis la dernière fois ?

Le vieux pick-up de Trevor a dû servir pour charger les animaux sur l'Arche lors du Déluge. Seule la peinture antirouille lui permet encore de tenir en un seul morceau. Et il vaut mieux rouler fenêtres ouvertes pour ne pas mourir asphyxié.

– Ma voiture roule très bien, proteste Trevor, vexé. Elle vient de passer au garage, elle est comme neuve !

– Je crains cependant que l'aller-retour à Stanford ne lui soit fatal.

Matt et Hudson ricanent. L'amour de Trevor pour la guimbarde qu'il a héritée de son grand-père est source d'inépuisables plaisanteries au sein du groupe.

– Dis plutôt que mon charme te laisse indifférente, soupire le guitariste en ôtant son bras de mes épaules.

Je secoue la tête en riant. Trevor ne plaisante qu'à moitié, nous en avons tous les deux conscience. Si je voulais... Mais sortir avec un membre du groupe ne me semble pas très judicieux. Et puis, soyons honnête, quelqu'un d'autre continue d'occuper mes pensées.

Joshua.

Rien que d'évoquer son prénom, des frissons électriques courent sur ma peau. Mon corps refuse de suivre toutes les bonnes raisons pour lesquelles j'ai décidé de ne plus le revoir. Je jette mon sac sur mon dos d'un geste agacé, les bonnes vibrations de notre répétition soudain envolées. Mon téléphone portable pèse anormalement lourd au fond de ma poche, comme pour me rappeler que je n'ai pas vérifié mes messages depuis au moins trois heures.

Un record par les temps qui courent.

Je tiendrai bon jusqu'au campus, au moins. Mon obsession pour Joshua va bien diminuer un jour. Il suffit que je pense à autre chose. La musique, mes études, la vie étudiante... J'ai de quoi m'occuper les idées.

– À samedi, les gars !

– À samedi, Carrie, répondent-ils avec un bel ensemble.

Nous éclatons de rire. Je me sens un peu plus légère en tournant les talons. Heureusement que je les ai rencontrés, qu'au moins il soit ressorti quelque chose de positif de ce séjour aux Maldives. Le vent s'est levé. Il me pousse dans le dos tandis que je dévale la rue en courant presque. Bientôt, le brouillard se dissipera.

***

Tina étire ses jambes interminables au soleil. Trois étudiants qui passaient non loin de notre table lui jettent un regard intéressé. Je croise les miennes sous ma chaise. Mon sandwich au poulet grillé avec bacon, avocat et aïoli m'intéresse bien plus que la drague. Depuis quelque temps, le café du Cantor Arts Center est devenu notre point de ralliement par beau temps : on y mange bien pour pas cher, et cela nous évite de cuisiner.

– Tu as encore séché les cours, remarque Tina.

Je hausse les épaules et ferme les yeux pour me concentrer sur les sensations : les derniers rayons du soleil qui réchauffent notre petite table, la saveur du jus d'orange frais, les parfums qui flottent sur le campus…

J'adore cet endroit.

– Ça ne t'intéresse pas ? insiste ma meilleure amie, incrédule.

Évidemment, depuis son arrivée, mi-août, Tina vit le nirvana. Toutes ses options sont passionnantes, ses professeurs géniaux, les bibliothèques universitaires merveilleuses et les perspectives d'avenir rayonnantes. Je n'ose pas lui avouer que de mon côté, j'ai de plus en plus l'impression de m'être fourvoyée. L'électroacoustique et l'informatique, qui me plaisaient de l'autre côté de l'Atlantique, me paraissent soudain rébarbatives. La complexité des termes anglais y joue sûrement un rôle, mais il n'y a pas que ça. Je me défends mollement :

– Si, mais je manque de temps avec les répétitions... Et puis je suis fatiguée de faire les allers-retours jusqu'à San Francisco en train. Il faut que je me trouve une voiture.

– Ha ha... fait Tina en mordant dans son sandwich.

– Quoi, ha ha ?

– Rien, rien.

Je lui lance un coup de pied sous la table qui manque lamentablement son but.

– Ça te dérangerait de faire des phrases de plus de deux syllabes ?

– Eh bien, je ne suis pas du genre « je te l'avais bien dit » mais... Tu connais mon opinion au sujet de la musique.

Je regrette de l'avoir manquée.

Si nous sommes meilleures amies depuis si longtemps, c'est que nous évitons soigneusement d'aborder le sujet depuis qu'elle m'a déclaré que pour elle, j'étais faite pour être musicienne et que je le deviendrais forcément une fois que j'aurais surmonté mes « blocages ». Parce qu'on n'échappe pas à son destin.

Ce qu'il ne faut pas entendre.

Elle avale sa bouchée de sandwich avant de reprendre :

– Ce que tu vis avec Sun Juice est génial. Ça vaut n'importe quel cours à Stanford.

Je m'étrangle à moitié avec mon jus d'orange :

– C'est toi qui dis ça ?

– Je pense qu'il est important de mener ses expériences en adéquation avec son moi profond.

Au secours.

Je grogne :

– Tu passes beaucoup trop de temps avec Julia.

Julia McHenry, l'une de nos colocataires à Roth, est étudiante en psychologie et adepte du bouddhisme. Elle passe son temps à nous parler d'accomplissement, d'éveil et de sagesse avec l'enthousiasme des nouveaux convertis.

– Au moins, je parle avec les autres, remarque Tina.

– Moi aussi !

– Tu ne passes pas assez de temps dans les espaces communs pour dire autre chose que « passe-moi le ketchup ». Et tu n'as jamais participé à aucune activité le week-end.

– Je suis occupée.

C'est la stricte vérité.

Je répète tous les samedis et la plupart des dimanches. En semaine, si je veux travailler mes cours un minimum, l'option « manger un sandwich en tête à tête avec mes photocopies » l'emporte la plupart du temps. En plus, ce n'est pas comme si Roth incitait à faire la fête en permanence. Comme la maison n'est pas mixte, la plupart des filles sortent pour s'amuser et celles qui restent sont plutôt du genre à ne pas lever le nez de leurs livres.

J'admets que pour le côté socialisation, j'ai encore des points à marquer.

Pour consoler Tina, qui y accorde une importance capitale, je lui rappelle :

– Ce dimanche, nous sortons toutes les deux.

Nous sommes interrompues avant qu'elle ne puisse me répondre :

– Excusez-moi, je peux m'asseoir ?

En langage étudiant, c'est une ouverture à la drague. Le nouveau venu accompagne sa question d'un sourire ravageur, dents blanches et cheveux blonds décoiffés avec art. Tina tend déjà le bras pour avancer une chaise. Je l'arrête net :

– Désolée, nous attendons quelqu'un.

– Dommage. À une prochaine, peut-être ?

Il tourne les talons pour se diriger droit vers une autre table. Tina proteste à mon intention :

– Pourquoi tu as refusé ? Il était super mignon !

– Et pas difficile, commenté-je en le voyant s'asseoir, un bras familièrement passé autour des épaules d'une belle brune.

– C'est le but du jeu, non ?

– Eh bien, tu n'avais qu'à lui dire de s'installer, si tu étais intéressée. Moi, je n'ai pas envie de jouer.

Le visage de Tina s'illumine. Je crispe involontairement les épaules, dans l'attente de l'assaut.

– C'est Trevor, c'est ça?

– Sûrement pas. Nous jouons dans le même groupe, je te rappelle.

– Et alors?

– Je préfère ne pas tout mélanger.

– Mais tu aimerais?

Les yeux de Tina brillent. Je jure qu'elle a lu trop de romans sentimentaux. La perspective d'un amour impossible lui fait battre des mains.

Voilà pourquoi je ne lui parlerai jamais de Joshua.

– Trevor est un ami, c'est tout.

– Alors c'est ce mec dont tu m'as parlé à ton arrivée? Tu m'avais l'air bien mordue. Comment il s'appelait, déjà?

– Aucune importance. C'est un connard.

Au lieu de décourager Tina, cette réponse l'incite à poser sa boisson pour joindre les mains sous son menton, en une attitude bien trop attentive à mon goût.

– Raconte-moi tout.

Je fais tourner le quartier d'orange sur le bord de mon verre.

– Il n'y a rien à raconter. Nous avons passé une nuit fantastique mais il n'est pas du genre à s'attarder, c'est tout.

– Et tu aurais aimé le convaincre, poursuit Tina.

– Je ne suis pas intéressée par ce genre de type.

– Menteuse.

Elle a raison.

Si seulement je pouvais me sortir Joshua de la tête! Au lieu de ça, je vais régulièrement espionner le site de Shark Outdoors et je me suis même créé une alerte Google à son nom.

Je suis pathétique.

Une nouvelle venue me sauve d'une explication qui s'annonçait compliquée.

– Salut, Tina!

Mon soulagement s'évanouit toutefois quand je la reconnais.

– Licia?

– Oh. Salut, Carrie.

La sœur d'Orion a l'air aussi enthousiaste de me voir que moi. Je me retourne vers Tina :

– Vous vous connaissez ?

– Nous faisons partie de la même chorale. Mais vous ?

– Nous nous sommes rencontrées au mariage de mes parents.

– Oh ! La famille ?

Licia et moi esquissons la même grimace. Elle s'empresse de rectifier :

– Mon frère est le meilleur ami du frère de Carrie.

Je suis certaine qu'elle l'a formulé de cette façon pour le seul plaisir de m'énerver.

Et elle y réussit parfaitement, en plus. Qu'est-ce que ça peut me faire qu'elle drague Joshua, après tout ? Ce ne sont plus mes oignons !

– Cool, commente Tina avec une belle inconscience. Du coup, Licia, ça te dirait de te joindre à nous dimanche ? Nous avons prévu de faire un tour à San Francisco.

Je ferme les yeux pour mieux me concentrer sur ma force mentale.

Refuse, refuse, refuse…

– Pourquoi pas ? acquiesce Licia. En plus j'ai une voiture, ce qui n'est pas votre cas, si je ne me trompe pas.

– Génial ! se réjouit Tina. Ça te va, Carrie ?

Je montre mes dents à Licia dans un simulacre de sourire.

– C'est gentil de proposer.

– De rien, réplique Licia. On se retrouve devant le Cantor Arts Center, alors ? À dix heures ?

– OK pour nous, approuve Tina. À dimanche, alors ?

– À dimanche !

Dès qu'elle a tourné les talons, je me redresse sur ma chaise pour foudroyer Tina du regard.

– Qu'est-ce qu'il t'a pris de l'inviter ?

– Elle est sympa, se défend Tina.

– Je ne trouve pas.

– Quoi ? Vous vous êtes pris la tête au mariage ?

Je ne peux évidemment pas lui avouer que je reproche principalement à Licia de draguer l'homme qui ne devrait pas m'intéresser.

– Pas vraiment, mais je la trouve froide... hypocrite.

– Eh bien, c'est l'occasion d'apprendre à mieux la connaître, justement. Tu verras, elle est un peu timide, ce qui peut donner une impression de froideur à première vue, mais quand on la connaît mieux, elle est vraiment adorable.

Je hausse les épaules, pas vraiment convaincue.

– J'aurais préféré une sortie rien que nous deux.

– Mais nous sommes aussi ici pour nous faire des relations !

– Je te pensais davantage portée sur les hommes.

Tina me traite d'idiote en riant. Je soupire en pressant dans mon verre le quartier d'orange.

Au pire je peux toujours trouver une excuse d'ici dimanche.

Ou alors extirper définitivement Joshua de mon crâne, ce qui me permettrait de me faire une nouvelle opinion de Licia sans arrière-pensée. Après tout, cette sortie est peut-être l'occasion de repartir de zéro ?

Et peut-être que demain les poules auront des dents.

15

RENCONTRE AU SOMMET

Le dessus de l'académie des sciences de San Francisco est ce qu'on appelle un « toit vivant » : plus de deux hectares couverts de plantes vertes où butinent abeilles, papillons, et autres insectes. J'ai même vu passer un colibri ! Le temps ayant décidé de se montrer clément en ce dimanche, nous profitons des rayons du soleil, assises sur un muret.

– Je veux une maison comme ça, plus tard, dis-je à Tina.

– Ça doit coûter une fortune.

– À l'installation, peut-être. Mais pense à toutes les économies que tu ferais en matière de climatisation, de chauffage et d'eau !

– Il faudrait faire construire la maison qui va avec, remarque Licia. Ça ne s'intègre pas très bien dans une architecture traditionnelle.

Il est vrai que ça jurerait un peu sur une maison victorienne.

Je ferme les yeux pour profiter de la chaleur et m'abandonner à la rêverie. Si je devais m'installer un jour à San Francisco, préférerais-je le charme désuet des *painted ladies* ou une architecture résolument moderne comme celle des villas qui fleurissent près de la Silicon Valley ?

Je suis sûre que Joshua opterait pour la seconde…

J'arrache une touffe d'herbe d'un geste agacé. Impossible de tenir ma résolution de ne plus penser à celui-dont-le-nom-ne-doit-pas-être-prononcé ne serait-ce que deux heures d'affilée.

Il m'a intoxiquée, ou quoi ?

Au moins, Tina avait raison en ce qui concerne Licia : mon irritation à son égard s'est partiellement dissipée au cours de l'après-midi. Loin de l'objet du conflit, elle se montre gentille et douce, au point que se disputer avec elle reviendrait à donner des coups de pied à un chaton.

– Il va falloir penser à rentrer si nous voulons éviter les embouteillages, signale celle-ci.

Le souvenir du parfum de rose artificielle me fait sérieusement envisager de rentrer en train. Je suis sûre que la peau de mouton synthétique qui recouvre les sièges a laissé des peluches sur mon jean (je n'aurais pas dû opter pour le noir, ce matin). Mais le voyage en train est trois fois plus long, alors… Nous nous arrachons à regret à notre bain de soleil pour nous diriger vers les ascenseurs. Au moment où nous arrivons devant, la porte s'ouvre. J'arrête de respirer.

Comment fait-on pour devenir invisible, déjà ?

– Carrie !

Une tornade à couettes blondes se rue sur moi pour me ligoter les jambes dans une étreinte solide. Piégée, j'adresse un sourire faux à Jane et Andrew :

– Bonjour !

En revanche, j'évite soigneusement de poser les yeux sur l'homme qui se tient debout derrière eux.

Quand on parle du loup…

Je me sens soudain l'âme du Petit chaperon rouge. Rencontrer le loup est dangereux, je le sais bien, et en même temps tellement excitant. Mon cœur bat à toute vitesse.

Est-ce qu'il me regarde ? Est-ce que je lui ai manqué ?

Je n'ose pas le regarder de peur que mes sentiments se lisent sur mon visage.

L'oublier, tu parles ! Je l'ai dans la peau.

Et ça craint, parce qu'il y a Jane, qui me regarde comme si j'étais une apparition céleste, Licia, qui n'a d'yeux que pour Joshua, et Tina, qui va bien se douter de quelque chose si je laisse paraître quoi que ce soit. Je m'autorise à peine à regarder Andrew, l'air dans la lune, comme d'habitude. Heureusement, Joshua ne dit rien et conserve une distance de sécurité suffisante pour me permettre de l'ignorer.

– Carrie, quelle surprise ! s'exclame ma mère. Je ne savais pas que tu étais à San Francisco, aujourd'hui.

– Nous nous sommes décidées au dernier moment. Comme Licia avait une voiture…

Sentant que je m'empêtre dans les justifications, j'opte pour le changement de sujet :

– Je vous présente Tina, ma meilleure amie. Vous connaissez déjà Licia, je crois.

– Oh, fait Tina, réalisant tout à coup à qui elle a affaire.

Qu'elle n'ait jamais rencontré ma mère et ne sache même pas à quoi elle ressemble en dit long sur la relation que Jane et moi entretenons. Licia, elle, adresse une œillade à Joshua.

Incroyable. Il suffit qu'elle se retrouve en sa présence pour passer de « première de la classe » à « dragueuse en série ».

La forme de tolérance que j'avais réussi à nourrir à son égard au cours de l'après-midi s'évapore immédiatement. Je me risque à jeter un coup d'œil à Joshua afin d'évaluer sa réaction. Perdu dans la consultation de son téléphone portable, il ne lui accorde pas la moindre attention.

Ni à moi, d'ailleurs.

À moins qu'en réalité, il ne cherche tout comme moi à masquer l'émotion qu'il éprouve à me revoir ?

Bien sûr, et puis le prince charmant va venir m'enlever sur son cheval blanc.

– Joshua ! l'appelle Jane, regarde qui est là !

Son sourire, quand il redresse la tête, me paraît tout aussi faux que le mien quelques instants plus tôt. Ou alors, je projette mes propres sentiments sur lui ?

– Enchanté, mesdemoiselles.

Hop, emballage de groupe, trois pour le prix d'une. Ma seule consolation, c'est la grimace de Licia, outrée de se voir ignorée. Joshua est déjà retourné à son téléphone.

Il est peut-être en train d'envoyer des messages coquins à Bridget ?

Il est temps de nous sortir de ce traquenard. Je glisse :

– Désolée, nous étions sur le départ. Les embouteillages…

– Oh, nous avons encore le temps ! s'exclame cette traîtresse de Licia sans quitter Joshua des yeux.

Je hausse les épaules.

– C'est toi qui conduis.

– Ouais ! lance Heidi en m'attrapant la main. Je te montre le crocrodile !

– Génial.

Nous suivons donc docilement le petit monstre à travers le bâtiment.

Au moins, elle n'a pas l'air de m'en vouloir de ne pas avoir donné de nouvelles.

Et Jane agit comme si cela lui était indifférent. Pas un reproche, pas une allusion. Aucune raison de me sentir agressée. Ce qui paradoxalement accentue ma mauvaise conscience. Je me rattrape en ne quittant pas Heidi d'une semelle. Son enthousiasme est rafraîchissant et son bavardage incessant m'évite de devoir faire la conversation aux adultes. Nous admirons le crocodile albinos, assistons au nourrissage des pingouins et parvenons à rester immobiles tandis que les papillons de la serre tropicale se posent sur nous. J'en arrive presque à oublier que Licia s'est attachée à Joshua comme du lierre à un lampadaire.

– Tu manges à la maison, ce soir ? propose soudain Jane.

Prise au dépourvu, je bafouille de façon peu convaincante :

– Euh, nous avions déjà quelque chose de prévu…

– … avec les filles de Roth, termine Tina, volant à mon secours. Vous savez comment fonctionne la vie sur un campus, tous les week-ends il y a quelque chose d'organisé !

– Je sais, soupire Jane. Excusez-moi, je dois parler à ma fille.

Oh, non, non, non !

J'adresse un regard de détresse à Tina qui hésite, prise entre sa loyauté à mon égard et les lois élémentaires de la politesse. Heidi rigole :

– C'est moi, ta fille !

– Je voulais parler de Carrie, trésor. Tu n'as qu'à continuer la visite avec Tina.

– Mais Carrie, c'est pas ta fille ! Elle habite même pas à la maison !

– Parce qu'elle est grande.

Jane se pince l'arête du nez. Un peu plus loin, Andrew se passionne pour des panneaux d'explications au sujet de la vie dans la forêt tropicale. Encore plus loin, Joshua tapote inlassablement sur son téléphone, ignorant au mépris des lois de la politesse Licia qui se trouve réduite à monologuer dans le vide.

Est-ce qu'il lâcherait son téléphone si moi, j'allais lui parler?

– Écoute, négocie Jane. Pour l'instant je dois parler avec Carrie mais après la visite, je t'achèterai une peluche.

– Ouais! Un crocrodile!

Ma vénale petite sœur accepte le marché sans discuter et entraîne Tina dans la salle des animaux sauvages empaillés. Sans doute pour étudier son futur choix.

– C'est mal de corrompre les enfants, ne puis-je m'empêcher de remarquer.

– Mais remarquablement efficace. Viendrais-tu dîner si je t'achetais une peluche?

– J'ai passé l'âge, tu sais?

– Je sais, soupire Jane. J'essayais de détendre l'atmosphère. Est-ce que tu m'en veux?

J'enfonce les mains dans les poches arrière de mon jean.

Est-ce bien le moment d'avoir ce genre de conversation?

En même temps, il n'existe pas de moment idéal. J'opte pour la franchise:

– Tu n'as jamais donné l'impression de vouloir faire partie de ma vie. Alors, ça me paraît un peu facile de vouloir jouer d'un coup à la grande et belle famille.

Jane baisse les yeux et tord nerveusement ses longs doigts de musicienne.

– J'ai eu tort, je sais. J'essaye de réparer…

– Mais il n'y a rien à réparer! Je vais très bien. Papa a été formidable, Cécile aussi… Rien ne cloche dans ma vie.

– En dehors du fait que tu refuses de voir ta mère.

– Tu as Heidi! Pourquoi est-ce que tu ne t'en contentes pas?

– Tu es jalouse de Heidi?

Je sens mes paumes devenir moites de transpiration. Ce qu'il fait chaud, dans ce musée ! Je les essuie sur la toile de mon jean.

– Tu n'as jamais voulu ralentir le rythme pour être avec moi quand j'étais petite. Et là, d'un coup, tu décides de t'établir à San Francisco, prendre un poste fixe, te marier…

– Je suis désolée, Carrie. Je suis également consciente que le temps perdu ne se rattrape pas, mais peut-être pourrions-nous établir une nouvelle relation d'adulte à adulte ?

Je sais qu'on ne rattrape pas le temps perdu. Mais comment bâtir une nouvelle relation sur les regrets du passé ?

Je tente une excuse maladroite :

– Je comprends, mais je suis à l'âge où on a besoin de prendre un peu de distance par rapport à sa famille. L'idée de cette année à Stanford, c'était de profiter de la vie étudiante, tu vois ?

– Je vois, soupire Jane. Je ne t'oblige à rien, bien sûr, mais si tu pouvais passer de temps en temps…

– Je verrai en fonction de mon emploi du temps.

– Bien. Bien. Je pense que ton influence pourrait être très positive, tu sais ?

– Sur Heidi ?

J'en doute. Cette petite est du genre à n'écouter rien ni personne.

– Je pensais à Joshua. Tu as sûrement constaté qu'Andrew et lui étaient tous les deux très réservés, n'est-ce pas ?

Je hoche la tête en m'efforçant de chasser de mon esprit le secret qui me lie à Joshua. Lors de notre première rencontre, je ne l'aurais jamais décrit comme introverti. Mais notre semaine sous les tropiques m'a permis de constater que, effectivement, il évoque très peu ses sentiments. Il n'existe pas qu'une façon d'être secret, après tout.

– Je ne vois pas en quoi je pourrais y changer quelque chose.

– Tu vas facilement vers les gens et tu n'hésites pas à dire ce que tu penses. Ta présence faciliterait sûrement la communication, d'autant que Joshua a l'air de bien t'aimer.

Mon cœur se met à battre plus fort.

Si seulement c'était vrai !

Seulement, je n'envisage pas le terme « aimer » de la même

façon que Jane, je le crains.

Si elle connaissait la vérité…

– Euh… Si tu n'as rien pu faire, je doute d'y arriver.

– Je me suis chargée d'Andrew, répond Jane avec un sourire rêveur.

Elle pose sur son mari un regard dégoulinant d'amour. J'ai envie d'imiter Heidi et de crier « beurk ! » À la place, je lève les yeux au ciel et je toussote.

C'est fou ce qu'il fait chaud ici, j'ai la gorge sèche.

Jane me sourit.

– Je sais que c'est difficile à croire de premier abord, mais quand tu le connaîtras mieux, tu verras qu'il a un cœur d'or. Il faut vous laisser le temps. Concernant Joshua, vous avez presque le même âge, tu es plus à même de le comprendre, non ?

Si. Intimement, même.

– Euh… Nous n'avons pas grand-chose en commun, tu sais…

Cette réflexion m'attriste. Nous nous entendions pourtant à merveille, avant le mariage. Du moins, je le croyais.

Mais si ça se trouve, il sortait déjà avec Bridget.

– Enfin nous verrons bien, conclus-je. À l'occasion.

– Oui, à l'occasion, répète Jane. Tu ne connais même pas la maison ! Nous devrions profiter de la belle saison pour faire un barbecue.

Un barbecue ?

Elle ne jurait que par le régime crétois, à une époque. Ou japonais ou je ne sais quoi. En tout cas je suis pratiquement certaine que cela excluait la viande.

Une autre phase de sa vie, je suppose.

J'aperçois Tina et Heidi qui se dirigent vers la boutique, alors j'accélère le pas. Heidi sautille sur place en chantonnant « pelusse, pelusse ». Jane l'embrasse sur la tête.

– Tu l'as bien méritée, va.

– Un crocrodile !

Je les suis à l'intérieur avant de décider :

– Je vais acheter un truc pour César.

– C'est qui, César? demande Heidi.

– C'est mon frère. Enfin…

Expliquer la complexité de nos liens familiaux à Heidi me décourage d'avance. J'achève :

– Il est resté en France.

– Ton frère? répète Heidi, perplexe.

Elle secoue ses couettes, puis se concentre sur la question la plus importante :

– Il est zentil?

– Ça va.

– Alors prends un crocrodile ! s'exclame Heidi en pointant du doigt le tas de peluches neigeuses à l'effigie de la mascotte des lieux.

Je tente de me figurer la tête de César si je lui rapporte une peluche. Quoique… Celle-ci est originale, au moins. Je n'aurai qu'à lui raconter que toutes les filles craquent pour les garçons qui ont des peluches dans leur chambre.

– Va pour le crocodile.

– Et moi, tu m'assètes quoi?

– Hein?

– Si tu assètes pour ton frère, tu dois aussi asseter pour ta sœur, c'est pareil !

Logique imparable.

Je note tout de même qu'elle se souvient de notre lien de parenté uniquement quand ça l'arrange.

– Tu as déjà un crocodile, remarqué-je en pointant la peluche qu'elle tient dans ses bras.

– Alors une zirafe !

– Enfin, trésor, une peluche suffit…, commence Jane sans conviction.

– Une grenouille, négocié-je.

Je suis aussi faible que Jane, au fond, je compense mon absence des dernières semaines en cédant à son caprice.

Ce qui prouve que j'ai mauvaise conscience.

– Je te ramène?

La voix de Joshua me surprend si fort que j'en lâche le crocodile en peluche que je viens de payer.

C'est à moi qu'il parle ?

Je pivote sur mes talons juste à temps pour le voir me tendre la peluche avec un sourire qui me foudroie sur place.

C'est bien à moi ! Oh mon Dieu, que se passe-t-il ?

Bridget l'a largué ? Il a décidé que c'était le moyen idéal de se débarrasser de Licia ? Il en a juste eu marre de faire semblant ? Quoi qu'il en soit, mon propre système défensif s'écroule comme un château de cartes sous la tempête. J'attrape le crocodile en bredouillant :

– Euh…

– Nous sommes en voiture, intervient à son tour Licia.

Si le but de Joshua était de l'embêter, il peut se vanter d'avoir réussi : la ligne pincée de sa bouche n'exprime plus ni douceur ni séduction, mais une amertume à peine dissimulée.

J'ai presque de la peine pour elle.

– Mais tu n'habites pas sur le campus, la reprend Joshua. Ça t'évitera un détour.

– De toute façon, se débat Licia, Carrie devait passer la nuit chez Trevor, non ?

Ça, c'est un coup bas.

Je n'aurais pas dû baisser ma garde, cet après-midi et lui parler de Sun Juice.

Aussi inoffensive qu'un chaton, tu parles ! Dire que j'ai failli la plaindre…

– Qui est Trevor ? demande Jane, mettant allégrement les pieds dans le plat.

– Tu le vois toujours ? grogne Joshua au même moment.

Manifestement, la nouvelle ne lui fait pas plaisir. Et paradoxalement, j'éprouve une pointe d'excitation à le savoir… jaloux ? Je lui attrape le bras d'autorité :

– Je t'expliquerai ça durant le trajet.

– Mais…, commence Licia.

– Je rentre avec toi, la coupe Tina. Pour éviter que tu ne

t'endormes sur l'autoroute.

En même temps, elle m'adresse un signe discret, poing fermé, index et petit doigt levés, qui signifie depuis nos années collège « je te couvre, mais tu me raconteras tout plus tard ».

A-t-elle compris ce qui se tramait entre Joshua et moi ?

J'espère que mon expression ne trahit pas mes sentiments pour lui ! Jane, en tout cas, ne semble rien trouver de louche à notre arrangement. Elle me remercie pour la peluche de Heidi avant de me glisser :

– Je compte sur toi pour me parler de Trevor au prochain barbecue.

– Bien sûr.

Sûrement pas. Si elle apprend que je continue à jouer avec eux, elle va encore se faire des films.

Andrew nous adresse un vague sourire. Je suis certaine qu'il n'a rien compris à ce qu'il venait de se passer.

Joshua et lui n'ont rien de comparable.

Le soleil couchant m'éblouit à la sortie du musée. Joshua me prend le bras pour me guider jusqu'à sa voiture. Il le serre même un peu plus fort que nécessaire. Je me laisse faire, avide de son contact autant que de sa compagnie.

Que me veut-il ? Pourquoi m'avoir d'abord ignorée pour ensuite quasiment m'enlever pour un tête-à-tête ? Et comment suis-je censée réagir ?

Tant de questions se bousculent dans ma tête que je ne parviens pas à en retenir une assez longtemps pour la traduire en mots. C'est Joshua qui attaque, alors que nous entrons sur le parking :

– Pourquoi ne m'as-tu pas rappelé, après les Maldives ?

Alors là, c'est la meilleure !

J'étais censée le rappeler, moi ? C'est lui qui a décidé de partir avant la fin du séjour sous un prétexte bidon ! La colère traverse le maelström de mes sentiments pour exploser :

– Tu ne m'as pas rappelée non plus ! Trop occupé avec Bridget, je présume ?

– Bridget ?

Il a l'air de tomber des nues. Sa poigne se desserre légèrement sur mon bras.

– Tu parles de ma comptable?

– Penny enregistre les mensurations de ta comptable?

– Penny est une assistante sportive. Ça fait partie de ses attributions.

Nous sommes arrivés devant le parking. Joshua s'arrête pour me faire face:

– Qu'imaginais-tu au juste?

– Rien.

Je commence à me sentir ridicule.

Joshua ajoute avec un sourire en coin:

– Pour ton information, Bridget a 55 ans et déjà trois petits-enfants.

– Super. Ta voiture est là?

Il rit carrément à gorge déployée en ouvrant la portière. Je grommelle:

– J'aurais dû accepter l'offre de Trevor…

Il n'a jamais été question que je dorme chez lui, mais à chacun son tour d'être jaloux. Joshua sort si brutalement de sa place de parking que je pousse un petit cri.

– Tu le vois toujours, alors?

– Je joue dans leur groupe.

– En professionnelle?

– Regarde la route, s'il te plaît. C'est provisoire. Le temps qu'ils trouvent un remplaçant.

– Han-han.

– Quoi, han-han?

– Rien, si tu t'amuses, c'est le principal.

Je déteste le ton condescendant sur lequel il dit ça.

Nous sommes ensemble depuis dix minutes et il m'énerve déjà.

– Il faudrait que j'aie gagné combien de Grammy Awards, pour t'impressionner?

– Tu as envie de m'impressionner?

Je me laisse aller contre le dossier de mon siège.

Au moins sa voiture ne sent pas la rose artificielle, je vais considérer ça comme un progrès.

– Et tu te demandes pourquoi je ne t'ai pas rappelé…

– Rien à voir avec Trevor, donc?

– Je ne sors pas avec Trevor, si c'est ta question.

La voiture accélère dangereusement pour prendre la bretelle d'accès à l'autoroute, sans tenir compte du feu rouge au bout. Je contre-attaque :

– Et toi? À défaut de Bridget, pas d'admiratrices à l'horizon?

Il a l'air sincèrement surpris ; la voiture ralentit assez pour s'arrêter sagement au feu.

– J'ai d'autres priorités en tête, se défend-il.

– Des problèmes avec ta boîte?

– Entre autres…

Il lâche le volant d'une main pour ébouriffer ses cheveux, au moment précis où il redémarre.

– C'est un peu compliqué en ce moment, reconnaît-il. Enfin, au moins, ça m'a occupé les idées en attendant ton coup de fil.

Il recommence!

– Pourquoi était-ce à moi de t'appeler? Tu aurais pu me téléphoner aussi.

– C'est vrai.

Il s'interrompt le temps de doubler la voiture devant nous au ras du capot. Je retiens une remarque au sujet de son style de conduite. La part de moi-même noyée sous le trop-plein d'émotions apprécie le côté défouloir de la prise de risque. Elle fait partie de la personnalité de Joshua, et je suis heureuse de le revoir, même si un côté de mon cerveau persiste à agiter le signal d'alarme. Tout est trop intense avec lui. Il reprend :

– J'ignorais et j'ignore toujours quelle est ta position par rapport à ce qui s'est passé entre nous. Par conséquent, j'ai préféré te laisser la main.

– Je croyais que tu te moquais des conséquences?

– Je respecte tes réticences.

– Tu ne les respectais pas tellement quand tu me glissais des allusions douteuses dans l'avion !

– Eh bien j'ai réfléchi !

Joshua frappe le volant à deux mains ; le véhicule zigzague dangereusement. Je me cramponne à la ceinture de sécurité. Il redresse aussitôt le volant.

– Désolé.

– J'aimerais autant arriver vivante à Stanford, si ça ne te dérange pas.

La voiture ralentit pour aller sagement s'insérer dans la file de gauche, réservée aux véhicules en covoiturage. Joshua reprend :

– Je pense que nous devrions en discuter.

– De ta façon de conduire ?

– N'essaye pas de changer de sujet.

Oups, grillée. Tout compte fait, je préfère quand il me taquine.

Je triture nerveusement ma ceinture de sécurité. Pourquoi faut-il qu'il ait décidé d'être raisonnable, soudain ? Ne pourrait-il pas se contenter de me serrer contre lui et de me faire oublier tout le reste ? Il m'a tellement manqué que je ressens un bien-être physique à retrouver sa présence. Et il ne m'a même pas embrassée ! Je soupire :

– Écoute, je viens déjà d'avoir une « discussion » avec ma mère, je crois que j'ai atteint mon quota pour la journée.

– Ou alors, tu pourrais te débarrasser de la corvée une bonne fois pour toutes.

– Je ne crois pas que ce soit une bonne idée. Parce que là, je pense surtout à ne pas compliquer davantage mes relations familiales… et malheureusement tu fais partie du lot.

Joshua demeure si longtemps muet, concentré sur la circulation, que je commence à penser que notre conversation s'arrête là.

Ce fut court… et je ne parviens pas à déterminer si j'en suis soulagée ou frustrée.

On dirait que je deviens incapable de réfléchir correctement dès que Joshua se trouve dans les parages. Il se tourne soudain vers moi et son sourire malicieux me réchauffe jusqu'au cœur.

– D'accord, pas ce soir. Mais on en parlera. Et c'est toi qui m'appelles quand tu te sentiras prête. Mais avant la fin de la semaine.

J'hésite. Il a raison sur le fond : nous devons parler de ce qui s'est passé entre nous. Seulement, je ne me fais absolument pas confiance pour lui résister, s'il tente de me convaincre encore une fois. Et je ne suis pas sûre que ce soit une bonne idée : à mon avis, ce n'est pas ça que Jane envisageait quand elle me parlait d'avoir une influence positive sur Joshua. Finalement, je tends la main pour taper dans la sienne.

– D'accord.

Il la retient juste un peu plus longtemps que nécessaire. Assez pour que je m'enflamme de l'intérieur, dévorée par un désir brûlant. Je lèche mes lèvres soudain sèches.

– Alors euh… Tout va bien pour toi, sinon?

– Je vais m'en sortir, affirme-t-il. Et toi, tes cours?

Pourquoi tout le monde me pose-t-il la même question?

Sans doute parce que je suis inscrite à l'une des plus prestigieuses universités du monde… Même si je me fais de plus en plus l'effet d'une usurpatrice. Je décide que ma relation avec Joshua est suffisamment compliquée pour ne pas lui mentir en plus à ce sujet.

J'espère aussi qu'il comprendra.

– Disons qu'en ce moment, jouer avec le groupe m'intéresse davantage que les cours.

Il me jette un rapide coup d'œil puis hoche la tête. Mon cœur se ramollit ; l'attraction physique n'y est pour rien, cette fois, seulement la certitude d'avoir sa pleine attention. Je crois que ça me touche encore davantage.

Je suis fichue, n'est-ce pas?

– Si c'est ce que tu ressens, fonce. La vie est trop courte pour la passer sur les bancs de l'école.

– Je le regretterai sans doute le jour où Sun Juice n'aura plus besoin de moi et que j'aurai manqué mon diplôme.

– Il te restera l'expérience. Crois-moi, c'est la seule richesse qui vaille.

Sa main droite se pose sur ma cuisse. Je pose la mienne

par-dessus et nous demeurons immobiles tandis qu'il continue de conduire, sans tension sexuelle et pourtant, d'une certaine façon, plus intimes que nous ne l'avons jamais été. Je me dégage à regret quand la voiture se gare devant Roth.

– J'attends ton appel ! me crie Joshua en redémarrant.

Il me reste une semaine pour réfléchir… enfin si je tiens jusque-là.

16

À LA POURSUITE DE JOSHUA

Deux jours. J'ai tenu deux jours. Deux jours à sortir mon téléphone toutes les cinq minutes pour le poser aussitôt, deux jours à éviter les questions de Tina, deux jours à être incapable de travailler et même de jouer de la guitare.

Ça suffit.

On ne règle pas ce genre de question au téléphone. Et l'appeler pour fixer une rencontre ferait trop rendez-vous officiel. Alors je pédale.

Non, je n'ai toujours pas de voiture.

Et il est hors de question de demander à une camarade de me déposer, cela entraînerait des questions auxquelles je ne veux pas répondre. D'ailleurs, je ne sais pas du tout ce que je vais raconter à Joshua. Deux jours de réflexion pour me retrouver au point de départ : je suis attirée par Joshua (c'est l'euphémisme du siècle) mais je ne suis pas certaine que cela vaille les complications infinies qu'une relation entre nous entraînerait. Sans compter que je le connais à peine : je me suis bien imaginé que Bridget était sa petite amie ! Bref. Je me dis que me retrouver face à lui me permettra de résoudre mon dilemme.

Et puis, le vélo est bon pour la santé.

À la fin de notre séjour à Stanford, j'aurai des cuisses en béton. En attendant, quand je m'arrête devant les bureaux de Shark Outdoors, je suis essoufflée et en sueur.

So sexy.

En même temps ils fabriquent des équipements de sport, je suis dans la tonalité.

Tout va bien.

J'abandonne mon vélo à l'entrée du parc sans prendre la peine de le cadenasser. Qui voudrait voler cette antiquité ? Elle jure dans le décor, d'ailleurs, entre la pelouse parfaitement entretenue et l'architecture moderne du bâtiment, tout en acier et en verre.

On dirait une vague jaillissant du sol.

C'est sympa si on aime ce genre de style. Personnellement j'ai un faible pour les vieilles pierres, j'ai joué dans une abbaye une fois et c'était…

Oui, bon, OK, j'y vais.

Le destin, ayant sans doute pris ma nervosité en pitié, place un visage connu sur mon parcours dès que j'entre dans le hall.

– Carrie ! s'exclame l'homme, plantant là le petit groupe avec lequel il discutait pour s'avancer vers moi, main tendue. Quelle bonne surprise ! Comment allez-vous ?

Enfin, quand je dis connu… Je sais que je l'ai croisé au mariage, mais ça s'arrête là. Je bafouille :

– Euh, enchantée également, en fait je passais dans le coin et je me suis dit que c'était l'occasion de venir vous saluer. Vous avez un bâtiment superbe.

Pitié, que quelqu'un m'achève tout de suite.

Mike (le directeur général, ça me revient, maintenant !) secoue ma main avec un enthousiasme suspect compte tenu de mes vêtements froissés et du caractère pas vraiment professionnel de ma démarche. Pour sa part, vêtu d'un costume impeccable et sans doute confectionné sur mesure, il offre l'image parfaite de l'homme d'affaires important.

– Vous avez bien fait, nous sommes toujours fiers de montrer nos réalisations.

Il adresse un geste du poignet à ses collaborateurs qui s'éparpillent comme une volée de moineaux après m'avoir saluée d'un rapide signe de tête.

Ils ont l'air d'avoir peur de lui…

Ou alors je me fais des films. Après tout, il est plutôt sympa de prendre du temps pour moi.

– Suivez-moi, je vais vous faire visiter.

– C'est gentil, mais euh, Joshua…

– Il ne se trouve pas dans nos locaux actuellement. Vous savez, il a son propre emploi du temps.

Une nuance subtile, dans la voix de Mike, m'invite à comprendre que ce n'est pas là un comportement très responsable de la part d'un chef d'entreprise. Il poursuit :

– Il a encore la fougue de la jeunesse. Vous avez à peu près le même âge, n'est-ce pas ?

– Euh oui, dis-je en le suivant à travers des couloirs transparents.

Le verre est partout. L'impression d'espace est grisante, mais je trouve que ça manque d'intimité. C'est froid, aussi, entre le dallage gris au sol, les plafonds blancs et la climatisation qui, comme partout aux États-Unis, fonctionne à fond. J'en ai la chair de poule. En plus, tout le monde nous regarde, se demandant visiblement ce qu'une fille en short et T-shirt trempé de sueur vient faire dans les bureaux. Je braque mes yeux à hauteur de genoux pour éviter d'avoir à saluer. À côté des armoires et des chaises, traînent des objets moins courants comme des paires de chaussures de sport, des skateboards de toutes les formes, des roues esseulées, des composants mécaniques, des cadres de vélo et des esquisses scotchées un peu partout aux vitres. Ce fatras apporte un peu de vie dans un univers qui, au final, correspond mal à ce que j'imaginais en pensant à l'antre de Joshua.

– Vous êtes frère et sœur ? poursuit Mike.

– Euh… En quelque sorte.

Pas du tout. Et d'ailleurs, en quoi ça le regarde ?

– Et vous ne vous connaissiez pas avant le mariage ?

– Non. Bon, écoutez, ce n'est pas grave, je vais essayer de l'appeler sur son téléphone portable, je ne veux pas déranger…

– Joshua n'est jamais joignable sur son portable, répond froidement Mike.

Là, il ment, j'ai constaté moi-même le contraire durant notre séjour aux Maldives !

Ce n'est pas de la diffamation, ça ?

J'éprouve la tentation de démentir et puis je réfléchis : peut-être est-ce à Mike que Joshua ne répond pas ? Il avait évoqué des difficultés dans l'entreprise…

La honte, je n'ai même pas pensé à lui demander comment ça allait de ce côté.

Je m'arrête au milieu d'un couloir.

– Il faut vraiment que j'y aille, je suis désolée.

– Venez au moins voir l'atelier.

Je commence à trouver son insistance suspecte. Ou alors il se montre juste poli et c'est moi qui deviens paranoïaque, à force de me retourner le cerveau.

– C'est très gentil de votre part, mais je manque de temps. Une autre fois, peut-être ?

– Avec plaisir, vous serez toujours la bienvenue. Puis-je prendre un message pour Joshua ?

– Pas la peine, je passais juste comme ça. Encore merci pour votre accueil !

Je m'efforce de ne pas courir tandis qu'il me raccompagne vers la sortie, non sans tenter de m'extorquer d'autres informations au sujet de Joshua.

Ce type est vraiment bizarre.

J'attends d'être à bonne distance du siège de Shark Outdoors pour sortir mon téléphone portable. Bien entendu et comme pour donner raison à Mike, Joshua ne répond pas.

Il n'attendait pas vraiment mon message avec impatience...

Quelle idiote, aussi, de m'être lancée dans cette expédition sans réfléchir ! Il ne me reste plus qu'à rentrer à Stanford la tête basse. À moins que... Je reprends mon téléphone et pianote sur Internet. Combien existe-t-il de garages à Palo Alto ? Un paquet. Dont deux garages Garcia.

Franchement les gars, vous pourriez faire un effort d'originalité.

Le premier se trouve à l'autre bout de Palo Alto. Autant dire que je mourrai de déshydratation avant de l'atteindre à vélo. L'autre, en revanche, se situe sur mon chemin de retour au campus.

Disons que c'est un signe du destin.

Certes, j'ai à peu près autant de chances d'y trouver Joshua que de gagner au loto, mais au moins j'aurai l'impression d'avoir fait quelque chose.

***

Je faufile mon vélo entre deux décapotables, puis l'abandonne contre le mur en bois. Le garage Garcia se dresse au milieu d'un terrain vague envahi de pièces détachées. Des herbes folles mènent une lutte acharnée contre le béton du parking, mais à en juger par le nombre de véhicules stationnés sur celui-ci, les affaires doivent bien marcher. Je me dirige vers l'atelier, grand ouvert sur l'extérieur sous sa pancarte jaune « Changement d'huile, vérification des freins, tuning ». L'odeur de l'huile de moteur imprègne l'air chaud d'un parfum gras.

La première personne que je vois en entrant est Joshua. Adossé contre un vieux pick-up à la couleur indéfinissable, vêtu d'un vieux jean et d'un T-shirt dont le tissu élimé met en valeur sa musculature, il jongle avec une clé à douille qu'il lâche en me voyant.

– Aïe ! jure-t-il en recevant l'outil sur le pied. Carrie ?! Qu'est-ce que tu fais là ?

– Je passais dans le coin…

Je m'interromps, le temps de reprendre ma respiration. Je suis en nage. L'effort physique n'y est pas pour rien, le fait de me retrouver face à Joshua non plus.

Je me demande si je parviendrai un jour à me comporter normalement en sa présence.

– Salut Carrie ! Ça fait plaisir de te voir. Un rafraîchissement ?

S'extirpant de sous la voiture qu'il réparait, Orion pioche une bouteille de bière dans la glacière posée devant lui et me la tend avec un grand sourire.

– Merci.

Pourquoi n'est-ce pas lui qui m'attire ?

Malgré les taches de cambouis et de graisse sur ses vêtements, son côté « voyou sexy » doit en faire craquer plus d'une.

Je n'aime pas spécialement la bière, mais elle présente l'avantage d'être glacée. En quelques gorgées, je lui ai fait un sort. Joshua part jeter un coup d'œil devant le garage pour en revenir effaré :

– Tu es venue à vélo !?

– Le sport, il n'y a rien de tel.

– Il te faut une voiture.

– Je sais, on me l'a déjà dit.

– Si tu veux…, commence Orion.

– J'y penserai.

Quand j'aurai gagné un peu d'argent.

Je me tourne vers Joshua :

– Je voulais passer te voir au bureau, en fait, mais…

– Tu aurais dû m'appeler avant. Attends, tu es allée jusqu'à Shark Outdoors ?

– Oui. Mike avait l'air désolé que tu ne sois pas là.

Je retiens une grimace. Cela sonne comme un reproche. L'arrière-goût de la bière, sur ma langue, me paraît soudain plus amer.

En même temps… C'est vrai qu'il est là avec son copain alors que ses employés travaillent.

Et moi, à penser ça, j'ai l'impression d'avoir 50 ans. Qu'est-ce que j'y connais, à la vie d'entreprise ? Mon père est chef d'orchestre, ma belle-mère ostéopathe… Et puis je ne vais pas donner raison à Mike non plus !

– Il n'est pas un peu bizarre, d'ailleurs, ton directeur général ?

– Mike ? Pourquoi ?

– Euh… Il m'a posé des questions un peu personnelles.

– De quel genre ?

– Sur nos liens familiaux, ce genre de truc.

Je me sens soudain stupide. Objectivement, Mike n'a rien fait de mal. Il m'a bien accueillie malgré ma présence déplacée, m'a offert de visiter les locaux… Au fond, je lui reproche peut-être seulement de ne pas être Joshua. Je décide de changer de sujet.

– J'ai essayé de t'appeler, mais tu n'as pas répondu !

Il sort son téléphone de la poche arrière de son jean.

– Merde, la batterie est encore morte. Elle n'a pas aimé son bain aux Maldives, ajoute-t-il en me lançant un regard entendu.

– Eh bien heureusement que je suis venue. On va pouvoir parler de vive voix.

Enfin peut-être pas ici.

L'atelier mécanique fait du bruit et l'odeur de l'huile me donne mal au cœur. Sans parler d'Orion qui déguste sa bière en silence, mais sans rien perdre de nos échanges. Joshua pose une main sur mon bras. Je frémis à son contact.

– Qu'est-ce qu'elle fiche ici ?

Douchée, je recule d'un pas avant de me retourner. Licia, debout à côté de son frère, ne m'accorde pas un regard.

La trêve est bel et bien finie.

Sans doute n'a-t-elle pas apprécié que Joshua me ramène, l'autre jour. Tant pis pour elle, je ne vais pas me laisser marcher sur les pieds sous prétexte que Tina l'apprécie ou qu'elle est la sœur d'Orion. Je lance bien fort :

– « Elle » a un nom.

– Salut Joshua, répond Licia, souriant à mon compagnon tout en persistant à m'ignorer.

Joshua m'entoure la taille d'un bras, dans un geste de provocation qui atteint parfaitement son but. Licia se rembrunit. Je me laisse aller contre Joshua, prétendant jouer le jeu. Il est chaud, il est fort et il sent bon.

Je ne veux plus jamais qu'il me lâche.

– Salut Licia. Carrie et moi allions justement partir.

– Où ça ?

– On va faire un tour.

– Tu devrais faire attention.

Ça y est, la vipère passe à l'attaque.

Je me serre plus fort contre Joshua. Celui-ci me caresse le dos d'une façon qui me donne la fièvre. Licia se balance d'une jambe sur l'autre, ramène une mèche de cheveux derrière son oreille. A-t-elle conscience d'être allée trop loin ?

– Eh bien, se lance-t-elle, je sais que Carrie est ta sœur et que tu la considères comme telle, mais elle est française et là-bas, tu sais… les mœurs sont différentes.

J'en demeure bouche bée, ne sachant si je dois éclater de rire ou m'indigner. Contre moi, le corps de Joshua est secoué de spasmes silencieux indiquant qu'il penche pour la première option.

– Je ne comprends pas bien, non, répond-il d'un ton faussement innocent. Tu pourrais m'expliquer ?

– Licia, prends une limonade, intervient Orion en lui plaçant d'autorité une bouteille entre les mains. Carrie, c'est sympa d'être passée. Josh, on se voit plus tard ?

– Ça marche, acquiesce Joshua. À plus !

Il fait demi-tour sans me lâcher. J'accompagne le mouvement non sans noter la facilité avec laquelle nous nous accordons. Il serait si facile de la transposer dans un autre contexte…

– Où allons-nous ?

– Ça dépend. Combien de temps m'accordes-tu ?

Mes doigts agrippent son T-shirt. Nous n'avons même pas eu le temps de discuter et je dois déjà faire un choix ? Je bredouille :

– Mais ton travail… Tu n'as pas…

Il écarte l'objection d'un claquement de doigts.

– Je m'arrangerai. C'est l'avantage d'être son propre patron. Écoute, je connais une auberge géniale à Saratoga, à environ une demi-heure à moto. L'endroit idéal pour décompresser au calme. Ça te dit ?

Ma tête tourne. J'attrape le casque et la combinaison de moto qu'il me tend. Nous savons tous deux ce que sous-entend cette proposition.

Veux-tu passer la nuit avec moi ?

Je réfléchis tout en enfilant ma combinaison. Et pourquoi pas, après tout ? Qui le saura ? Joshua a parlé de calme, c'est un code universel pour « discrétion ». Nos parents n'en sauront jamais rien et si Licia se doute de quelque chose, elle ne peut pas le prouver.

Et puis je suis française, j'ai une réputation à tenir.

Les yeux sombres de Joshua me fixent de l'autre côté de sa moto. Je me perds un instant dans leur profondeur cerclée d'or. D'une voix enrouée, je déclare :

– Nous pourrons discuter tranquillement.

– Oui, c'est ça. Discuter, répète-t-il comme un robot.

Il est évident que nous avons tous les deux l'esprit ailleurs. Quand il me sourit, mes genoux tremblent.

– Allez, monte. Et accroche-toi, ce bébé est programmé sensations fortes.

Je passe les bras autour de sa taille. Peu m'importe d'abandonner mon vélo, peu importe que je n'aie aucun vêtement de rechange sur moi et surtout, peu m'importe le regard meurtrier de Licia dans notre dos.

Avec lui je me sens bien. À ma place.

***

Mon cœur bat la chamade quand nous nous arrêtons devant le grand bâtiment aux murs de bois. L'adrénaline de la course court encore dans mes veines. Notre arrêt dans une succursale de Ross, la grande chaîne de vêtements, pour nous approvisionner en produits de première nécessité (pyjama, brosses à dents et tenue de rechange) m'a à peine laissé le temps de reprendre mes esprits.

Joshua ne plaisantait pas quand il parlait de sensations fortes!

J'ai l'impression d'être en vacances. J'ai envoyé un message à Tina pour lui dire que je passais la nuit dans ma famille. Ce n'est pas tout à fait un mensonge. Tant pis pour les cours de demain matin, tant que je suis de retour à San Francisco pour répéter en fin d'après-midi. L'air tiède sent l'eucalyptus, la brise rafraîchit ma peau tout juste libérée de sa combinaison et chaque parcelle de mon corps est consciente de la présence de Joshua à mes côtés. Le préposé à l'accueil ne lève pas un sourcil devant nos tenues, froissées par le trajet et peu accordées au luxe discret des lieux. Sans doute la carte de crédit dorée de Joshua accapare-t-elle toute son attention. Il ne nous pose aucune question sur nos liens, se contente d'enregistrer nos noms. Je me demande si Joshua est déjà venu ici. Et s'il était accompagné.

Stop! Ce n'est pas le moment d'être jalouse.

Pourtant je me rapproche de lui tandis qu'il signe le registre. Son bras vient entourer ma taille et en se redressant, il pose un léger baiser sur mes lèvres. Une chaleur subite me fait monter le rouge aux joues.

Discuter. Nous devons d'abord établir les règles. Savoir où nous allons.

Parce que là, je n'en ai aucune idée. Enfin, mon esprit. Mon corps, lui, a une notion très précise de l'endroit où nous nous rendons (la chambre) ainsi que des activités auxquelles nous pourrions nous y livrer.

Après tout, la discussion peut attendre.

Dans l'ascenseur, je reste fascinée par notre reflet dans le miroir. Mes cheveux rebelles s'accrochent à son T-shirt, ses bras tatoués m'emprisonnent, l'une de mes mèches orange se noie dans le soleil couchant qui recouvre son biceps, à droite. Nous avons les joues rouges et les yeux brillants, comme de jeunes amoureux. Joshua pose ses lèvres contre mon cou. Mon sang bout dans mes veines, là où sa bouche me caresse.

Pourquoi cet ascenseur est-il aussi lent ?

Nous trébuchons hors de la cabine en direction de notre chambre. Joshua déverrouille la porte, me tire à l'intérieur, referme le battant d'un coup de pied puis s'y adosse pour mieux me serrer dans ses bras. Nous échangeons un baiser passionné, brûlant, rempli de la frustration des dernières semaines. Je plaque mon bassin contre le sien, debout sur la pointe des pieds, avide de son contact. Un cri de protestation m'échappe quand il me repousse.

– Carrie. Tu es sûre de ne pas vouloir en parler avant ?

– Non, non. S'il te plaît…

Il a le souffle court. Je perçois sa tension, la difficulté qu'il éprouve à me tenir écartée de lui, ne serait-ce que de quelques centimètres. Il demande d'une voix rauque :

– Tu ne vas pas m'en vouloir, après, et refuser de me parler pendant deux mois ?

– Je n'ai pas… Oh, et puis on en parlera plus tard.

Je mets un point final à la discussion en l'embrassant de nouveau. Nos langues se joignent, nos dents se heurtent dans notre hâte mutuelle, nos souffles se mêlent. Les doigts de Joshua relèvent le bas de mon T-shirt, caressent ma peau nue. Je frissonne de tout mon corps. Mes mains s'enfoncent dans ses cheveux.

Et voilà, ça recommence.

J'ai autant de volonté devant lui qu'une accro au sucre devant un paquet de bonbons. Qu'y puis-je s'il est aussi appétissant? Nous assumerons les conséquences plus tard. Pour l'instant, je sais une seule chose : il m'a incroyablement manqué. Je n'avais pas l'impression d'être moi-même, depuis juillet.

– Tu sais qu'il y a une baignoire à remous?

– Quoi?

Mes neurones sont tous dirigés par mon intense désir sexuel. Je peine à comprendre où Joshua veut en venir. Son rire moqueur me donne envie de mordiller ses lèvres. Je pousse un cri quand il me soulève dans ses bras, puis m'abandonne contre son épaule.

J'aime sa force. J'aime son odeur. J'aime sentir son cœur battre contre le mien.

Il me dépose à côté de la baignoire. Mes jambes ont du mal à me soutenir. La fatigue de la journée me rattrape et j'ai soudain conscience d'être en sueur. Un bain est une excellente idée.

Surtout si nous le prenons à deux.

Je regarde Joshua ouvrir les robinets, verser le bain moussant, allumer les bougies…

– Des bougies?

Il rit :

– Je commençais à me demander si la fatigue t'avait rendue muette.

– Non mais… Ne me dis pas que les bougies sont fournies avec la chambre?

– Je les ai achetées au magasin tout à l'heure, en même temps que les brosses à dents.

Décidément, il a raison, je suis très fatiguée pour ne rien avoir remarqué. Les petites flammes s'allument les unes après les autres, se reflétant dans l'eau et les miroirs. Je demande :

– Nous fêtons une occasion spéciale?

– À toi de me le dire.

Mon rire tremble un peu.

– Je parie que tu dis la même chose à toutes les filles.

– Et moi, je te jure que tu es la première, affirme-t-il en se retournant pour me regarder dans les yeux.

La lueur des flammes fait ressortir les paillettes d'or dans les siens. Une boule se forme dans ma gorge. Cette conversation penche dangereusement du côté des sentiments. Or ce soir, j'ai décidé de laisser les réflexions au vestiaire. Je lève les bras au-dessus de ma tête :

– Déshabille-moi.

Joshua s'accroupit pour se mettre à ma hauteur. Les muscles de ses épaules roulent sous le tissu de son T-shirt. Avec ses yeux dorés, il ressemble à un fauve.

Dangereux et sexy.

Bras en l'air, dos appuyé contre le mur, je le regarde s'approcher. Ses doigts chatouillent mon ventre quand il soulève mon T-shirt. Je retiens mon souffle. La première fois, nous étions deux inconnus à la recherche d'aventure. La seconde avait un goût de vacances et d'interdit. Cette fois, nous connaissons les enjeux et nous avons choisi d'être ensemble malgré tout. D'un seul élan, Joshua enlève mon T-shirt. Dessous, je porte un soutien-gorge de sport orange et noir, fermé sur le devant.

N'oublions pas que j'étais partie faire du vélo, à la base.

Peut-être avais-je envisagé que ma « discussion » avec Joshua tournerait de la sorte. Peut-être même l'avais-je espéré. Mais mon moi raisonnable, le même qui m'a poussée à refuser cette relation en raison de ses potentielles complications, m'a poussée à mettre une tenue plus pratique que sexy. (De toute façon, qui a l'air sexy sur un vélo ?)

Joshua pose ses lèvres sur la pointe d'un de mes seins. Son souffle chaud me caresse à travers le tissu, de façon presque plus érotique que s'il touchait ma peau nue. Je me cambre pour mieux m'offrir et en même temps, j'attrape son T-shirt que j'arrache d'un seul élan.

Je ne me lasserai jamais d'admirer ses tatouages.

Je les suis du bout des doigts tandis qu'il dégrafe mon soutien-gorge. Ses paumes viennent se placer sous mes seins, ses pouces sur mes tétons. Un frisson électrique court le long de ma colonne vertébrale pour se nicher entre mes cuisses.

– Tu es magnifique, murmure-t-il si bas qu'avec le bruit de l'eau qui continue de couler, je l'entends à peine.

Je pose mes mains sur sa nuque pour l'attirer vers moi. Un baiser me paraît la meilleure façon de répondre. Celui-ci est plus doux que le premier, rempli de promesses et d'aveux non formulés. Nos langues se goûtent, nos lèvres se frôlent et se répondent.

Un fracas soudain nous fait sursauter. Je sens Joshua sourire contre ma bouche.

– C'est la soufflerie de la baignoire. Tu veux essayer?

– C'est plutôt toi que j'ai envie d'essayer.

– L'un n'empêche pas l'autre.

Il me tient contre lui pour m'aider à me relever. J'en profite pour m'attaquer à la ceinture de son jean, que je fais glisser en passant mes mains sur ses fesses.

Ça non plus, je ne m'en lasse pas. En fait il n'existe pas une seule parcelle de son corps qui ne me fasse pas fantasmer.

De son côté, il n'a aucun mal à se débarrasser de mon short et de ma culotte. Je m'appuie un instant sur son épaule pour savourer le contact de sa peau contre la mienne.

Je suggère que nous achetions une île déserte aux Maldives sur laquelle nous pourrions vivre nus toute l'année.

Nous nous embrassons encore, nous caressant des lèvres et des doigts, attisant un désir qui menace à chaque instant de nous submerger.

– C'est bon…, soupire Joshua à mon oreille.

– Oui…

– As-tu déjà connu quelque chose de meilleur?

Je me balance contre lui, ma fente trempée glissant sur son érection.

– Je croyais que nous devions discuter plus tard?

– L'un n'empêche pas l'autre. Dis-moi ce que tu aimes.

– Toi.

Son étreinte se resserre, devient possessive.

– C'est un bon début. Que veux-tu que je te fasse ?

– Euh… Le bain ne va pas déborder, là ?

Pour toute réponse, il me serre plus fort, me soulève de terre et entre dans la baignoire. L'eau chaude et parfumée me caresse la peau. En même temps elle se rapproche dangereusement du bord, manquant noyer les bougies. Joshua se penche pour tourner le robinet. Je m'accroche à lui pour ne pas glisser.

Pas sûr que la baignoire soit une bonne idée, au bout du compte.

Il passe derrière moi, son torse contre mon dos, ses bras autour de ma taille pour nous stabiliser. Je me détends peu à peu. Entre les bougies, la mousse qui nous recouvre et les jets d'eau qui nous massent, l'ambiance a un côté magique, hors du temps. Les doigts de Joshua chatouillent mon ventre, courent sur mes hanches, caressent mes cuisses.

– Alors ? reprend-il à mon oreille. Que veux-tu que je te fasse ?

– Touche-moi encore.

Ses mains m'effleurent comme s'il avait peur de me faire mal. Je me laisse aller contre lui, mes fesses contre son sexe. Il donne un petit coup de reins qui fait danser l'eau dans la baignoire.

– Où dois-je te toucher ?

C'est le premier de mes partenaires à me poser ce genre de questions. Je trouve ça un peu gênant et en même temps, terriblement excitant. Il me donne le pouvoir alors que je ne suis pas en position de l'exiger.

En fait, j'adore.

– Les seins, décidé-je en levant les bras pour lui permettre d'y accéder.

Je noue mes doigts derrière sa nuque tandis que ses mains remontent le long de mes côtes. Il prend son temps alors que je tremble d'impatience.

– Maintenant, supplié-je en me tortillant.

Joshua mordille le lobe de mon oreille ; de petites étincelles d'électricité sexuelle viennent alimenter le brasier qui n'attend que ses mains pour flamber.

– Tu décides où, je décide quand, précise-t-il.

– Mais…

Des envies de rébellion me viennent, d'autant que je suis bien placée pour sentir à quel point notre petit jeu l'excite. Quand il se décide enfin à me toucher la poitrine, je ne peux retenir un cri.

J'espère que nous n'avons pas de voisins… Non, en vrai, je m'en fiche.

Jusqu'à ce que nous sortions de cette chambre, il n'existe plus que Joshua et moi, et cette alchimie parfaite entre nous. Ses doigts pincent légèrement mes mamelons en même temps qu'il me mordille le cou. Mes cuisses s'ouvrent en un appel muet. Jamais je n'ai été aussi près de jouir pour de simples caresses. Ma propre main glisse vers mon ventre… Joshua m'arrête.

– Moi seul ai le droit de te toucher. Dis-moi ce que tu veux.

Le problème c'est que j'en veux trop ! Je veux qu'il me caresse de toutes les façons possibles et en même temps, je veux moi aussi poser mes mains sur le corps magnifique coincé sous le mien. Seulement pour ça, il faudrait sortir de l'eau et pour l'instant, je m'y sens trop bien.

Note pour ma maison d'un-jour-dans-le-futur : je veux une baignoire à remous.

Vaincue, je soupire :

– Caresse-moi entre les jambes. Juste un peu.

– Pourquoi, juste un peu ? demande-t-il en laissant glisser ses paumes à plat le long de mon corps.

Ma peau brûle sur son passage, appelle un soulagement dont la clé se niche au creux de mes cuisses. Mes mains s'accrochent à ses bras.

– Parce que, après, c'est à mon tour de te rendre fou.

– Mmm… Programme intéressant.

En attendant, je m'abandonne complètement. Je ferme les yeux pour mieux profiter de l'instant et je deviens « pures sensations ». La caresse de l'eau sur ma peau, les doigts de Joshua qui savent si bien trouver mes points sensibles, le parfum de lilas de la mousse… Je n'aime pourtant pas demeurer inactive, mais là c'est différent. C'est Joshua. Une autre forme de magie.

En revanche, je ne me prive pas de gémir à voix haute tandis qu'il masse mon clitoris d'un index averti, le majeur et l'annulaire de l'autre main allant et venant en moi.

C'est trop bon. Je n'arrive plus à penser.

Je voulais… Je voulais…

– Attends!

Je ne voulais pas jouir tout de suite, pas avant de l'avoir excité autant qu'il m'a stimulée. Mais il m'a poussée si près du gouffre que je vacille. Il embrasse le point sensible sous mon oreille avant de murmurer.

– Laisse-toi aller, Carrie. Viens.

Ce simple mot suffit à déclencher le raz-de-marée. Un tremblement m'agite, mes muscles internes se referment autour de ses doigts et je crie.

C'est mieux que bon. C'est… indescriptible.

Joshua me retient contre lui tandis que je reprends mon souffle, éblouie, la tête et le cœur chavirés. Une fois certaine que mes jambes ne me trahiront pas, je me redresse dans la baignoire. Joshua me contemple, la nuque appuyée sur le rebord, les bras étendus de chaque côté. J'ai l'impression que les gouttes d'eau qui glissent sur ma peau matérialisent l'intensité avec laquelle il me regarde. Malheureusement, la mousse me masque son corps. Je lui tends la main.

– Viens.

Il la saisit, se redresse en position assise, mais ne se lève pas tout de suite. Du coin de l'œil, je perçois notre reflet dans un miroir. On dirait un tableau fantastique, avec ces dizaines de bougies autour de nous. J'en ai la chair de poule.

Ça devient tellement plus qu'un jeu…

Je répète, en tirant un peu sur sa main:

– Viens.

Joshua se remet debout. D'une main, il essuie la mousse qui

s'accroche à mon corps, embrassant chaque centimètre de peau ainsi révélée. Je me cramponne à sa main, nos doigts toujours enlacés. L'impatience me fait trembler. D'une main posée sur sa nuque, je l'oblige à se rapprocher. Notre baiser est chaud, avide, profond comme un millier de nuits sans sommeil.

Nous aurions dû parler avant.

L'idée me frappe alors que je l'entraîne dans la chambre. Comment allons-nous pouvoir discuter raisonnablement quand chaque seconde que nous passons dans cette chambre nous entraîne un peu plus loin dans la passion ? Mon cœur bat si fort que j'ai l'impression, quand Joshua pose une main sur ma poitrine, qu'il va tomber au creux de sa paume.

Nous nous effondrons sur le lit le plus proche sans cesser de nous embrasser. Joshua s'étend sur le dos tandis que j'enfourche ses hanches. Mes doigts tremblent quand je les pose sur les mouettes tatouées sur son bras.

– Tu peux me toucher, maintenant, dit-il d'une voix rauque.

– Et pas toi.

Je lui adresse un clin d'œil joueur, bien décidée à profiter de la situation. Il m'a fait languir tout à l'heure ? Il va savoir ce que ça fait de se retrouver de l'autre côté de la barrière ! Je laisse courir mes mains sur son corps, alternant effleurements et caresses plus appuyées, dressant une cartographie minutieuse de ses points sensibles.

Renseignements stratégiques pour plus tard.

Car il y aura un « plus tard », inutile de me mentir. Il n'est plus temps de prétendre que c'est un coup d'une nuit. Ce qu'il y a entre nous est trop fort pour être enfermé dans ces limites. Je ne sais pas encore comment ni combien de temps nous pourrons le canaliser, mais au moins, j'ai admis qu'il ne servait à rien de le nier.

Je me penche pour embrasser le cœur tatoué sur sa poitrine. J'en trace le contour de la pointe de la langue. Joshua grogne, ses mains se resserrent sur ma taille et son érection frotte plus fort contre mes fesses.

– Arrête de jouer, Carrie et passons aux choses sérieuses.

Je plonge mon regard dans le sien. Le cercle d'or autour de l'iris sombre varie au gré de ses émotions. Là, il flamboie, démentant le sourire joueur sur ses lèvres.

– Mais elles sont déjà sérieuses.

Nous savons tous les deux que nous ne parlons pas de nos petits jeux de mains. Joshua se redresse pour m'embrasser. Un long moment, nos lèvres s'effleurent et se frôlent en une promesse muette.

La conversation de tout à l'heure s'annonce très longue.

Et c'est pour ça que je ne veux pas y penser tout de suite. Joshua me lâche enfin pour chercher à tâtons le sac que nous avons abandonné sur la moquette en entrant.

Produits de première nécessité : brosses à dents, dentifrice, déodorant, préservatifs.

Je bascule sur le côté, admirant les muscles de son dos tandis qu'il part à la pêche. Il existe des vues plus désagréables. Aimantée par sa présence, ma main se pose sur ses fesses parfaites, glisse entre ses cuisses, le déconcentrant quelque peu. La boîte lui échappe ; je m'en empare avec un sourire de défi.

– C'est ça que tu veux ?

– Non, c'est toi, en fait. Mais les préservatifs peuvent aussi être utiles.

– Si tu demandes gentiment…

Ses lèvres se posent sur mon ventre.

– S'il te plaît, murmure-t-il contre ma peau.

Ses mots vibrent dans tout mon corps, courent dans mes veines, font battre mon cœur. La boîte tremble entre mes doigts.

– Continue. J'aime t'entendre supplier.

Son sourire s'étire contre mon estomac. Il répète « s'il te plaît » tandis que sa bouche remonte vers ma poitrine et que sa main s'aventure entre mes cuisses. J'écrase la boîte entre mes doigts ; quelques emballages s'en échappent, que je rattrape au vol. Une main dans les cheveux de Joshua, je tire légèrement pour attirer son attention.

– Maintenant, ordonné-je en lui tendant mon trophée.

Il m'adresse un sourire de triomphe en s'en emparant.

Peu importe. J'aurai ma revanche.

En attendant, je le regarde dérouler le latex sur son sexe dressé. Une main posée sur sa hanche, je l'attire à moi. Il me regarde dans les yeux, ses lèvres à quelques millimètres des miennes.

– Tu es parfaite, souffle-t-il.

J'ai la nette impression que ces mots contiennent un sens caché. La gorge nouée, je murmure :

– Toi aussi.

Il m'embrasse en même temps qu'il se positionne entre mes cuisses. Je suis tellement excitée que son sexe pénètre sans aucune difficulté en moi. Une sensation chaude, électrisante, me fait tourner la tête. La langue de Joshua glisse entre mes lèvres, répétant les mouvements de sa verge. Je me cambre contre lui à la recherche du meilleur angle possible. Un soupir m'échappe.

– Ne bouge plus.

Joshua m'obéit aussitôt, malgré le désir que je sens pulser dans son sexe profondément enfoui en moi. Je parsème sa mâchoire et son cou de milliers de petits baisers, savourant les sensations de l'instant. L'odeur de sa peau, sous celle du bain moussant, le poids de son corps sur le mien, le contact un peu râpeux de sa joue, la façon dont le sexe nous relie pour nous fondre en une seule et même personne. J'aimerais que cet instant dure une éternité… et en même temps, le désir se fait irrésistible. Joshua gémit quand je balance mes hanches, donnant le signal de la reprise. Il enfouit ses doigts dans mes cheveux, son visage contre mon cou, bouche ouverte comme pour boire mes cris. Ses coups de reins tentent d'abord de suivre un rythme lent, mais il ne tarde pas à perdre toute maîtrise ; chacun de ses mouvements nous emmène plus près des étoiles que je vois briller dans ses yeux.

Un cri m'échappe au moment où l'orgasme me balaye, comme s'il venait d'ouvrir une porte au fond de moi. Au plaisir physique se mêle la certitude que nous venons de vivre un moment essentiel, bien plus que toute conversation que nous pourrions avoir par la suite. Une main posée sur son cou, je sens battre son cœur sur le même tempo affolé que le mien. Il paraît s'arrêter une seconde au moment où il jouit pour repartir aussitôt tandis que Joshua répète mon prénom à l'infini.

Je n'ai jamais spécialement apprécié mon prénom, mais là, soudain, il me paraît formidable.

Joshua roule sur le côté et je me glisse sous les draps, autant pour me sécher que parce que la climatisation est un peu fraîche à mon goût.

Il nous restera l'autre lit pour dormir, tout à l'heure.

Je me rends compte que je n'ai pas envisagé une seule seconde que nous faisions lits séparés. Quel intérêt d'être avec Joshua, si je ne peux pas être contre lui ? Je ne veux pas me passer de son contact une seconde de plus que nécessaire. Quand il me rejoint sous les draps, je cale ma tête au creux de son épaule. Il me caresse les cheveux avec tendresse.

– Il faudra éteindre les bougies dans la salle de bains, remarque-t-il. À moins que tu ne veuilles encore profiter de l'eau chaude ?

– À quelle heure est le dîner ?

– Tu as faim ?

– Pas encore. Mais il va bien falloir bouger à un moment.

– Pas tout de suite, bougonne-t-il en me serrant dans ses bras, le visage caché dans ma chevelure.

Je n'essaie pas de lutter. Il est bien trop agréable d'être collée contre son corps, nos jambes entremêlées, nos cœurs battant à l'unisson. Je me blottis confortablement et me laisse bercer par sa respiration.

Le reste du monde attendra.

17

RETOUR SUR TERRE

Au bout du compte, nous ne sommes jamais descendus dîner. Nous avons laissé les bougies se consumer et nous n'avons pas vraiment parlé non plus. Pas pour dire des choses sérieuses, en tout cas.

Maintenant, il est dix heures du matin ; le soleil inonde la terrasse de l'hôtel sur laquelle nous prenons notre petit déjeuner. Tina m'a déjà envoyé trois SMS auxquels je n'ai pas répondu et j'ai manqué les deux premiers cours de la journée. Je me sers un nouveau verre de jus d'orange frais tout en demandant à Joshua :

– Tu ne vas pas être en retard à ton travail ?

– J'arrange mes horaires comme je veux.

– Ton directeur général avait l'air de penser que ce n'était pas très sérieux, hier.

– Mike ?

– Oui. Je te l'ai dit hier, il m'a fait une impression bizarre. Je crois aussi que tes employés ont peur de lui.

Il se frotte le menton. Nous avons oublié de prendre un rasoir dans le kit de première nécessité, de sorte qu'une ombre légère voile sa mâchoire. Ça lui va bien. Je m'empresse de préciser :

– Enfin c'est juste mon impression. Si tu lui fais confiance…

– Mike est un ami, précise Joshua. Je l'ai embauché à sa sortie de l'université et jusqu'à aujourd'hui, je n'ai pas eu à regretter mon choix. Cependant… Je lui ai peut-être accordé une trop grande liberté d'action. Depuis l'incident des mouvements de fonds suspects, je me suis efforcé de reprendre les rênes, mais pour être honnête, cet aspect de la gestion n'est pas ce que je préfère. Enfin…

Il relève la tête pour me sourire.

– N'essaierais-tu pas d'échapper à notre « sérieuse conversation »?

Oups.

La vérité, c'est que je n'y vois pas plus clair qu'hier soir dans mes sentiments. Au contraire. Ma seule certitude, c'est qu'aucun homme ne m'a jamais fait le même effet que lui. Il est unique, le couple que nous formons aussi. Mais les conséquences à en tirer? Là, je patauge. J'adresse un sourire innocent à Joshua:

– Pas du tout. Nous devons parler, je le maintiens.

– Eh bien je t'écoute.

Je porte le verre de jus d'orange à mes lèvres pour me donner une contenance.

Par où commencer?

Je ne sais même pas où nous allons. Pire, je ne sais même pas où je veux aller. Il me paraît évident, après cette nuit, que notre relation n'entre pas dans la catégorie « aventure passagère ». Mais Joshua n'a peut-être pas le même ressenti. Il a beau affirmer que je suis unique, cela signifie-t-il pour autant qu'il compte me faire une place dans sa vie déjà bien remplie? Et de mon côté, comment puis-je concilier mon statut d'étudiante avec une liaison hors campus? Nous n'avons même pas de logement à nous, ni l'un ni l'autre… Par ailleurs, dans moins d'un an, j'aurai quitté la Californie. Qu'est-ce qui existe entre « aventure passagère » et « engagement pour la vie »? Comment puis-je passer au statut de petite amie sans déclencher un raz-de-marée familial?

– Commençons par la base, soupire-t-il devant mon silence. Allons-nous nous revoir?

– Évidemment!

Mon cri du cœur le fait sourire. En réponse, je caresse sa jambe de mon pied nu sous la table.

Finalement, ce sera peut-être plus simple que je ne le croyais.

– Mais…, poursuit-il, haussant les sourcils.

– Pourquoi veux-tu qu'il y ait obligatoirement un « mais »?

– Ce n'est pas le cas?

Je baisse la tête et repose mon pied sur le sol. Les pavés sont tièdes, chauffés par le soleil. Une odeur sucrée monte des fleurs des parterres. On se croirait encore en été.

J'adore la Californie.

– Mais il vaudrait mieux ne rien dire à nos parents.

– Tu es déjà brouillée avec Jane, franchement ! Un peu plus ou un peu moins…

– J'essaye d'arranger les choses.

Joshua croque dans un toast beurré, l'air clairement sceptique. Si nous commençons à discuter de nos relations avec nos parents respectifs, ça va encore mal se finir. Je rajoute des myrtilles fraîches dans mon bol de céréales avant de concéder :

– Bon. Nous leur dirons si ça devient vraiment sérieux.

– Parce que là, ce n'est pas sérieux, pour toi ?

– Je veux dire, si ça dure.

En fait, je m'enfonce.

Je sais bien que c'est sérieux. Mais est-ce que ça veut nécessairement dire que ça va durer ? Aucune idée. Ce n'est pas comme si j'avais l'expérience de ce genre de chose. Joshua a l'air indigné. Il massacre à coups de fourchette la dernière tranche de bacon dans son assiette.

– Ça durera si nous faisons ce qu'il faut pour.

Un frisson de plaisir court le long de ma colonne vertébrale. J'adore l'entendre affirmer qu'il tient à notre histoire. Mais comme je ne suis plus à une contradiction près, je ne peux m'empêcher de me faire l'avocat du diable :

– Oui, enfin soyons réalistes : combien de temps a duré ta plus longue relation ?

Il ouvre la bouche pour me répondre, la referme aussitôt, chasse une miette imaginaire de la nappe et contre-attaque :

– Et toi ?

– Six mois. J'étais au lycée.

En plus, on ne peut pas vraiment dire que c'était le grand amour. Si je devais comparer cette expérience avec ce que je vis avec Joshua, ça reviendrait à comparer une piscine gonflable à l'océan Pacifique. Nous sommes restés ensemble par confort, parce que le statut de couple en imposait aux copains et parce que nous savions que la rupture s'opérerait en douceur à notre entrée à l'université. Joshua mordille un morceau de bacon, sourcils froncés.

Je note qu'il n'a pas répondu à ma question.

A-t-il honte de n'avoir connu que des liaisons éphémères, ou y a-t-il au contraire quelqu'un qui a compté pour lui ? Il ne me laisse pas le temps de le lui demander :

– Peu importe le passé, tranche-t-il, c'est l'avenir qui compte. Tu te vois me quitter dans six mois ?

– Je ne suis en Californie que pour une année scolaire.

Ce rappel nous tombe dessus comme une douche froide. Joshua repousse son assiette encore à demi pleine.

– C'est ce que tu as prévu. Mais la vie ne se déroule pas toujours exactement comme on l'a planifié.

– Et c'est un chef d'entreprise qui me dit ça ?

– Je parle d'expérience.

L'écho d'une guitare bourdonne à mes oreilles. Ce soir, je joue avec Sun Juice. Je sens bien que le « temporaire » tient de moins en moins debout, quoi qu'en dise Trevor. En parlant d'imprévu…

– Enfin, on se connaît depuis quelques semaines à peine. Et nous n'avons pas passé tellement de temps ensemble. Ça fait un peu léger pour bâtir des plans d'avenir.

– J'ai su que tu étais unique à notre première rencontre, déclare Joshua d'une voix grave.

Ma peau se hérisse de chair de poule tandis que le petit démon à l'arrière de mon esprit se demande si, matinée perdue pour matinée perdue, nous ne pourrions pas profiter encore un peu de la chambre après le petit déjeuner… Joshua se penche en avant pour capter toute mon attention :

– Et tu le sais aussi.

Il a raison.

Mais je ne veux pas le reconnaître, par fierté et parce qu'il faut bien que l'un de nous retienne celui qui veut sauter de la falaise. L'intensité de notre relation me fait peur, quand je prends du recul pour y réfléchir, parce que je me dis que le jour où ça va casser, ça va faire mal. Très mal. Je plaide, alors que mon instinct me hurle l'inverse :

– Ce n'est pas une raison pour précipiter les choses. Nous pouvons très bien commencer à nous voir sans alerter le monde entier.

– J'aime les situations claires et nettes, proteste Joshua.

– Quel mal y a-t-il à se donner un peu de temps ?

Il ne reste plus que nous sur la terrasse. Les serveurs débarrassent de moins en moins discrètement les autres tables pour nous signifier que nous avons largement dépassé l'heure. Joshua se lève et me tend la main. Dès que je l'ai saisie, il m'attire à lui pour poser un baiser possessif sur mes lèvres.

– Si tu as besoin de temps, prends-le. Tant que nous restons ensemble, le reste importe peu.

– Merci.

Il est parfait !

Dans mon esprit, la guerre continue. L'une des factions en présence, estimant être parvenue à un compromis raisonnable, ronronne de satisfaction. Une autre regrette de ne pas pouvoir ajouter un tatouage « propriété de Carrie » au reste de sa collection, bien en vue. Elle s'est alliée avec celle qui voudrait vivre cette relation au grand jour, sans se soucier de ses conséquences. Une quatrième, terrée dans son coin, joue les pythies, prédisant que tout ceci se terminera très mal.

La schizophrénie me guette.

Nous demeurons enlacés quelques secondes, les yeux fermés, à nous remplir de la présence de l'autre. Au moins, quand je suis dans ses bras, j'arrête de me poser des questions.

Peut-être qu'une joshuathérapie me ferait du bien ?

Je grogne quand il me repousse pour demander :

– Je te raccompagne à Roth ?

Tentant.

En même temps, connaissant mes colocataires, c'est la porte ouverte à des questions sans fin. Sans compter Tina...

Dois-je lui révéler avec qui j'ai passé la nuit ? Je suis intimement persuadée que ma relation avec Joshua n'a rien de malsain. Au contraire, quand je suis entre ses bras, je me sens bien, comme s'il complétait quelque chose qui me manquait sans que je ne le sache. Seulement, aux yeux de la société, elle conserve un petit goût d'interdit. Je ne suis pas certaine de la façon dont Tina le prendrait. Et ça m'agace, d'une part parce que cela démontre que je ne connais pas ma meilleure amie aussi bien que je le croyais, d'autre part parce que je ne veux pas risquer sa désapprobation alors que jusqu'alors, nous avons toujours été sur la même longueur d'onde.

Je tente de m'en sortir par une excuse :

– Mon vélo est resté au garage d'Orion.

– Je te l'apporterai plus tard.

Nous longeons la réception, le sac en plastique qui contient nos seuls effets à la main. Joshua m'entoure la taille d'un bras possessif.

– Aurais-tu honte de moi ?

– Au contraire.

C'est plutôt ne pas pouvoir l'afficher comme *mon* homme, qui me contrarie.

Lui accrocher une pancarte « chasse gardée » autour du cou serait too much, je le crains.

– Bon, alors allons-y.

***

La moto magique nous ramène à Stanford un peu trop vite à mon goût. J'aurais bien prolongé la course.

Peut-être pourrais-je prendre une moto, à la place d'une voiture ?

Mais ce serait plus compliqué pour transporter ma guitare. Tant pis, je continuerai à profiter de celle de Joshua.

– *Home sweet home*, plaisante-t-il en ôtant son casque.

– Roth ne peut pas vraiment être qualifiée de foyer.

La résidence est sympathique, mais je n'y passerais pas ma vie. La plupart des filles sont sympas, avec tout l'éventail des comportements qui vont de la timide studieuse à l'extravertie fêtarde. Cette dernière doit se sentir un peu frustrée, le règlement de la résidence interdisant d'y organiser des fêtes. Ceci dit, il suffit de traverser l'avenue.

– J'aurais détesté ça, commente Joshua en secouant la tête.

– Pourtant tu vis toujours à l'hôtel.

– Ce n'est pas pareil!

– Ce n'est pas un foyer non plus.

Il passe une main dans mes cheveux aplatis par le port du casque.

– Tu comprendras quand tu seras grande.

– Quand je serai grande, je veux ma propre maison avec un grand jardin, si possible une piscine, un chien et deux chats et puis…

Je m'arrête dans mon élan, consciente que la description de mes projets d'avenir entre mal dans le cadre de la relation que nous commençons tout juste à construire. Joshua se détourne pour ranger casque et combinaison. Quand il se redresse, il change d'angle d'attaque:

– Tant de jeunes gaspillent ici leur énergie à lire des livres alors qu'ils pourraient l'employer à créer…

– Mais pour créer, il faut déjà connaître les bases. Regarde, Tina veut devenir traductrice: la connaissance de la langue ne va pas lui tomber du ciel.

– À mon avis, le seul fait de vivre dans un pays anglophone suffit.

– Pas pour la traduction littéraire ou technique.

Il hausse les épaules. Nous ne tomberons jamais d'accord sur le sujet. Il refuse de comprendre que pour certains (moi, entre autres) le diplôme représente une garantie, quelque chose que nous pouvons présenter à un futur employeur pour lui prouver notre sérieux. J'ai besoin de stabilité. Connaître un métier pour lequel il existe une demande constante sur le marché me rassure. Tout comme savoir que je pourrai m'installer quelque part, avoir des revenus réguliers, bâtir des relations solides.

La rock attitude, ça va bien pour les loisirs.

Et Joshua, dans tout ça? Eh bien, c'est un peu comme essayer de faire rentrer une pièce carrée dans un trou rond. Je n'arrive absolument pas à me projeter dans un avenir avec lui. Ceci dit, je n'arrive pas à me projeter dans l'avenir tout court, alors je crois que je vais juste attendre que le brouillard se lève.

– Bonjour Carrie!

Angela met un point d'honneur à me saluer systématiquement en français. Toutefois, aujourd'hui, ce n'est pas sur moi que son attention se porte. Elle sourit à Joshua comme si elle avait subitement oublié comment parler anglais, rajuste une mèche blonde derrière son oreille d'une main parfaitement manucurée et joue avec le bouton de son chemisier.

N'importe quoi, on dirait une lycéenne. J'espère que je n'avais pas l'air aussi ridicule à notre première rencontre!

Telles des abeilles attirées par un pot de miel, d'autres colocataires arrivent, exigent que je fasse les présentations, invitent Joshua à prendre un verre, goûter une part de *carrot cake* ou visiter les lieux. Je suis obligée de leur rappeler que le règlement proscrit toute présence masculine dans les murs.

D'accord, le règlement est souvent interprété de façon très souple, mais en l'occurrence, il sert mon objectif: éloigner Joshua de mes colocataires transformées en vamps.

– Je dois partir travailler, s'excuse-t-il avec un sourire malicieux.

Visiblement la situation l'amuse beaucoup. J'hésite entre lui administrer un bon coup de pied dans les chevilles pour les faire dégonfler ou l'embrasser, histoire de bien indiquer qu'il est à moi. Hélas, la deuxième option n'est pas compatible avec le « c'est mon demi-frère, enfin presque, le fils du mari de ma mère, quoi ». Je le laisse donc filer avant de mettre les choses au point avec les filles:

– Arrêtez de baver sur mon frère, c'est dégoûtant. Tu n'es pas censée avoir un petit ami, d'ailleurs, toi? Et toi?

Les concernées haussent les épaules. Un petit ami, à l'université, ce n'est pas vraiment sérieux. Du moins, c'est le credo général. Mais est-ce si sûr? Statistiquement, il me semble que la plupart des couples se forment à ce moment.

Qu'est-ce que je raconte ? Je suis la première à clamer que nous sommes là pour profiter de la vie !

– Alors c'est avec lui que tu as passé la nuit, commente Tina tandis que nous remontons vers la chambre que nous partageons.

– Il m'a emmenée faire du tourisme dans la région.

Ce n'est pas totalement faux, même si le seul lieu que nous avons visité de façon approfondie est une chambre d'hôtel…

Tina entre la première dans notre chambre. Nichée dans le pignon avant de la résidence, elle offre une surface qui justifie largement que nous la partagions. Je vais me jeter sur mon lit revêtu d'une couette à petites fleurs, tandis que Tina ramasse des cahiers sur son bureau pour les mettre dans son sac de cours.

– Et quelle est votre relation, au juste ? demande-t-elle sans me regarder.

Sa voix est soigneusement dépourvue de toute émotion, même de simple curiosité. Mon ventre se noue. Cette contenance ne lui ressemble pas. D'habitude, nous discutons de tout sans tabou. Aurais-je franchi une limite ? J'arrache un fil qui dépasse de ma couette :

– Ça te dérangerait, si on sortait ensemble ?

Elle pose ses affaires sur le bureau et s'assied sur la chaise, le dos raide. Son malaise est si évident que je regrette d'avoir posé la question.

– Ça serait bizarre, non ? demande-t-elle. Vous êtes frère et sœur, enfin… Comme César et toi.

– Oui, enfin, nous n'avons aucun lien de sang.

Démoralisée, je cale l'oreiller sous ma tête. Je n'ai même pas envie d'argumenter.

Je la croyais plus ouverte d'esprit, quand même.

Nous avons toujours discuté de tout, y compris de nos expériences sexuelles, à cœur ouvert, et la première fois que je trouve quelqu'un qui compte vraiment pour moi, sa première réaction, c'est ça !?

Merde, alors.

– Carrie, ça va ? demande-t-elle, inquiète.

– Ça va. J'ai juste besoin de me reposer.

Sous-entendu : nous ne reparlerons plus du sujet qui fâche. Je demeure étendue à plat dos, écoutant les battements de mon cœur tandis que Tina piétine nerveusement autour du bureau.

Cette année nous éloigne au lieu de nous rapprocher.

Je n'en avais pas pris conscience jusqu'ici, mais alors que nos objectifs, depuis le collège, convergeaient vers Stanford, ils ont pris depuis notre arrivée des directions complètement différentes. Enfin, dans la mesure où je peux affirmer avoir un but. Nous passons de moins en moins de temps ensemble, elle avec ses nouveaux amis, moi avec Sun Juice.

– Bon, soupire Tina. Je vais aller en cours, alors.

Au dernier moment, je brandis ma question comme un étendard de paix :

– Je peux emprunter ton vélo pour aller à la gare, au fait ?

Joshua n'a pas précisé quand il aurait le temps de ramener le mien et je dois me rendre à San Francisco en fin d'après-midi.

– Oui bien sûr, répond aussitôt Tina, soulagée de pouvoir répondre à une demande facile.

– Merci.

Une fois qu'elle est partie, je demeure seule dans notre chambre, à écouter les bruits du campus, oscillant entre la magie des souvenirs de ma nuit avec Joshua et l'amertume du rejet de Tina.

Pourquoi est-ce aussi compliqué ?

18

LA FAMILLE, JE VOUS JURE !

[Vous avez 5 appels en absence.]

Mal réveillée, je me frotte les yeux. Cinq appels alors qu'il n'est pas huit heures ? Une urgence ? En faisant glisser mon doigt sur l'écran, je découvre qu'ils sont tous de « Penny ».

C'est la meilleure. Il a la flemme de m'appeler alors il demande à son assistante de le faire, en pleine nuit ?

« Bonjour ! Vous êtes en communication avec l'assistante personnelle de Joshua Bennett. Je vous invite à me communiquer vos mensurations après le bip. »

Penny a une sérieuse tendance à s'emmêler entre les mensurations et les coordonnées. Je pouffe en passant au message suivant.

« Bonjour ! Votre rendez-vous de cet après-midi sera confirmé après enregistrement de votre tour de poitrine. »

Hein ?

J'imagine la tête des clients de Joshua si Penny leur laisse ce genre de message ! Il faudra que je lui signale qu'elle a tendance à perdre la tête…

« Bonjour ! Veuillez excuser cette erreur dans la base de données. Je ne suis pas autorisée à utiliser de gros mots. »

Le fou rire me gagne.

Poitrine est-il considéré comme un gros mot ?

« Bonjour ! Vous êtes en communication avec l'assistante personnelle de Joshua Bennett. Merci de bien vouloir confirmer par SMS votre rendez-vous de cet après-midi à quatorze heures. »

Nous progressons. Peut-être le dernier message me livrera-t-il la clé de ce passionnant jeu de piste ?

Gagné !

Il contient les coordonnées précises de l'événement : le port où Joshua m'entraîne pour nos sorties en mer. Je me demande ce que nous allons tester, cette fois… Penny, fidèle à elle-même, se contente de me conseiller d'apporter un maillot de bain. Je m'étire dans mon lit. Il faut savoir choisir ses priorités, dans la vie : assister à deux heures de cours sur la théorie de la musique assistée par ordinateur, ou m'offrir un shoot d'adrénaline avec mon petit ami ? Je renvoie à Penny :

[RDV confirmé pour 14 heures.
J'apporte mon maillot de bain.]

***

– Cet engin est dingue, commenté-je en essorant mes cheveux trempés, alors que nous nous dirigeons vers le pick-up.

– Je trouve qu'il manque encore de stabilité dans les virages.

– C'est toi le spécialiste.

Pour ma part, je me contente de profiter de la balade… et de la compagnie de mon pilote. Nous nous arrêtons devant le pick-up pour échanger un baiser brûlant. Mon cœur, qui se remettait juste de l'adrénaline de la course, repart de plus belle.

On aurait pu penser qu'après quelque temps, la tension électrique entre nous diminuerait. Mais c'est l'inverse qui se produit.

Jamais encore un homme ne m'avait chavirée comme il le fait. Et je commence à croire qu'il restera le seul.

– On passe chez Orion ? propose-t-il en me relâchant à regret.

– Il va râler.

À juste titre, selon moi : Joshua utilise son appartement, au-dessus du garage, comme garçonnière quand il est encore trop tôt pour aller à l'hôtel et à plus forte raison, au siège de Shark Outdoors.

– Allez, insiste Joshua en laissant courir ses doigts le long de mon bras nu. J'ai envie de toi.

Je ne savais pas que la peau fine, à l'intérieur de mon coude, pouvait être une zone érogène ; il n'a pas fallu longtemps à Joshua pour le découvrir. Ma peau se hérisse de chair de poule et mes seins se dressent sous la caresse.

Je soupire ; si je dis oui, je vais être en retard à la répétition. Jimmy sera furieux.

– Il te faudrait vraiment un appartement.

– Tu viendrais y vivre avec moi ?

Je cligne des yeux.

– Est-ce une proposition ?

Il hoche la tête avec une fausse nonchalance.

– La semaine dernière encore tu affirmais à Orion que tu aimais trop ta liberté pour t'attacher à un lopin de terre.

– Je t'aime plus encore.

Je m'appuie contre le pick-up, sonnée. Le soleil brille trop fort, je dois être victime d'insolation.

A-t-il dit ce que je crois qu'il a dit ?

– Euh... Pardon ?

– Serais-tu d'accord pour emménager avec moi ?

Je n'ose pas lui demander de répéter.

Peut-être qu'il ne l'a pas dit dans ce sens ?

Et peut-être qu'un jour j'arrêterai de me cacher derrière mon petit doigt. Je ne sais pas quoi répondre. Ça peut sembler ridicule, mais je n'ai jamais dit « je t'aime » à personne. Même avec mon père, c'est plutôt « je t'adore » ou une autre périphrase. « Je t'aime » a pour moi un côté tellement solennel que ça équivaut presque à une demande en mariage.

Nous n'en sommes pas encore là.

Même si s'installer ensemble est déjà une grande étape. Joshua poursuit sur sa lancée :

– Toutefois, cela suppose de mettre nos parents au courant.

– Hein ? Pourquoi ?

– C'est un engagement, Carrie.

Joshua m'écarte pour ouvrir la porte du pick-up. Une bouffée d'air chaud nous saute au visage.

– Chacun de nous doit faire un effort, si nous voulons que cette relation avance. J'accepte de m'installer et de ton côté, tu assumes ouvertement notre couple. Ça te paraît équitable ?

Je m'assieds sur le siège passager, les jambes dans le vide.

Équitable ?

C'est surtout un peu soudain ! Nous étions censés prendre le temps et… Trois semaines, ce n'est pas l'éternité ! D'un autre côté, je demeure incapable de prendre une décision. Je n'ai même pas éclairci la situation avec Tina. Alors, il a peut-être raison de me bousculer un peu. Je prends une grande inspiration.

– OK.

– Sérieusement ?

– Tu pensais que je refuserais ?

Il m'adresse un sourire embarrassé et carrément craquant.

– Un peu. Tu voulais tant garder le secret… Tu n'as toujours rien dit à personne, n'est-ce pas ?

– Non. Eh bien, c'est comme pour les pansements, tu sais : il vaut mieux arracher d'un seul coup, que ça fasse mal mais qu'on n'en parle plus.

Si Jane et Andrew comprennent la situation, tout le monde peut l'accepter.

Joshua m'attrape soudain par la taille pour me faire tournoyer. Je renverse la tête en arrière en riant tandis qu'il dépose des baisers sur ma gorge.

Tout va bien se passer.

***

La maison victorienne de Jane et Andrew, dans Noe Valley, se dresse dans une rue en pente, coincée entre deux autres dont elle ne se distingue que par sa façade bordeaux. Elle n'est pas immense, dotée d'un simple salon-salle à manger avec deux chambres à l'étage, mais elle dispose d'un minuscule jardin, à l'arrière, dans lequel cuit notre barbecue (viande certifiée bio et locale). Assise sur le tapis à grosses fleurs, je tente d'inculquer à Heidi le sens du rythme en tapant sur une casserole avec une cuillère en bois :

– Tu entends ? Papapam-pause-papapam…

– Donne !

Elle reprend son ustensile de percussion improvisé et entreprend de massacrer joyeusement la version française de la chanson de *La Reine des neiges*.

– Elle la connaissait déjà en anglais et en espagnol, gémit Jane. Je ne suis pas certaine qu'y ajouter le français était indispensable.

– Parler plusieurs langues est un atout précieux dans le monde moderne. Il faut commencer tôt.

J'ai été indignée de constater que ma petite sœur ne connaissait pas le français. Jane plaide qu'elle a oublié la langue, faute de se rendre assez souvent dans le pays. Erreur stratégique de sa part : je n'avais pas besoin qu'elle me rappelle le peu de visites qu'elle a daigné me rendre au fil des années…

– Alors, poursuit ma mère, tu joues toujours avec ton groupe ?

– Ce n'est pas mon groupe. Je leur donne un coup de main de temps en temps, c'est tout.

– Tu es pourtant annoncée pour leur prochain concert.

– Comment tu sais ça ?

Je n'en ai parlé à personne, à part à Tina. Et encore, je lui ai demandé de ne pas en souffler mot à nos colocataires. Je n'ai aucune envie que le concert soit envahi par une bande de groupies qui ne cesseront ensuite de tenter de m'extorquer le numéro de téléphone des autres musiciens.

– C'est indiqué sur leur site.

Génial, ma mère m'espionne sur Internet !

Je me retourne vers Joshua à la recherche d'un appui. Malheureusement, celui-ci est plongé dans une discussion animée avec son propre père :

– Les mouvements de capitaux sont inquiétants, Joshua ! Tu pourrais même perdre la majorité lors de l'introduction en Bourse.

– Parce que tu es allé vérifier la situation financière de ma boîte ?

Bienvenue au club.

– Je suis avocat en droit des entreprises, se défend Andrew. C'est ma branche ! Je pourrais t'aider à…

– Certainement pas, tranche Joshua.

Je grimace. Andrew s'y prend très maladroitement, certes, mais l'attitude de Joshua me paraît quand même un peu brutale. Le rapprochement n'est pas pour demain… Il se lève soudain et se dirige vers moi, l'air résolu. Mon estomac se noue.

Est-ce vraiment une bonne idée ?

Mais avant qu'il ne m'ait rejointe, Jane s'interpose, un plateau à la main. Les trois coupes de champagne posées dessus renforcent mon malaise.

Qu'est-ce que ça veut dire ? Pourquoi trois ?

– Andrew et moi avons une grande nouvelle à vous annoncer, déclare-t-elle en nous offrant une coupe d'autorité, à Joshua et à moi.

Je pose la mienne sur la table basse.

J'ai un très mauvais pressentiment.

Heidi doit partager mon opinion, à en juger par la vigueur avec laquelle elle tape sur sa casserole. Quand Jane lui demande d'arrêter, elle lui jette pratiquement la cuillère au visage. Ma mère respire un grand coup et prend la main d'Andrew.

– Voilà, je sais que c'est complètement inattendu, commence-t-elle. À vrai dire, nous avons nous-mêmes eu du mal à y croire… Mais voilà, vous allez avoir un petit frère ou une petite sœur.

Le temps se fige. Mes oreilles sifflent.

Qu'est-ce que c'est que cette façon de présenter les choses ? Elle veut dire qu'elle est enceinte !?

À son âge ? Elle a dépassé la quarantaine, quand même. Je veux dire… Zut, ce sont sûrement des préjugés, mais je ne m'attendais vraiment pas à ça !

– Ze veux pas de petite sœur ! intervient Heidi. Ze voulais un zien !

Elle se dérobe à Jane qui voulait lui caresser la tête et tape du pied. Personnellement, j'aurais aussi voté pour le chien, mais nous n'avons visiblement pas notre mot à dire. Andrew se tortille avec la mine de celui qui aimerait bien être ailleurs. Pas vraiment l'allure du futur papa ravi. Heureusement, Jane a de la conviction pour deux :

– Cette naissance à venir est l'occasion ou jamais de renforcer nos liens familiaux. Carrie, Joshua, dans la mesure où il ou elle sera votre petit frère ou votre petite sœur commun, nous serions ravis que vous acceptiez d'en être les parrains.

Hein !? Une minute !

Pour la première fois depuis que la nouvelle nous est tombée dessus, je me tourne vers Joshua. Il a l'air pétrifié. Les signaux de détresse que je lui adresse plus ou moins discrètement passent à mille pieds au-dessus de sa tête. Jane en profite pour passer à l'attaque :

– Qu'en dis-tu, Carrie ?

J'essaye en vain de disparaître dans les profondeurs du canapé :

– Moi ? Euh… Je ne sais pas… C'est un peu soudain.

– Tu vas avoir plusieurs mois pour t'habituer.

– Oui, mais je devais déjà m'habituer à Heidi… et à ta nouvelle famille… Enfin, je repars à la fin de l'année ! Je ne serai pas une marraine très présente.

– Je suis certaine que tu seras parfaite, déclare Jane avec un optimisme forcené.

La réplique « comme toi, tu as été une mère parfaite ? » me brûle la langue. Je la retiens de justesse. Après tout, j'ai promis de faire des efforts.

Mais quand j'ai promis, je ne m'attendais pas à ça !

– Il n'est pas question que nous soyons les parrains, déclare soudain Joshua, sortant de son mutisme. Que vous ayez un enfant, soit, c'est votre vie et votre choix. Mais ne nous mêlez pas à ça !

Heu.

Je ne suis pas sûre que ça détende l'atmosphère. Andrew se redresse soudain comme un cobra. L'instant d'avant, il se tortillait dans l'espoir de fuir, celui d'après, il se gonfle, prêt à l'attaque :

– Il s'agit de ta famille, Joshua. Je n'ai pas été un père exemplaire, je suis le premier à le reconnaître et je m'en excuse.

J'ai commis beaucoup d'erreurs. Les relations sociales ne sont hélas pas mon fort; j'ose espérer que tu sauras te montrer plus doué que moi en la matière.

Joshua ne se laisse pas impressionner. Il fait un pas en avant, mains sur les hanches. Heidi court se réfugier derrière le canapé avec ses armes, casserole et cuillère en bois. Je l'imiterais bien: la conversation n'a pas l'air partie pour s'arranger.

– Excuse-moi, rétorque Joshua, cinglant, je ne vois pas bien le rapport?

– La famille est importante, Joshua. Tu ne peux pas agir comme si tu t'en moquais!

– Mais c'est *ta* famille, pas la mienne! Ou alors, peut-être voudrais-tu que j'épouse Carrie, histoire de resserrer encore nos liens familiaux?

Pardon!?

Je contemple fixement la coupe de champagne devant moi, me demandant si la vider là, tout de suite, d'un trait, serait convenable. Andrew se cambre devant la suggestion:

– Ne sois pas ridicule. Carrie et toi êtes quasiment frère et sœur, à présent, ce serait une forme d'inceste! Si tu prenais davantage à cœur ton rôle de grand frère, plutôt? Tu as réfléchi à cette histoire d'appartement?

La coupe de champagne m'attire de plus en plus.

Inceste.

N'importe quoi. Même si le bébé à naître possédera une partie de son patrimoine génétique et une partie du mien… Ça y est, j'ai mal au crâne. Jane me regarde, mains jointes en un geste de supplication muette:

Fais quelque chose!

Joshua me regarde aussi, m'interrogeant du regard:

Alors, on leur dit, ou pas?

Je secoue la tête. D'accord, on avait décidé de leur parler, mais là, tout de suite, le moment ne me paraît pas idéal. J'attrape ma coupe et la lève à la ronde:

– Alors, au futur bébé!

Andrew vide la sienne avec un empressement suspect. Joshua, lui, déclare qu'il va faire un tour au jardin. La porte claque derrière lui.

– Il est pas content, Sassa ? demande Heidi en sortant de sa cachette.

– Ça va lui passer, répond Andrew dans un excès d'optimisme inhabituel.

– Nous allons bientôt passer à table, reprend Jane en se tournant vers moi. Peux-tu dire à Joshua… ?

– J'y vais.

Je trouve Joshua assis sur un banc en bois au fond du jardin. Il lève à peine les yeux en m'entendant arriver.

Ambiance, ambiance.

– Tu t'es dégonflée, accuse-t-il dès que je me suis assise à côté de lui.

– Le moment me paraissait un peu mal choisi. Tu as entendu la réaction d'Andrew, non ?

– Si. Et alors ? Quand est-ce que ce sera le bon moment ? Après la naissance du bébé ? Plus nous attendrons, plus ce sera difficile.

– Peut-être. Mais j'essaie d'améliorer mes relations avec Jane, en ce moment. Je ne peux pas juste arriver avec mes gros sabots et tout détruire.

– Pourquoi ? C'est ta vie, après tout ! Si elle ne peut pas l'accepter, eh bien tant pis !

J'enroule une mèche autour de mon doigt. D'habitude, j'aime bien son côté fonceur et « qui m'aime me suive ». Là, il me tape sur le système.

Comme si c'était aussi simple !

Je contre-attaque :

– Nous ne sommes pas seuls au monde.

– Pour moi, si.

Ai-je déjà mentionné que je détestais jouer la voix de la raison ?

Surtout quand il me sort des trucs aussi adorables ! Lui résister est un véritable crève-cœur :

– Je comprends ton point de vue, mais ce n'est pas le mien. Nous ne voyons pas Jane et Andrew si souvent, quelle importance s'ils ne connaissent pas la nature exacte de notre relation ?

– Tu étais d'accord pour leur dire la vérité !

– D'accord, mais j'espérais qu'ils le prendraient bien. Après ce qu'a dit ton père, nous avons la certitude que ça ne sera pas le cas.

– Et alors ?

– Alors je refuse de déclencher la Troisième Guerre mondiale alors que nous pouvons l'éviter… Il vaut mieux attendre un peu.

– Quel que soit le moment, il faudra bien choisir ton camp ! Es-tu avec moi ou contre moi ?

– Ce n'est pas la question…

– C'est la seule question qui vaille.

Il se lève si brusquement que le banc manque de basculer. Je me cramponne au dossier pour rétablir mon équilibre.

– J'en ai assez, Carrie. Je ne veux pas d'une relation clandestine, je refuse d'avoir honte de nous. Alors appelle-moi quand tu auras pris une décision.

Sur ce, il me tourne le dos pour disparaître dans la maison.

Une complète réussite.

Et maintenant, qu'est-ce que je fais ? Je continue à me taire et je perds Joshua ? Ou je lâche le morceau aux parents et je déclenche l'apocalypse ?

La famille, je vous jure…

19

LET'S ROCK !

Debout sur la scène, la salle vide me paraît immense. J'ai presque envie de crier pour voir si ça crée de l'écho, mais les techniciens du son n'apprécieraient pas. De toute façon, ma gorge est trop nouée pour ça.

– Tu as le trac? demande une voix derrière moi.

Je pivote sur mes talons pour faire face à Trevor. La fierté me pousse à nier (« Peur, moi? Jamais! ») mais je ne peux occulter mes mains moites, ni mon cœur qui bat à cent à l'heure. Je réponds honnêtement :

– Je n'ai jamais joué dans une si grande salle.

Le Fillmore est l'un des lieux phares de la scène musicale à San Francisco. Il peut accueillir, paraît-il, huit cents personnes, mais là, tout de suite, j'ai plutôt l'impression que c'est huit mille.

Qu'est-ce qui m'a pris de me lancer là-dedans?

Les petites salles ou les concerts en plein air, OK, je gère. Là, c'est le niveau supérieur. Réservé aux pros. Et je ne suis pas une pro.

– Tu sais, me rassure Trevor, ta guitare est toujours la même.

– Oui mais… Regarde, il y a des lustres en cristal! Ils n'ont pas peur que ça tombe sur la tête des spectateurs?

Trevor éclate de rire et me tapote la tête, ce dont j'ai horreur.

– Tu vas super bien t'en sortir.

– Je ne suis que l'intérimaire.

Au fond, c'est peut-être ça qui me fait le plus flipper : tout le monde va me voir avec le groupe et en déduire que j'en fais partie pour de bon.

– Tu te débrouilles déjà mieux que Ridge, intervient Hudson, occupé à régler son micro. La musique, ce n'est pas qu'une question de technique. Le plus important, c'est le feeling.

Farceur, Trevor commence à fredonner « I feel good ». Je lui administre un coup de coude.

– Heureusement que tu es guitariste et non chanteur.

– En tout cas, tu as souri. Allez, respire, tout le monde est stressé avant un concert.

– Même toi ?

– Je suis un homme d'exception, crâne-t-il avec un grand sourire.

N'importe quoi...

Ceci dit, il a raison, Jimmy est en train de rendre chèvres les techniciens du son à force de vouloir atteindre la perfection, et Matt tambourine nerveusement sur ses instruments. Les portes vont s'ouvrir d'un instant à l'autre, à présent.

Je me demande si avec le temps, je deviendrai plus cool...

Question idiote : mes jours dans le groupe sont comptés, quel que soit le « feeling ». J'ai bien compris qu'ils ne me cherchaient pas vraiment de remplaçant dans l'immédiat, mais l'année scolaire se terminera bien un jour. En juillet prochain, quoi qu'il arrive et même si je joue toujours avec eux à cette date, je rentrerai en France. J'ai d'ailleurs l'impression que le temps s'écoule deux fois plus vite, depuis que je suis arrivée ici. Déjà, les décorations d'Halloween fleurissent à tous les coins de rue. L'insouciance de l'été s'est évanouie sans que je n'aie vraiment profité de l'automne. Je tente désespérément de concilier mes études avec Sun Juice, tout en sachant très bien, au fond, qu'il faudra bien choisir à un moment. Je ne pourrai pas jouer éternellement les équilibristes. Pas plus en ce qui concerne ma vie sentimentale, d'ailleurs.

Je n'ai toujours pas rappelé Joshua.

Déjà deux semaines... Ceci ne m'empêche pas de consulter mon téléphone portable toutes les dix minutes, dans l'espoir qu'il revienne sur ses positions. Tiens, même un message de Penny ferait mon bonheur. Mais rien à faire : il m'a prévenue que la balle était dans mon camp, il s'y tient.

Quelle fichue tête de mule !

Bon, pour être honnête, je ne brille pas non plus par la façon dont je gère la crise. J'ai revu Jane deux fois, après lui avoir donné rendez-vous en ville; elle m'a tellement remerciée d'accepter sa nouvelle grossesse (contrairement à Joshua, donc, qui n'a plus remis les pieds chez eux depuis l'annonce) que je redoute toujours de déclencher un tremblement de terre majeur en affichant Joshua comme mon petit ami plutôt que comme mon « presque frère ».

Je persiste à penser que ne rien dire reste la meilleure solution.

Enfin je n'ai rien à afficher, maintenant, puisque je n'ai plus de nouvelles depuis la soirée fatale. Certains soirs, il me manque tellement que je suis prête à aller crier au monde entier qu'il m'appartient, et au diable les conséquences! J'ai cherché trois millions de fois son nom dans mon répertoire. Chaque fois, j'ai abandonné avant d'appuyer sur « appeler ».

Je suis aussi lâche qu'indécise.

Un seul bon côté à la situation: je me suis mise à travailler d'arrache-pied pour rattraper mon retard en cours. Au moins, quand j'ai le nez plongé dans les questions d'acoustique, je ne pense (presque) pas à Joshua.

– Prête? me lance Trevor.

Pas du tout.

Je ne suis prête à rien. J'ai l'impression que ma vie, en Californie, demeure suspendue dans les limbes, dans l'attente qu'un événement décisif se produise. Que Sun Juice se décide à jouer cartes sur table, que Joshua vienne m'enlever sur sa moto étincelante ou que Stanford me mette à la porte.

Ou alors, je pourrais me remuer au lieu de me laisser porter par le courant.

Quoi qu'il en soit, ce soir, j'ai un concert à assurer. J'effleure les cordes de ma guitare, qui émettent des vibrations rassurantes.

– Prête.

La musique a toujours été la réponse à tous mes problèmes. Comme ces derniers temps les problèmes se multiplient, rien d'étonnant à ce que j'aie sans cesse besoin de jouer. Que ce soit devant quelques centaines de spectateurs ne change rien à l'affaire.

En fait, le concert est à la fois un problème et une solution.

Mes pensées s'embrouillent. Je plaque un accord pour les éclaircir et laisse mon cerveau se remplir de notes, pour le vider de tout le superflu.

***

Les projecteurs balayent la salle tandis que la scène demeure plongée dans l'ombre. Le concert commence dans trois, deux, un…

Joshua.

Mon regard a accroché son visage et ne le quitte plus, même quand les lumières s'éteignent, plongeant la salle dans le noir. Alors que j'avais réussi à me convaincre que je pouvais jouer devant n'importe quel nombre de spectateurs, un seul suffit à me redonner le trac.

Il va me voir sur scène. M'écouter jouer.

Il m'a déjà entendue aux Maldives, mais ce n'était pas pareil. Ce soir, c'est du sérieux. J'étreins ma guitare comme si elle était lui.

OK.

Il a fait le premier pas en venant au concert. Alors, je ne jouerai que pour lui. Cette résolution dissipe aussitôt mon trac. Il n'existe plus ni foule ni groupe, uniquement lui et moi. J'entends Matt donner le signal du départ et je me noie dans la musique.

En principe, depuis la scène, il est impossible de distinguer une personne parmi la foule si les projecteurs ne sont pas braqués dessus. Mais là, j'ai l'impression qu'on a allumé un spot lumineux juste au-dessus de Joshua, que je suis seule à voir. En même temps que je caresse les cordes de ma guitare, je sens presque physiquement son regard peser sur moi. L'électricité crépite dans l'air, accentuant la force de mon jeu. Quand Hudson entame les ballades, l'émotion me gagne.

Pourtant, les chansons d'amour ne comptent pas parmi mes préférées.

Le thème me semble éculé et le tempo, trop lent. Hudson soutient que ce sont pourtant les préférées du public… à moins qu'il ne s'agisse des siennes. Ce soir, elles prennent une résonance particulière.

Je deviens sentimentale.

Il me semble voir briller les yeux de Joshua dans la pénombre tandis que notre chanteur évoque les premières fois, les séparations et les pardons. « Le monde entier tient dans un baiser », affirme-t-il, et je sens mes lèvres me picoter. Les gouttes de sueur qui glissent sur ma poitrine me rappellent la piscine… ou la baignoire à bulles, ou même, la douche de l'appartement d'Orion. Je suis certaine que l'augmentation de ma température corporelle n'est pas uniquement due à la chaleur des projecteurs.

Joshua…

Je voudrais me découvrir des talents de télépathe pour lui dire à quel point il m'a manqué et combien je suis heureuse qu'il soit ici ce soir. À la place, je laisse parler ma guitare. Les deux heures de concert s'envolent comme un rêve ou, peut-être, une déclaration d'amour.

***

– Tu n'avais aucune raison de t'inquiéter, affirme Trevor en me frappant sur l'épaule : tu as assuré !

– Je t'ai trouvée particulièrement inspirée, renchérit Hudson.

– Merci, les gars.

Je me jette sur ma bouteille d'eau pour éviter d'épiloguer. Les compliments ne me font plus aussi peur, mais je ne tiens pas à discuter de la raison de mon inspiration, ce soir. Matt s'est laissé tomber sur le canapé en cuir de la loge, une bière à la main, et Jimmy a disparu Dieu sait où. Sans doute pour discuter avec les responsables de la salle.

– Carrie !

La voix d'Angela me fait sursauter. De l'eau se répand sur mon bustier ; rafraîchissant, mais le tissu me collait déjà assez au corps sans cela.

Je n'ai jamais réussi à dissuader ma colocataire de prononcer mon prénom en roulant les « r » à la française.

Derrière elle, Tina m'adresse un grand sourire. Je les ai invitées toutes les deux au concert, dans un geste de fraternisation. Je m'efforce de recoller les morceaux avec Tina : même si notre amitié évolue, même si elle s'atténue au profit de nouveaux liens, elle demeure précieuse à mes yeux. Qu'elle ait accepté de venir ce soir alors qu'elle croule sous le travail est un signe fort. Quant à Angela, elle est l'une de mes plus ferventes groupies depuis qu'elle sait que je joue dans un groupe. Et puis, j'aime son côté déjanté. Seulement maintenant, à voir la façon dont elles dévorent les garçons du regard, je le regrette. L'invitation backstage était de trop.

J'ai introduit le loup dans la bergerie.

Mes camarades de groupe savent heureusement comment gérer la situation. Seul Hudson se réfugie dans son coin, mal à l'aise : alors qu'il n'a pas peur de dévoiler son âme sur scène, il a tendance à se replier sur lui dès qu'il pose son micro. Je tente de participer aux conversations, mais le cœur n'y est pas. J'attends quelqu'un d'autre... et j'ai du mal à considérer les garçons comme des rock stars. Pour moi ce sont des collègues, voire des amis. Des objets de fantasme, jamais.

Que fait Joshua ?

Je n'ai pas rêvé l'intensité avec laquelle il me regardait, ce soir. Il n'a pas pu repartir comme ça, sans même me saluer ! Je me décide enfin à utiliser mon téléphone.

[Où es-tu ?]

Quelqu'un me bouscule sans que j'y prête attention, ma vie entière concentrée sur le petit écran lumineux. Hudson m'attrape par le bras pour m'entraîner à l'écart. Enfin, mon écran s'illumine :

[Je t'attends dehors.]

Quelle idiote, je n'ai même pas pensé à prévenir le service d'ordre et contrairement à Tina et Angela, il n'a pas d'accès backstage… Je pose une main sur le bras de Hudson pour attirer son attention :

– J'ai un ami qui m'attend dehors.

– Vas-y, dit-il sans hésitation. Nous terminerons de ranger. On te retrouve côté sortie des artistes ?

– Euh… oui.

Et si Joshua insiste pour m'enlever ?

Je ne suis pas certaine de savoir lui dire non… D'un autre côté, nous avions prévu de passer la fin de la soirée ensemble avec les garçons, je ne peux pas les planter comme ça. Et puis Tina et moi sommes venues dans la voiture d'Angela. Même si, pour l'instant, l'attention de celle-ci se concentre sur Trevor, Matt et Jimmy, au moment de rentrer, elle risque de se souvenir de mon existence. Quant à Tina, elle ne se trouve nulle part en vue. Je demande à Hudson :

– Tu préviendras les autres ?

Je n'ai pas spécialement envie de crier à la ronde que je rejoins Joshua. Surtout pas à Trevor. Hudson hoche la tête :

– Pas de problème. File !

Je pianote sur mon écran :

[J'arrive dans dix minutes.]

Puis j'attrape le sac contenant mes vêtements de rechange et je file à la salle de bains. Je déteste me changer dans les loges, c'est pure paranoïa de ma part, mais j'ai toujours l'impression qu'il y a des caméras partout. Toutefois, après la transpiration du concert, une douche n'est pas superflue. Je préfère aussi me débarrasser de mon maquillage de scène : de loin, il faut que ça se voie, de près, ça fait un peu trop Barbie Girl à mon goût. Je bats un record de vitesse pour me savonner-rincer-sécher avant de passer un jean propre et un T-shirt sec.

Si j'avais su que Joshua viendrait, j'aurais choisi autre chose.

Ma tenue est plus adaptée à une sortie entre potes qu'à des retrouvailles avec mon petit ami. Tant pis, on fera avec. J'espère qu'il n'a rien contre les T-shirts proclamant qu'on n'a jamais trop de guitares… Je tire mes cheveux en arrière et les dissimule sous un foulard imprimé de notes de musique, puis je perche des lunettes blanches sur mon nez.

Le changement de look devrait suffire à me permettre de gagner la sortie inaperçue.

D'accord, je ne suis pas encore Madonna ou Beyoncé mais la gloire commence petit et je n'ai pas envie d'être arrêtée à chaque coin de couloir. Je me faufile discrètement parmi la foule qui encombre les coulisses. Retrouver l'air libre est une délivrance. Un vent frais balaye la rue et me fait regretter de ne pas avoir emporté de veste plus chaude.

À présent, trouver Joshua.

La foule est dense sur le trottoir. Les spectateurs s'attardent par petits groupes, fument, discutent… Je ne peux m'empêcher de tendre l'oreille pour savoir ce qu'ils ont pensé de notre prestation. Hudson et Trevor récoltent la plupart les louanges. Normal : ce sont eux les plus en avant. Quelques experts autoproclamés nous prédisent une ascension fulgurante, ça fait toujours plaisir à entendre. Je passe sur les gros lourds qui jugent davantage ma plastique que mon jeu.

Les concerts n'attirent pas que les mélomanes…

Ah, j'aperçois Joshua ! Mais… Je m'arrête sur le bord du trottoir, examinant le groupe debout de l'autre côté de la rue.

Il a oublié de me préciser qu'il n'était pas seul !

Passe encore pour Orion, appuyé contre sa moto. Mais Licia, franchement, ce n'était pas nécessaire ! J'hésite à traverser.

Dire que j'ai cru qu'il était venu juste pour moi…

Puis, comme dans un film au ralenti qui repasse soudain en vitesse normale, tout s'accélère. Joshua m'aperçoit et m'adresse un signe de la main. Au même instant, un bras se glisse autour de ma taille. Je glapis avant de reconnaître le parfum de Trevor.

Il croit que s'en asperger copieusement le dispense de prendre une douche. Beurk.

– Tu comptais nous fausser compagnie ? s'indigne-t-il.

Je me dégage de son étreinte pour protester :

– Non, mais Joshua est là et…

– Ah, ton frère…, commente Trevor sans le moindre enthousiasme.

Joshua n'a pas l'air plus ravi de le voir. Les deux hommes se toisent du regard ; s'ils étaient des chats, ils auraient le poil du dos hérissé.

Trevor se doute-t-il de quelque chose ? Ou joue-t-il seulement la provocation envers le « grand frère » trop protecteur à son goût ?

Quoi qu'il en soit, c'est stupide. Je salue Joshua, Orion et Licia, puis je me retourne vers mon collègue.

– Je vous présente Trevor, le guitariste de notre groupe. Trevor, tu connais déjà Joshua, voici son ami Orion et Licia, la sœur d'Orion.

Un espoir me traverse : si Licia craque pour Trevor, comme quatre-vingts pour cent des filles, elle nous fichera peut-être la paix, à Joshua et à moi ? Hélas, elle n'accorde même pas un second regard au guitariste préféré de ces dames.

C'est un cas désespéré…

– Nous allions justement partir à l'after, annonce Trevor, une main posée sur mon épaule.

Il est d'un naturel tactile, mais là, j'ai l'impression qu'il en rajoute pour énerver Joshua. Et ça marche, à la façon dont la mâchoire de ce dernier se contracte.

Quelle maturité !

Il attaque au moment où je fais un pas de côté pour échapper à mon camarade transformé en pieuvre. Sa voix est tranchante comme un couteau, son regard acéré. Je frissonne malgré moi. Il ne montre pas souvent ce côté autoritaire en ma présence et je ne peux m'empêcher de trouver ça sexy.

– Parfait, nous vous accompagnons. Carrie, je te conduis à moto ?

– Il vaudrait mieux rester groupés, indique Trevor.

Il exagère !

D'accord, Joshua vient un peu de s'imposer. Mais je l'aurais invité de toute façon, ça, Trevor le sait très bien. C'est d'ailleurs ce qui l'énerve, non? Même s'il a rapidement laissé tomber ses tentatives de drague après notre rencontre, il estime toujours que je mérite un mec à sa hauteur… c'est-à-dire, un mec introuvable, étant donné l'opinion qu'il a de sa propre personne! Je ne résiste pas à la tentation de le charrier:

– Tu m'excuseras, mais entre ton vieux tacot et la moto, le choix est vite fait.

Trevor accuse le coup. Son visage toujours souriant se ferme, il lâche mon épaule et demande d'un ton sec:

– Et tes copines, tu en fais quoi?

J'éprouve une pointe de remords: ce n'était peut-être pas le moment de plaisanter. Il semble prendre l'affaire plus à cœur que je ne le pensais. J'adoucis ma voix pour répondre:

– Angela a une voiture. Tu lui donneras l'adresse?

– Ouais.

– Enfin, si ça ne te dérange pas. Je m'arrangerai avec elle si jamais…

– C'est bon, coupe-t-il. Veille surtout à arriver en un seul morceau.

– Je m'occupe d'elle, intervient Joshua en m'attrapant par le bras.

La moutarde me monte au nez. Je m'écarte d'un pas des deux belligérants pour leur aboyer dessus:

– Non mais c'est quoi, votre problème? La chaleur vous monte à la tête?

Aucun risque, la température ne dépasse pas les quinze degrés.

Deux personnes se retournent à mon éclat de voix. Orion sourit largement, l'air de se demander où est passé le pop-corn. Quant à Licia, elle s'avance vers la moto de Joshua, mine de rien. Dix contre un qu'elle va me proposer de monter avec Orion, pour résoudre le problème. Je presse le mouvement:

– Le bar est à un quart d'heure de route, personne ne va se perdre et personne ne va avoir d'accident. Trevor, veux-tu que nous vous attendions?

– C'est bon, grogne-t-il. Si vous arrivez avant, préviens juste que nous serons plus nombreux que prévu.

– Ça marche. Merci Trevor, à plus.

Je l'embrasse sur la joue dans l'espoir de lui rendre sa bonne humeur. Pas rancunier, il me gratifie d'un large sourire mais ignore le reste de notre petit groupe. Le temps qu'il rejoigne la salle, une dizaine de personnes l'ont déjà abordé.

– Alors, s'impatiente Joshua en me tendant ma tenue, tu montes?

Point positif: il a complètement ignoré Licia. Point négatif: ce ton jaloux n'a aucun lieu d'être, je viens quand même de rembarrer Trevor à son profit.

Il m'énerve!

En même temps je ne me sens jamais aussi vivante qu'en sa présence. Je remonte la fermeture éclair de ma veste en cuir et j'attrape la main qu'il me tend. Aussitôt, une chaleur pétillante se déverse dans mes veines.

Ce qu'il m'a manqué!

Nos regards se croisent; mon cœur accélère, mes doigts se crispent dans les siens. Mon désir de l'embrasser me brûle les lèvres. Un dernier éclair de lucidité me rappelle pourquoi ce serait une très mauvaise idée. Joshua pose une main sur mes reins pour me guider vers la moto. Sa bouche effleure mon oreille comme par inadvertance; je carbonise à l'intérieur de ma combinaison.

– Ma belle, souffle-t-il.

– Josh…

J'enfonce le casque sur mon crâne avant de me mettre à fondre comme un chamallow au-dessus d'un feu de bois.

Réfléchir. Je dois garder la tête froide.

En même temps, mes réflexions m'ont privée de sa présence pendant deux semaines. Alors peut-être est-il plus judicieux de juste ressentir. Je passe les bras autour de sa taille, savourant le contact de son corps contre le mien.

Le meilleur puzzle du monde.

Au moment où il démarre, je lui crie de prendre son temps. Pas parce que j'ai peur de tomber de la moto, comme l'a insinué Trevor, mais parce que je veux le sentir contre moi le plus longtemps possible.

Nous arriverons toujours bien assez tôt.

20

BITTER SWEET

Le fronton lumineux du Gold Dust Lounge, encadré d'ampoules hollywoodiennes, nous promet de la musique *live*, un rabais de cinquante pour cent sur les consommations et l'ouverture sept jours sur sept jusqu'à deux heures du matin.

– C'est un truc pour touristes, commente Licia en ôtant son casque.

Un coup d'œil en coin m'informe que ma qualité de résidente française me classe automatiquement dans la catégorie « touriste ». Et ce n'est pas un compliment. Heureusement, Orion vole à ma rescousse tandis que je retire ma combinaison.

– Tu devrais sortir un peu plus. Tout le monde connaît le Gold Dust Lounge.

– Je fais des études, lui rappelle Licia. Le soir, je travaille. Je ne tiens pas à rater mes UV.

Nouveau coup d'œil venimeux dans ma direction. Elle semble avoir du mal à digérer que je sois montée avec Joshua. Je serre les poings pour ne pas lui adresser un doigt d'honneur.

Inspirer, expirer.

Je module soigneusement ma voix avant de lui adresser la parole :

– Il ne fallait pas te sentir obligée de venir.

– Joshua m'a invitée, répond la vipère.

Malheureusement pour elle, l'intéressé l'a entendue. Il passe un bras autour de mes épaules et colle ses lèvres à mon oreille pour me souffler :

– Disons plutôt qu'elle s'est incrustée.

Je frémis à son contact. Sans la combinaison de moto, celui-ci est d'autant plus intense. Mes muscles se détendent à sa chaleur et je me laisse aller dans son étreinte. Je prends le prétexte de lui parler moi aussi à l'oreille pour me plaquer tout contre lui.

C'est fou ce qu'on entend mal, sur ce trottoir.

Je le sens se raidir quand mes lèvres chatouillent son pavillon auriculaire. Son étreinte se resserre autour de mes épaules; sa bouche entrouverte semble appeler la mienne. Je chuchote:

– Tu as conscience qu'elle craque sur toi?

– Je suis le meilleur copain de son grand frère. Ça lui passera.

Licia trépigne devant nos messes basses. Je soupçonne Joshua de prendre autant de plaisir que moi à la voir s'énerver. J'en rajoute un peu en me serrant contre lui, comme si j'avais froid.

– On ferait mieux d'entrer, intervient Orion, se méprenant sur mon attitude.

J'hésite quelques secondes. Me trouver soudain ici en compagnie de Joshua et d'Orion alors que j'avais prévu de passer une soirée sympa avec mes camarades de groupe me laisse une impression bizarre, comme si le chemin que je suivais s'était transformé en fil tendu au-dessus du vide.

Si au moins je pouvais en profiter pour m'expliquer avec Joshua!

Physiquement, aucun doute à avoir: notre entente est toujours parfaite. Chaque cellule de mon corps vibre à l'unisson des siennes. Pour le reste, j'ignore ce qui l'a fait changer d'avis, même si je ne vais pas m'en plaindre! Est-il décidé à vivre notre relation sous le manteau? Ou espère-t-il toujours me convaincre d'afficher notre relation?

Quand il est avec moi et que nos parents sont loin, j'en arrive à trouver l'idée excellente.

En attendant, les garçons n'arriveront pas avant un moment, le temps de ranger et de garer leurs casseroles quelque part. Autant patienter au chaud.

L'intérieur du bar nous plonge dans une ambiance rétro, entre années 1960 et saloon de western. Le papier peint marron à motifs beiges stylisés me rappelle le salon de mes grands-parents paternels: ils n'y ouvrent quasiment jamais les volets pour ne pas risquer d'abîmer les quelques croûtes qu'ils y ont accrochées. Ici, ce sont des encadrements d'articles de journaux qui accueillent les visiteurs. Une guitare retentit en fond sonore. Nous longeons le couloir pour atteindre le bar, un peu plus moderne avec ses néons rouges. J'attrape un serveur au vol pour lui demander s'ils ont une table réservée au nom de Sun Juice. Il nous guide vers une minuscule table entourée de fauteuils en velours, sous la photo géante d'une pin-up.

– Nous attendons encore six personnes, annoncé-je en dénombrant seulement huit fauteuils.

Le serveur s'excuse : l'endroit est déjà bondé, il ne peut pas nous en fournir davantage.

– Tu n'auras qu'à t'asseoir sur mes genoux, me taquine Joshua.

Excellente suggestion.

Je suis presque tentée de le prendre au mot. Il n'existe pas de meilleure place au monde selon mes critères. La façon dont il me regarde, dont ses doigts s'attardent sur ma hanche tandis qu'il me dirige vers un fauteuil libre, suggère d'ailleurs qu'il ne plaisante qu'à moitié. S'il n'y avait qu'Orion... Mais Licia nous guette avec l'air d'un chat prêt à sauter sur une souris. Je me résous à m'installer dans le fauteuil voisin de Joshua, m'autorisant à peine à lui frôler la cuisse.

Nous commandons des boissons, puis Orion me félicite encore une fois pour le concert et la conversation dérive peu à peu sur les groupes de musique locaux. Pas que ce soit inintéressant, mais pour l'instant, ma seule envie est de parler à Joshua. Je me lève soudain en annonçant que je vais aux toilettes.

Qui m'aime me suive.

Hélas, j'ai beau prendre tout mon temps pour me laver les mains et me passer de l'eau sur le visage, Joshua ne se trouve nulle part en vue quand je quitte les lieux. J'envisage sérieusement de lui envoyer un SMS quand mon téléphone vibre. Mon cœur bondit dans ma poitrine, puis retombe lourdement quand j'identifie l'expéditeur.

[Nous sommes arrivés. Trevor]

Je regagne notre table en traînant les pieds. Licia a profité de ma défection pour me piquer la place près de Joshua. Trevor se pousse pour m'offrir un quart de son fauteuil.

– Viens, beauté.

Il écope d'une taloche derrière la tête pour la peine.

Seul Joshua a le droit de me donner des petits noms.

Et encore, dans son cas, je lui pardonne uniquement pour la façon dont il les prononce… Joshua se trémousse sur le sien, mais il est coincé entre Licia et le mur. Je constate que pour sa part, Orion a offert un bout de siège à Tina, qui semble boire chacune de ses paroles.

Ah, ah ! Je vais pouvoir la taquiner pendant des semaines.

Matt a ramené deux filles, une sur chaque genou, comme s'il y avait besoin de surcharger encore la tablée. Angela est perchée sur le dossier de Jimmy, lequel discute avec deux types debout dans l'allée, dont un grand Noir encombré d'un saxophone. Ambiance ordinaire d'après concert. D'habitude, j'aime bien ce côté un peu brouillon, quand personne ne se prend la tête ni n'essaye de faire semblant, mais là, j'ai l'esprit à autre chose. Je décline l'offre de Trevor :

– J'ai besoin de prendre l'air.

Parfois je regrette de ne pas fumer, juste pour avoir un prétexte pour m'évader.

– Je t'accompagne, annonce Joshua en se levant si brusquement qu'il bouscule le fauteuil de Licia.

Ah, quand même.

Sa voisine esquisse un geste pour le suivre, mais Trevor la retient. Je ne sais pas s'il veut me laisser le champ libre ou s'il est juste vexé qu'elle ne l'ait pas calculé tout à l'heure, mais à cet instant précis, je le bénis. Les autres ne nous prêtent aucune attention. L'un suivant l'autre, nous nous faufilons à travers la foule qui se presse près du bar pour regagner l'air libre.

Dehors, il n'y a pas grand monde. Il faut dire qu'un vent glacial balaye le trottoir, refroidissant une atmosphère déjà frisquette. Nous nous réfugions au coin du bâtiment pour échapper aux courants d'air. Nous l'avons à peine atteint que Joshua m'attire entre ses bras. Ses doigts se glissent dans mes cheveux, mais ses lèvres s'arrêtent à deux millimètres des miennes. J'en oublie de respirer.

– Carrie…, murmure-t-il comme une prière.

Je soupire un « oui », sans trop savoir à quoi exactement j'acquiesce. Sa bouche recouvre aussitôt la mienne, chaude, exigeante. J'aperçois le ciel par-dessus son épaule. Le vent a dissipé les nuages et le ciel étoilé lutte contre les lumières de la ville. Et puis tout ce qui n'est pas nous deux disparaît. Sa langue a le goût de la bière qu'il a bue un peu plus tôt. Son corps épouse le mien avec une perfection qui me fait trembler.

Les discussions, c'est très surfait au bout du compte.

Nous nous comprenons si bien sans prononcer un mot ! Il m'embrasse comme s'il savait exactement ce dont j'ai besoin. Ses dents attrapent doucement ma lèvre inférieure avant qu'il ne revienne la chatouiller du bout de la langue. Mes mains posées sur ses épaules, je m'abandonne à ses caresses. Un gémissement de frustration m'échappe quand il relève la tête.

– Tu m'as horriblement manqué, déclare-t-il, son front posé contre le mien.

– Je suis désolée de ne pas t'avoir appelé.

– Je n'aurais pas dû te mettre la pression.

Je repousse une mèche derrière mon oreille. Mes doigts tremblent de froid autant que de nervosité.

– Tu as raison sur le fond. Simplement, j'ai du mal à savoir où j'en suis, ces derniers temps.

– Pourquoi ?

– Rien ne se passe comme je l'avais imaginé.

Le formuler à voix haute me soulage. Je n'ai osé en parler à personne, ni à Tina qui vit son rêve américain, ni à ma famille en France qui s'inquiéterait pour moi, ni aux garçons, parce qu'ils sont concernés au premier chef. Je croise les bras pour me réchauffer.

– Dans mon esprit, je venais en Californie pour profiter de la vie sur un campus américain, étudier, me préparer un avenir… Au lieu de ça je me retrouve embarquée dans de sombres complications familiales, je galère avec mes cours et je me fais engager dans un groupe de musique !

– Ça ne te plaît pas, la musique ? relève Joshua, surpris.

– Si, bien sûr. J'adore. Mais je ne vais pas en faire mon métier.

– Pourquoi pas ?

– Ma mère était musicienne. Je ne veux pas avoir la même vie qu'elle.

Mes bras se hérissent de chair de poule. Ça aussi, c'est la première fois que je l'admets devant quelqu'un. À Tina, j'ai toujours affirmé que j'adorais l'acoustique.

C'est surtout moi que je cherchais à convaincre.

Joshua passe un bras autour de mes épaules et m'attire contre lui. Il est chaud et fort, il sent le soleil. Je me blottis contre son torse, entre ses bras.

– Tu n'es pas ta mère. Quels que soient les choix que tu feras, tu n'auras pas la même vie qu'elle.

– Je veux…

Qu'est-ce que je veux, au fait ?

Je soupire tandis que Joshua me caresse les cheveux.

– Je ne sais plus ce que je veux.

– Veux-tu de moi ?

Ça, au moins, c'est facile :

– Oh, oui !

Je sens le rire soulever sa poitrine contre ma joue. Il me relève le menton pour me regarder dans les yeux. Son souffle me caresse les lèvres.

– Alors, on arrête de jouer à « je t'aime, moi non plus » ?

Je n'hésite pas une seconde :

– On arrête.

Tant pis si Jane en a une attaque, tant pis si Tina ne m'adresse plus jamais la parole. J'en ai assez de refréner mes envies, d'écouter la raison. Ma rencontre avec Joshua a été le déclencheur de la tornade qui traverse ma vie. Si je dois changer, autant qu'il soit à mes côtés.

Il scelle notre accord d'un nouveau baiser; la nuit glaciale s'embrase. Une vague de chaleur me parcourt de la tête aux pieds. Je m'accroche des deux mains au blouson de Joshua. Toutes mes incertitudes des semaines passées se cristallisent soudain en une seule assurance: tant que je suis l'élan qui me pousse vers Joshua, tout ira bien.

– C'est répugnant!

Le cri nous sépare. Encore étourdie de l'intensité de notre baiser, je m'accroche au bras de Joshua. Celui-ci grogne:

– Licia, que fais-tu là?

– Toi, que fais-tu? riposte Licia. C'est ta sœur!

– C'est surtout ma vie privée, Licia. Ça ne te regarde pas.

– Je ne suis pas d'accord.

Elle avance de deux pas vers nous. Le vent fait voler ses cheveux sombres. À la lueur des lampadaires, son teint est livide.

– Tu ne peux pas faire ça, c'est contraire à la morale.

– Quelle morale? Nous n'avons aucun lien de sang!

– Mais vous appartenez à la même famille!

– Il y a six mois, nous ne nous connaissions même pas.

Je sens bien qu'aucun argument n'arrêtera Licia. Elle est furieuse, choquée. Mon cœur se serre. Elle croit vraiment ce qu'elle dit. Je pensais qu'elle me jalousait uniquement parce qu'elle avait le béguin pour Joshua, mais je sens bien qu'elle est sincère, quand elle affirme que notre relation est contraire à la morale.

En même temps, il ne fallait pas s'attendre à autre chose.

Même Tina a manifesté sa réticence, alors qu'elle n'est pas spécialement collet monté. Pour l'instant, seul Orion n'a émis aucune réserve face à notre couple.

– Tu devrais penser à ce que diront les gens, argumente Licia. Ta crédibilité en tant que chef d'entreprise risque d'en souffrir.

– Pardon? s'indigne Joshua. Qu'est-ce que mes compétences professionnelles ont à voir avec ma vie privée?

– Demande à Bill Clinton.

J'apprécie assez peu d'être comparée à une stagiaire ayant taillé une pipe à son patron. Joshua, lui, paraît ébranlé.

Je croyais que nous devions arrêter d'hésiter?

J'interviens à mon tour :

– Tu es simplement jalouse, Licia. Trouve-toi un mec, ça te fera du bien.

Erreur de tactique : la chienne de garde se retourne contre moi, écumante.

– Toi ! Tout est ta faute ! Tu crois vraiment que tu pourras marcher la tête haute à l'université, quand ça se saura ?

Je m'efforce de ne pas penser à Tina.

– Tout le monde n'est pas aussi borné que toi.

– Jonathan Wells, ton professeur référent, est très attaché aux traditions. Je doute fort que cela améliore l'image qu'il a de toi. Et je ne parle pas des étudiants qui te classeront dans la catégorie « fille facile » parce que tu as séduit ton propre frère.

– Parce que tu comptes leur en faire part personnellement?

Je regrette aussitôt cette dernière provocation. Dire que je venais de me résoudre à assumer mes sentiments pour Joshua quoi qu'il arrive !

Je la déteste.

Licia recule d'un pas et nous toise, ma main toujours posée sur le bras de Joshua.

– Si tu comptes le cacher, c'est que tu en as honte.

– Nous ne comptions pas le cacher, rétorque Joshua. Ce n'est pas parce que nous n'avons pas fait passer de petites annonces dans la presse people qu'il s'agit d'un secret. Pour autant, ça ne regarde que nous.

Ses muscles sont tendus sous mes doigts, sa nuque raide de colère. Je ne sais pas à quoi joue Licia, mais si elle espérait gagner des points auprès de lui, elle se met le doigt dans l'œil jusqu'à l'omoplate.

– Bien sûr, laisse tomber Licia, dédaigneuse. Et qu'en pensent vos parents?

– Ton frère est au courant depuis le début, assène Joshua, et ça ne lui pose aucun problème.

Licia accuse le coup. Ses lèvres tremblent. Elle est sortie sans manteau, elle doit mourir de froid.

– Depuis le début? Mais combien de temps…?

Quand elle se tourne vers moi, ses yeux sombres brillent de larmes contenues.

– Si je te revois avec lui, le monde entier saura ce que tu as fait. À commencer par ta mère.

– Du chantage? gronde Joshua. Tu es complètement folle!

Il fait un pas en avant. Je m'accroche à son bras pour le retenir. Je doute que Licia puisse être raisonnée, dans l'état où elle se trouve. Quand Orion apparaît sur le trottoir, je pousse un soupir de soulagement.

– Tu devrais ramener ta sœur à la maison, lui lance Joshua, qui l'a vu en même temps que moi.

Son ton trahit sa colère. Le regard d'Orion passe du visage convulsé de Licia à celui de son meilleur ami, dur et sombre.

– Quoi?

Il s'avance vers nous, suivi de Tina. S'ils désiraient, comme Joshua et moi, se trouver un coin tranquille pour « discuter », ils vont être déçus.

Ce n'était pas la soirée…

– Je règle le problème avec Orion, me glisse Joshua. Attends-moi à l'intérieur avec Tina.

Lâchement, j'obéis. J'ai eu assez de Licia pour ce soir. Tina me prend le bras, désorientée, tandis que nous retrouvons la chaleur moite de l'intérieur du bar.

– Tu m'expliques?

– Licia s'est pointée pendant que j'embrassais Joshua. Elle a pété un câble.

Et voilà un coming out en bonne et due forme!

Les épaules de Tina s'affaissent. Elle s'adosse au mur, entre deux coupures de presse encadrées retraçant l'histoire du lieu.

– Alors vous deux… C'est sérieux?

– Tu veux en parler, maintenant?

Ma voix se casse sur le « maintenant ». J'ai essayé de tourner à la plaisanterie ce qui prenait un ton amer, mais je n'ai pas vraiment réussi mon coup.

Tina baisse la tête.

L'ambiance est presque aussi fraîche que dehors.

– Désolée, j'aurais dû t'écouter, reconnaît-elle. C'est juste que… ça me fait bizarre.

– Mais pourquoi ? Ce n'est pas mon frère, nous n'avons aucun lien de sang et je ne le connaissais même pas il y a quelques semaines ! En plus quand nous nous sommes rencontrés, j'ignorais qui il était.

– Attends… Tu veux dire que c'était lui, le mec que tu as croisé en arrivant !?

L'air ahuri de ma meilleure amie me donne envie de rire. Ou de pleurer : décidément, nous ne communiquons plus assez.

– Ouais, c'était lui.

– Alors… Tu es amoureuse ?

Je ne l'ai même pas encore dit à Joshua.

Pour lui laisser la primeur, je me contente de hocher la tête.

– Et lui aussi ? insiste Tina.

Son « je t'aime plus encore » était-il sérieux ?

Sans doute, puisqu'il m'avait proposé d'emménager avec lui juste avant la crise avec nos parents. Je hoche de nouveau la tête. Tina s'affaisse un peu plus contre le mur.

– Eh bien, vous êtes dans la mouise.

– C'est injuste. Nous ne faisons de mal à personne.

Tina hausse les épaules.

– Tu sais comment sont les gens…

– Je le découvre.

L'amertume de ma propre voix me fait grimacer.

Jus de pamplemousse sans sucre.

Tina lâche soudain :

– Je suis désolée.

– Tu l'as déjà dit.

– Je t'ai un peu laissée tomber, ces derniers temps.

Le simple fait qu'elle l'admette me soulage d'une bonne partie de ma rancœur.

– Tu poursuis simplement des objectifs différents des miens.

– Tu vois, depuis le temps qu'on en parlait, je m'étais imaginé que cette année se déroulerait d'une certaine façon. Je m'efforce en quelque sorte de coller au plan…

– Et moi, je m'en éloigne.

– Je ne dis pas que c'est mal ! proteste Tina. J'ai seulement besoin d'un peu de temps pour faire coïncider la réalité avec l'idée que je m'en faisais.

– Moi aussi, si ça te rassure.

Elle saisit ma main pour la serrer fort dans la sienne.

– J'aurais dû te soutenir dans tes choix, pas te critiquer.

– Ce n'est pas grave.

– C'est ce que font les amies, non ?

Je hoche la tête. Nous avons un jour juré d'être toujours amies.

Cette promesse-là, en tout cas, je compte bien la tenir.

Et dans les temps troublés qui s'annoncent, son soutien me sera certainement précieux. Je serre sa main en retour.

– Merci d'être mon amie.

21

AU CŒUR DE LA NUIT

Sun Juice enchaîne les concerts : une semaine après le Fillmore, nous voici au *Mezzanine*. La salle est bien plus petite : c'est davantage un bar-club qu'une salle de spectacle. Le trac qui me tenaillait une semaine plus tôt s'est évaporé.

Peut-être parce que j'ai d'autres soucis en tête.

Si j'avais imaginé samedi dernier que je n'allais pas revoir Joshua de la semaine, je ne l'aurais pas laissé partir avec Orion ! Perchée sur le dossier du canapé de notre loge, je lui envoie un dernier SMS.

[Début du concert
dans 10 minutes.]

Je serre le téléphone de toutes mes forces entre mes paumes en attendant la réponse. Il fait trop chaud dans la loge et avec la chaleur humaine, ce sera pire sur scène.

D'accord, je râle parce que je suis stressée. Qu'est-ce qu'il fiche, à la fin !?

Je pensais que nous étions d'accord pour affronter le monde ensemble. Seulement pour ça, il faudrait que nous puissions nous voir ! Je n'arrive pas à croire que nous n'avons pas réussi à nous croiser depuis le Fillmore.

Il m'envoie des messages, c'est déjà ça. Dix, vingt, trente par jour. Pour me souhaiter une bonne journée le matin et une bonne nuit le soir. Pour savoir où je suis, ce que je fais et si je lui manque.

Bien sûr qu'il me manque, cet idiot !

Je suis mal placée pour critiquer, il faut l'avouer : avant le concert, c'était moi qui étais aux abonnés absents. Mais si nous

nous y mettons chacun à notre tour, nous n'en sortirons jamais. Il m'a dit qu'il avait raisonné Licia avec l'aide d'Orion. Si elle désapprouve toujours notre relation, elle n'est plus prête à écrire au pape pour nous dénoncer.

Mais dénoncer quoi, au juste?

Si nous ne nous voyons plus, cette histoire ne rime à rien. Il dit qu'il a des problèmes avec sa boîte, qu'il est noyé sous le travail.

Je suis certaine que Mike mijote un mauvais coup…

Seulement, quand j'ai proposé de passer le voir à Shark, il a refusé! Je n'ose pas imaginer à quoi doit ressembler son studio, s'il n'en est pas sorti depuis samedi… Et bien sûr, la recherche d'appartement est passée à la trappe, une fois de plus. On n'y arrivera jamais, à ce rythme.

Dans le fond, pas besoin d'être violoniste internationale pour être absorbé par son travail…

Je me reproche aussitôt cette pensée. Joshua n'a rien à voir avec ma mère! Je suis juste frustrée qu'il ne vienne pas me voir ce soir, même si bien sûr, je comprends qu'il ne peut pas assister à tous mes concerts.

Et je suis aussi frustrée côté sexe, il faut le reconnaître.

Un message laconique s'affiche sur l'écran de mon téléphone.

[Bonne chance.]

Il n'a pas trouvé plus impersonnel? Même Jane (qui continue d'espionner les prestations de Sun Juice) s'est fendue d'un « fais-les chanter ». Son message suivant n'étant composé que de signes cabalistiques, j'en ai déduit que Heidi avait dû lui piquer l'appareil. J'ai une envie folle de lancer le téléphone à travers la pièce, mais cela m'obligerait à répondre aux questions des garçons, or ce n'est pas un sujet dont j'ai envie de débattre avec eux. Ils ne sont pas au courant pour Joshua et moi, et dans la situation actuelle, je préfère ça comme ça.

Gardons nos forces pour le véritable combat.

– Carrie, ça va être à nous.

– Je suis prête.

C'est un mensonge. Pour la première fois de ma vie, la perspective de jouer ne parvient pas à m'apaiser. Est-ce parce que c'est un concert professionnel, ou presque ? Est-ce parce que Joshua est plus important que tout ? Quoi qu'il en soit, je sais déjà que cette soirée sera une catastrophe.

***

– Tu n'y étais pas, ce soir, attaque Jimmy dès que nous sortons de scène.

– Désolée. Je n'ai sans doute pas les épaules pour assumer. Vous en êtes où, de mon remplacement ?

Jimmy grommelle quelques mots incompréhensibles.

Un jour, il faudra que nous admettions ouvertement que mon remplacement n'est pas à l'ordre du jour.

Trevor s'interpose :

– Ça n'a rien à voir avec tes épaules. Le problème, il est là, indique Trevor en pointant mon cœur. Tu t'es disputée avec ton petit ami ?

– Quel petit ami ?

– Un indice : ça commence par un J…

Je sursaute. Depuis quand Trevor considère-t-il Joshua comme mon petit ami ? Pressant le pas, je me réfugie dans ma loge. Malheureusement, c'est la même pour tout le groupe et Trevor m'y rejoint aussitôt.

– Je n'ai pas envie de discuter de ça avec toi.

– À partir du moment où ça influe sur ta façon de jouer, j'ai le droit de me sentir concerné.

– Si ma façon de jouer ne te convient pas…

– Elle me convient parfaitement quand tu es dans ton état normal ! Ce type ne vaut rien.

Ah ! Nous y sommes.

Je balance ma guitare sur le canapé et me retourne vers lui sans me soucier de Matt et Hudson qui viennent d'entrer à leur tour.

– Le problème, c'est que tu es jaloux.

– Le problème, c'est que tu as joué comme un manche !

Je n'arrive pas à croire que je suis en train de me disputer avec Trevor. Il m'a toujours soutenue, depuis le départ. C'est lui qui m'a poussée à entrer dans le groupe, lui toujours qui voudrait que je reste. Il m'a rassurée sur mon jeu, m'a enseigné tous les trucs des guitaristes professionnels. Et puis Trevor, c'est le mec cool du groupe, celui sur lequel on peut toujours compter pour détendre l'atmosphère.

Alors il me fait quoi, là ?

– On se calme, lance Hudson. Les jours sans, ça arrive à tout le monde.

– Enfin, sauf à Jimmy, commente Matt.

Trevor se frotte la nuque, l'air soudain embarrassé. Je note ses yeux cernés, son T-shirt froissé et l'ombre sur sa mâchoire, à l'endroit où il a oublié de se raser.

Je suis tellement obnubilée par mes problèmes que j'en oublie ceux des autres. Ça craint.

– Ça va, dis-je à Hudson. Il a raison, j'ai mal joué. Je vais m'occuper du problème.

Puisque Joshua ne peut venir à moi, j'irai à Joshua. Pas question de recommencer à me morfondre dans mon coin en attendant un coup de fil. Nous avons déjà testé cette solution, je sais qu'elle ne marche pas.

– Terminons de ranger, on discutera dans la voiture, dis-je à Trevor.

– C'est moi qui te ramène, intervient Hudson.

– Ah ? D'accord.

Je n'ai rien contre utiliser la voiture de Hudson plutôt que celle de Trevor, mais ça confirme mon intuition que quelque chose ne va pas avec lui. Je profite de l'agitation qui suit toujours les fins de concerts pour lui demander s'il a des problèmes. Il secoue la tête en détournant le regard.

– Rien de grave. Désolé de m'être montré brusque.

– Enfin, si tu as besoin de parler…

– Je sais. Pareil pour toi.

La réflexion m'arrache une grimace. On ne peut pas dire que j'ai été prodigue de confidences avec le groupe... C'est la première fois que je démarre vraiment un projet autour de la musique. Dans le passé, j'ai commencé par être amie avec les musiciens avant de jouer avec eux. Là, c'est le contraire. Si je dois rester, il faudra que ça change.

Si je dois rester... Ils commencent à m'en persuader.

Mais avant tout, je dois mettre les points sur les I avec Joshua. Si jamais ma relation avec lui devait mal tourner, je ne sais pas si j'aurais la force de rester en Californie. Parce que nous sommes liés quoi qu'il arrive : même si nous nous disputons, même si nous décidons de ne plus jamais nous revoir, il restera Jane et Andrew. Et Heidi, sans parler du futur bébé. La seule façon pour moi de rompre les ponts serait de rentrer en France...

Ce qui est d'ailleurs toujours le programme officiel.

Si jamais je décide de rester, ça posera d'autres problèmes, à commencer par la réaction de mon père.

Rien n'est simple, tout est compliqué.

***

– C'est la grande classe, remarque Hudson en se garant devant le siège de Shark Outdoors.

Je lui ai vaguement parlé de mon problème en cours de route. Quand il s'intéresse au monde qui l'entoure, Hudson se montre très doué pour soutirer des confidences aux gens. Moi, beaucoup moins : je n'ai pas réussi à lui faire avouer ce qui clochait avec Trevor. En tout cas, je peux compter une personne supplémentaire dans le camp des « pour » notre relation.

– Bon. Ça va aller ?

– Oui. Merci de m'avoir raccompagnée.

– Tu as de la chance, tu sais.

– Pourquoi ?

– Nous sommes plus de sept milliards d'humains sur terre. Si parmi eux, il n'existe qu'une seule personne faite pour toi, combien de chances as-tu de la rencontrer ?

– Euh…

Je regarde son visage à la lueur du réverbère. Trop sérieux, presque amer. Ses mains étreignent le volant comme s'il redoutait qu'il ne s'envole.

Je crois que cette dernière réflexion ne m'était pas vraiment destinée.

Je préfère la prendre sur le ton de la plaisanterie :

– Désolée, les statistiques, ce n'est pas mon truc.

– Ce n'est pas une question de statistiques mais de destin.

Il se frotte les yeux. Un coup d'œil au tableau de bord de la voiture m'apprend qu'il est minuit passé. Et il doit encore faire le trajet de retour jusqu'à San Francisco.

– Tu te sens bien ? Ça va aller, pour conduire ?

– Oui, oui, ne t'inquiète pas. Tu veux que je t'attende quelques minutes, au cas où il n'y ait personne ?

– Non, c'est bon.

Si Joshua a vraiment des problèmes avec la boîte, je doute qu'il soit allé s'installer à l'hôtel.

– D'accord. Appelle-moi s'il y a le moindre problème, OK ?

– Ça marche. Encore merci !

Je suis à mi-chemin du bâtiment quand je me demande comment je vais faire pour entrer. À cette heure, la porte principale doit être fermée… Je décide néanmoins de vérifier avant d'appeler Joshua à l'aide.

La princesse qui part conquérir le château de son prince au bois dormant ne s'arrête pas au premier obstacle.

Bien sûr, la porte d'entrée automatique demeure inerte quand je m'en approche. Je pose une main dessus, cherchant sans conviction un mécanisme inexistant. Quand les battants coulissent, je recule avec un cri de surprise.

– Que… Hé !

La gueule noire d'un revolver me vise de l'intérieur du bâtiment. Je lève les mains en l'air.

– Je ne suis pas une voleuse !

– Carrie.

Le revolver s'abaisse, mais un frisson glacé me parcourt le dos.

Ce n'est pas cette personne que je suis venue voir.

– Mike ? Vous m'avez fait peur !

– Désolé. Joshua refuse d'engager des vigiles, selon lui le système de surveillance électronique suffit, alors je prends mes précautions.

– Un de ces jours, vous allez tuer quelqu'un par accident.

– Et qui viendrait rôder au siège de l'entreprise en pleine nuit ?

Mike glisse l'arme dans la poche de son veston. Je fixe la bosse qu'elle forme, mal à l'aise :

– Eh bien, vous-même, pour commencer.

– J'ai beaucoup de responsabilités. Il faut bien que quelqu'un s'occupe des affaires.

– Joshua est là aussi.

Mike me sourit, de l'air navré du parent qui s'apprête à expliquer à son enfant que non, le père Noël n'existe pas.

– Joshua fait de son mieux, naturellement, mais enfin ! Il n'a pas fait d'études. Vous qui êtes à Stanford devez bien comprendre…

– J'étudie la musique, pas les affaires.

Je fais trois pas en avant. La porte se referme derrière moi, me laissant la désagréable impression d'être prise au piège dans l'immense bâtiment plongé dans l'ombre. Avec un homme armé et pas très net dans sa tête, qui plus est. J'opte pour le repli stratégique :

– Excusez-moi, Joshua m'attend.

– À cette heure ?

– Je sors de concert.

– C'est vrai. J'espère qu'il ne se trouve pas en galante compagnie…

Je me raidis à cette insinuation. Mike pose une main moite sur mon épaule.

– Navré, je ne voulais pas vous choquer. Je vous apprécie énormément, vous savez ? Vous êtes une jeune femme intelligente, sérieuse et… très belle.

Il me drague !?

Je me dégage et je recule de quelques pas.

– Euh, je vais y aller, hein.

J'ignore où se trouve le bureau de Joshua, mais je trouverai bien. Mike fronce les sourcils. Sa mâchoire se contracte, me rappelant qu'il a un revolver dans la poche de son veston. Mon cœur se met à battre plus fort.

C'est peut-être idiot, mais il me fait peur.

– Vous idéalisez Joshua parce que c'est votre frère, insiste-t-il, mais je crains que votre affection à son égard soit mal placée. Il se contente d'exploiter le travail des autres et de profiter des jeunes femmes naïves.

– Il a quand même créé cette entreprise à partir de rien, ne puis-je m'empêcher de lui rappeler.

– À partir de l'argent de son père et de mon travail, corrige-t-il. Oh, je ne dis pas qu'il n'a pas d'idées. Mais c'est un grand enfant, il n'a pas le sens de l'effort.

La moutarde me monte au nez. Il n'a pas le droit de parler de Joshua comme ça ! Au-delà de la mauvaise foi, sans parler de la simple correction, il s'agit tout de même de son patron !

– Ce n'est pas la loyauté qui vous étouffe, on dirait.

Mike recule d'un pas. À la lueur du bloc de sécurité, je distingue ses cheveux en bataille, ses lunettes légèrement de travers et le pli de son veston, là où le revolver déforme sa poche.

Il a l'air d'un déséquilibré.

– Je voulais simplement vous mettre en garde, Carrie. N'entrez pas dans son jeu !

– C'est lui qui devrait se méfier du vôtre !

– Oh, je vous déconseille fortement de lui en parler.

Il a la main dans la poche du veston où il a rangé le revolver. Ma nuque me picote, mon cœur s'emballe. Oserait-il tirer ? Si je crie, est-ce que Joshua m'entendra ?

– Il ne vous croirait pas, laisse tomber Mike, dédaigneux. J'ai son entière confiance.

– À tort.

– N'avez-vous rien écouté de ce que je vous ai expliqué ? Personne n'est plus à même de gérer Shark Outdoors que moi et il le sait. Il ne va pas tuer la poule aux œufs d'or.

Il est complètement paranoïaque. Ou mégalomaniaque. Enfin je ne sais pas trop, mais quelque chose ne tourne pas rond dans sa tête.

– D'accord, j'éviterai le sujet, alors. Bonne soirée, Mike, pensez à vous reposer également !

– Désirez-vous que je vous raccompagne ?

– C'est très gentil, mais un ami doit venir me chercher d'ici une dizaine de minutes.

– Dans ce cas, je vous souhaite une bonne soirée.

Il recule encore de quelques pas, la main toujours dans sa poche. J'en fais autant, dans la direction opposée. Quand les portes battantes se referment derrière lui, je lâche un soupir de soulagement… avant de me rendre compte qu'il m'a enfermée à l'intérieur !

Bon, pas de panique. Trouvons déjà le bureau de Joshua.

Je regrette de ne pas avoir de lampe torche dans mon sac. Plus jamais je ne me moquerai du contenu de celui de Tina, qui ne se déplace jamais sans trousse de pharmacie, couteau suisse, lampe de poche et bombe au poivre. Heureusement, il me reste mon téléphone portable ! La lumière de l'écran m'aide à déchiffrer les panneaux de signalisation aux murs. « Atelier », « Comptabilité », « Ressources humaines », « Production »… Ah, « Direction » ! Je suis les flèches, traverse plusieurs couloirs, longe des bureaux vides derrière leurs immenses vitres.

Il ne me manque plus que la musique de X-Files *en arrière-plan.*

En passant devant le bureau de Mike, je tripote mon tube de rouge à lèvres au fond de mon sac. J'ai une envie folle de taguer des trucs obscènes sur ses vitres.

J'imagine sa tête demain…

Mais ce psychopathe serait capable d'accuser des collaborateurs innocents. Je dois d'abord en parler à Joshua. Et en parlant du loup… Je suis arrivée devant une grande porte vitrée à son nom.

Derrière, un bureau disparaît sous un amoncellement d'objets divers. Un cadre de vélo est accroché au dossier de la chaise et près de la porte d'entrée, une chaussure abandonnée dégorge des entrailles électroniques. En revanche, il n'y a ni bruit ni lumière. Mon cœur se serre.

Et s'il n'est pas là ?

La porte s'ouvre sans bruit quand je tourne la poignée. Deux pas plus loin, je trébuche sur une roue et manque m'étaler de tout mon long. Une série de jurons m'échappe. Pendant que je tente de retrouver mon équilibre, une porte s'ouvre dans le mur du fond.

Je ne l'aurais jamais trouvée toute seule.

La grande voile métallisée suspendue devant (à dessein?) la dissimule en grande partie. Me souvenant de l'incident du hall, je crie :

– C'est moi, Carrie ! Pas un voleur !

– Carrie ?

La voix de Joshua est rauque de fatigue. Sa silhouette, découpée en ombre chinoise devant la porte, se voûte au niveau des épaules. Je fais un pas en avant.

– Tu as l'air épuisé.

– Je le suis. Qu'est-ce que tu fais ici ?

– J'avais envie de te voir.

Il recule d'un pas, j'avance d'un autre, assez pour distinguer la barbe drue qui couvre ses joues et les cernes sous ses yeux. Le temps s'arrête quelques secondes, assez pour que je me demande s'il ne va pas me renvoyer chez moi en me disant que c'était une erreur. Et puis il ouvre les bras en grand. Je m'y jette sans hésiter.

– Carrie…, murmure-t-il, ses lèvres contre mon oreille.

Je me noie dans sa chaleur, dans la force de ses bras autour de moi, dans son odeur.

J'aurais dû venir plus tôt.

Les doutes naissent quand nous sommes séparés. Dès que je peux le toucher de nouveau, ils s'évanouissent comme des mauvais rêves. Il me berce doucement, me caresse les cheveux tandis que ses lèvres effleurent ma tempe.

– Je suis heureux que tu sois là.

– Tu n'avais qu'à demander…

Il pousse un énorme soupir.

– C'est compliqué en ce moment…

– J'ai cru comprendre, oui.

– Viens, entre. On sera mieux assis pour en discuter.

L'appartement se compose d'un immense salon, qui doit être très lumineux quand les larges baies vitrées y laissent entrer le soleil, d'une cuisine américaine et, je suppose, sur le côté, d'une chambre et d'une salle de bains. Malheureusement, chaque pouce de surface disponible est recouvert de papiers, de cartons, d'emballages de pizzas vides ou d'objets à moitié démantibulés.

– Euh… Désolé, c'est un peu en désordre, marmonne Joshua.

– Es-tu sorti de là-dedans depuis samedi dernier ?

– Uniquement pour voir mes collaborateurs.

– Et personne ne passe faire le ménage, visiblement.

– Non…

Il se balance d'un pied sur l'autre, cherchant du regard un siège libre qu'il pourrait me proposer. En vain. Je ne l'ai jamais vu aussi peu sûr de lui et, paradoxalement, ça ne lui donne que plus de charme.

– Si tu allais prendre une douche pendant que je mets de l'ordre ?

– Ce n'est pas à toi de ranger !

– Ça m'occupera. Et puis, si nous devons prendre un appartement ensemble, il faut que je me prépare.

– L'appartement, répète Joshua. L'appartement ! Je n'ai absolument pas eu le temps…

– Stop ! Tu es épuisé. Va prendre ta douche, nous parlerons après.

Il se frotte plusieurs fois le visage avant de céder.

– D'accord. Je reviens tout de suite.

Une fois qu'il a disparu dans la douche, je songe avec nostalgie à tous ces moments où mon père m'a ordonné de ranger ma chambre, durant mon adolescence. S'il me voyait en ce moment…

– Bon alors…

Je cherche du regard de quoi prendre des notes, dans le fouillis qui m'entoure et puis, au moment où mes doigts se referment sur un crayon, je me fige.

Les listes.

Je me suis toujours raccrochée aux listes, dans les moments de stress. Elles m'aident à y voir plus clair. Or, je prends conscience que je n'en ai plus dressé depuis… Depuis le mariage de Jane et Andrew, quand je taquinais Joshua. Pourquoi n'ai-je pas eu le réflexe d'en faire d'autres, par la suite? Surtout quand je pataugeais pour savoir si je devais rester avec lui ou me plier aux contraintes sociales? Ou quand je débattais de l'opportunité de sécher les cours pour aller répéter avec Sun Juice? Je fixe le crayon comme s'il s'agissait d'un talisman.

Je ne fais plus de listes.

Signe de maturité? Ou signe que je me fie davantage à mon cœur qu'à la raison, ces derniers temps? Je n'ai pas besoin de liste pour savoir que j'aime Joshua, c'est certain. Ni pour quantifier mon plaisir à jouer avec Sun Juice.

Peut-être que j'ai simplement trouvé ma voie.

Je gribouille distraitement sur la feuille de papier. C'est tellement bizarre de me dire ça alors que j'ai l'impression de me débattre dans les contradictions depuis des semaines. Mais peut-être ces contradictions ne sont-elles qu'apparentes: au fond, j'ai déjà pris mes décisions. Avant de me lever, je lis ce que j'ai écrit sans y penser:

« Carrie Bennett ».

Si j'épouse un jour Joshua, je porterai le même nom de famille que ma mère, c'est un comble!

Pourtant, je me sens étrangement apaisée, comme après un effort physique important. Posant crayon et feuille, je m'empare d'un grand carton vide et je commence à y entasser tout ce qui ressemble raisonnablement à un déchet: emballages de pizzas, papiers froissés, canettes vides… Pour les prospectus et les documents imprimés, je fais des tas bien nets sur la table basse, triés par thème. Quand Joshua sort de la douche, le salon a retrouvé un aspect à peu près civilisé.

– Avoue: tu as remué trois fois le nez dès que j'ai eu le dos tourné? plaisante-t-il devant le résultat.

– Non, j'ai appelé une benne… Je plaisante, ajouté-je devant son air inquiet. Tes précieux papiers sont tous là. Par contre, il te faudra peut-être une grue pour évacuer les cartons.

Il s'approche de moi, sourire aux lèvres. Sa peau rasée de près m'attire comme un aimant. Je l'attrape par la taille dès qu'il se trouve à ma portée et le fais basculer sur le canapé que j'ai retrouvé lors de mes fouilles archéologiques. Il m'attire contre lui, sur ses genoux, une main sur ma taille.

– Tout va bien, Carrie?

Je m'apprête à confirmer (tout va toujours bien quand je suis dans ses bras) quand mon arrivée sur les lieux se rappelle à mon souvenir.

– Ton directeur général m'a fichu la trouille, au fait.

Son corps se raidit contre le mien.

– Mike? Il était encore là? Qu'est-ce qu'il a fait?

– Il m'a accueillie avec un flingue…

– Quoi!?

– Enfin jusqu'à ce qu'il me reconnaisse. Après, il a commencé à me tenir un discours louche comme quoi tu ne ferais rien pour Shark, que l'entreprise lui doit tout et qu'il est le seul à travailler pendant que tu t'amuses avec des filles.

Je caresse la nuque de Joshua pour l'inciter à se détendre. Maintenant que je suis avec lui, Mike me fait un peu moins peur, mais je persiste à trouver son comportement dérangeant.

– J'ai eu tort de lui faire confiance, soupire Joshua. C'est ironique, non? La semaine dernière tu m'as dit que tu étais paumée concernant ton avenir, alors que je me croyais sûr de mes choix. Et maintenant, c'est à mon tour de douter.

– À cause de Mike?

– C'est moi qui l'ai choisi. Je lui ai fait confiance.

– En même temps il a l'air sérieux… quand il ne se balade pas avec une arme dans les locaux vides.

– Nous avons du stock de grande valeur, ici. J'ai aussi un revolver, tu sais ? Mais j'évite de le braquer sur les visiteurs.

J'oublie toujours que n'importe quel crétin peut porter une arme, aux États-Unis.

Je reprends :

– Il se plaint que tu refuses d'engager des vigiles.

– Pour quoi faire ? Je dors sur place, je peux donner l'alarme en cas de problème.

– Et si Mike m'avait tiré dessus ?

La perspective ébranle Joshua. Il marmonne :

– Il n'est pas fou. Enfin, je ne crois pas.

Son front appuyé contre ma tempe, il chuchote :

– Je fais confiance à très peu de gens. Et encore moins peuvent se vanter d'être mes amis.

– Je suis désolée…

– Et Shark Outdoors est vraiment menacée par ces mouvements de capitaux.

– Tu vas t'en sortir.

– Je ne sais pas.

Mon cœur se serre à cet aveu. Depuis que nous nous connaissons, Joshua a toujours semblé savoir ce qu'il voulait, où il allait et comment il comptait s'y prendre. Il est le roc sur lequel se brise mon indécision. Alors, le voir douter a quelque chose de profondément perturbant. En même temps, l'envie de l'aider me donne du courage, affermit mes propres résolutions.

Ma place est là, avec lui.

Il se redresse avec un gros soupir.

– Je suis un inventeur, un créatif. Pas un gestionnaire. C'est pour ça que j'avais besoin de Mike. Je pensais qu'en étant bien entouré…

Je pose une main sur sa joue pour l'obliger à me regarder en face. Ses prunelles sombres ne brillent pas ce soir.

– Tu peux être fier de ce que tu as accompli. Shark est unique et impressionnante.

Un sourire se dessine sur ses lèvres.

– Tu es impressionnée ?
– Absolument.
– As-tu au moins visité les locaux ?
– Pas vraiment.

Il se relève d'un seul élan, me soulevant entre ses bras. Je m'accroche à son cou en riant.

– Alors je t'offre une visite guidée, si tu n'es pas trop fatiguée.

Il est presque 1 heure du matin : je devrais être fatiguée, mais la compagnie de Joshua m'a donné un regain d'énergie. Je me sens aussi réveillée que si j'avais bu deux litres de café. Je prends la main qu'il me tend.

– Montre-moi ce que tu sais faire.

***

L'horloge indique deux heures quand nous arrivons à l'atelier. Il faut dire que la visite a été émaillée de longues conversations. Entre autres, nous avons décidé de nous réunir de nouveau avec nos parents, histoire de mettre les choses au clair.

– Je ne sais pas si c'est une bonne idée de demander à Penny de s'occuper de la prise de rendez-vous…

– Elle s'améliore, m'a rassurée Joshua avec un bel optimisme.

La visite lui a remonté le moral. À moins que ce ne soient nos étreintes passionnées dans chaque pièce. Quand il allume la lumière de l'atelier, ma peau crépite d'énergie sexuelle. Je plaisante, à la vue du matériel qui nous entoure :

– C'est la caverne d'Ali Baba !

La voûte métallique s'élève à plusieurs mètres au-dessus du sol, comme celle d'une cathédrale. Un espace entièrement dédié aux inventions : des postes de travail disséminés un peu partout, y compris sur des estrades en hauteur, œuvrent sur des objets dont j'ignore l'usage pour une grande partie. Les grandes baies vitrées, l'usage de bois blond dans l'architecture interne, ainsi que les plantes vertes (palmiers plantés à même le sol, plantes grimpantes, pots suspendus sur des filins…) offrent un cadre chaleureux. Il doit y faire bon travailler.

– Mon endroit préféré, confirme Joshua. C'est de là que tout part.

Je pointe du doigt une sorte de domino géant d'un mètre sur quarante centimètres environ, percé d'une trentaine de ventilateurs.

– C'est quoi, ça ?

Joshua le soulève à deux mains avant de me le présenter avec fierté.

– Tu as déjà vu *Retour vers le futur* ?

– Euh… Tu penses à l'hoverboard ?

Ce truc ressemble autant à une planche volante qu'un lave-linge à un avion. Joshua cale la planche sous son bras et me prend la main.

– Viens.

Tout au fond de l'atelier, derrière une barrière de bambou, se cache une piste d'entraînement. Une sorte de roller parc avec des rampes, une longue piste pour les pointes de vitesse et un toboggan géant en spirale.

– Ton parc de jeux personnel ?

Joshua caresse ma joue du pouce, puis mes lèvres des siennes. Mon corps entier répond à la provocation dans un élan enflammé.

– Tu as un défi à relever, ma belle.

Il pose la planche sur la piste. Celle-ci s'allume avec un bourdonnement puis dans un bruit de soufflerie, commence à léviter à une vingtaine de centimètres au-dessus du sol.

– La vache ! Ça marche vraiment ?

– Pour l'essentiel. Allez, essaye !

La planche tangue dangereusement quand je me hisse dessus. Je m'agrippe au bras de Joshua pour retrouver mon équilibre.

– Le revêtement des pistes est conçu pour amortir les chocs, me signale-t-il.

– Ça me rassure beaucoup.

De fait, ma première tentative se solde par une chute spectaculaire. De même que la deuxième, la troisième, la quatrième… Mais quand je parviens enfin à maîtriser l'engin, la sensation est extraordinaire.

Je vole !

J'ai l'impression que mon corps est devenu léger comme une bulle de savon. Une sensation de pur bonheur me chatouille l'estomac. J'éclate de rire… pile au moment où les moteurs de ma monture s'éteignent, me ramenant brutalement au sol. Joshua me rattrape au vol et me retient entre ses bras. J'appuie ma tête sur son épaule en attendant que les battements de mon cœur s'apaisent.

– Alors ?

– C'est génial. Surtout, n'arrête jamais d'inventer !

Il me serre un peu plus fort, sa joue contre mes cheveux.

– Merci d'être venue.

– L'avantage d'être en couple, c'est d'affronter les difficultés ensemble plutôt que chacun dans son coin.

– Je n'ai jamais été en couple, me rappelle-t-il.

Mon cœur manque un battement.

J'aime tellement l'idée d'être la première !

Je dépose un chemin aérien de baisers le long de son cou, me délectant de sentir son pouls vibrer sous mes lèvres.

– Et j'ai toujours eu l'habitude de régler mes problèmes seul, poursuit-il d'une voix de plus en plus rauque. Mais j'aime que tu sois là.

Il me prend par les hanches sur cette dernière affirmation, pour m'attirer encore plus près de lui. À travers le tissu épais de son jean, je sens son érection frotter contre mon sexe. Sa bouche se pose sur la mienne, chaude et exigeante. Je croise mes mains sur sa nuque et je le laisse m'emporter dans un déluge de sensations avec lesquelles aucun hoverboard au monde ne pourra jamais rivaliser. Debout sur la pointe des pieds, je presse ma poitrine avide de caresses contre son torse. Ses paumes se plaquent sur mes fesses, me soulèvent et m'emportent. Mon dos entre en contact avec une surface élastique.

La rampe du roller parc.

Je souris contre ses lèvres.

– Tu veux tester le confort du terrain ?

– Je n'ai encore jamais essayé, répond-il, haletant. Il faut réparer cette erreur.

Et moi, je n'ai encore jamais fait l'amour dans un hangar rempli de matériel fantastique.

Mais à cet instant, ça me semble être la meilleure idée du monde.

Tour de piste

Nous nous laissons lentement glisser au sol, sans cesser de nous embrasser ni de nous toucher. Un sentiment d'urgence fait courir le sang plus vite dans mes veines. Nous avons toute la nuit devant nous, mais je veux tout de lui, tout de suite. Un dernier éclair de lucidité me pousse à demander :

– Personne ne peut entrer ?

– J'ai tout verrouillé avant de descendre, répond Joshua, sans cesser de m'embrasser.

Je jette un coup d'œil à la verrière. Des panneaux de bois et des plantes vertes nous dissimulent aux regards depuis l'extérieur. De l'autre côté, le rideau de bambous nous isole du reste de l'atelier. Nous sommes comme dans un cocon.

– Tu veux remonter ? me demande Joshua.

Je songe au trajet que nous venons de parcourir à travers le bâtiment sombre et désert.

Non. Je le veux, tout de suite.

En plus, la surface sur laquelle nous nous trouvons allongés n'est pas désagréable : élastique et tiède, elle constitue un terrain de jeux inédit.

Je caresse du bout des doigts les mouettes qui s'envolent le long de son bras.

– J'aime cet endroit. Il te ressemble.

– Tu veux dire, immense et bordélique ?

– Et aussi lumineux, débordant d'inventivité… sexy.

– Tu trouves l'atelier sexy ? relève-t-il en riant.

– Presque autant que son propriétaire.

– Mmmh, murmure-t-il en promenant ses lèvres le long de ma clavicule. Je ne le regarderai plus du même œil…

Il se redresse soudain d'un bond souple de cascadeur. Mes protestations s'étranglent dans ma gorge quand il déboutonne son jean pour le laisser glisser le long de ses jambes. Une boîte rectangulaire s'échappe de sa poche dans l'opération. Je hausse les sourcils.

Manifestement il a profité de son passage à la salle de bains pour faire le plein de munitions.

J'aimerais avoir le pouvoir de photographier avec mes yeux chaque détail du corps qui se dévoile à moi tandis que le T-shirt et le caleçon suivent le jean. Ce n'est pas la première fois et pourtant, cette nuit, le spectacle prend une tonalité particulière.

Aurai-je vraiment la possibilité de le contempler ainsi tous les soirs, à l'avenir?

Joshua s'agenouille pour se mettre à ma hauteur. Je lui lance avec un sourire en coin:

– J'adore te voir à genoux devant moi.

– Enlève ton jean et je te montrerai tout ce que je peux faire dans une telle position.

Excellente suggestion.

Mais pourquoi ne pas profiter un peu du cadre? Pour une fois que nous ne nous heurtons pas aux parois d'une baignoire ou aux limites d'un matelas... Je me remets debout, je ferme les yeux et, me déhanchant au son d'une chanson que je suis seule à entendre, j'entame un lent strip-tease.

Je n'ai jamais fait ça, mais disons qu'il m'inspire.

J'ai à peine retiré mon jean que ses mains se posent sur mes hanches. Ses mouvements accompagnent les miens quelques secondes. Nos corps se rapprochent peu à peu, jusqu'à ce que sa chaleur me brûle à travers le coton léger de mon T-shirt. Son érection se presse contre mes fesses et je n'ai plus qu'une idée: arracher l'obstacle qui m'empêche d'en profiter. Millimètre par millimètre, ses mains remontent sous mon T-shirt, traçant un chemin de feu sur ma peau. Je me cambre avec un gémissement quand elles atteignent ma poitrine. D'un geste habile, Joshua fait passer le vêtement par-dessus ma tête. Je me charge moi-même de la culotte et du soutien-gorge. Ils ont à peine touché terre que Joshua me tend la main.

– Tu danses ?

J'en demeure bouche bée. Nous sommes tous les deux nus sur une piste d'essai, au milieu d'un immense atelier au cœur de la nuit californienne, une boîte de préservatifs éparpillée à nos pieds… et il veut danser ?

– Tu es dingue.

– Nous le sommes tous les deux.

Nous étions faits pour nous entendre, c'est vrai.

J'ai juste un peu plus de mal à libérer mon côté sauvage, mais avec lui, tout paraît évident. Je saisis la main tendue avec un sourire de défi.

J'ai déjà pu le constater lors du mariage de nos parents, Joshua est un excellent danseur. Et il faut souligner une chose à propos du tango : c'est une danse très intéressante à pratiquer dévêtus. Nous tournons lentement l'un autour de l'autre, ma main sur la poitrine de Joshua, la sienne sur ma hanche, nous provoquant du regard. À nos premiers échanges, il a souvent mené la danse, jouant le rôle du séducteur alors que je m'efforçais de résister. Là, je prends un malin plaisir à renverser les rôles, frôlant ses lèvres des miennes pour reculer aussitôt, me collant à lui avant de m'éloigner dans une pirouette.

Fuis-moi, je te suis, suis-moi, je te fuis.

Nous accélérons peu à peu le rythme ; nos corps se meuvent en parfaite harmonie. Après quelques pas rapides, Joshua me renverse en arrière, mes cheveux frôlant le sol, mes seins pointés vers le ciel. L'intensité de son regard me brûle la peau. Il me relève lentement, jusqu'à ce que ses lèvres touchent les miennes. Ma jambe vient s'enrouler autour de sa taille ; son érection frotte contre mon intimité tandis que notre baiser devient torride.

C'est tellement bon ! Comment cela peut-il devenir encore meilleur chaque fois ?

Sans rompre le contact, Joshua me soulève et me fait tourner sans toucher terre. Quand il me pose, je me tourne entre ses bras pour me retrouver dos à lui. Nous ondulons l'un contre l'autre comme si nos hanches étaient soudées. Le plaisir monte par vagues tandis que nos mouvements deviennent moins précis, plus sensuels. Les mains de Joshua explorent mes seins, mon ventre, mes cuisses. Un bras passé derrière sa nuque, je balance mes fesses contre lui pour mieux caresser son sexe tendu.

Cela vaut bien n'importe quelle valse nuptiale.

Mes genoux plient ; comprenant le message, Joshua m'accompagne jusqu'au sol, une main soutenant ma nuque, l'autre mon bassin. Nous nous retrouvons allongés au beau milieu de la piste d'essai. À bout de souffle, j'éclate de rire.

C'est dingue.

Ses lèvres effleurent mon épaule. Un frisson électrique me parcourt mais je me force à demeurer immobile. Même quand sa bouche s'enhardit à suivre ma clavicule, puis le creux entre mes seins, puis mon sein gauche et son téton… Le regard noyé dans la voûte lumineuse, une main plongée dans ses cheveux sombres, je m'abandonne aux sensations de ce voyage sensuel. Ce n'est que lorsque sa langue plonge dans les plis de mon sexe que je crie. L'écho de ma voix retentit à travers l'atelier vide.

Joshua se redresse pour attraper l'un des emballages de préservatifs tombés non loin de nous. J'en profite pour retracer méticuleusement ses tatouages de l'index, comme si je cherchais à les graver dans ma mémoire.

Je devrais peut-être m'en faire faire un, moi aussi… Une guitare posée sur un hoverboard, tiens, ça aurait du style.

Sa peau se hérisse de chair de poule sous mes doigts. Je poursuis mon exploration en suivant la fine ligne de poils sombres qui part de son nombril. Nos doigts se rejoignent autour du latex qui recouvre son sexe.

Un jour, nous n'en aurons plus besoin.

Seigneur, je commence à peine à mesurer ce que signifie « pour toujours ». Je lève mon visage vers le sien et nous demeurons plusieurs secondes immobiles, les yeux dans les yeux, le souffle court.

– Tu m'as tellement manqué. J'ai besoin de toi.

– J'ai besoin de toi aussi.

Joshua m'attire contre lui et me serre farouchement entre ses bras. Je pose une main sur le cœur tatoué sur son torse. De l'index, Joshua en trace un sur mon sein gauche. Son sexe frotte doucement contre ma fente humide. Perdus dans l'immensité du hangar, j'ai pourtant l'impression qu'une bulle de tendresse nous enveloppe et nous isole du reste du monde. Nos regards vrillés l'un dans l'autre, nous laissons nos corps mener la danse. Il entre en moi d'une courte poussée, pour ressortir aussitôt et puis recommencer, un peu plus profondément. La petite flamme de la tendresse devient fournaise, brasier. Un gémissement sourd monte du plus profond de mon être. Je pose mes mains sur les hanches de Joshua pour le retenir, je croise mes jambes derrière les siennes. Il accélère peu à peu le rythme et l'amplitude de ses mouvements. Une goutte de sueur roule le long de son cou en direction du cœur tatoué. Je la suis du regard, paralysée par l'intensité du plaisir. Mes reins se creusent, mes jambes tremblent tandis que je m'efforce de contenir le raz-de-marée.

Juste encore un peu. Quand la goutte atteindra le cœur…

– Viens, demande Joshua d'une voix basse, rauque de désir. Viens avec moi.

Cette simple injonction suffit à faire voler mon flegme en éclats. Je m'abandonne aux sensations. Un frisson électrique me parcourt de la tête aux pieds ; l'éclair final foudroie mon bas-ventre, où il déclenche une réaction nucléaire. Mes mains attrapent les avant-bras musclés de Joshua comme pour me retenir de tomber. Il se cambre, s'enfonçant encore plus profondément en moi. Ses paupières se ferment au moment de l'orgasme, me dérobant l'éclat doré de ses prunelles. J'enfonce mes ongles dans ses bras, tête renversée en arrière. La violence de l'orgasme me coupe le souffle.

C'est comme un shoot de café infusé de bonheur intense.

Le plaisir physique n'est rien à côté de la sensation de plénitude qui m'envahit. Comme si je venais soudain de trouver la réponse à toutes mes questions. La *master list*. Je frotte mon nez contre le cou de Joshua tandis que nous cherchons tous les deux notre souffle. La tendresse, après l'intensité de l'orgasme, a un goût doux et sucré comme de la crème chantilly. Quand il roule sur le côté, je réprime un frisson.

– Ça manque quand même de couvertures, commente-t-il en me tendant la main pour m'aider à me redresser. Tu as froid?

Je hoche la tête. Le sentiment d'urgence provisoirement comblé, j'aspire à poursuivre la nuit dans un cadre plus traditionnel. Joshua me serre dans ses bras et frictionne mon dos pour me réchauffer.

– Dans notre futur appartement je ferai installer une piste de danse chauffante.

– Et une piscine.

– Et une baignoire à bulles.

Son rire me donne envie de m'envoler. Il me tend son T-shirt alors que je cherche mes vêtements éparpillés. Je l'enfile par-dessus le mien pour me tenir chaud et pour le plaisir d'admirer ses tatouages tandis que nous retraversons l'atelier, main dans la main.

Nous regagnons son appartement bien plus vite que nous n'en sommes descendus, gloussant comme des adolescents à leur premier rendez-vous. Je manque de nouveau me casser la figure sur la roue qui traîne dans son bureau et je grogne. Il étouffe mes protestations d'un baiser. Heureusement, la chambre est bien mieux rangée. Même trop.

– En fait, tu dors toujours sur ton canapé, dis-je en contemplant la couette rebondie, sans un pli.

Les draps sentent encore le frais. En revanche, le bouquet posé sur la table de chevet s'est fané. Joshua m'embrasse dans le cou, réveillant instantanément le brasier que notre étreinte dans l'atelier n'avait fait qu'endormir. Je lui échappe pour me laisser retomber en arrière sur le dos, les bras en croix.

Mmm... Rien ne vaut une couette moelleuse et un bon matelas.

– Je sens que je vais être beaucoup plus motivé pour utiliser ce lit, à partir de maintenant, annonce Joshua, les yeux brillants.

Il s'agenouille à côté de moi sur la couette et passe une main sous les deux T-shirts.

Comment peut-il avoir les paumes aussi chaudes?

– Je crois que ceci est à moi, lance-t-il en tirant sur le tissu.

– Tous les prétextes sont bons, hein ?

– Absolument.

Comme il a entrepris de récompenser chaque centimètre de peau dévoilée supplémentaire d'un baiser, je ne proteste pas trop. J'attends même la suite avec impatience.

Les vêtements, ces accessoires tellement superflus.

– Je veux un grand lit, aussi, murmuré-je tandis qu'il remonte peu à peu. *King size*, au moins.

– Tout ce que tu voudras.

– Ce que je veux surtout, c'est toi dedans.

Les deux T-shirts s'envolent d'un coup. Joshua m'attire contre son torse pour un baiser brûlant, peau à peau, nos jambes entremêlées.

Voilà, ça, c'est parfait. Quel que soit le lieu.

Sur la table de chevet, le réveil indique trois heures trente. L'aube est encore loin.

22

DES ROUES ET DES OURS

Je ne sais pas comment Penny s'est débrouillée pour nous programmer une sortie au zoo de San Francisco. Sans doute une fonction « protection de la femme enceinte », Jane étant à ce qu'elle m'a dit très fatiguée par sa grossesse. Quoi qu'il en soit, avant notre rendez-vous de ce soir avec les parents, Joshua et moi avons écopé de la mission « emmener Heidi au zoo ». J'ai bien tenté de l'en dégager :

– Tu n'es pas obligé de venir. Ils comprendront que tu aies du travail avec Shark.

– Non, je viens. Je n'ai pas profité de ta compagnie depuis trop longtemps et cette nuit était trop courte.

– Euh… C'est une sortie au zoo, tu sais? Pas un rencard amoureux.

– Je sais! Et j'ai une idée…

L'idée de Joshua consiste à emmener les dernières productions de l'atelier avec nous pour les tester. Heidi est ainsi montée sur une sorte de trottinette pourvue de roues de vélo, qu'elle fait avancer grâce au tapis de course placé sur son embase. J'ai pour ma part hérité d'une planche à deux roues fonctionnant avec le poids de mon corps ; il m'a fallu une bonne demi-heure avant de maîtriser le démarrage et l'arrêt, mais depuis, je m'amuse comme une folle. Il suffit d'ignorer les regards étonnés des passants. Joshua, lui, est monté sur une gyroroue connectée à Penny… et le dialogue est parfois cocasse, le logiciel de gestion des ordres n'étant manifestement pas tout à fait au point. Cette pauvre Penny a notamment tendance à confondre sa droite et sa gauche.

– Bon, décrète Joshua après un énième plantage dans une barrière, effrayant une colonie de pingouins. Il est temps de faire une pause.

– Ze veux une glace! signale aussitôt Heidi.

– Et moi, trois litres d'eau.

Mes jambes tremblent quand je descends de ma monture rose vif. Sa facilité de manipulation n'est qu'apparente ; je sens que j'aurai quelques courbatures supplémentaires demain, en plus de celles que me vaudra notre nuit… Joshua éclate de rire en quittant la sienne avec l'élégance d'un prince.

– Attendez-moi, je reviens.

Je me laisse tomber sur le banc derrière la fontaine des lions, nos joujoux entassés à mes pieds. Au prix qu'ils coûtent, pas question de les quitter des yeux une seconde. Heidi, nullement essoufflée, commence à bavarder :

– Quand ze serai grande, z'inventerai des inventions, comme Sassa !

– Je croyais que tu voulais faire de la musique, comme moi ?

– Ze ferai les deux !

C'est beau, l'enthousiasme de l'enfance…

Ceci dit, au même âge, je voulais être danseuse étoile, vétérinaire et astronaute à mes moments perdus. Je regarde un petit garçon un peu plus âgé que Heidi tourner autour de nos engins, visiblement tenté.

– Tousse pas ! s'interpose celle-ci, c'est à nous !

Le bambin lance un regard éploré à sa mère, assise sur le banc voisin du nôtre. Celle-ci lui tend un paquet de cookies pour détourner son attention.

– Tu en veux ? demande-t-elle à Heidi.

– Ze te connais pas. Peut-être tu as mis de la drogue dedans !

Un ange passe. La maman m'adresse un sourire gêné.

– Elle a du caractère, votre fille.

– Ce n'est pas ma…

– Carrie, elle va m'adopter ! interrompt Heidi. Et Sassa aussi. C'est les plus bons parents du monde !

Première nouvelle.

La mère commence à nous dévisager d'un air bizarre. Quand Joshua nous rejoint, les tatouages qui courent sur ses bras achèvent de la convaincre de se lever. Elle attrape la main de son fils, qui contemple toujours nos engins, et s'enfuit littéralement.

– Un problème? s'étonne Joshua en me tendant une bouteille d'eau.

– Il paraît que nous allons adopter Heidi.

– Tu as déjà des parents, lui fait remarquer Joshua en s'asseyant à côté d'elle sur le banc.

Je me dis que nous devons former l'image d'une famille heureuse et, l'espace d'un instant, mon esprit s'égare dans les fantaisies du futur.

– Ils sont nuls! rétorque Heidi, péremptoire.

– Bienvenue au club.

– Josh!

Heidi n'a pas besoin qu'on l'encourage sur cette voie.

J'ai grandi en détestant ma mère et avec le recul, je me dis que ce n'était sans doute pas la meilleure chose à faire.

Je me penche vers elle pour l'aider à ajuster la serviette en papier autour de son bâtonnet de glace.

– Tu sais, c'est normal d'être jalouse du bébé.

– Ze voulais un zien.

– Tu pourras peut-être avoir un chien aussi.

À condition que Jane ait vraiment, vraiment changé.

– Maman elle m'aime plus, boude Heidi. Elle veut un autre bébé.

– Hum...

Je n'avais pas signé pour une séance de psychothérapie infantile! J'adresse un regard de détresse à Joshua, qui relève le vélo de Heidi et demande avec un entrain un peu forcé:

– On continue la visite? On n'a pas encore vu les ours!

– Ze suis fatiguée, proteste Heidi en donnant des coups de pied dans le vide. Comme maman. Maman, elle est tout le temps fatiguée, elle veut plus zouer avec moi!

– C'est normal quand on attend un bébé, dis-je. Ça ne va pas durer.

En même temps, à 3 ans, une semaine représente déjà une éternité.

Ils ne sont pas sortis de l'auberge.

Heidi poursuit sur son idée fixe :

– T'as qu'à te marier avec Sassa et après ze serai votre fille et on ira à l'école à vélo tous les zours !

– Mais tu devrais changer d'école, alors, fait remarquer Joshua. En plus, Carrie et moi n'avons pas de maison.

– T'as qu'à en asseter une.

J'échange un regard avec Joshua ; la petite flamme au fond de ses prunelles sombres répand une chaleur familière dans mes veines.

Nous aurons bientôt notre home, sweet home.

Enfin, bientôt… J'espère ! Entre les problèmes à Shark Outdoors, la tempête qui s'annonce avec nos parents et les menaces de Licia, le temps n'est guère propice à la recherche d'appartement.

– Jane serait triste que tu partes, dis-je à Heidi.

Elle n'a eu aucune difficulté à m'abandonner à mon père durant mon enfance, ceci dit…

Je chasse ce vieux reste de rancœur. Jane a changé. Du moins elle l'affirme. Elle veut fonder une famille, réparer les erreurs du passé, éviter de les reproduire avec Heidi.

– C'est même pas vrai ! proteste celle-ci. Elle a le bébé à ma place !

– Pas à ta place. Elle t'aime toujours. Tu sais, moi aussi j'étais jalouse quand tu es née.

La petite me fixe, yeux écarquillés et bouche ouverte. Je suis partagée entre l'envie de rire et l'émotion.

Je l'ai détestée sans même la connaître.

Ça me paraît tellement immature, à présent… Moi aussi, j'ai changé depuis mon arrivée. En plus, je suis sous le charme de la petite peste blonde. Celle-ci proteste :

– Mais t'es grande !

– Même les grands peuvent être jaloux.

– T'habites même pas à la maison !

Oui, ça va, j'ai eu tort, inutile d'insister lourdement.

Je hausse les épaules :

– Mais maintenant, je t'adore.

Elle se jette spontanément dans mes bras. Je la serre maladroitement contre moi. Elle sent la glace au citron et ses petites mains sont poisseuses, pourtant j'ai l'impression qu'elle me fait une grande faveur. Je regarde Joshua par-dessus ses boucles blondes. Il nous fixe avec un sourire qui achève de me liquéfier le cœur.

Un jour, peut-être, nous formerons une famille d'une autre façon…

– Bon, dis-je quand Heidi consent à me lâcher, et si nous allions voir ces ours ?

L'intermède semble lui avoir sorti de la tête ses projets d'adoption. Nous reprenons nos engins, direction la section des ours. Malheureusement, quelqu'un nous y a déjà précédés. Je pile à quelques mètres de la cage de l'ours polaire.

– Josh ! Heidi ! Attendez !

Hélas, ils foncent devant moi, sans avoir remarqué le petit groupe debout devant la cage. Quand Joshua s'arrête à son tour, il est trop tard.

– Joshua !

Licia tient par la main une petite fille un peu plus âgée que Heidi, aussi brune que ma sœur est blonde. Elle est accompagnée d'une jeune femme qui lui ressemble beaucoup et d'une demi-douzaine d'enfants entre 3 et 10 ans. J'hésite à opérer un demi-tour avant qu'elle ne me voie.

Autant éviter les problèmes, nous en avons déjà bien assez comme ça.

J'hésite quelques secondes de trop. Licia tourne la tête dans ma direction ; son sourire se fane aussitôt. La petite fille dont elle tenait la main proteste qu'elle la serre trop fort et court se réfugier dans les jupes de l'autre femme.

– Qu'est-ce qu'elle fait ici ? demande Licia à Joshua.

– Nous accompagnons Heidi au zoo.

– T'es qui, toi ? intervient Heidi, sur la défensive.

– Je suis l'amie de Joshua, répond Licia. J'étais au mariage, tu ne t'en souviens pas ?

Heidi secoue la tête, avant de conclure d'un ton sans appel :
– T'es pas belle.
– Et toi, tu es mal élevée.
– Qu'est-ce que toi, tu fais ici, Licia ? s'impatiente Joshua. Je te préviens, je vais avoir du mal à croire au hasard.
– Tu avais promis de ne plus la voir, réplique Licia en me pointant du doigt.
Première nouvelle.
Joshua a négligé de me préciser ce point des négociations, quand il m'a dit que Licia avait renoncé à causer un scandale. A-t-il vraiment fait ce genre de promesse ? Alors que nous venions juste de nous réconcilier ? Je dirais que Licia prend ses désirs pour des réalités.
– Je n'ai jamais promis une telle chose, proteste Joshua. Nous sommes forcément amenés à nous voir. D'ailleurs, ce sont nos parents qui nous ont demandé d'emmener Heidi au zoo.
Nos parents, vraiment ? Je croyais que nous devions nous présenter comme un couple ?
Je m'étonne de ressentir un pincement au cœur. Après tout, vu l'état d'esprit de Licia, il est légitime d'éviter de verser de l'huile sur le feu. Je n'ai certainement pas besoin de son approbation !
– Tu n'avais qu'à refuser, rétorque Licia.
– Mais je n'en avais pas envie.
– Alors tu comptes poursuivre cette relation contre-nature ?
La femme qui accompagne Licia sursaute à cette remarque, à moins que ce ne soit au ton tranchant sur lequel elle a été proférée. Elle appelle les enfants pour qu'ils passent à la cage suivante. De mon côté, je demeure en retrait à quelques pas, préférant ne pas envenimer la situation.
Cette fille est une psychopathe.
Heidi me rejoint et glisse sa petite main dans la mienne.
– Pourquoi elle est fassée, la dame ? Elle est méssante ?
– Pas vraiment, mais elle aimerait bien se marier avec Joshua, tu vois.
– Et lui, il veut marier toi ?

– Oui…

Nous n'en sommes pas encore à discuter mariage, loin de là, mais dans les grandes lignes, c'est l'idée.

– Elle est zalouze ! s'exclame Heidi en pointant Licia du doigt. C'est pas bien !

– Dis donc, tu peux parler…

Pendant ce temps, la conversation entre Licia et Joshua s'envenime :

– Je ne te dois pas de comptes, affirme Joshua. Les sentiments que tu éprouves pour moi ne te donnent aucun droit sur ma personne.

– Je veux simplement t'aider ! Cette attirance est malsaine et…

– Il ne s'agit pas d'une « attirance », Licia. J'aime Carrie.

– Tu ne peux pas ! C'est ta sœur !

– Pourquoi refuses-tu de comprendre ? Carrie est la femme de ma vie. Le reste n'a strictement aucune importance.

Ces derniers mots me clouent sur place.

« La femme de ma vie. »

C'est long, une vie. On ne s'engage pas à la légère pour la vie. Jusqu'à présent, nous avons surtout navigué à vue…

Une liste. Je dois faire une liste.

– Alors, qu'est-ce que ça implique au juste d'être la femme de sa vie ?

– Vous allez vous marier, diagnostique Heidi sur le ton « je te l'avais bien dit ».

– Oui, enfin… Pas tout de suite !

– Ah oui, il faut une maison d'abord, réfléchit Heidi. Comme ça, ze peux habiter cez vous. Et après on fait un grand mariaze et tu m'assètes une très belle robe.

Je ne peux pas m'empêcher de rire. Une main levée, je replie mon petit doigt.

– Voilà. D'abord, on va acheter une maison. Ensuite…

J'hésite sur l'annulaire.

– Ensuite on va s'occuper de notre travail.

Joshua doit assainir la situation à Shark Outdoors. Et moi, je dois trouver le courage de mettre les choses au point avec Sun Juice.

Ce qui veut dire accepter l'idée de m'installer en Californie (hello papa) et de passer un certain temps sur les routes lors des tournées.

– Tu peux travailler quand t'es mariée, remarque Heidi avec un certain bon sens.

– C'est vrai, mais organiser un grand mariage demande du temps.

– Pfff. Z'aime pas attendre.

– Et puis, dis-je en repliant mon majeur, il faut le dire à Jane et Andrew.

Heidi esquisse une grimace :

– Ils vont pas être contents, hein ?

– Je ne crois pas, non…

– Mais on s'en fisse ! Moi ze voulais pas de bébé et ils m'ont même pas écoutée !

– Tu as raison.

J'agite mon index. Que manque-t-il à la liste ?

– Ah : il faut que Joshua me demande de l'épouser.

Il existe une différence entre être « la femme de sa vie » et « son épouse ».

– Pourquoi tu demandes pas, toi ? s'interroge Heidi.

– Euh…

C'est vrai, ça, pourquoi ?

Je ne vais quand même pas me cramponner au principe « c'est le garçon qui doit demander ». Nous sommes au XXIe siècle, que diable. Et puis Joshua a déjà fait pas mal de pas en avant dans notre relation, il serait temps que j'y mette un peu du mien.

– J'y penserai.

Je dois juste attendre que les circonstances soient un peu plus favorables. Et m'assurer que l'idée ne donne pas de boutons à mon futur promis.

– Tu sais, les gens attendent généralement un peu avant de se marier, dis-je à Heidi. Je ne connais pas Joshua depuis si longtemps que ça.

– Mais tu l'aimes, alors ça compte ! rétorque-t-elle en haussant les épaules.

Au fond, heureusement qu'elle est là, ça met un peu de légèreté dans une scène qui prend des allures de soap opera. Licia fulmine. Si nous étions dans un dessin animé, la fumée lui sortirait par les oreilles.

– Je le dirai ! s'exclame-t-elle d'une voix aiguë. Je le dirai à tout le monde et tu verras que j'ai raison ! Personne ne trouvera ça normal !

– C'est pas bien de rapporter, commente Heidi en se serrant contre mes jambes.

Je la soulève dans mes bras.

– Bon, on va les laisser discuter, d'accord ?

– Et Sassa ?

– T'inquiète, il va s'en débarrasser.

– Il va la donner à manzer aux ours !

– Euh… Peut-être pas. Elle risquerait de les empoisonner.

Nous nous éloignons en discutant. Derrière nous, les éclats de voix continuent. Quelques passants, curieux, ralentissent pour comprendre ce qui se passe. Je serre les dents. Abandonner Joshua va contre ce que me dicte mon instinct, mais il faut bien que je protège Heidi, et puis, ma présence aggrave les choses.

Il nous rejoindra bientôt.

Nous avons presque atteint la cage des grizzlys quand j'entends la gyroroue glisser derrière nous. Joshua s'arrête à ma hauteur et pose une main dans mon dos. La tension de ses muscles est encore perceptible.

– Elle est partie.

– Tu l'as pas donnée à l'ours ? interroge Heidi.

– Non, mais j'avoue que c'était tentant.

– Ça va aller ?

Son bras se glisse autour de ma taille et il me serre contre lui. Je perçois son besoin de se rassurer.

– Impossible de la raisonner. Elle risque bien de claironner la nouvelle.

– Dans ce cas, heureusement que nous avions prévu de parler à nos parents ce soir.

– Tu as raison, approuve-t-il, mi-grave mi-souriant. La présentation aux parents est toujours une étape importante.

– Et, hum, je voulais te dire…

J'hésite au moment de prononcer les mots qui lui sont venus si naturellement. Même si je sens au plus profond de moi qu'ils sont vrais, j'ai encore du mal à évaluer dans quoi je me lance. Je prends une grande inspiration avant d'achever :

– Moi aussi je pense que tu es l'homme de ma vie.

Ses lèvres viennent cueillir le dernier mot sur les miennes. Je passe les bras autour de son cou pour le serrer contre moi, sans me soucier des regards des passants. Son corps est l'ancre qui me retient au milieu de la mer de mes incertitudes. La chaleur de sa bouche est la réponse à toutes mes questions.

Si je devais faire une liste, je n'aurais qu'un mot à mettre dessus : son prénom.

– Ze veux une belle robe pour le mariaze, rappelle Heidi, nous ramenant brutalement à la réalité.

Nous éclatons tous les deux d'un rire libérateur après la tension des derniers instants.

– Tu auras la plus belle robe du monde, promet Joshua. Avec des paillettes.

Ce soir, nous pourrons compter au moins une personne en faveur de notre couple… C'est un bon début !

23

PIZZA AMÈRE

Nous rejoignons le restaurant Lupa Trattoria, point de rendez-vous avec Jane et Andrew, en fin d'après-midi, accompagnés d'une Heidi somnolente et d'un énorme ours polaire en peluche.

Ce n'est pas moi qui ai craqué, c'est Joshua !

Elle insiste pour l'emporter au restaurant et l'installer à table, en face d'elle. Jane, qui arrive cinq minutes plus tard en compagnie d'Andrew, ouvre des yeux ronds.

– Vous vous êtes bien amusés, j'ai l'impression.

– Oui, répond Heidi avec enthousiasme. Et puis Sassa et Carrie ils vont se marier et z'aurai une robe de princesse !

Le temps s'arrête. Andrew, qui s'apprêtait à s'asseoir après nous avoir salués, se fige en pleine action.

Bon, eh bien pour l'annonce, c'est fait.

– Très drôle, commente Jane en prenant place à côté de moi. Ils ne peuvent pas se marier, poussinette, ils sont de la même famille.

Je décide de prendre le taureau par les cornes. La dernière fois, je me suis dégonflée et j'ai passé plusieurs jours sans voir Joshua. Il a fallu que ce soit lui qui vienne me chercher.

Plus question de le décevoir.

– En fait, elle a raison. Enfin, nous n'allons pas nous marier tout de suite, bien sûr, mais nous sommes en couple.

J'accompagne ma déclaration d'un sourire éclatant destiné à mieux faire passer la pilule. Mais Jane blanchit comme si je venais de lui apprendre que je souffrais d'une maladie incurable. Elle s'affaisse sur sa chaise. En face d'elle, Andrew pince les lèvres avant de s'en prendre à son fils.

– As-tu perdu la tête ?

– Complètement, confirme Joshua, battant des cils à mon intention.

– As-tu pensé à ce que la société en penserait ?

– Absolument pas.

– C'est bien ce que je pensais, tranche Andrew. Tu agis en gamin immature et égoïste.

Ouch, ça fait mal.

J'éprouve une envie aiguë de lancer mon pied dans le tibia du malotru. Comment ose-t-il s'adresser à son fils de cette façon ? Joshua n'a plus 5 ans et il a largement prouvé sa valeur ! Bien qu'il affecte n'avoir besoin de personne et se moquer de l'opinion de son père, une telle attitude ne peut que le blesser.

De son côté, Jane me fixe avec un regard de chien battu, sur le mode « comment as-tu pu me faire ça ? » Rien de neuf sous le soleil. Je refuse de me laisser culpabiliser. D'accord, je n'ai pas suivi le plan qu'elle avait pour sa grande et belle famille. D'un autre côté, elle n'a pas tellement respecté le mien non plus quand j'étais plus petite, alors… Disons que nous sommes quittes.

Le sourire de Joshua s'efface.

– Je n'ai pas de comptes à te rendre et je me passe de tes jugements.

– Carrie, gémit Jane tout bas. Tu étais censée le raisonner.

– Mais nous nous sommes très bien entendus.

J'aurais mieux fait de me taire : Andrew se tourne vers moi à la vitesse de l'aigle ayant repéré un lapin dodu.

– En détruisant les rêves de votre mère au passage ? Félicitations.

Ce type a un sérieux problème.

De quels rêves parle-t-il, d'abord ? Joshua et moi n'habitons même plus avec eux ! Que nous soyons ensemble ou non ne nous empêchera pas de les voir ni de gâter Heidi. Au contraire, même.

Il devrait plutôt se réjouir de nous voir ensemble.

Je lui adresse un demi-sourire dans l'espoir de lui faire comprendre à quel point il est à côté de la plaque.

– Mais quels rêves ? s'emporte Joshua. Nous serons une famille un peu plus unie, voilà tout. Du moins, Carrie et moi…

– Carrie et toi, oui, et le reste du monde peut bien crever, commente Andrew, amer. Tu n'as jamais pensé qu'à toi.

Je secoue la tête. C'est complètement injuste ! Pas étonnant que Joshua s'entende mal avec lui s'il lui parle toujours de cette façon. Du coup, ça m'inquiète pour Heidi. Si Andrew se montre aussi rigide avec elle qu'avec Joshua, elle a du souci à se faire. Parce que nous, nous pouvons toujours, si les choses devaient en arriver là, couper les ponts. Elle, elle devra attendre ses 18 ans. Bref, pour résumer la situation, ça craint.

Jane se crispe de plus en plus. Il est vrai que sur ce coup, la réconciliation père-fils qu'elle espérait prend sérieusement l'eau. À ma droite, Heidi engueule son ours en peluche en l'accusant d'avoir dévoré tous les apéritifs, comme un égoïste.

– Voyons, calmez-vous, tente malgré tout ma mère sans grande conviction.

Elle est toujours trop pâle et des gouttes de sueur perlent au-dessus de sa lèvre supérieure. Je remplis un verre d'eau, que je lui tends.

Elle ne va pas nous faire un malaise, quand même ?

– Je ne me sens pas bien, gémit-elle en repoussant le verre.

Quelques gouttes débordent sur la table. Andrew se tourne vers elle et son expression s'adoucit, passant de la colère à une inquiétude sincère.

– Je crois qu'il vaut mieux que nous rentrions, annonce-t-il en repoussant sa chaise.

– Parce qu'éviter la discussion, c'est un signe de maturité manifeste, persifle Joshua.

– Jane se sent mal, avec vos conneries ! explose Andrew.

C'est bien la première fois que je l'entends proférer une grossièreté. Heidi plaque sa main sur sa bouche, l'air scandalisé.

– Viens, on s'en va, lui lance Andrew en aidant Jane à se lever.

– Mais z'ai faim !

– Je te ferai des pâtes.

– Ze veux des pizzas !

– On en commandera, promet Jane. Carrie, je suis désolée…

Elle a l'air complètement perdue. J'éprouve un élan de compassion pour elle. Elle n'avait pas dû imaginer la soirée ainsi. Seulement, elle n'a qu'à s'en prendre à Andrew : c'est lui qui est à l'origine de ce mélodrame. Elle avait le droit de nous défendre, aussi, si elle n'était pas d'accord ! Je hausse les épaules.

– Oh, moi, ça va aller.

Au pire, si elle refuse de me revoir, j'ai l'habitude…

Enfin, pas tout à fait. Il reste Heidi et en ce qui la concerne, je reconnais que ça me ferait suer. Je m'y suis attachée à cette petite… Mais pas au point de renoncer à Joshua.

Respecter la sensibilité de chacun, ça va bien cinq minutes, mais à un moment, il faut bien penser à nous deux, aussi.

– Tu n'as pas besoin de moi, constate Jane avec une grimace.

– Je n'ai pas besoin de ton approbation, rectifié-je, mais j'ai quand même envie de te voir. Alors appelle-moi quand tu auras eu le temps de digérer la nouvelle.

Elle m'adresse un sourire crispé avant de me tourner le dos, soutenue par Andrew. Heidi traîne des pieds derrière eux, les pattes de son ours en peluche balayant le sol.

– Un problème ? s'inquiète la serveuse qui arrivait pour prendre nos commandes.

– Simple malaise de femme enceinte, lui sourit Joshua. Rien de grave.

La serveuse lui rend son sourire en tortillant les hanches. Je suis sûre que c'est de façon inconsciente qu'elle pousse sa poitrine en avant, mais j'ai quand même envie de lui faire un croche-pied. Je demande à Joshua :

– Qu'est-ce qu'on fait ? On reste ?

– Tu ne poserais même pas la question si tu avais déjà goûté leurs tortellini alla cardinale. En plus, je meurs de faim.

Pour ma part, la scène qui vient de se dérouler m'a un peu coupé l'appétit. Mais après tout, nous n'avons pas si souvent l'occasion de dîner ensemble : autant en profiter !

– Je vais prendre des tortellini alla cardinale, comme mon fiancé, dis-je à la serveuse.

Je n'ai pas droit à un beau sourire, moi, et c'est encore à

Joshua qu'elle demande ce que nous voulons boire. Celui-ci me consulte du regard.

– Une carafe d'eau, merci. Sans glaçons.

La manie des Américains d'ajouter des litres de glaçons à toutes leurs boissons doit leur coûter une fortune en frais dentaires. Joshua se recule dans sa chaise, souriant, tandis que notre serveuse s'éloigne.

– Alors comme ça, nous sommes fiancés?

– Ça fait moins lycée que « petit copain ».

– Mais c'est censé être la voie vers le mariage.

– Et tu ne veux pas te marier?

Mon ventre se noue soudain. Nous y sommes. Pour moi, comme pour Heidi, le mariage est la conclusion logique d'une relation solide... Mais j'ignore toujours si c'est le cas pour lui.

Un homme qui refuse d'avoir une maison à lui peut-il envisager le mariage?

Il tend la main par-dessus la table pour la poser sur la mienne:

– Si c'est avec toi, je n'y vois que des avantages.

Je secoue la tête.

– Tu ne doutes jamais?

– C'est comme le vélo: si tu arrêtes d'avancer, tu tombes.

– Ouais, eh bien, je vais m'en tenir au tricycle, dans ce cas.

Je suis arrivée en juillet, décidée à profiter de la vie et des hommes avant de rentrer sagement chez moi. Début novembre, j'envisage de me marier et de rester ici pour toujours. Remet-on sa vie en question en quelques semaines? Le pouce de Joshua caresse le dos de ma main:

– Tu pédales très bien. Il suffit de regarder la route et pas ta roue.

– Mais je ne sais pas où mène la route!

– Moi non plus. Tiens, tu ne m'as même pas dit si tu comptais repartir à la fin de l'année universitaire.

– Et ça ne te fait pas flipper?

– Je préfère consacrer mon énergie à te convaincre de rester.

Vu comme ça...

– Mais avant de me rencontrer, ta route ne passait pas par le mariage, je me trompe ?

Il éclate de rire.

– Certainement pas. Tu as remarqué que j'ai quelques problèmes avec le concept de famille…

– Et tu as changé d'avis, juste comme ça ?

– Pas « juste comme ça », Carrie. Pour toi. Tu es ce qui m'est arrivé de plus important dans ma vie.

La serveuse arrive pile-poil au bon moment pour surprendre cette déclaration passionnée. Elle largue la carafe d'eau sur la table avec un sourire crispé et tourne aussitôt les talons. Je m'abstiens de lui faire remarquer qu'elle l'a remplie de moitié avec des glaçons, j'ai plus urgent à gérer. Je proteste :

– Ça a l'air tellement facile, pour toi !

– Parce que ça l'est. N'oublie pas que je suis l'homme de ta vie, me rappelle-t-il avec un clin d'œil.

Je ne peux pas m'empêcher de rire.

– C'est vrai. Et je suis totalement pour payer une robe à paillettes à Heidi. Seulement pour ça, il faudrait qu'elle vienne à notre mariage. Et vu la réaction de ton père…

Je soupire. Sérieusement, ça craint. Si notre famille proche se montre aussi hostile, je n'ose pas imaginer la réaction de notre entourage.

– Tu crois qu'il a raison ? Tout le monde risque de réagir comme lui ?

– Bien sûr que non. Ce qui le dérange, en l'occurrence, c'est que nous perturbons ses précieux plans. Enfin, ceux de Jane.

– Pourtant Licia affirme la même chose. Et même Tina !

Sa main presse plus fort la mienne, rassurante.

– Tout ira bien. Même s'ils sont surpris au départ, ils finiront par s'y habituer. Nous serrerons les dents jusqu'à ce que l'orage soit passé.

– Ouais…

– Je vais m'occuper de trouver cette maison, promis. Ce sera plus facile à gérer si nous vivons ensemble.

– Enfin, si tu ne passes pas tout ton temps au siège.

Un sourire taquin étire ses lèvres.

– La piste d'entraînement était intéressante, mais à tout prendre, je préfère un vrai lit. Surtout si tu te trouves dedans. En attendant, pour ce soir, je connais un hôtel sympa du côté d'Emerald Hills. Ça te tente ?

– Surtout si tu te trouves dans le lit…

Nous échangeons un regard complice. Pour ce soir et cette nuit, au moins, tout ira bien. Demain est un autre jour.

***

J'ai à peine dormi deux heures quand je regagne Roth au petit matin, déterminée à me recoucher pour la matinée. Alors que je me dirige vers l'escalier, je croise Angela, en route pour son jogging matinal.

Quel genre de personne se lève à sept heures du matin pour courir ?

– Carrie ! On ne te voit presque plus, ici. Y aurait-il un petit ami dans le secteur ?

– Oui. Il se peut d'ailleurs que je quitte Roth dans les prochaines semaines, je préfère te le dire à l'avance.

– Oh, non ! soupire Angela en jouant avec sa queue-de-cheval. Ton petit ami ne vit pas sur le campus ?

Si elle pose la question, Licia n'a pas encore cafté…

Donc, mieux vaut prendre les devants.

– Tu l'as déjà rencontré, en fait. Joshua.

– Chanceuse ! s'exclame spontanément Angela, avant de froncer les sourcils. Mais il n'est pas ton frère ?

– Il est le fils du nouveau mari de ma mère. « Frère » est une simplification abusive.

– Oh ! C'est tellement romantique ! J'adore les histoires d'amour interdit.

Je demeure figée sur les marches, me demandant s'il s'agit d'une remarque positive ou non.

Au moins, elle n'a pas dit que c'était dégoûtant.

C'est bon signe, non? Peut-être que je me prends la tête pour rien et qu'au fond, la plupart des gens se fichent bien de savoir quel est mon lien exact avec Joshua.

– Par contre, ne le crie pas sur tous les toits, me recommande Angela en baissant la voix. Si cela arrive aux oreilles de ton référent, ouh là ! Plus coincé que lui, tu ne trouveras pas sur tout le campus.

– Il ne devrait pas laisser ses opinions interférer avec son enseignement.

– En théorie, non, admet Angela. En pratique, tu sais comment ça se passe.

J'aurais peut-être dû essayer de le rencontrer plus souvent au lieu de me contenter du premier jour…

En même temps, ce n'est pas comme si je m'étais montrée particulièrement assidue en cours non plus. Il aura sans doute d'autres choses à me reprocher que ma vie privée. Je hausse les épaules.

– On verra bien. Bon jogging !

– N'oublie pas que tu es de ménage, cette semaine.

– Hein ? Non, bien sûr.

J'avais complètement oublié.

Ce n'est pas encore cette semaine que je rattraperai mon retard sur les cours. Mon téléphone vibre au moment où j'atteins le haut des marches. Je le tire de ma poche pour un coup d'œil rapide.

Joshua, déjà ?

Ah non, c'est mon père. Bizarre, d'habitude il m'envoie plutôt des mails… Le contenu du message m'éclaire sur l'urgence.

« Ta relation avec le fils d'Andrew bla-bla… ta mère… bouleversée bla-bla… comme César… prendre du recul… ton avenir… bla-bla-bla. »

J'hallucine !

Jane est allée se plaindre à *son ex* des relations que j'entretiens avec le fils de son nouveau mec. *What the fuck ?* comme on dit ici. Ma famille est cinglée, je ne vois pas d'autre explication. Je range le téléphone sans répondre.

Ça attendra que je n'aie plus envie de tuer quelqu'un.

Tina se redresse sur son lit dès que j'entre dans la chambre. Je m'oblige à lui sourire, même si je n'ai pas vraiment envie de faire la conversation à cet instant précis. Je souhaite plutôt me rouler en boule dans mon lit et dormir plusieurs siècles. Mais Tina est ma meilleure amie et je me suis juré de faire des efforts pour qu'elle le reste.

– Carrie, il faut que tu voies ça !

– Quoi ? dis-je en me laissant tomber sur son matelas, à demi somnolente.

– Je te jure, ça craint, affirme-t-elle en me désignant l'écran de son ordinateur portable.

Celui-ci est ouvert sur Facebook. Plus précisément, sur la page d'entreprise de Shark Outdoors. Celle-ci est envahie de messages en réponse à un post d'un certain Zorro, intitulé « Un homme capable d'inceste peut-il vraiment diriger l'entreprise ? » Le post est accompagné d'une vidéo…

– Oh, mon Dieu !

– Je te l'avais dit, ça craint, commente Tina.

La caméra n'est pas idéalement placée par rapport à la piste d'essai, partiellement dissimulée par des plantes vertes, et les images sont mauvaises. Pas suffisamment, toutefois, pour qu'on ne m'y reconnaisse pas en pleine action avec Joshua. Mes muscles se tétanisent, mon front se couvre de sueur. Je me laisse aller en arrière sur le lit avec un gémissement horrifié.

– Éteins ça, dis-je à Tina.

– Qu'est-ce que tu vas faire ?

– Je ne sais pas.

Mon esprit pédale dans la semoule. Après les montagnes russes émotionnelles des deux derniers jours, c'est la goutte d'eau qui fait déborder le vase.

– Je dois appeler Joshua.

Après tout, c'est lui qui est principalement visé. Mais mes doigts tremblent si fort que je n'arrive pas à saisir mon téléphone.

– Respire, me conseille Tina. Ça va aller.

Je secoue la tête. L'accusation d'inceste, je m'en balance. Je m'y attendais plus ou moins. Mais voir notre intimité ainsi exposée… Ça non.

Merde !

N'importe qui peut avoir accès à cette vidéo !

Nos parents, nos amis, mes profs…

J'ai envie de vomir.

– Je suis là, promet Tina en me caressant le bras. Je ne te laisserai pas tomber.

– Merci.

Son soutien me fait sentir un tout petit peu mieux. Enfin, tant que je ne pense pas trop à la vidéo.

Qu'allons-nous bien pouvoir faire ?

24

SOUS LE FEU DES PROJECTEURS

Je n'ai pas réussi à me rendormir. Joshua m'a promis qu'il allait immédiatement faire retirer la vidéo mais le mal est fait. Combien de personnes ont-elles pu en garder des copies ? Nous ne savons même pas combien de temps elle est restée en ligne. Tina ne l'a vue que ce matin, mais elle ignore quand elle a été publiée.

– Je m'en occupe, Carrie.

La voix de Joshua, au téléphone, était rauque, lasse.

J'aurais dû aller le rejoindre.

Bien sûr, il est débordé. Il doit identifier celui qui a mis la vidéo en ligne, comprendre comment il s'est procuré la bande… Les images ne proviennent pas des caméras de sécurité.

– Je ne t'aurais jamais entraînée là-dedans si j'avais pensé que nous puissions être filmés !

La fêlure dans son timbre de voix m'a serré le cœur. Joshua est un battant : je déteste qu'il se laisse atteindre par… Par qui, d'ailleurs ? Dans la mesure où personne, pas même nous, n'aurait pu prévoir ce que nous allions faire sur la piste d'entraînement, la caméra appartenait probablement à un dispositif d'espionnage industriel… qui a trouvé autre chose que ce qu'il était venu chercher. Autrement dit, l'image de Shark Outdoors n'est pas partie pour s'améliorer dans un avenir proche.

Pourquoi notre histoire ne peut-elle pas être simple ?

On dirait qu'un mauvais génie s'acharne à nous mettre des bâtons dans les roues. Je ne sais plus si je dois me sentir anéantie, honteuse ou au contraire combative. Tout ce dont je suis sûre, c'est que je ne laisserai plus ces obstacles se dresser entre Joshua et moi.

Faute de mieux, je suis allée en cours. Je pensais que ça m'occuperait les idées et puis que ça me ferait peut-être gagner des bons points auprès de M. Wells. Du moins, c'était le plan. J'ai vite compris, aux regards en coin et aux chuchotements étouffés, que ce n'était pas l'idée du siècle. Apparemment, je bénéficie d'une popularité toute neuve. Je crains fort que la vidéo n'ait fait le tour du campus…

Mais pourquoi ?

Que Tina aille traîner sur le site de Shark Outdoors, soit. Elle voulait savoir ce que fait l'homme de ma vie, curiosité légitime. Mais les autres ? Elles n'en ont sûrement pas eu l'idée par elles-mêmes. Quelqu'un a dû signaler la vidéo aux autres étudiants. Quelqu'un qui m'en voudrait, par exemple…

Licia.

Je ne vois qu'elle pour faire le lien entre Joshua et moi. Vu son obsession pour lui, elle doit passer son temps à l'espionner sur le Net (j'avoue, j'ai fait de même au début de notre relation) et depuis le départ, elle cherche à casser notre couple. Elle est coupable, j'en suis certaine ! Joshua aurait bel et bien dû la balancer dans la fosse aux ours du zoo. Je baisse le nez sur mon cahier de notes en m'efforçant d'oublier que certains de mes camarades de classe m'ont peut-être vue à poil sur cette fichue vidéo. Au moment où nous nous levons, mon voisin de table me demande :

– Hé ! Carrie, j'ai un terrain de tennis chez moi, tu veux l'essayer ?

– Ou tu ne fais ça qu'en famille ? renchérit son voisin.

Et on appelle ça l'élite… Apportez-moi une corde.

Je leur montre mon majeur sans même leur accorder un regard. Hélas, le mauvais sort me poursuit.

– Mademoiselle Borrel, puis-je vous voir un instant ?

Et merde.

Le ton employé indique que M. Wells ne compte pas m'adresser des compliments. Mes condisciples ricanent en quittant la salle dont ils laissent la porte grande ouverte. Je reviens à contrecœur vers le bureau de mon professeur référent. Celui-ci se tient assis sur sa chaise, le dos raide comme un piquet, ses minces lèvres pincées en une fine ligne désapprobatrice. Avec ses lunettes à monture métallique, sa chemise impeccablement repassée et sa cravate à carreaux, on dirait presque une caricature.

Je me souviens, maintenant, pourquoi je n'ai pas insisté plus que ça pour le revoir.

Notre première rencontre ne m'a pas donné l'envie d'aller lui expliquer mes problèmes quand j'ai commencé à décrocher des cours. J'étais à peu près certaine qu'il me ferait la morale au lieu de chercher à m'aider et j'ai à présent la conviction que je ne m'étais pas trompée.

Il ne me propose pas de chaise, si bien que je piétine devant le bureau avec le sentiment d'être revenue au collège. La moutarde me monte au nez lentement mais sûrement. Après les insinuations des deux crétins de service, il n'a pas intérêt à me chatouiller de trop près.

– Mademoiselle Borrel, attaque-t-il, vos résultats sont déplorables.

Hum.

Sur ce point, je ne peux pas lui donner tort. Je n'ai rendu que la moitié des travaux demandés par nos enseignants et j'ai bâclé les trois quarts du reste.

– Vous ne validerez jamais vos UV si vous continuez à ce rythme, m'avertit-il.

Je marmonne sans grande conviction :

– Je ferai de mon mieux.

– Votre « mieux » n'est pas suffisant. Je vous rappelle que vous bénéficiez d'une bourse, mademoiselle Borrel. En contrepartie, vous vous êtes engagée à vous consacrer à vos études. Si vous ne validez pas un minimum d'UV, vous perdrez le bénéfice de cette bourse.

Mon cœur manque un battement. Je regrette soudain de ne pas être assise.

Perdre le bénéfice de la bourse ? Ils en ont le droit ?

Je ne me souviens pas d'avoir lu pareille chose dans le dossier d'inscription ! Mais peut-être ne l'ai-je pas lu avec suffisamment d'attention ? Il ne manquait plus que ça, tiens. Sans bourse, impossible de rester à Stanford. La scolarité coûte une fortune.

Je déplie nerveusement un index. Si je m'installe avec Joshua, la question du logement est réglée. Ma fierté se remettra de ne pas avoir contribué aux frais, elle n'a pas le choix. J'aligne le majeur. Les cachets de Sun Juice suffiraient-ils à compenser la perte de la bourse ? À peine, en l'état actuel des choses. Et qu'est-ce que je mangerais ? Je refuse de vivre aux crochets de Joshua, ou pire, de demander de l'aide à Jane, à supposer qu'elle soit prête à me l'accorder. L'annulaire : si je lâche les études, je pourrai prendre un job ?

– Mademoiselle Borrel, est-ce que vous m'entendez ?

– Euh, oui ?

– Cette attitude désinvolte ne vous mènera nulle part.

– Vous avez raison.

Ma réponse semble le déstabiliser. De mon côté, étonnamment, je me sens très calme. Peut-être parce que je sais depuis des semaines que l'université n'était pas le bon choix pour moi. La perspective de tout lâcher me fiche la trouille et en même temps, je l'envisage avec un certain soulagement, voire une bonne dose d'excitation.

– Eh bien, poursuit M. Wells, j'espère que vous vous reprendrez.

J'envisage un instant de lui demander pourquoi il s'en préoccupe particulièrement aujourd'hui et s'il existe un lien avec les événements de ma vie privée.

Hypocrisie, quand tu nous tiens.

Finalement, je décide de réserver mon énergie pour d'autres combats. Je le salue du bout des lèvres avant de prendre congé. Dans les couloirs, le manège se poursuit. Une étudiante me demande ce que ça fait de coucher avec son frère. Là encore, je ne perds pas mon temps à tenter de lui expliquer la situation. Je trace ma route, tête haute, regardant droit devant moi, y compris quand quelques sifflets et propositions mal placées saluent mon passage. Est-ce le prétendu inceste ou la vidéo qui les excite ? Malgré l'envie folle d'aller en frapper quelques-uns, je garde le cap.

Dommage que Tina ait cours à l'autre bout du campus.

Son soutien me serait précieux, là tout de suite. Ma main gauche se crispe sur le téléphone portable au fond de ma poche. J'espère que Joshua ne se trouve pas confronté aux mêmes remarques que moi.

La stupidité est-elle un privilège étudiant ?

Je ne vais pas tarder à le savoir : je ne resterai pas une minute de plus sur le campus. Tant qu'à affronter la tempête, autant le faire à deux. Je ne serai peut-être pas très utile à Joshua par rapport à l'entreprise, mais je peux toujours lui apporter mon soutien moral… et recevoir le sien.

J'ai besoin de le voir.

Toute cette histoire me paraîtra moins dramatique quand nous en aurons ri ensemble. Sans même prendre la peine de repasser à Roth, je prends la direction de Palo Alto.

***

L'hôtesse derrière le comptoir d'accueil de Shark Outdoors ne semble pas avoir envie de rire. Elle me dévisage comme si j'étais un chat galeux dans un magasin de crème glacée.

– Excusez-moi, mademoiselle, vous ne devriez pas être ici.

Je regarde l'hoverboard miniature posé sur le comptoir en me demandant si ça sonnerait creux, dans l'hypothèse où je m'en emparerais pour taper sur le crâne de l'hôtesse. À la place, je saisis un stylo que je fais tournoyer entre mes doigts.

– À vrai dire, c'est l'opinion de Joshua qui m'intéresse. Vous le prévenez, ou je lui envoie un SMS ?

– C'est qu'il est très occupé…, résiste mon interlocutrice.

Je sors mon téléphone de ma poche ; mon pouce passe déjà sur l'écran pour le déverrouiller quand Cerbère se décide à prévenir Joshua de ma présence.

– Vous connaissez le chemin, je suppose ? lâche-t-elle du bout des lèvres après avoir raccroché.

Hélas oui.

Cela signifie que je vais devoir traverser tous les couloirs sous le regard des employés… Enfin ça ne me changera pas trop de Stanford. Je prends une grande inspiration.

Je peux y arriver.

Sans problème.

Tournant le dos à l'accueil, je pars d'un pas décidé. Personne ne m'arrêtera avant que je n'aie rejoint Joshua. J'ignore superbement les regards sur mon passage, malgré le rythme auquel mon cœur bat dans ma poitrine. Mieux élevés que les étudiants, aucun employé ne me siffle ni ne m'adresse de proposition indécente. C'est même un peu trop calme à mon goût… Les conversations s'éteignent sur mon passage. Certains détournent le regard ou feignent carrément de ne pas m'avoir vue.

J'ai l'impression d'être une reine maléfique.

Joshua s'avance à ma rencontre avant que je n'aie atteint le bureau de Mike. Je me sens tout de suite mieux une fois son bras autour de ma taille. Toutefois, la tension dans ses muscles m'empêche de me sentir complètement à l'aise.

Est-il fâché que je sois venue ?

Il marche si vite que je dois trottiner pour le suivre. Nous nous engouffrons dans son bureau, puis dans le studio. La porte claque derrière nous.

– Josh ? Ça va ?

En guise de réponse, il me fait pivoter pour me serrer dans ses bras. Sa bouche s'empare de la mienne. Son baiser a le goût du café et la force du désespoir. Je me laisse aller contre lui, caressant doucement sa langue de la mienne. Quand il se détache de moi pour nous permettre de respirer, son front reste appuyé contre le mien. Je sens son cœur battre à grands coups. Je répète tout bas :

– Ça va ?

Je sais bien que ça ne va pas, toute cette histoire est merdique. Sérieusement, les gens n'ont pas de vie pour s'intéresser autant à notre relation. Je reformule :

– Est-ce que je peux t'aider ?

Il m'entraîne vers le canapé, qui disparaît de nouveau sous les papiers. Quelques feuilles couvertes de croquis s'envolent quand il les balaie d'un revers de main.

– Je ne sais pas trop, avoue-t-il. Pour l'instant, je gère l'urgence : faire retirer la vidéo, rechercher la caméra pirate… Nous n'avons rien trouvé pour l'instant et les caméras de surveillance ne montrent rien. J'attends un retour de la société de surveillance.

Je me blottis contre lui, savourant son contact. Nous sommes un peu comme sur une île en pleine tempête. Bientôt, il faudra sortir pour se battre, alors j'apprécie d'autant plus le répit.

– J'ai réuni les employés ce matin pour les informer de la situation, poursuit Joshua. Enfin je leur ai surtout rappelé qu'il était interdit d'introduire des caméras dans l'établissement et que pour le reste, ma vie privée me regardait.

– Et alors ?

– Aucun commentaire devant moi. Mais je ne suis pas sourd, j'entends bien les bruits de couloirs. Quelques-uns sont venus me dire en privé que j'avais tout leur soutien. Pas beaucoup. Globalement, j'ai l'impression qu'ils ont peur.

– Et Mike ?

Joshua éclate d'un rire sec.

– Il m'a suggéré de prendre du recul. Pourquoi pas des vacances, pendant qu'il gérerait l'entreprise.

– Ben voyons. Tu ne peux pas le virer ?

Il me caresse distraitement le bras, qui se hérisse de chair de poule. Le moment est malvenu, mais j'ai envie de lui, de nous.

– Je n'ai pas réussi à réunir de preuves concrètes. Ma comptable Bridget le soupçonne de mener des actions en sous-main, mais les mouvements suspects dont elle me parlait cet été n'ont pas révélé de malversations. Si Mike est bien derrière tout ça, il se montre très habile.

– C'est juste un escroc. Tu es bien meilleur que lui.

Pour la première fois depuis que je suis arrivée, le visage de Joshua s'éclaire d'un sourire. Il me serre plus fort contre lui.

– Mmm, de la flatterie ? J'adore ça.

– Ce n'est pas de la flatterie. Tu as monté cette boîte à partir de rien. Mike n'a fait que s'y incruster, comme un parasite. Tu l'as engagé quand?

– Il y a deux ans, quand l'entreprise a commencé à prendre de l'ampleur. Je ne pouvais plus tout assumer seul.

– Sur le plan juridique, tu pourrais peut-être demander conseil à ton p…

– Hors de question!

Je sursaute à la véhémence de sa protestation. D'accord, lui suggérer de s'adresser à son père n'était sans doute pas très judicieux d'après la façon dont s'est passée notre dernière entrevue. Je suis d'ailleurs la première à refuser de demander de l'aide à Jane. En même temps, si Mike est tellement retors, je doute que Joshua puisse s'en sortir sans avocat.

– OK, quelqu'un d'autre, alors. L'important, c'est de se débarrasser de lui.

– Je ne sais même pas s'il est coupable, pour la vidéo. Son attitude envers toi et les propos qu'il a tenus sont certainement louches. Pour le reste, personne dans l'entreprise ne m'a signalé de problèmes en dehors de Bridget, qui n'a pas de preuves tangibles.

– Ils n'osent peut-être pas.

– Mon bureau est ouvert à tout le monde.

– Mais il n'est pas loin de celui de Mike. Il peut voir qui te rend visite. Et j'imagine qu'il a le pouvoir de virer des employés…

– Oui, mais je le saurais.

– Maintenant, peut-être, parce que tu l'as à l'œil. Mais avant? Combien de personnes emploies-tu?

Il se frotte vigoureusement la nuque, comme s'il essayait de s'éclaircir les idées. Je me demande si je l'aide vraiment ou si je ne fais qu'ajouter à sa confusion. Au même moment, on frappe à la porte.

– Excuse-moi, fait Joshua en se levant.

Je me tasse dans le canapé.

J'aimerais tellement qu'on parte d'ici!

Enfourcher une moto, rouler vers le soleil couchant, puis embarquer pour une île où nous serions seuls au monde. Je sais bien que fuir les problèmes n'est pas une solution, mais là, nous commençons à cumuler.

– Les journalistes sont devant l'entreprise, annonce l'homme qui vient de frapper. M. Falcon s'apprête à faire une déclaration…

– Il n'en est pas question, rétorque Joshua. J'arrive immédiatement. Carrie, reste ici.

– Je n'interviendrai pas, promis.

Je suis néanmoins Joshua et son employé. La perspective de me planquer dans le studio dans un moment de crise me donnerait l'impression d'être une criminelle.

– Ne te montre pas à la presse, insiste Joshua.

– D'accord.

– Je préfère régler un problème à la fois.

Parce que je suis un problème, maintenant?

Je maîtrise un élan d'irritation subit. Joshua traverse une crise majeure avec son entreprise. Je n'aurais peut-être pas dû venir. Au final, je n'ai pas l'impression de m'être montrée d'un grand secours. Et ça ne m'a même pas remonté le moral. Peut-être devrais-je laisser Joshua régler ses problèmes tout seul pendant que je vais jouer de la guitare?

Une fois de plus, je suis perdue.

Pour moi, être en couple signifie affronter les problèmes ensemble. Mais j'en connais tellement peu sur la gestion d'entreprise que je ne vois pas ce que je peux apporter!

Si seulement nous avions notre propre appartement…

C'est sans doute la meilleure solution: gérer chacun de son côté la journée en ayant la possibilité de faire le point ensemble, le soir. Je sursaute quand une main se referme sur mon bras.

– Excusez-moi, je ne voulais pas vous faire peur.

L'employée qui vient de m'arrêter a la cinquantaine, les cheveux grisonnants et des pattes d'oie au coin des yeux qui dénotent un naturel optimiste. Elle a aussi l'air fatiguée: des cernes noirs marquent sa peau bistre et son chignon s'affaisse un peu. Son sourire est pourtant chaleureux.

– Je me présente: Bridget Juarez, chef comptable.

– Ah, enchantée. Joshua m'a beaucoup parlé de vous.

J'omets de préciser à quelle occasion j'ai entendu son nom pour la première fois. Avec le recul, je me sens plutôt ridicule. Le sourire de Bridget s'élargit.

– Venez avec moi. Avec toute cette agitation, vous serez mieux dans mon bureau.

Je me retourne vers Joshua, qui m'adresse un hochement de tête.

– Le bureau de Bridget donne sur l'entrée du bâtiment.

Autrement dit, je pourrai assister à la rencontre avec les journalistes sans être vue.

Bien joué.

J'effleure rapidement la main de Joshua, frustrée de ne pas pouvoir l'embrasser avant qu'il parte affronter le dragon. Mais après l'accueil que j'ai reçu à mon arrivée, je préfère faire profil bas. Tandis que Joshua descend l'escalier, je suis Bridget dans une partie du bâtiment que je n'ai pas encore explorée.

Les locaux de la comptabilité recèlent moins d'inventions fantaisistes que le reste du bâtiment. Ils sont aussi bien mieux rangés. Pas de posters fantaisistes, pas d'objets traînant au sol.

J'ai toujours trouvé que les lieux trop bien ordonnés avaient quelque chose de flippant. Ils n'ont pas l'air vivants.

Les employés assis derrière leurs ordinateurs portent des chemises blanches ou pastel, des jupes et des pantalons gris ou noirs. On dirait des uniformes. L'influence de Bridget, elle-même vêtue d'une jupe longue anthracite et d'un chemisier vert pâle? Ou est-ce que ça va de pair avec la profession? Ils m'adressent un signe de tête poli avant de retourner très vite à leur écran.

Ceci dit, leur indifférence est rafraîchissante.

Le bureau de Bridget, au bout du couloir, est rempli d'orchidées en pots. Certaines sont suspendues au plafond, d'autres s'alignent sur des étagères, le long des murs.

– Mon péché mignon, m'indique-t-elle avec un clin d'œil.

Quand je pense que j'arrive à faire crever même les cactus… Je m'approche de la baie vitrée. La marée de journalistes qui se pressent devant le bâtiment me donne le tournis.

Le jour où nous aurons le même succès avec Sun Juice…

La gestion des priorités dans l'information laisse rêveur. La colère me reprend.

Ils ne pourraient pas nous ficher la paix?

Bridget entrouvre la fenêtre. La rumeur qui monte jusqu'à nous est assourdissante. Mike, un micro à la main, tente d'imposer le silence avant de prendre la parole. Au moment où les conversations se taisent, Joshua lui arrache l'objet.

– M. Falcon n'a aucune qualité à s'exprimer au nom de l'entreprise, annonce-t-il. Il est mis à pied à partir d'aujourd'hui.

– Tu es devenu fou! proteste Mike en s'efforçant de récupérer son bien.

Les rumeurs reprennent de plus belle. Les journalistes s'adressent à Joshua, demandent quel est le problème avec Mike. Bridget s'est raidie derrière moi. Je suis tellement crispée que j'en ai mal au cou. Mike continue à protester, assez fort pour que sa voix porte dans le micro et couvre les questions des journalistes.

– Tu ne connais rien à la gestion d'entreprise! Tout ce qui t'intéresse, c'est de faire joujou avec tes inventions.

– Lâche ce micro, ordonne Joshua tandis que les journalistes prennent frénétiquement des notes.

– Tu n'es même pas capable de gérer ton image! Ta relation avec ta sœur en est un parfait exemple.

– Tout ce que tu diras pourra être retenu contre toi.

Le calme de Joshua m'impressionne. À sa place, j'aurais depuis longtemps utilisé le micro pour frapper sur la tête de Mike. Je cherche du regard quelque chose à lui lancer. Pas sûr qu'une orchidée fasse l'affaire. Et puis, j'ai promis de ne pas faire de vagues.

– Quel sale type! sifflé-je.

– Il a commis une erreur en perdant son sang-froid, commente Bridget. Sur ce point, Joshua a parfaitement raison.

Dehors, c'est le chaos. Mike continue d'insulter Joshua, lui reprochant pêle-mêle son immaturité, son incapacité à gérer une entreprise et ses mœurs, tandis que Joshua s'efforce de convaincre les journalistes de revenir un autre jour.

– Il n'y aura aucune autre déclaration aujourd'hui, annonce-t-il. Nos avocats se chargeront du dossier.

Mécontents de cette réponse, les journalistes se tournent vers Mike, trop heureux de continuer à baver sur le compte de son futur ex-patron. Joshua leur rappelle qu'il s'exprime en son propre nom, en aucun cas en celui de Shark Outdoors. Puis il bat en retraite dans le bâtiment, verrouillant la porte au nez de la presse et des trois employés entourant Mike. Bridget referme doucement la fenêtre.

– Nous aurons besoin d'un bon avocat.

– Pourquoi ? Mike est en tort, non ?

– Mais il connaît très bien les rouages.

– Et pas Joshua ?

– Joshua est un créatif. Nous admirons tous ce qu'il fait, ici. Un homme comme Mike aurait été incapable de donner à Shark l'aura qu'elle a atteinte aujourd'hui. C'est une entreprise unique... Mais Mike s'était arrogé la mainmise sur le côté administratif. Il a fait du bon travail, d'ailleurs. Toutefois, il est le seul à détenir certaines informations. Je le soupçonne d'avoir verrouillé le système. Son départ pourrait causer un véritable préjudice à l'entreprise.

Cette annonce me déprime. Tant que Joshua sera accaparé par les problèmes de sa boîte, notre relation n'ira pas bien loin. À côté, mes états d'âme au sujet de ma bourse ou de l'aventure Sun Juice me paraissent très futiles.

– Je vais voir ce qu'il se passe, dis-je à Bridget.

Elle m'accompagne jusqu'au hall d'entrée, dans lequel Joshua annonce que compte tenu des circonstances, les personnes présentes sur le site peuvent prendre leur après-midi. Une réunion de crise se tiendra demain. D'ici là, tout le monde est prié de ne faire aucune déclaration à la presse. Le bureau de Mike est mis sous scellés, le service informatique se chargera de récupérer les données de son ordinateur... Une fois de plus, je me sens de trop. Je suis en train de me demander comment sortir du bâtiment sans me faire repérer par les journalistes quand Joshua se dirige vers moi. Il m'entraîne à l'écart pour me parler tout bas :

– J'ai encore beaucoup de choses à régler.

– Je vois ça. Désolée...

– Je suis heureux que tu sois venue.

– Je n'ai pas fait grand-chose...

– Ta présence suffit à me remonter le moral. Mais tu risques de t'ennuyer cet après-midi. On se retrouve ce soir chez Orion?

– Tu pourras te libérer?

– J'ai besoin de me libérer. Et d'être avec toi.

Ma poitrine est délivrée d'un poids. Au milieu de toute cette agitation, il est bon de savoir que nous sommes toujours deux. Je souris:

– Alors à tout à l'heure.

– Bridget va te montrer une sortie plus discrète. J'ai hâte d'être à ce soir.

Il effleure brièvement mes lèvres des siennes. Le choc électrique renforce mon impatience de l'avoir pour moi seule. Il y a beaucoup trop de monde, ici, et beaucoup trop d'enjeux.

La première île déserte est-elle loin?

Personne ne me prête attention tandis que je suis Bridget à travers les couloirs. Agréable changement par rapport à la matinée. Au fond, la crise avec Mike présente au moins un avantage: le temps qu'on se souvienne de ma relation avec Joshua, ce sera déjà de l'histoire ancienne.

25

SOMEWHERE ONLY WE KNOW

J'ai séché les cours de l'après-midi. Étant donné mon expérience de ce matin, je préfère ne pas tenter le diable. J'ai également averti Tina que je passerais la nuit avec Joshua. Elle m'a approuvée : mieux vaut éviter Roth en attendant que l'orage passe. Elle a aussi offert de s'occuper de ma part de ménage.

Ça, c'est une vraie preuve d'amitié.

J'ai préparé un sac avec le minimum vital. Ma guitare me manque, mais ce n'est pas pratique de la transporter à moto. J'ai également averti Trevor de ce qui se passait, et que je manquerais les répétitions ce soir. Il m'a assurée de son soutien.

Ça en fait toujours un. Enfin quatre, si je compte les autres.

Jane m'a envoyé un message pour me demander comment ça allait. Visiblement, avec le recul, elle a digéré le fait que je forme un couple avec Joshua. En tout cas, d'après son message, elle veut « nous » revoir, donc je prends cela pour une approbation tacite.

Ça valait bien la peine d'en faire toute une histoire.

Quand je pense que je me suis bien pris la tête avec ça, au début de notre relation… Joshua avait raison de penser que nos parents finiraient par s'y faire. J'espère simplement qu'elle n'est pas allée regarder cette fichue vidéo. Ça risquerait d'instaurer un malaise à notre prochaine rencontre… J'ai renvoyé un bref « OK ». On verra un jour plus calme pour les détails. Un problème à la fois.

Je n'ai parlé à personne de mes démêlés avec mon référent, en revanche. J'ai besoin de faire une liste… Ou plutôt, d'en parler d'abord avec Joshua. Il ne m'a envoyé aucun message durant l'après-midi, mais j'imagine bien les difficultés auxquelles il doit faire face.

Je me demande s'il va se décider à faire appel à Andrew…

Pas que je porte celui-ci dans mon cœur, surtout après qu'il m'a plus ou moins traitée de fille indigne, mais il est quand même avocat d'affaires, il doit s'y connaître un minimum. Enfin, il n'est pas le seul non plus.

Je gare mon vélo devant le garage d'Orion avec un bon quart d'heure d'avance.

Impatiente, moi ? À peine.

Orion pose ses outils à ma vue et s'essuie les mains sur un chiffon taché de cambouis.

– Salut, Carrie. Ça va ?

– Pas trop mal.

Je ne dois pas sembler trop convaincue. Il pousse un gros soupir en jetant son chiffon.

– Je m'excuse pour l'attitude de ma sœur. Elle n'avait pas à faire circuler la vidéo sur le campus.

C'était donc bien elle ! Je le savais !

Si je la croise, je… je… En fait, il vaut mieux que je ne la croise pas. Me voyant scruter le garage, Orion me précise :

– Elle n'est pas ici. Je lui ai conseillé de faire profil bas quelque temps.

Je proteste mollement :

– Tu n'es pas responsable d'elle…

– Je ne lui ai pas appris à répandre des rumeurs sur les gens ! crache-t-il.

C'est la première fois que je le vois s'énerver. Je me demande ce que j'éprouverais si je surprenais César à raconter à ses camarades de classe qu'un des leurs entretient une liaison incestueuse avec sa demi-sœur.

Non, ce n'est pas son genre…

Enfin, Orion pensait peut-être aussi que ce n'était pas le genre de Licia. Je hausse les épaules.

– Ça va bien se tasser, à la longue. Je suis plus inquiète pour Shark.

– Comment ça s'est passé, exactement ?

Je lui relate les événements de la matinée tandis qu'il nous prépare un café. Joshua arrive au moment où je décris Mike crachant son venin devant les journalistes. Mon cœur se dilate dans ma poitrine à la vue de ses traits familiers tirés par la fatigue.

Je suis heureuse de le voir. Et j'aimerais pouvoir effacer les soucis de son visage.

– Incroyable, commente Orion en lui tendant un gobelet de café. Dire que tu avais invité ce type au mariage de ton père !

– Ne retourne pas le couteau dans la plaie, grogne-t-il.

Il avale d'un trait le liquide amer et brûlant. Quand je m'approche de lui, il passe un bras autour de ma taille et appuie son menton sur mon épaule. Je ressens son épuisement comme un manteau de plomb.

– J'ai passé l'après-midi à gérer la crise et je ne sais pas encore où ça nous mènera.

– Je connais quelques mecs qui pourraient lui régler son compte…

La réflexion me fait hausser un sourcil. Ça fait tellement cliché de gang ! Mais elle fait rire Joshua, alors je lui pardonne.

– Si je n'étais pas certain d'attirer l'attention de la police étant donné la médiatisation de l'affaire, je ne dirais pas non.

– Je suis sûre que ça te défoulerait, interviens-je. Mais tout de suite, je pense à un autre moyen.

– Ah oui, lequel ? murmure-t-il d'un ton suggestif.

– Je ne veux pas le savoir ! claironne Orion.

Joshua rit de nouveau. Un nœud se défait au creux de mon estomac. Je m'appuie contre lui en souriant. Au même instant, le téléphone d'Orion sonne. Je jurerais le voir rougir quand il vérifie qui l'appelle.

– Excusez-moi un instant.

Joshua et moi en profitons pour charger nos affaires sur la moto.

– Je suppose qu'il est inutile de te demander où nous allons ?

– Surprise, me confirme-t-il avec un clin d'œil.

– Je te fais confiance.

Ma déclaration est récompensée par un baiser. Pas d'électricité, cette fois : le contact est doux et léger, rempli d'une infinie tendresse. Mon cœur fond dans ma poitrine. J'y réponds avec toute la palette des sentiments qu'il éveille en moi : amour, désir, possessivité, désir de le protéger, complicité… Ses bras m'enlacent comme un refuge.

Elle est là, mon île déserte.

– Tu n'imagines pas à quel point je suis heureux que tu sois là.

– Malgré les problèmes ?

– Tu n'es pas un problème ! Notre couple ne devrait être un problème pour personne, d'ailleurs ! C'est juste un prétexte dont les autres se servent pour masquer leurs véritables motivations.

Maintenant qu'il le dit…

J'égrène mentalement : pour nos parents, la problématique familiale. Pour Mike, un conflit professionnel. Pour Licia, de la pure jalousie. Pour mes camarades d'université… Ils sont juste stupides. Je me frotte le nez contre son cou.

– Tu as raison.

– J'ai appelé Andrew, lâche-t-il soudain.

– Pardon ?

– Je suis toujours en colère contre lui par rapport à la façon dont il nous a traités. Mais refuser de lui parler, ce serait me montrer aussi obtus que lui. Je ne veux pas entrer dans ce jeu.

– Bravo. Qu'est-ce qu'il a dit ?

– Que nous devions nous voir. J'ai rendez-vous avec lui demain.

– Je suis fière de toi, dis-je en lui caressant la nuque.

– Mmm. Nous verrons bien ce que ça donne.

– J'espère au moins que ça débouchera sur des résultats positifs pour Shark. Vous avez récupéré les affaires de Mike ?

– Oui, mais une partie des données sont cryptées, commente Joshua, désabusé. Allez, assez parlé de ça. Ce soir, je ne veux penser qu'à toi.

Il sort son téléphone portable de sa poche. Une centaine de notifications s'affichent sur l'écran. Sans prendre la peine de les ouvrir, il éteint l'appareil. Je le regarde, bouche bée :

– Mais… S'il y avait des trucs urgents ?

Joshua prend mes deux mains dans les siennes.

– Je me suis occupé de tout ce qui était urgent cet après-midi. Là, j'ai besoin de faire une pause, sinon je vais devenir cinglé.

– Heureux de l'entendre dire, commente Orion en revenant vers nous. Depuis le temps que je te le répète…

Il me regarde avec un sourire en coin avant d'ajouter :

– Mais je suppose que Carrie dispose d'arguments que je n'ai pas.

– Très drôle, commente Joshua. Sur ce, il se fait tard. On te revoit demain matin, OK ?

– Profitez-en, les amoureux.

Il peut compter sur nous.

Joshua enfourche sa moto, je monte derrière lui et, comme dans mes rêves, nous nous dirigeons vers le soleil couchant.

***

La moto file à travers la nuit. L'air est encore doux en ce début du mois de décembre, chargé de senteurs de pin et de brise marine. Blottie contre Joshua, je savoure l'impression de laisser nos ennuis derrière nous. Nous contournons le campus de Stanford, puis, au lieu de poursuivre sur l'autoroute, nous empruntons une route qui serpente à flanc de colline. À mesure que nous nous éloignons de Palo Alto, les étoiles deviennent plus brillantes. Les champs cultivés alternent avec les lotissements de luxe. Nous laissons la civilisation derrière nous quand nous traversons une épaisse forêt de séquoias, l'arbre emblématique de la Californie. L'atmosphère devient plus fraîche. Je me serre davantage contre Joshua, regrettant de ne pas avoir emporté de pull plus chaud.

Ou m'emmène-t-il ?

Je doute que nous trouvions un hôtel dans le coin. Le phare de la moto éclaire un panneau sur le bord de la route.

« La Honda Creek Open Space Preserve ».

Une réserve naturelle ? Au moins, ça nous dépaysera. Je n'ai pas mis les pieds hors de la ville depuis mon arrivée à Stanford, en juillet. L'air pur chatouille délicieusement mes poumons. J'ai l'impression de revivre ! C'est l'idéal pour se vider la tête.

La pluie commence à tomber au moment où Joshua gare la moto devant un chalet en bois rouge blotti au milieu des arbres. Il sort de sa poche une télécommande ; deux lanternes s'allument sur la façade. Avec quelques décorations en forme de sucre d'orge en prime, je me croirais presque devant la maison en pain d'épice des contes de fées. Joshua tapote sur mon casque pour me tirer de ma contemplation béate.

– Rentre avant d'être trempée.

Je descends à mon tour de la moto et cours derrière lui pour me mettre à l'abri. La porte s'ouvre en grinçant. Une bouffée d'air citronné parvient à mes narines. Plusieurs vestes sont accrochées aux patères de l'entrée, au-dessus d'une rangée de paires de bottes. Cet endroit est visiblement une résidence secondaire. Je demande, curieuse :

– À qui appartient le chalet ?

– À la famille d'Orion.

Sérieusement ?

Étant donné l'attitude d'Andrew et le métier d'Orion, j'avais supposé qu'il s'agissait d'une famille plutôt modeste. Or, si cet endroit n'a rien d'un palace, il est quand même grand et bien entretenu. Une vraie maison de famille.

– Et il te le prête comme ça ?

– Il y a tout le temps du monde, ici. Son père a trois frères, si tu comptes tous les cousins, sa famille dépasse les trente personnes, donc le chalet est occupé par roulements. N'importe qui peut venir quand c'est libre. En hiver, en général, il y a plus de créneaux. J'ai ma propre clé depuis que j'ai 16 ans.

Je hoche la tête.

– Décidément, c'est un ami précieux.

Je n'oublie pas non plus qu'il a été le premier à approuver ouvertement et sans réserve le couple que nous formons. Joshua me presse la main :

– C'est vrai. Heureusement qu'il existe aussi des gens bien.

Nous suspendons nos tenues de moto par-dessus les vestes avant de rejoindre le salon, un ensemble de meubles bas groupés autour de la cheminée. Sur le côté, une immense baie vitrée doit offrir une vue magnifique, de jour. Au fond, séparée par un bar en pin massif, une cuisine à l'américaine offre tout le confort moderne.

J'espère que le garde-manger est rempli !

Je meurs de faim et nous n'avons pas fait de courses en route. Joshua ouvre un placard.

– Thé, café, chocolat ?

Je me blottis dans un grand fauteuil recouvert d'un plaid en laine. Une boisson chaude me paraît soudain un avant-goût du paradis. Je demande, incrédule :

– Tu as du lait ?

– Il y a quelqu'un ici quasiment chaque week-end. Les stocks sont toujours approvisionnés.

J'adore cet endroit !

– Bon, alors chocolat.

– Tes désirs sont des ordres, répond-il avec un clin d'œil.

Malgré la chaleur du plaid, je n'arrive pas à me réchauffer. La cheminée vide me nargue. Je demande à Joshua :

– On peut faire du feu ?

– Tu trouveras tout ce qu'il faut à côté de la cheminée, m'indique-t-il en ajoutant une grande cuillerée de chocolat en poudre dans la tasse qu'il vient de remplir.

Je m'extirpe à regret de mon plaid pour aller voir. Papier, petit bois, bûchettes… J'ai vite fait d'allumer une bonne flambée. Je m'assieds en tailleur devant le foyer, soupirant de bien-être.

Dire que ce matin je traversais le campus sous les remarques désobligeantes avant d'affronter l'enfer de Shark…

– Tu as eu une excellente idée de venir ici, dis-je à Joshua qui revient avec mon chocolat.

– J'y viens souvent quand j'ai besoin de me ressourcer. La porte est toujours ouverte. J'avais quoi, 7 ans, à ma première visite ? Je rêvais d'y passer mes étés avec toute la tribu !

Il se laisse tomber à côté de moi sur le tapis devant la cheminée. Les flammes font danser des ombres mystérieuses sur son visage.

Un nouveau frisson, agréable celui-ci, me parcourt le dos. J'enroule mes doigts autour du mug chaud en soupirant de bonheur. Je comprends pourquoi Joshua aime cet endroit !

– Et ce n'était pas possible ?

– Mon père tenait à ce que je fréquente des camps d'été où j'apprendrais des choses utiles… et où je fréquenterais des gens convenables.

Son ton indique clairement qu'il ne partage pas l'opinion d'Andrew au sujet de ce qui est « utile » et « convenable ». Je grimace :

– Ah. C'est pas cool.

– Oh, ce n'était pas le bagne non plus, reconnaît-il. Certains étaient même plutôt sympas. Mais un peu trop encadrés à mon goût.

La fossette qui lui creuse la joue me rappelle qu'il n'a jamais été partisan des sentiers tout tracés. Je ne peux m'empêcher de sourire en retour. Ce côté rebelle m'a fait craquer dès le premier jour.

– Bois avant que ton chocolat ne refroidisse, me conseille-t-il.

Je prends une gorgée. J'ignore si Joshua a utilisé une marque spéciale ou si c'est le cadre qui me donne cette impression, mais je n'en ai jamais goûté de meilleur. À mon tour, j'évoque mes souvenirs d'adolescente :

– Je suis toujours partie en vacances avec mon père. Même quand nous vivions aux États-Unis, nous revenions passer l'été en France, chez mes grands-parents paternels. Ils ont une maison en forêt de Fontainebleau, avec des lapins, des poules, un chien… C'est très sympa, très tranquille et… assez répétitif. Quand je vais là-bas, j'ai l'impression que rien ne change, comme s'ils vivaient hors du temps.

Rien que d'en parler, j'ai l'impression de sentir l'odeur de l'herbe coupée, celle de la lessive en train de sécher au soleil ou celle du pain frais, le matin. Je me frotte le nez. Joshua aura-t-il un jour l'occasion de visiter Les Colchiques ? Si nous restons ensemble… Puisque nous allons rester ensemble…

Bon, j'ai encore du mal à intégrer « pour toujours » dans « amour » mais j'y travaille.

Bref, dans l'avenir il faudra que je le présente à mon père Étienne, une fois que celui-ci sera remis de son épisode « tu as tellement déçu ta mère ». Je dois pouvoir compter sur Cécile pour lui remettre les idées en place. Elle a déjà bien calmé le jeu depuis la dernière crise. Ma publicité éhontée pour la Californie commence à porter ses fruits. César rêve d'apprendre à surfer. D'ici peu, ils se résoudront à prendre l'avion pour venir me rendre visite. En février, peut-être ? Il fait beau et chaud, en Californie, quand la France gèle… Et puis, une fois qu'ils connaîtront Joshua, tout se passera bien.

– À quoi rêves-tu ? demande Joshua en laissant glisser une de mes mèches orange entre ses doigts.

– À toi.

– Bonne réponse, commente-t-il en se penchant pour m'embrasser.

La chaleur de notre baiser répond à celle du feu de bois, dans la cheminée.

26

TROIS MOTS UNIQUES

En plus de placards bien garnis, d'une fabuleuse cheminée et d'une salle avec home cinéma et un assortiment complet de consoles de jeux, le « chalet » dispose d'une demi-douzaine de chambres. Nous nous sommes octroyé celle sous les toits, perchée dans les arbres. On dirait une arche au milieu de la canopée… Et en plein milieu de la nuit, le déluge nous tombe dessus. Je viens à peine de m'endormir quand le fracas de la pluie sur le bardage me réveille. Au moment où je me redresse sur un coude, un éclair illumine la pièce comme en plein jour. Le coup de tonnerre, immédiatement après, me fait sursauter.

– C'est juste un orage, commente Joshua en passant un bras autour de moi. Il y en a souvent, dans le coin.

– Il n'est pas passé loin, dis-je, nerveuse, au moment où un nouvel éclair zèbre la nuit.

À la réflexion, dormir sous les toits n'était pas forcément une bonne idée.

Joshua m'attire contre lui. Son corps nu m'enveloppe de sa chaleur. Je m'y blottis avec la sensation irrationnelle qu'ainsi, rien ne peut nous arriver.

– Veux-tu changer de pièce, si le bruit t'empêche de dormir? propose-t-il.

– Ça va aller.

Mais l'orage se renforce. Le vent hurle autour des murs, les branches des arbres gémissent et giflent le toit, de véritables trombes d'eau se déversent du ciel. Les éclairs se succèdent à un rythme infernal tandis que le tonnerre fait trembler les vitres. J'hésite entre admirer le spectacle et m'inquiéter de ses conséquences.

– Tu as peur? s'amuse Joshua, qui tente de me distraire en promenant ses doigts sur mon corps.

– Il n'y a pas de risque d'inondation, dans le coin?

Il me chatouille la taille en riant.

– Nous sommes sur une hauteur.

Je me tortille pour lui échapper. Ma voix monte dans les aigus.

– Et si la foudre tombe sur la maison?

– Elle touchera d'abord les arbres plus hauts, me raisonne-t-il.

Je riposte en tentant d'écarter sa main de ma cuisse:

– Elle peut aussi y mettre le feu.

Ma réflexion le fait rire. Ses lèvres suivent la courbe de mon épaule tandis qu'il promet:

– Carrie, il n'y a rien à craindre.

Au même instant, un coup de tonnerre plus fort que les autres fait trembler les vitres. Le radioréveil posé sur ma table de chevet s'éteint subitement. Ma voix vacille:

– Je crois que l'électricité a sauté…

– Classique, commente Joshua, blasé. J'irai remettre les plombs quand l'orage sera fini.

– Et le réfrigérateur?

– Il n'y a qu'une bouteille de lait dedans, me rassure-t-il en m'embrassant juste sous l'oreille.

Il faut lui reconnaître une chose: il est très doué pour la distraction.

Sa chaleur est si agréable qu'elle me dissuade de me lever pour vérifier si tout va bien. D'autant que le tracé de ses doigts se fait de plus en plus audacieux.

Quand je disais que notre relation est électrique…

Je me retourne entre ses bras pour l'embrasser.

– Je n'ai jamais fait l'amour durant un orage.

– Vraiment? Il faut réparer ça, alors.

Toute préoccupation au sujet de l'orage s'efface de mon esprit au moment où sa langue effleure la mienne. Nous sommes coupés du monde et tout ce que je demande à cet instant, c'est de l'avoir entièrement à moi.

***

La décontraction de Joshua s'efface le lendemain matin, quand nous descendons de notre perchoir pour estimer les dégâts. Non seulement la coupure électrique est générale, mais en plus, des arbres ont chuté en travers de la route, rendant celle-ci impraticable. Pour couronner le tout, les communications téléphoniques ne passent pas.

– C'est ce qui fait le charme de l'endroit, en principe, commente Joshua. Mais c'est la première fois que la route est coupée. Merde !

Un soleil radieux a remplacé les nuages de la nuit. Il inonde le séjour dans lequel Joshua fait les cent pas comme un lion en cage.

– J'avais rendez-vous avec Andrew. Et la réunion de la cellule de crise ! J'imagine d'ici la réaction de la presse si je disparais en pleine tourmente…

Je pose une main sur son bras pour l'arrêter.

– Orion sait où nous sommes. Il préviendra les secours.

– Tu as vu ce qui est à terre ? Ils en ont pour des heures !

Je déteste le voir déstabilisé.

Je tire sur son bras pour l'obliger à s'asseoir à côté de moi. Il m'attire aussitôt sur ses genoux et niche son menton au creux de mon épaule.

– On n'y peut rien, de toute façon.

– J'ai horreur de devoir attendre sans rien faire.

– Alors mettons ce contretemps à profit.

Je ris en sentant sa main remonter sur mon ventre en direction de mes seins.

– Je ne pensais pas à ça !

– Ah non ? Moi si.

J'écarte sa main à contrecœur. Mon corps, ce traître, n'aurait rien lui non plus contre un nouveau round, mais nous avons tellement manqué d'occasions de parler franchement que je ne peux pas laisser échapper celle-ci.

– Nous n'avons jamais pris le temps de mettre notre relation à plat.

Joshua retire aussitôt sa main et recule contre le dossier du canapé, sourcils froncés.

– Qu'est-ce que tu entends par « mettre à plat »?

Je perçois l'inquiétude dans sa voix et m'empresse de clarifier ma pensée:

– Eh bien, avoir un plan d'attaque. Savoir ce qu'on va dire à la presse, à la famille, comment nous allons gérer notre relation au quotidien, où nous allons vivre, ce que nous ferons dans un an…

Il se détend aussitôt. Sa main se pose de nouveau sur ma hanche tandis qu'il me taquine:

– Tu adores les plans, non?

– Pas toi?

Touché.

Les plans sont essentiels! Aucun général n'a jamais gagné de bataille sans plan. Je me défends vaillamment:

– J'ai davantage tendance à surfer sur la vague.

Je me trémousse sur ses genoux pour m'installer plus confortablement.

Impossible de discuter sérieusement dans cette position.

Je me relève donc pour prendre un bloc-notes et un crayon sur le bar.

– Oh, une liste? se moque Joshua.

– Un plan.

Je pointe mon crayon dans sa direction:

– Je crois à l'utilité des plans, même quand on ne les suit pas.

La preuve, mon plan initial pour cette année universitaire a du plomb dans l'aile. Mais sans lui, je ne serais pas là!

– Bon, alors point numéro un: débarrassons-nous de cette histoire d'inceste.

– C'est notre vie privée! proteste Joshua. Nous n'avons pas à nous justifier.

– Peut-être, mais tout le monde en parle quand même.

– Et qu'est-ce que tu proposes de faire contre ça?

– L'amour.

Il me regarde gribouiller des petits cœurs sur le bloc-notes, l'air de se demander si je n'ai pas perdu l'esprit.

– Je ne te suis pas.

– Tout le monde adore les histoires d'amour.

– Ça ne crève pas les yeux dans notre cas.

– Parce que tout le monde parle d'une « relation ». Mais fais une déclaration comme quoi c'était le coup de foudre, l'amour fou, un sentiment irrésistible et tout le monde sera de notre côté. Le public adore les histoires d'amour. Du coup, le côté « amour interdit » passe de « tare sociale » à « tellement romantique ».

Joshua se laisse aller dans le canapé, bras croisés derrière la tête, un grand sourire ironique aux lèvres.

– Je crois que tu te fais des illusions…

– Qu'est-ce qu'on perd à essayer? À moins que tu ne refuses de dire que tu m'aimes à la folie…

Joshua m'attire brusquement à lui. Le bloc-notes tombe par terre tandis qu'il m'embrasse à m'en faire tourner la tête.

– Je n'ai aucun problème à affirmer devant le monde entier que tu es l'amour de ma vie, déclare-t-il tandis que je m'efforce de retrouver le fil de mes réflexions. Mais toi?

– Ça me va.

– Waouh, quelle déclaration passionnée! ironise-t-il.

Sous la moquerie, je perçois une intonation blessée. Je pose la tête sur son épaule pour lui dissimuler mon visage. Il a raison sur le fond mais nous discutons affaires en ce moment, pas sentiments. Je plaisante à mon tour:

– J'essaie de réfléchir, là. Mais je pourrai sortir mon violon pour les journalistes, si tu veux.

– Tu ne me l'as jamais dit, à moi, objecte Joshua.

La tension est nettement perceptible dans les muscles de son épaule. Je redresse la tête.

De quoi parle-t-il? Qu'est-ce que je n'ai pas dit?

– Quoi? Si, je t'ai dit que tu étais l'homme de ma vie!

– Et que tu avais eu le coup de foudre pour moi? Que tu m'aimes?

Cette conversation est en train de déraper.

Comment peut-il douter de mes sentiments ? J'ai loupé quelque chose, manifestement ! Je pensais pourtant que nous étions d'accord sur ce point essentiel. Un cri du cœur m'échappe :

– Bien sûr, je t'aime !

Ses mains se posent sur mes joues. Ce contact me donne envie de ronronner. Ses prunelles sombres plongent dans les miennes.

– Redis-le, ordonne-t-il.

Son sourire se veut joueur, mais j'y décèle une vulnérabilité qui me touche au cœur. Je répète, doucement :

– Je t'aime.

Il m'embrasse avec une telle fièvre que je me demande encore une fois s'il en doutait. Je lui rends son baiser avec toute la force de mes sentiments.

J'aurais dû le lui dire plus tôt.

En même temps, il a toujours l'air tellement sûr de lui que j'ai supposé qu'il le tenait pour acquis. Quand il me laisse enfin respirer, je lance :

– Tu vois que cette conversation a du bon.

– Je suis tout ouïe, répond-il avec un grand sourire, tout en se rasseyant plus confortablement dans le canapé.

Mon attention dérive du côté de la braguette de son jean, tendue par une érection naissante. Le souvenir de la nuit passée fait naître sur ma peau des frissons électriques.

Ne suis-je pas en train de surestimer la valeur de la conversation ?

Je m'administre une claque mentale pour m'obliger à me concentrer. Après avoir ramassé le bloc-notes par terre, je trace un grand 2 sur la feuille suivante.

– Alors euh… L'université. Je ne sais pas si je vais finir l'année.

– Pourquoi ?

Je raconte à Joshua l'incident de la veille et la menace à peine voilée de Jonathan Wells au sujet de ma bourse.

– Alors deux solutions, dis-je en traçant deux petites étoiles sur ma feuille. Ou je travaille comme une malade et je lui fais rentrer ses critiques dans la gorge. Ou je laisse tomber.

– Et Sun Juice ?

– Si je continue avec eux, la première solution ne me paraît pas envisageable. Or, si je poursuis l'université, je suis censée reprendre mon cursus en France à la fin de l'année. Avec Sun Juice, en revanche, je peux prolonger mon séjour au-delà… S'ils m'acceptent définitivement et si le groupe a les reins assez solides pour passer professionnel.

– L'université, c'est la sécurité, si je comprends bien, commente Joshua.

Je hoche la tête. Si je termine mon cursus, je suis raisonnablement sûre de trouver du boulot à la fin. C'était le plan. Seulement là, c'est un nouveau plan que je tiens entre les mains.

– Tout bien réfléchi, la sécurité, c'est plutôt chiant.

– Totalement d'accord.

Nous nous regardons en riant. Je ne résiste pas à la tentation de le charrier :

– Tu ne diras peut-être pas la même chose quand je me retrouverai à la rue parce que le groupe ne veut plus de moi. Ou que je partirai des semaines en tournée.

– Quoi qu'il arrive, tu auras toujours mon soutien.

Ça, c'est du sérieux, en revanche. Je gribouille des fleurs autour de la seconde étoile. Laisser tomber le plan initial me fait toujours peur, mais Joshua a raison : tant que nous sommes là l'un pour l'autre, le reste relève du détail. Il poursuit :

– Tu sais, quand j'ai monté Shark, je ne savais même pas si l'entreprise survivrait au-delà de la première année. Même si au bout du compte ça doit se casser la figure, je ne le regretterai jamais. J'ai créé ce que je voulais, ce pourquoi j'étais fait. Le cas échéant, je recommencerai. Enfin, je choisirai sans doute mieux mon directeur général, la prochaine fois.

– Je suis sûre que Mike t'en veut personnellement.

Joshua me lâche pour se laisser aller contre le dossier du canapé. Dans son énervement, il commence à parler avec les mains.

C'est mignon !

– Mais pourquoi ? Je ne le connaissais pas avant de l'engager et nous avons travaillé en parfaite harmonie durant deux ans. Pourquoi a-t-il soudain pété les plombs ?

– Bridget pense qu'il préparait son coup depuis un moment. Ce n'est pas si subit. En tout cas, il t'a personnellement pris à partie devant les caméras, y compris sur ta vie privée.

– On verra ce que donne l'enquête interne, conclut Joshua. Et ce qu'en pense Andrew.

Je ne peux m'empêcher de rebondir au sujet d'Andrew. Après tout, je suis bien placée pour savoir ce que ça fait d'être brouillé avec l'un de ses parents.

– C'est bien que tu l'aies appelé.

– Ouais, acquiesce-t-il avec une moue dubitative. Je réserve mon diagnostic jusqu'à notre entretien, quand même. Surtout qu'à cause de cet orage, je vais le manquer. Mon père est très psychorigide.

– Mais c'est un bon avocat.

– L'un va sans doute avec l'autre…

Nous ricanons comme deux adolescents. Joshua me caresse la joue.

– Nous ne serons jamais comme eux.

– Non…

Il aura fallu que je le rencontre pour m'en convaincre.

Si ma route n'avait pas croisé la sienne, j'aurais laissé ma rancœur envers Jane diriger mes actions. Jamais je ne me serais embarquée avec Sun Juice… Et j'aurais eu tort. Joshua m'a appris à prendre des risques, à me fier à mes propres envies sans me soucier de ce qu'en pensent les autres. Son pouce suit le tracé de ma lèvre inférieure.

– Les secours vont mettre du temps.

– Combien ?

– Je l'ignore. En tout cas, il serait imprudent de s'aventurer dehors avec tous ces arbres tombés.

– Alors il va falloir trouver de quoi nous occuper.

Après la nuit que nous avons passée, nous pourrions nous croire rassasiés sur le plan sexuel, mais le contact de ses doigts allume de nouvelles étincelles au creux de mon ventre.

– On remonte ? suggère-t-il.

Je le suis sans hésiter.

À la lumière du jour, notre perchoir est plus impressionnant encore. Je m'arrête devant l'une des larges baies vitrées pour admirer la forêt automnale. Lavé par l'orage, le paysage arbore des couleurs vives. Aucun son ne trouble le silence. La chambre nage par-dessus un océan de verdure, comme une arche ayant survécu au déluge, rien que pour nous. Je sursaute quand un geai bleu file comme une flèche juste sous mon nez. Il évite la vitre de justesse. Joshua m'entoure de ses bras pour me bercer contre lui.

– Ça te plaît ?

– C'est tellement calme !

– Parce que nous sommes seuls. Je te garantis que lorsque toute la famille est réunie, il y a de l'ambiance ! plaisante-t-il.

– J'aime l'impression que nous sommes seuls au monde.

– Alors il faudra acheter notre propre chalet au fond des bois.

– Carrément ? Nous n'avons même pas encore d'appartement !

– Nous aurons tout à la fois.

Joshua pose ses lèvres dans mon cou comme pour sceller sa promesse. Je penche la tête sur le côté pour m'offrir à sa caresse. Ses mains remontent jusqu'à ma poitrine. Je n'ai pas pris le temps de m'habiller correctement ce matin, dans ma hâte à aller constater les dégâts. Mon soutien-gorge est resté sur le dos du fauteuil, de sorte que mes seins remplissent ses paumes sans obstacle. Je me cambre contre lui tandis qu'il me caresse.

– Tu es la première femme que j'amène ici, murmure-t-il à mon oreille.

L'aveu fait fleurir quelque chose de doux et chaud dans ma poitrine.

Emmener sa petite amie sur les lieux de son enfance, c'est presque comme une présentation à la famille, non ?

Pour la présentation à la famille, ç'a été un peu particulier, alors ce substitut me convient parfaitement. Le soleil matinal nous baigne d'une lueur dorée, presque surréaliste. J'ai soudain hâte de contempler Joshua à sa lumière. Je me retourne vers lui et j'attrape le bas de son T-shirt pour le lui retirer. Il m'attire à lui, peau contre peau.

C'est délicieux.

Je pourrais rester ainsi toute ma vie. Mais Joshua a d'autres idées en tête. Il glisse les doigts dans ma ceinture pour faire glisser mon pantalon. J'attrape la sienne et nous bataillons quelques secondes pour savoir qui verra l'autre nu le premier. Nos vêtements rejoignent le sol presque en même temps. La fraîcheur de l'air me fait frissonner. Joshua caresse mon bras hérissé de chair de poule.

– As-tu besoin que je te réchauffe ?

– Tous les prétextes sont bons…

– Comme si tu allais t'en plaindre !

Il attrape la couette pour la tirer sur nous. Nous nous blottissons l'un contre l'autre comme nous l'avons déjà fait cette nuit.

– Redis-le…, demande Joshua, ses doigts allant et venant le long de mon dos.

– Quoi ?

– Redis-le.

Je soupire, retenant un fou rire nerveux.

– Je t'aime, même si tu es parfois très agaçant.

– Tu n'as pas l'habitude de dire je t'aime ?

Maintenant qu'il le dit…

Mon père n'est pas du genre à étaler ses sentiments : les actes plus que les mots, telle est sa devise. Et la mienne, d'ailleurs.

Raison pour laquelle j'ai eu tant de mal à croire à l'amour de Jane alors qu'elle m'abandonnait sans cesse.

J'avoue en me lovant contre lui :

– Tu es le premier à qui je le dis.

– Tu ne le regretteras pas, promet-il en m'attirant plus près, nos jambes entremêlées.

Son sexe déjà dur frotte sur la peau tendre de ma cuisse. Mes seins se tendent en réponse, appelant les caresses. Pourtant, je ne suis pas pressée de passer à l'action. Après la nuit mouvementée que nous avons passée, j'ai envie de tendresse. Il embrasse ma tempe, puis mon épaule, avec une douceur touchante. Peu à peu, il repousse la couette pour dévoiler mon corps, et surtout le sien que je ne me prive pas d'admirer.

Il est à moi.

À moi en échange de mon cœur, certes, mais je crois que dans cette transaction, je suis quand même gagnante. Mes doigts papillonnent sur sa peau : sur ses bras, ses épaules, sa nuque. Et je répète, sans qu'il ait besoin de me le demander, cette fois :

– Je t'aime.

Joshua pousse un soupir qui ressemble presque à un ronronnement.

– Tu devrais en faire une chanson. Je me la passerais tous les soirs pour m'endormir.

Je pose une main sur sa hanche, puis laisse mes doigts filer plus bas. La peau, sur son sexe dressé, est fine, chaude et infiniment douce.

– Pour t'endormir, vraiment ?

– Peut-être pas tout de suite, reconnaît-il, frémissant.

Il se penche vers moi pour m'embrasser. Le premier contact est à peine un souffle, mais il m'électrise de la tête aux pieds.

Cessera-t-il un jour de me faire cet effet ? Je crois que non.

Mes doigts se figent autour de son sexe tandis qu'il prend la direction des opérations. Ses lèvres appuient sur les miennes pour les entrouvrir et permettre à sa langue de se glisser à l'intérieur. Je gémis en me serrant plus fort contre lui, mes seins pressés contre son torse. Sa main libre se pose sur mes reins, suit la courbe de mes fesses comme s'il la connaissait par cœur.

C'est peut-être le cas…

J'appuie mon front contre son épaule. Un filet d'air chaud nous parvient par la fenêtre entrouverte, qui sent la terre mouillée, avec un arrière-goût piquant qui rappelle la foudre de cette nuit. La main de Joshua remonte lentement dans mon dos, chaude et assurée. Je fais remarquer, les yeux clos :

– C'est la première fois que nous dormons dans une vraie maison.

– Tu préfères ça à l'hôtel ?

– Je n'ai rien contre le luxe, mais… l'hôtel a un côté « relation de passage ». Au contraire, même si nous ne sommes pas chez nous, cet endroit a une histoire. C'est un peu plus chaleureux qu'une chambre anonyme.

Sa main marque un temps d'arrêt. Puis elle reprend son délicieux ballet, insistant sur des points sensibles que j'ignorais posséder. Je me cambre en gémissant quand ses doigts trouvent la fossette au creux de mes reins. Mon genou vient s'appuyer contre sa hanche pour ouvrir davantage mes cuisses.

– C'est vrai, affirme Joshua en me regardant dans les yeux. Notre relation est aussi solide que les fondations de cette maison. Et bientôt nous aurons la nôtre. Encore plus belle.

Je ne peux m'empêcher de rire devant cette manifestation de son esprit de compétition. Il tente de me faire taire en appuyant ses lèvres contre mon cou, à un endroit si sensible qu'il coupe toutes mes capacités de réflexion. Je proteste sans grande conviction :

– Tu me chatouilles !

Pour toute réponse, il appuie ma tête au creux de son bras de façon à pouvoir passer sa main sur ma poitrine. Je pousse un cri quand il pince délicatement mon téton droit entre son pouce et son index. La décharge électrique fuse droit entre mes jambes.

Soit il est diaboliquement doué, soit il existe entre nous une énergie particulière. Sans doute les deux.

Je tends une main pour pouvoir le toucher, moi aussi, mais il retient mon poignet. Le relevant au-dessus de ma tête, il se penche sur mes seins. Quand il referme la bouche sur la pointe dressée du gauche, j'oublie de respirer.

Il est mon oxygène et ma lumière : je n'ai besoin de rien d'autre que lui.

Mon excitation s'intensifie tandis que Joshua lèche et suce mes tétons. Les doigts de sa main libre glissent le long de ma hanche pour s'y diriger. Je me tortille sous sa poigne, avide de sentir sa chaleur soulager mon désir.

– Arrête. Viens.

Il rit ; son souffle chaud caresse la pointe dressée de mes seins.

– Il faudrait savoir.

Je n'ai pas envie de me disputer ou d'argumenter. Nos petits jeux m'amusent d'ordinaire, mais aujourd'hui, je ne veux que de la tendresse. Une main dans ses cheveux, je les repousse doucement en arrière.

– Je veux te sentir sur moi, contre moi, en moi.

Nos regards se croisent dans la lumière dorée. J'ignore si la vulnérabilité que je lis dans le sien reflète ce qu'il lit dans le mien. Peu importe. J'accepte le risque. Je prends tout ce qui va avec cette relation, les instants où j'ai l'impression que mon cœur va exploser de bonheur comme ceux où le monde entier semble se liguer contre nous. Joshua remonte d'un cran pour embrasser mes lèvres. Sa bouche se pose sur la mienne, chaude, encore humide des caresses qu'il vient de prodiguer à mes seins. Ses mains enveloppent mes hanches et son sexe vient se loger entre mes cuisses.

– Attends.

Je grogne tandis qu'il se penche pour attraper la boîte de préservatifs sur la table de chevet.

– Puisque nous sommes officiellement ensemble, on pourrait peut-être se passer de ces trucs ?

– Entièrement d'accord, approuve Joshua en posant un baiser sur le bout de mon nez. Je prendrai rendez-vous pour un test dès que possible.

– J'irai avec toi.

Tandis que je le regarde ouvrir l'emballage, une pensée surgit :

– En fait, je n'ai jamais fait l'amour sans préservatif. Et toi ?

Il s'immobilise, l'emballage à la main. Retournant le carré entre ses doigts, il m'adresse un sourire qui fait battre mon cœur plus vite.

– Moi non plus. Ce sera notre première fois « sans » à tous les deux.

– J'ai hâte.

– On devrait en faire une occasion spéciale.

Hum.

Je regarde Joshua dérouler le fin latex sur son érection en rêvant au moment où je pourrai la sentir en moi sans barrière.

– L'occasion spéciale, ça pourrait être notre première nuit dans notre nouvelle maison ?

– Tu y tiens vraiment ! remarque-t-il en riant.

– Je tiens à passer du temps avec toi. Même seulement pour dormir.

– Dormir ? demande-t-il en soufflant sur la pointe d'un de mes seins. Tu as envie de dormir, maintenant ?

Appuyant sur ses épaules, je le renverse à plat dos. Il me laisse faire en riant.

– Je vais te montrer ce dont j'ai envie.

Une cuisse de chaque côté de son bassin, je frotte lentement mon sexe trempé contre le sien. Il referme les mains autour de ma taille et lâche d'une voix tremblante :

– Tu ressembles à un ange, avec cette lumière.

Les rayons du soleil me chauffent le dos ; ma silhouette se découpe en noir contre les lambris, nimbée d'une aura dorée. Le visage de Joshua, sous moi, est plongé dans l'ombre, mais les éclats pailletés dans ses iris scintillent. Je retiens ma respiration.

Peut-il exister un moment plus parfait que celui-ci ?

Je soulève mon bassin de quelques centimètres pour guider le sexe de Joshua en moi ; il s'enfonce si facilement qu'un frisson électrique me parcourt de la tête aux pieds. Il pose ses mains sur mes hanches pour me stabiliser.

Là, c'est plus que parfait.

Le vent agite les branches des arbres, dehors, et les ombres s'animent dans la chambre, donnent à la lumière une teinte surnaturelle. Notre odeur imprègne encore les draps, mêlée à celle des lambris de sapin. J'inspire à fond avant de commencer à bouger.

Je ne sais pas si la nuit m'a rendue hypersensible, si l'air est encore chargé d'électricité ou si c'est l'intensité du moment, mais le moindre frôlement suffit à déclencher une puissante vague de plaisir. Joshua se cambre sous moi ; j'ouvre davantage les cuisses pour l'accueillir le plus profondément possible. Il renverse la tête en arrière et gémit. Mes mains viennent se poser en arrière, vers ses genoux, pour me permettre de basculer le bassin vers l'avant. Mes cheveux longs chatouillent mon dos nu. J'ai envie de hurler comme une louve.

L'influence de la forêt... ou l'envie de le revendiquer pour moi.

M'appuyant sur mes mains, j'imprime à mon bassin un mouvement de va-et-vient qui nous fait tous les deux haleter. L'air se charge en électricité sexuelle.

– Carrie..., siffle Joshua.

– Oui ? Dis-moi ce que tu veux.

– Plus vite !

Mon cœur pousse une pointe d'accélération.

Il pourrait me faire jouir rien qu'avec cette voix rauque.

Je ressens, moi aussi, l'urgence de soulager le désir qui nous submerge. En même temps, je veux retenir cet instant, figé dans la lumière dorée. C'est un sentiment étrange que d'être conscient de vivre un moment dont on se souviendra. Soufflant doucement, j'effectue un nouveau mouvement de bassin, pas assez rapide pour nous satisfaire mais suffisant pour faire danser des étoiles devant mes yeux.

– Plus vite, réclame de nouveau Joshua.

Ses doigts s'enfoncent dans mes hanches mais sa tête s'abandonne sur l'oreiller. Je penche la mienne pour profiter du spectacle. Déjà les prémices de l'orgasme font fourmiller mes terminaisons nerveuses. Mes pensées se noient dans un magma de sensations. Une des mains de Joshua glisse le long de ma hanche et mon cœur manque un battement quand son pouce s'insinue dans les replis humides de mon sexe et trouve mon clitoris.

– Arrête ! Je vais... Tu vas...

Les mots s'emmêlent sur ma langue comme les pensées dans ma tête. Tout juste si je me souviens comment respirer. Je soulève mon bassin jusqu'à ce qu'il soit presque sorti de moi, puis je me laisse glisser de nouveau. Nous gémissons de concert. Le contraste entre le rythme de la pénétration, que je peux contrôler, et la façon dont il me touche, qu'il décide, amplifie le plaisir à un point que je pensais impossible. Je m'abandonne complètement aux sensations ; une vague de chaleur me soulève et soudain, j'ai l'impression de me changer en pure lumière. Le cri aigu qui s'échappe de ma gorge me surprend. Joshua donne encore deux coups de reins puis s'immobilise, son corps tendu sous le mien, ses lèvres ouvertes sur un cri de plaisir muet.

Mes forces m'abandonnent soudain et je m'effondre sur sa poitrine, entre ses bras. Son étreinte se referme sur moi. Je savoure l'impression de ne former qu'un avec lui, son sexe encore en moi. Le nez au creux de mon épaule, il respire fort, comme s'il voulait s'imprégner de mon odeur. Je lui caresse les cheveux, laissant mes doigts glisser dans ses mèches sombres en un geste apaisant. C'est presque aussi bon que l'orgasme qui vient de nous balayer.

Je ne serai plus jamais seule.

Je n'ai pas manqué d'amis, mais je n'avais jamais connu cette connexion particulière avec quelqu'un. Et je ne parle pas de sexe, mais de la sensation d'être en résonance avec une autre âme, au-delà de l'entente physique. Les paroles de Hudson, l'autre jour, me reviennent à l'esprit. Si, dans le monde entier, il n'existait qu'un homme fait pour moi, je l'ai trouvé.

Joshua se retire, le temps de se débarrasser du préservatif, puis revient immédiatement se blottir contre moi. Ses doigts courent sur ma peau, de ma hanche à mon épaule, traçant un sillon enflammé. La petite flamme du désir se rallume dans mon ventre, à ma propre surprise : je pensais qu'il me faudrait davantage de temps pour récupérer après un orgasme pareil.

– Tu es magnifique, murmure-t-il.

– C'est la lumière.

Je n'ai jamais vu une telle luminosité. Si j'étais photographe, je parie que j'en aurais un orgasme. Joshua me contredit :

– C'est l'amour.

– Aussi. Mais je te trouverais magnifique même dans le noir et même si je n'étais pas amoureuse de toi.

– Dans le noir, vraiment ?

Pour le lui prouver, je ferme les yeux et, me retournant vers lui, je laisse à mon tour mes mains parcourir son corps, dont je trace les pleins et les déliés avec l'application d'une sculptrice. Sa peau légèrement humide glisse sous mes doigts comme de la soie. Ses muscles fermes frémissent sous mes caresses. J'appuie ma bouche contre son torse et, du bout de la langue, je trace le contour d'un téton. La saveur légèrement salée de sa peau me fait tourner la tête. Joshua attire mon bassin contre le sien, me permettant de constater que sa vigueur s'est ranimée. Je soupire :

– Magnifique, je confirme.

Il pose sa bouche sur la mienne. Nos langues continuent un dialogue aussi muet qu'adorateur. Nos corps s'emboîtent avec une perfection qui me fait frissonner.

– Combien reste-t-il de préservatifs dans la boîte ? demandé-je quand nous nous arrêtons pour reprendre notre souffle.

– Assez pour que tu demandes grâce avant.

– Vantard. Pourquoi ce ne serait pas toi qui demanderais grâce, hein ?

– Il est physiquement impossible que je puisse me lasser de toi.

Comme pour prouver ses dires, son sexe tressaille contre ma cuisse. Je l'embrasse de nouveau à pleine bouche, jouant de la langue et des dents pour le plaisir de sentir l'effet que ça lui fait. Avoir ce pouvoir sur lui est addictif. Dehors, un nuage voile le soleil et je me prends à souhaiter qu'il se remette à pleuvoir, que notre refuge se transforme en île et que nous ne sortions jamais de ce lit.

27

L'OFFRE

La matinée s'achève quand nous nous décidons à quitter notre nid d'amour pour aller vérifier l'état de la route. Les tronçonneuses ont fait du bon travail : l'énorme tronc qui barrait le passage à deux cents mètres du chalet est à présent dégagé. Comme les équipes de déblaiement sont parties de la vallée pour monter jusqu'à nous, la voie est libre jusqu'à Palo Alto.

Pour un peu, je le regretterais...

Le retour s'effectue en silence tandis que nous roulons à travers un paysage marqué par les intempéries. Je découvre un nouveau visage de la Californie, loin du cliché des plages de sable et des palmiers.

Stanford a été épargnée : nul arbre tombé ne jonche le campus. La pelouse devant Roth est à peine mouillée.

– Je file, m'annonce Joshua dès qu'il m'a déposée devant le porche. Je t'appelle en fin de journée.

– Courage, dis-je en effleurant ses lèvres.

Où dormirons-nous ce soir ? Mystère... Trouver un appartement devient une priorité si nous voulons nous voir autrement qu'entre deux portes. Je le regarde s'éloigner à regret.

Quand je rentre dans le bâtiment, un nombre anormal de mes colocataires s'entasse dans le salon.

Ne devraient-elles pas être en cours, à cette heure ?

Je comprends pourquoi quand je vois Trevor se lever du canapé, posant son cookie entamé dans l'assiette devant lui.

– Qu'est-ce que tu fais là ?

– Moi aussi, je suis content de te voir, Carrie.

Je suis contente de le voir aussi, mais pas nécessairement au milieu de mes colocataires qui vont m'en rebattre les oreilles durant des semaines.

Qu'est-ce qui justifie sa présence, d'ailleurs? Nous devions répéter ce soir, je ne vois pas pourquoi il vient si tôt. Il y a forcément quelque chose qui cloche.

– Il y a un problème? demandé-je.

– Par contre, je trouve vexant que tu estimes que ma visite est forcément synonyme de problèmes, répond-il, mi-figue mi-raisin.

Quoi, alors? Il avait une envie subite de draguer des étudiantes?

Quoi qu'il en soit, une vingtaine de paires d'yeux sont braquées sur nous, et autant d'oreilles. Pas les conditions idéales pour une discussion, quel qu'en soit le sujet. J'attrape le bras de mon camarade.

– Viens par là, qu'on parle en privé.

« En privé » est en l'occurrence la terrasse, déserte à cette période de l'année. Je préfère ne pas l'emmener dans ma chambre en présence d'un parterre de groupies.

– Où étais-tu? demande-t-il en resserrant les pans de sa veste. Je t'ai laissé au moins dix messages!

Il se prend pour ma mère?

Cependant, comme je l'ai accueilli un peu fraîchement, je décide de faire amende honorable, et je m'excuse:

– Désolée. J'ai été coincée par l'orage et le téléphone ne passait pas.

– Tu étais avec ton amoureux?

J'hésite devant son sourire railleur.

Se moque-t-il de moi?

D'un autre côté, il a parlé de Joshua comme de mon amoureux, ça lui vaut un bon point d'office.

– Nous avions besoin de prendre le large, après l'épisode de la vidéo… Tu es au courant, au fait?

– J'ai regardé les infos.

Je grimace.

Super, nous avons fait les gros titres. En même temps, vu le nombre de journalistes présents, je suppose qu'il fallait s'y attendre.

Trevor me tapote le dos:

– Ce n'est pas la fin du monde! Il faudra t'habituer à occuper la une, quand nous serons des rock stars.

Je fais un pas de côté pour échapper à son accès de paternalisme.

Si nous pouvons être juste assez célèbres pour gagner notre vie, mais pas suffisamment pour attirer les paparazzis, ça m'arrangerait.

Je rappelle à Trevor :

– À choisir, je préfère être connue pour mon jeu que pour ma vie privée.

– L'un ne va pas sans l'autre, tu connais les journalistes.

Je suis sûre que ça lui plaît, d'être sous le feu des projecteurs. Tant mieux d'ailleurs, qu'il attire l'attention sur lui et la détourne de moi.

Je ne peux toutefois pas m'empêcher de protester, les bras croisés :

– Eh bien la prochaine fois, j'espère bien être habillée, au moins !

Je m'assieds sur la table et je remonte les genoux contre moi pour me tenir plus chaud. Derrière les fenêtres, j'aperçois quelques têtes indiscrètes. D'ici que certaines postent des images sur les réseaux sociaux… Je presse Trevor :

– Tu es venu pour discuter de la vie d'artiste ?

– En quelque sorte.

Il fourre les mains dans les poches de sa veste, l'air soudain nerveux. Mon ventre se noue.

Va-t-il m'annoncer qu'ils m'ont trouvé un remplaçant ?

Ce serait le comble, au moment où je me décide enfin à devenir partie intégrante du groupe !

– Bon, si tu es avec Joshua, tu as l'intention de rester en Californie, je suppose ?

– Euh… oui, pourquoi ?

– Donc, potentiellement, tu pourrais continuer avec le groupe.

Mes épaules se relâchent.

Ouf, ils veulent toujours de moi.

Je lui adresse un grand sourire :

– J'adorerais. Il faudra juste discuter des détails… Stanford parle de sucrer ma bourse à cause de mes résultats. Si ça se confirme j'aurai besoin de trouver un job d'appoint, à moins que nous ne devenions d'un coup riches et célèbres.

– Eh bien, justement.

Trevor sort de sa poche un papier froissé plié en quatre. Ses doigts tremblent tandis qu'il le déplie. Une rafale de vent menace de le lui arracher. Il le plaque sur la table où je suis assise. Mes yeux s'écarquillent devant l'en-tête.

– Atlantic Records?

C'est l'un des plus gros labels de la Warner. Une sorte de Graal pour musicos.

Pour nous? Je n'arrive pas à y croire!

Mes doigts tremblent à leur tour quand j'appuie sur un coin de la feuille afin de mieux déchiffrer ce qui s'y trouve écrit.

Contrat? Oh mon Dieu, c'est une proposition de contrat!

Je frissonne de la tête aux pieds. Un contrat. Un putain de contrat avec une major et *je suis dedans!?* Trevor croise les bras sur sa poitrine avec un grand sourire.

– Nous avons reçu la proposition hier soir. Jimmy dit que c'est OK, même s'il veut négocier quelques points. Il m'a chargé de voir avec toi.

– Waouh...

Je louche sur les chiffres au milieu du contrat. Avec ça, je n'ai plus de souci à me faire pour ma bourse. Je pourrai même m'acheter une voiture!

– Par contre, ça t'engage pour trois ans minimum, me signale Trevor. Prête à faire le grand saut?

– Vous êtes sûrs que vous voulez que je signe avec vous?

Après tout, quelques mois plus tôt, je n'étais qu'une musicienne du dimanche. Là, on parle de devenir professionnelle! Ça me paraît trop énorme, d'un coup.

– C'est bien pour m'en assurer que je suis venu, répond Trevor.

– Tout seul? Qu'en pensent Jimmy, Hudson et Matt?

– Que ça te mettrait trop la pression si on se pointait tous ensemble. Et que je suis plus doué pour convaincre les gens. Maintenant, si tu veux les appeler, vas-y!

– Non, pas la peine. Je, euh… C'est d'accord.

Une décharge d'adrénaline pure me parcourt de la tête aux pieds.

Je l'ai fait. J'ai sauté.

Trevor écarquille les yeux tandis que ses bras retombent.

– Pour de bon ? Tu ne veux même pas réfléchir ou… Je ne sais pas moi, je m'attendais à devoir argumenter au moins une heure.

– Si vous pensez tous que je peux jouer dans le groupe, je vous fais confiance. Et pour le contrat, si Jimmy approuve, c'est bon pour moi.

Il secoue la tête, souriant jusqu'aux oreilles.

– Tu ne l'as même pas lu !

Non : si je me mets à réfléchir, je vais me dégonfler.

Je renvoie à Trevor :

– Tu l'as lu, toi ?

Trevor récupère la feuille en riant.

– Trop de charabia juridique. Je fais confiance à Jimmy.

Ah, ah. J'en étais sûre !

Bon, dans son cas, je le soupçonne plutôt de se montrer flemmard mais au final, nous nous rejoignons dans la confiance que nous accordons à Jimmy. Connaissant notre leader, je suis certaine qu'il a passé le document au peigne fin. J'écarte les mains en guise de conclusion :

– Alors nous sommes d'accord sur le principe. Quand devons-nous rendre l'offre signée ?

– Dès que possible, annonce-t-il en rangeant le document dans la poche de son blouson. Conseil de guerre demain ?

Il me tend sa main tendue. Je tape dedans avant de refermer le poing et de le cogner contre le sien.

– Bienvenue dans la bande, Carrie !

Soudain, il me saisit par le bras, m'attire contre lui, me soulève de terre et me fait tournoyer en poussant des cris de Sioux malgré mes protestations. Celles-ci manquent sans doute de conviction : l'euphorie du moment me donne à moi aussi envie de danser, de crier et de sauter partout. Avant de me reposer par terre, il plaque un baiser enthousiaste sur mes lèvres. Je recule aussitôt d'un pas en m'essuyant la bouche :

– Beurk ! Qu'est-ce qu'il te prend !?

– Rite de passage, répond-il en riant.

– Tu veux me faire croire que Jimmy, Hudson et Matt ont eu droit au même ?

– Pas Jimmy, puisque nous avons fondé le groupe ensemble. Les autres, ouais.

C'est à mon tour de rire :

– Je veux des photos !

– C'est notre petit secret, répond-il avec un clin d'œil.

Notre petit secret ?

Je me tourne vers les fenêtres. Derrière, des silhouettes féminines gesticulent. Un incident a dû se produire. Tant mieux si cela a détourné leur attention de ma conversation avec Trevor. Je reviens vers mon camarade pour lui demander de mon ton le plus professionnel :

– Bon, demain à quelle heure ?

– Dix heures au local, ça te va ?

– Super.

Plus tôt nous aurons signé, plus tôt je pourrai régler mes affaires avec Stanford. Ce qui me fait penser à autre chose.

– Ah, et si tu connais une maison sympa à vendre dans la région, fais-moi signe.

– Pour Joshua et toi ?

Non, pour la reine d'Angleterre. À ton avis ?

Rendue magnanime par la perspective du contrat, je me contente d'un sobre :

– Oui.

– C'est du sérieux, alors… Moi qui espérais te convaincre de devenir ma colocataire !

J'ai la nette impression qu'il ne plaisante qu'à moitié. Pourtant, j'ai toujours été claire sur notre relation ! Je décide de prendre sa remarque au pied de la lettre en lui rappelant :

– Tu n'es pas déjà en colocation avec Matt ?

– Si, mais je suis certain que tu serais bien plus agréable à vivre que lui.

Là, il s'avance un peu.

Il n'a même pas demandé l'opinion de Tina, pour commencer! Ma meilleure amie pourrait lui parler de ma conception assez particulière du rangement… En plus, Matt est le membre le plus cool du groupe. Se fâcher avec lui est mission impossible. Je rétorque :

– Si tu entends par là que je ferais le ménage, la cuisine et la lessive à ta place, tu te fourres le doigt dans l'œil.

– Je jure solennellement que mes intentions sont pures! proteste-t-il, une main sur le cœur, l'autre levée.

– Tu parles.

Si elles l'étaient vraiment, il n'aurait pas à se défendre…

Je fais deux pas en arrière, histoire d'instaurer une saine distance entre nous. De l'autre côté des portes vitrées, la discussion paraît s'envenimer. Je fronce les sourcils.

Est-ce que c'est Licia? Qu'est-ce qu'elle fiche ici?

Au moment où je reviens à l'intérieur avec Trevor, la voix de Tina me parvient, tranchante comme un couperet :

– Tu es une grande malade!

– C'est elle, la malade! répond celle de Licia, aiguë.

Un brouhaha confus s'ensuit. Apparemment, certaines de mes colocataires prennent fait et cause pour Tina, d'autres pour Licia. Je dois crier pour me faire entendre :

– Qu'est-ce qui se passe?

Tina se dirige aussitôt vers moi, un doigt pointé sur Licia.

– Elle a pris une photo de Trevor et toi pour l'envoyer à Joshua.

Mon pouls accélère. Inutile de demander à quel moment elle a pris la photo. Trevor pose une main sur mon épaule dans un geste protecteur et se tourne vers l'intéressée.

– C'est quoi, ton problème?

– Elle craque pour Joshua, c'est tout, dis-je désinvolte. Alors elle essaie de casser notre relation pour se donner une chance.

Le visage de Licia s'empourpre. Elle croise les bras dans un geste de défense, son téléphone portable pressé contre sa poitrine.

– C'est toi qui sors avec un autre homme alors que vous êtes censés être ensemble !

– Tu es jalouse ? demande Trevor avec un sourire en coin. Tu voulais un baiser, toi aussi ? Il suffit de demander !

– Je peux, moi ? intervient aussitôt Angela.

Trevor se penche vers elle pour effleurer rapidement sa bouche de la sienne. Des exclamations, des sifflements et des applaudissements explosent parmi les spectatrices. Plusieurs réclament leur tour à grands cris. Licia recule de trois pas.

– Vous êtes tous malades ! Toi aussi, ajoute-t-elle à l'intention de Tina. Si tu crois que je laisserai une fille comme toi sortir avec mon frère, tu te trompes.

Elle manque trébucher en faisant demi-tour et se hâte de quitter Roth, laissant derrière elle une assemblée médusée.

– Elle est complètement folle, diagnostique Tina, désabusée.

– C'est dur, l'amour à sens unique, soupire Angela.

– Et puis la situation est quand même bizarre, commente une anonyme derrière elle.

Sans doute une frustrée qui n'a pas osé réclamer de baiser à Trevor. Je raccompagne mon camarade à la porte avant qu'il ne se fasse dévorer tout cru.

– Merci d'être venu. Ce n'était pas absolument nécessaire, mais…

– Tu plaisantes ? Je n'ai jamais embrassé autant de filles en une soirée !

Je lève ostensiblement les yeux au ciel.

S'il ne fait pas attention, il risque de devenir la caricature parfaite de la rock star imbue de sa personne, collectionnant les filles comme des trophées.

– Je te rappelle que j'étais la première sur la liste, merci pour l'image !

– Désolé. Je me suis laissé emporter par l'enthousiasme.

– Ceci dit, merci pour la diversion.

– À ton service, répond-il avec un clin d'œil. Alors on se voit demain ?

– C'est ça, demain.

– N'essaie pas de te défiler au dernier moment. Tu as dit oui!

Je lui lance une bourrade dans l'épaule.

– Attends-toi à devoir me supporter pendant quelques années…

– J'ai hâte, affirme-t-il en riant.

Appuyée contre le porche, je le regarde s'éloigner dans la pâle lumière de début décembre. Nous sommes appelés à passer pas mal de temps ensemble, dans les mois à venir. Comme collègues de travail, mais aussi comme partenaires: un groupe, c'est une alchimie compliquée. Et en tournée, nous vivrons ensemble vingt-quatre heures sur vingt-quatre. Alors j'espère que j'ai fait le bon choix. J'ai la tête qui me tourne. Je suis encore sous le choc de l'annonce, que l'incident avec Licia m'a empêchée d'annoncer à mes colocataires.

Il faut que j'appelle Joshua. Je m'éloigne de quelques pas de la maison, histoire de bénéficier d'un peu d'intimité. Je me suis assez donnée en spectacle pour quelques siècles. Je tombe immédiatement sur le répondeur. Joshua doit encore être avec Andrew.

Pourvu que tout se passe bien!

Je respire un grand coup avant de me lancer:

– Bon, je suppose que tu as eu le message de Licia. Trevor est passé à Roth pour m'annoncer que nous avions décroché un contrat avec Atlantic Records et il s'est un peu laissé déborder par son enthousiasme, c'est tout. Si ça peut te rassurer, il a embrassé également les trois quarts de mes colocataires. Le statut de future rock star lui monte à la tête… Enfin, nous avons rendez-vous demain avec le label et j'ai décidé de signer. Waouh! C'est une sacrée étape. Bref, rappelle-moi quand tu réussiras à sortir la tête du guidon. Je t'aime.

Il ne reste plus qu'à espérer que son répondeur ne sera pas saturé. Au pire, j'essaierai de le rappeler ce soir, mais il risque d'être occupé pour un moment.

Heureusement que nous en avons profité ce matin.

J'aurais aimé partager l'euphorie de la signature avec lui et en même temps, c'est une décision que je dois prendre seule, pas seulement parce que je veux rester en Californie avec

Joshua. Je dois aussi mettre de côté les raisons qui font que je refusais jusque-là d'envisager de faire de la musique mon activité professionnelle…

Je me soucierai de la réaction de Jane un autre jour.

Je sais que Joshua me soutiendra quoi que je décide. Le souvenir de notre perchoir à La Honda me met le sourire aux lèvres tandis que je regagne Roth.

– Heureuse de voir que tu le prends bien, fait Tina, qui m'attendait sous le porche.

– Ce n'est pas une pauvre photo qui va changer quoi que ce soit à ce qui existe entre Joshua et moi. Licia creuse sa tombe toute seule. Au fait, c'est vrai ce qu'elle raconte au sujet d'Orion et toi ?

Tina se gratte derrière l'oreille, un tic qu'elle a depuis toujours quand elle est stressée.

– Nous nous voyons de temps en temps, avoue-t-elle. De là à considérer Licia comme ma future belle-sœur…

Je glisse un bras sous le sien pour la ramener à l'intérieur.

– Je veux TOUT savoir.

– J'ai cours dans…

– Tu as déjà séché à cause de Trevor, un peu plus un peu moins… Allez, raconte. En échange, je te parlerai de sa maison à La Honda.

– Quelle maison ?

– Ça va te plaire, je te le promets.

Bras dessus bras dessous, nous regagnons notre chambre pour une séance de confidences entre copines. J'ai également hâte de lui parler du contrat avec Atlantic Records.

Ça, ça va me manquer, juste au moment où nous avions surmonté le malaise des premières semaines.

Alors autant profiter de cet après-midi : avec ce qui m'attend avec Joshua, je ne suis pas sûre que nous aurons l'occasion de recommencer de sitôt.

28

CHRISTMAS BELLS

Les premières notes de « Only one » retentissent au moment où je glisse les doigts sous le T-shirt de Joshua. Je les ignore : qui que ce soit qui m'appelle, Joshua passe en premier.

Une minute…

N'ai-je pas attribué cette sonnerie à lui seul ? Comment peut-il m'appeler alors qu'il est en train de m'embrasser ? Ma concentration vacille et le corps de Joshua, contre le mien, se fait vaporeux.

– Carrie ! grogne la voix de Tina, pâteuse de sommeil. C'est ton téléphone !

Je soulève une paupière à grand-peine. Je ne me trouve pas dans le perchoir de La Honda mais dans ma chambre à Roth, avec Tina. Sur la table de chevet, mon téléphone portable clignote frénétiquement.

– Il est six heures du matin ! se plaint ma colocataire.

– Désolée.

Je saisis l'objet du litige et m'enfouis sous ma couette avec. J'ai dix messages de la part de Joshua, envoyés entre deux et six heures du matin.

Autrement dit, il a passé une nuit blanche.

Le premier est une réponse à mes explications au sujet de la photo envoyée par Licia.

[Licia est folle. Mais dis à ton
copain de se montrer un peu
moins démonstratif, STP.
Il a des origines russes ou quoi !?]

La réflexion me fait sourire. Il faudra que je pose la question à Trevor. Et aussi que je lui conseille de garder ses lèvres pour lui. En tout cas, Joshua n'a accordé aucun crédit à la manœuvre de Licia : je m'en doutais, mais cette confirmation que notre couple est assez solide pour ne pas être déstabilisé par un pitoyable mensonge fait chaud au cœur.

Suivent des félicitations pour le contrat avec Atlantic Records et des encouragements pour ma future carrière.

Ce qui me rappelle que nous devons signer le contrat d'ici quelques heures. Non, je ne stresse pas du tout.

Puis, Joshua passe au cœur du problème : le rendez-vous avec Andrew a été positif. Celui-ci ne se chargera pas lui-même du dossier en raison de ses liens avec Joshua, mais il lui a recommandé un très bon collègue. Il a également engagé un détective privé pour enquêter sur les actions de Mike. Shark Outdoors a repris le travail. Joshua est plongé dans les dossiers de Mike, en plus des siens. Bref, il n'a pas chômé.

Et j'ai un message bizarre de Penny.

Elle s'est mise au russe, maintenant ?

J'hésite à décider s'il s'agit d'une tentative de piratage ou si cette bonne vieille Penny débloque, une fois de plus. Le message contient un lien vers une vidéo. Je devrais appeler Joshua pour vérifier, mais Tina dort encore et j'ai la flemme de sortir de mon lit douillet. Fataliste, je clique sur le lien.

Celui-ci me conduit vers la vidéo d'une conférence de presse donnée par Joshua hier au siège de Shark Outdoors. Je mets des écouteurs pour ne pas déranger Tina, puis j'écoute Joshua exposer, devant l'ensemble de ses employés ainsi qu'un parterre de journalistes, comment il a créé Shark Outdoors à partir de rien (au début, il travaillait dans le garage d'Orion) et comment il a géré l'entreprise pour en faire ce qu'elle est devenue aujourd'hui. Mike a été engagé pour faire face aux importants développements des deux dernières années. S'il a, en apparence, tenu son rôle, des éléments comptables laissent penser qu'il complotait en sous-main pour racheter ou faire couler l'entreprise. Par ailleurs, suite à son départ, des langues se sont déliées pour dénoncer la façon dont il dénigrait son employeur auprès des éléments qu'il jugeait les plus influençables. Ce seul fait constituant un délit, la mise à pied sera rapidement transformée en licenciement. Un expert indépendant sera recruté pour faire le point sur la gestion de l'entreprise.

Je passe un doigt sur l'écran, comme si je pouvais réconforter Joshua par ce geste. Il a l'air si solennel ! Ça ne lui ressemble pas. Mon Joshua est plein de vie, d'enthousiasme et de certitudes. Un sourire malicieux apparaît alors sur son visage.

Mon Dieu ! Ça fonctionne !

– Puisque vous êtes réunis si nombreux, je vais en profiter pour vous parler de nos projets. Nous serons donc présents au Las Vegas Consumer Electronics Show le mois prochain et je peux vous affirmer que vous ne serez pas déçus par nos créations !

Dès qu'il aborde le sujet, ses épaules se détendent, son corps s'anime, il en vient même à parler avec les mains ! Je ris sous ma couette : là, je le retrouve bien. Il termine la conférence de presse en beauté sur un rappel de la place de l'entreprise en matière d'innovation technologique et sur son soutien à diverses organisations caritatives.

Bien joué.

– Qu'est-ce qui te fait rigoler ? demande Tina en s'asseyant sur mon lit.

– Je croyais que tu dormais.

– Je n'arrive pas à me rendormir, maugrée-t-elle tandis que je relance la vidéo.

– Ne râle pas, tu seras bientôt débarrassée de moi.

– Dire que tu vas épouser un millionnaire et devenir une rock star ! Si ce n'est pas un parfait exemple du rêve américain…

– Ne vends pas la peau de l'ours… Sun Juice sort à peine de l'anonymat et Joshua n'est pas millionnaire !

– Pas encore. Dis, il ne parle pas de vous, dans la conférence de presse ?

– Non. Tu vois, le scandale Mike a au moins un avantage : il détourne l'attention de notre vie privée.

Tina s'allonge, la tête sur mon oreiller, et tire la couette à elle. Elle va se rendormir dans mon lit, à tous les coups.

Tant pis, j'irai squatter le sien.

Enfin si je parviens à m'assoupir. La perspective de signer le contrat me donne l'impression d'avoir avalé des litres de café. Si seulement j'avais l'assurance de pouvoir retrouver Joshua après ! Trouver un appartement devient urgent. Je vais le mettre au sommet de la liste. Après la signature du contrat et la clarification de ma situation par rapport à l'université. Bref. Je suis trop fatiguée pour réfléchir. Je vais juste fermer les yeux quelques secondes…

***

Un sapin de Noël géant se dresse sur Union Square. Un bras passé autour des épaules de Tina, je souris de toutes mes dents à Joshua qui nous prend en photo avec son téléphone portable.

– La parfaite touriste, commente-t-il en me tendant l'écran pour que je vérifie si le cliché me convient.

J'en profite pour l'attraper par le cou.

– À nous, maintenant !

Il se débat pour la forme tandis que Tina sort son téléphone. Orion se marre dans son coin jusqu'à ce que Tina aille le chercher pour prendre la pose à son tour.

– Je croyais que tu voulais faire les magasins ? demande Joshua, désignant du menton la façade illuminée de Macy's.

– L'un n'empêche pas l'autre.

– J'ai un agenda chargé, moi !

– C'est bien pour ça que je t'ai demandé de venir avec moi. Tu te rends compte que c'est la première fois que nous sortons ensemble depuis La Honda, si je ne compte pas notre visite aux parents samedi dernier ? Ça fait plus de dix jours !

Il enfonce les mains dans ses poches, embarrassé. Malgré ses traits tirés et la barbe qui ombre son menton, il a l'air si sexy que je regrette de ne pas lui avoir proposé une chambre à l'hôtel à la place d'une chasse aux cadeaux de Noël. En même temps, nous sommes à quinze jours des fêtes: il était temps de s'en préoccuper!

– Désolé. Je travaille trop, je sais, mais…

– C'est normal, je comprends. As-tu au moins eu le temps de jeter un œil sur la liste de maisons à vendre que je t'ai envoyée?

Il baisse la tête avec une mine d'enfant pris les doigts dans le pot de confiture. Je soupire. Mon souffle forme un léger nuage de buée dans l'air froid.

– Il n'y a même pas de neige, ici! dis-je pour changer de sujet. Ce n'est pas Noël s'il n'y a pas de neige…

– Tu es en Californie, il va falloir t'y habituer! Ceci dit, si tu y tiens, il y en a deux mètres dans le Yosemite, ce n'est pas si loin. Tu aimes skier? Parce que nous avons un nouveau modèle de planche…

– Oh, oui! Tu sais que je suis toujours partante pour tester les prototypes. Et puis le planning de Sun Juice n'est pas encore trop chargé, les choses sérieuses démarreront en janvier avec le label. Il faut en profiter!

– J'en ai bien l'intention.

Il se penche pour m'embrasser comme si nous étions seuls au monde et non au milieu d'une foule stressée par les achats de Noël. Je m'accroche à lui, oubliant tout le reste. Le froid de décembre ne nous atteint pas tant que nous sommes ensemble…

Tina se racle bruyamment la gorge pour nous ramener à la réalité.

– Bon, alors on commence par Macy's?

Joshua ne fait même pas semblant d'avoir l'air gêné. Quant à moi, si j'ai les joues rouges, c'est à cause du froid. J'opine:

– Direction le rayon jouets. Je veux prendre ce chat robot avant qu'il ne soit en rupture de stock.

– Le chat robot? relève Joshua. Jane n'avait pas dit qu'il était hors de question que Heidi ait ce truc?

Ses relations avec Andrew s'étant réchauffées, nous sommes passés voir nos parents en coup de vent samedi dernier. Plus exactement, Joshua est venu prendre le café alors que j'avais déjà avalé le déjeuner, pris connaissance de la liste de cadeaux de Noël de Heidi (la quasi-intégralité du catalogue de jouets) et évoqué avec Jane ma signature avec Atlantic Records. Contrairement à ce que j'imaginais, elle n'a pas sauté au plafond en apprenant que j'allais devenir musicienne professionnelle. Au contraire, elle m'a mise en garde contre les contraintes de la vie d'artiste, la façon dont les majors exploitent leurs poulains, les dérives du milieu rock et Dieu sait quoi encore. Andrew s'est contenté de faire remarquer que ce n'était pas un choix de carrière très stable et qu'il aurait été préférable que je termine mes études à Stanford.

Sérieusement ! C'est l'hôpital qui se moque de la charité !

Dans un effort louable pour ne pas ternir l'esprit de Noël et ne pas traumatiser ma mère enceinte, j'ai préféré laisser passer. En revanche, j'ai bien retenu l'histoire du chat robot. Si j'en avais les moyens, j'en achèterais même une meute entière. Je rappelle à Joshua :

– Tu comptes bien lui offrir ton dernier modèle de rollers améliorés. Un véritable danger public, si je me souviens des termes de ton père.

– Mon père pense que la *course à pied* est dangereuse.

– Note, avec le type de chaussures que tu produis… Tu n'en as pas pour l'hiver, au fait ? Il fait trop froid pour mettre mes sandales, en ce moment.

J'ai bien pensé à les porter avec des chaussettes épaisses, mais Trevor se plaindrait que je nuis à l'image du groupe… Joshua m'entoure de son bras pour m'aider à franchir le seuil du grand magasin :

– Il faut que tu viennes faire un tour à Shark, un de ces jours, quand l'affaire aura décanté. Je suis certain que tu y trouveras ton bonheur.

– J'espère surtout que tu vas pouvoir ralentir le rythme.

– Moi aussi. Dis, tu crois que Heidi apprécierait un Nerf ?

– Je n'ose imaginer l'usage qu'elle en ferait…

– Allez, prends-en un.

– C'est à partir de 8 ans, je te signale.

– Elle est en avance pour son âge.

Je rigole en prenant l'arc rose et violet sur l'étagère. Il est presque aussi grand que Heidi.

– Tu tiens vraiment à pourrir la vie d'Andrew et Jane?

– Ils surprotègent cette gosse. Il faut bien que quelqu'un se charge de lui ouvrir des perspectives. N'oublie pas que nous sommes parrain et marraine!

– Du suivant. Enfin, s'ils sont toujours d'accord pour nous confier ce rôle.

– On fera un package global.

– Ils changeront peut-être d'avis après avoir déballé les cadeaux de Noël.

– Tu seras là, au fait?

La question me ramène brutalement sur terre. Je repose l'arc dans son rayon.

– Je rentre en France pour Noël, Josh. Je ne te l'avais pas dit?

Il passe une main dans ses cheveux. Ils auraient besoin d'une bonne coupe: les mèches trop longues rebiquent dans tous les sens. La foule pressée s'agite autour de nous sans nous prêter attention. Tina et Orion ont disparu.

– Tu as raison, soupire-t-il, nous ne parlons pas assez.

– Bon, laisse tomber les cadeaux, je repasserai un autre jour. Il y a un café, dans le coin?

Nous échouons au dernier étage du bâtiment, coincés à une minuscule table devant la baie vitrée, avec vue imprenable sur le sapin géant. Le café a un goût de foin et nous devons presque crier pour nous entendre.

On a fait mieux, en matière de rendez-vous.

– Je ne veux pas passer Noël sans toi, annonce Joshua de but en blanc.

– Mais je dois rentrer en France.

Je n'ai même pas envisagé de rester. Ça fait six mois que je n'ai pas vu mon père, ma belle-mère et mon petit frère. Jamais je n'ai été séparée d'eux aussi longtemps. Ils me manquent. Et puis, après l'effervescence de ces mois en Californie, j'ai vraiment besoin de me poser pour faire le point. Et aussi de leur expliquer ce qui se passe avec Joshua : à distance, ce n'est pas évident, mais quand nous en aurons parlé à cœur ouvert, je sais qu'ils me soutiendront.

– Alors je viens avec toi.

Je m'étrangle à moitié avec mon café.

– Quoi !?

Soit ce café contient des substances louches, soit je viens de l'entendre dire qu'il allait m'accompagner en France.

Mais ce n'est pas possible ! Il a tellement de travail avec Shark que nous arrivons à peine à nous croiser et puis je n'ai pas eu le temps de préparer le terrain, et… Il me fixe sans broncher, le sourire aux lèvres.

– Ça te gêne ?

Je secoue vivement la tête.

Surtout, qu'il ne s'imagine pas que je ne veux pas de lui !

Une fois le choc surmonté, la perspective de passer Noël avec lui me remplit d'une délicieuse chaleur.

– Non. Au contraire.

J'ai toujours adoré Noël. Cécile accorde une grande importance à tous les petits rituels autour de la fête : le sapin, les guirlandes lumineuses, les cadeaux cachés dans toute la maison, les chants de Noël et les sablés en forme d'étoiles. César et moi nous moquons gentiment d'elle pour ne pas avouer qu'en vrai, nous ne manquerions ça pour rien au monde. Alors partager ça avec l'homme de ma vie ? Ce serait génial ! Par acquit de conscience, je lui rappelle :

– Mais je croyais que tu ne pouvais pas quitter Shark en ce moment.

Il verse un nouveau tube de sucre dans son café et le touille, l'air de se demander s'il sera plus buvable ainsi.

– L'activité est toujours ralentie pendant les fêtes. Quant au procès, la justice n'est jamais pressée. Je peux sûrement me dégager un jour ou deux.

– Un jour ou deux, ça fait court pour un vol transatlantique.

– Trois, peut-être ? Carrie, je veux être avec toi pour Noël.

Il allonge le bras pour me serrer la main, sur la table.

– Je n'ai jamais vraiment fêté Noël depuis la mort de ma mère.

Ses derniers mots me font tressaillir. J'oublie qu'il n'est pas fils de divorcés, comme moi, mais qu'il a perdu sa mère très jeune. Ça relativise tout de suite les déboires que j'ai pu connaître avec Jane... Tiens, elle a toujours affirmé détester Noël (« cette fête commerciale ») pourtant cette année, pour Heidi, elle sera à fond. Mais au moins, elle est toujours vivante pour que je puisse le lui reprocher.

– Nous allions toujours passer les fêtes dans ma famille paternelle, poursuit Joshua, et... bon, tu les as rencontrés.

– Une seule fois, le jour du mariage. Je compatis.

– À qui le dis-tu. Bref, maintenant que je t'ai trouvée, j'aimerais bien passer un vrai Noël avec quelqu'un que j'aime.

Je serre sa main en retour, très fort.

– J'adorerais que tu viennes. Cécile sera ravie : plus elle a de monde pendant les fêtes, plus elle est heureuse.

– Et ton père ?

– Il est cool. Une fois qu'il te connaîtra, tout ira bien.

Du moins, je l'espère.

Mon Dieu, je vais présenter mon homme à mon père !

Je me force à boire une gorgée de café pour calmer une subite montée de stress. Après tout, nous avons fait le plus dur : annoncer la nouvelle à Jane et Andrew. De l'autre côté de ma famille, ça posera bien moins de problèmes... Sauf que c'est mon père qui m'a élevée : affectivement, ça compte davantage ! Je ne lui ai jamais présenté aucun de mes petits amis donc... Oui, c'est une étape importante.

– Ça va ? s'inquiète Joshua. Tu es toute rouge...

– Il fait trop chaud, ici. On devrait retrouver Tina et Orion, non ?

– Peut-être qu'ils ont trouvé une cabine d'essayage...

– N'importe quoi. Tiens, en attendant, tu vas m'aider à choisir les cadeaux pour les Frenchies, ça te mettra dans le bain.

– Pitié, grogne-t-il. On ne pourrait pas plutôt trouver une cabine, nous aussi ?

– Obsédé, dis-je en riant. Tu me remercieras quand tu auras des cadeaux à mettre sous le sapin pour nos parents, au lieu de courir partout à la dernière minute.

– Mon père s'en fiche. Tu sais qu'il m'a offert le même cadeau, deux années de suite quand j'étais petit? Depuis, il demande à sa secrétaire de s'en charger...

– Mon pauvre, dis-je en me levant pour aller le serrer dans mes bras. Je te jure que cette année, ce sera exceptionnel.

– C'est déjà exceptionnel, répond-il avant de m'embrasser.

Le café a bien meilleur goût sur ses lèvres. Je me blottis contre lui tandis que sa langue me fait des choses qui me donnent envie de trouver une cabine d'essayage. Mais je résiste héroïquement à la tentation: aujourd'hui, priorité aux cadeaux. Nous aurons bien d'autres occasions de nous embrasser.

***

Les motos présentent un inconvénient majeur: on ne peut guère y charger de paquets. Un détail qui m'avait échappé quand nous sommes partis.

J'avais trop envie de monter avec Joshua.

Étant donné le volume de nos achats (Tina s'est encore plus lâchée que moi), Joshua a décidé de nous payer le taxi. Seul inconvénient: nous rentrerons donc séparément. Un gros tas de sacs aux pieds, je le regarde à regret enfourcher sa moto.

Après Noël nous emménageons ensemble, dussé-je louer moi-même un studio.

Il m'adresse un signe de la main en démarrant. Orion déboîte juste devant une voiture qui klaxonne, indignée. C'est marrant: autant je n'ai jamais peur quand je monte avec Joshua, autant le voir évoluer de loin me flanque la frousse. Les deux motos accélèrent en direction du croisement; Joshua prend la tête.

Les garçons et leur besoin constant de compétition...

Au moment où il arrive au niveau du feu rouge, la moto de Joshua se met à zigzaguer.

Pourquoi ne freine-t-il pas? Il va trop vite!

J'effectue un pas en avant, comme si j'avais le pouvoir de le retenir. Tina me retient par la manche. Comme dans un mauvais rêve, je vois la moto partir en dérapage au milieu du flot des voitures avant de percuter une grosse berline. Sous le choc, Joshua est éjecté. Il atterrit de l'autre côté du capot, caché à ma vue. Une autre voiture pile net, des bruits de tôle froissée retentissent, tout le monde se met à klaxonner.

– Carrie, Carrie, calme-toi, fait la voix angoissée de Tina.

Je me rends compte que je suis en train de hurler.

Me calmer?

Je tire sur mon bras pour me dégager de l'étreinte de Tina. Plantant là amie et achats, je me lance entre les voitures à présent arrêtées, dans la direction de la collision.

Ça n'a pas pu arriver.

On ne peut pas rire et s'embrasser un moment et cinq minutes plus tard, être allongé sur la chaussée, blessé. Ou pire. Je refuse de le croire.

Ça n'est pas vrai.

29

JE PLIE MAIS NE ROMPS PAS

Je me précipite entre les voitures, frôlant les capots sans les voir, sans ralentir un instant. Je m'attire quelques coups de klaxon mais je les entends à peine, tendue vers mon objectif, dont rien ne peut me détourner. Joshua est là, à deux pas, je dois absolument le rejoindre ! Au moment où je contourne la voiture qui l'a renversé, quelqu'un m'attrape par le bras, stoppant ma course ; je me débats comme un chat sauvage.

– Carrie, calme-toi, m'ordonne Orion d'une voix posée.

Me calmer !?

– Mais Josh, il…

… est étendu au sol sans bouger, une jambe repliée dans une position bizarre. Un homme vêtu d'un manteau rouge vif est agenouillé près de lui. Ma respiration se bloque dans ma poitrine tandis que je tente de m'approcher.

– Les secours arrivent, Carrie, continue Orion. Ça va aller.

– Mais il est…

– Il est inconscient, mais il respire. Monsieur, ajoute-t-il en me désignant l'homme au manteau rouge, est médecin. Tant que nous ne saurons pas si la colonne vertébrale est touchée, mieux vaut ne pas le déplacer.

J'hésite entre me sentir soulagée qu'il soit vivant (merci mon Dieu) ou flipper à cause du passage sur la colonne vertébrale. Je tremble sous l'effet de l'émotion, tout mon être tendu vers lui.

– Hé, reste avec moi, s'exclame Orion. Tu es livide.

J'ai aussi envie de vomir et les jambes en coton. Orion m'aide à m'asseoir sur un bout de trottoir, juste à côté de Joshua. Il a toujours son casque sur la tête, mais la visière est ouverte, et je distingue ses yeux clos. L'homme au manteau rouge parle à quelqu'un au téléphone. Déjà, on entend les sirènes ; la voix d'Orion me parvient comme à travers du coton. Seul Joshua m'importe à cet instant.

– Ne touchez pas à la moto !

Je tends le bras pour toucher la main de Joshua, mais la combinaison de moto m'empêche de ressentir la chaleur de son corps. Le froid de décembre me transperce jusqu'aux os. Je prends une inspiration tremblante.

OK, je ne gère pas du tout.

Comment Orion peut-il rester si calme, si sûr de lui ? Il y a sûrement quelque chose que je peux faire, mais quoi ? L'homme au manteau rouge a l'air si concentré que je n'ose pas le déranger. Je voudrais qu'il me promette que tout va bien se passer, un coup de pommade à l'arnica et on repart. Un flash traverse mon champ de vision.

Je rêve ou des tarés prennent des photos ?

En face de moi, appuyée à sa voiture, une femme aux cheveux blancs répète en boucle :

– Je n'ai pas pu l'éviter, je n'ai pas pu l'éviter…

Je serre les doigts de Joshua dans les miens. Ça ne sert sans doute à rien, même pas à me réconforter, mais je me raccroche faute de mieux à l'illusion de pouvoir lui transmettre un peu de ma force.

Et puis des hommes en uniforme envahissent notre espace. On m'arrache à Joshua, on me bombarde de questions. Qui suis-je, qu'ai-je vu ? Le simple fait d'essayer de parler me fait fondre en larmes. Tina m'a rejointe et tente en vain de me réconforter. Pour finir, je suis poussée à l'arrière d'une ambulance, à côté d'un homme en combinaison blanche qui m'ordonne de respirer et de Joshua allongé sur une civière. Une phrase perce le brouillard qui m'entoure :

– Il va s'en sortir, mademoiselle.

Pour la première fois depuis le choc, je prends une grande inspiration.

– Vous croyez ?

– Sous réserve d'examens plus approfondis, aucune fonction vitale ne semble atteinte, me confirme un infirmier.

Ils ont retiré le casque de Joshua et découpé la combinaison de moto. Je ne vois pas de sang, et je me concentre sur son beau visage immobile. Je voudrais tant qu'il ouvre les yeux, rien qu'un instant ! Mais tout a l'air sous contrôle. Même si nous roulons vite, personne ne panique en criant qu'on n'arrivera pas à temps.

L'ambulance négocie un virage un peu serré. Je me plaque contre la paroi du véhicule pour ne pas glisser. Comment les ambulanciers parviennent-ils à rester debout, avec ces secousses ? Je vais être malade, c'est sûr !

– Nous sommes presque arrivés, me rassure mon ange gardien.

Heureusement, nous nous arrêtons bientôt devant l'entrée des urgences, sirènes hurlantes. Tout le monde semble m'oublier dans mon coin tandis que les ambulanciers descendent le brancard, donnent des ordres, débitent des données médicales dont je ne comprends pas un traître mot. Impuissante et inquiète, je vois Joshua disparaître derrière des portes battantes, accompagné de médecins et d'infirmiers. Qu'il est rageant de ne rien pouvoir faire ! Finalement, je me laisse tomber, sonnée, sur un siège en métal noir inconfortable dans une salle d'attente aux murs blancs.

Si je dois patienter ici toute seule, je vais devenir dingue. Je devrais peut-être prévenir Andrew ? C'est mon rôle, non, en tant que petite amie ? Je doute qu'Orion s'y soit collé.

Évidemment, le téléphone ne passe pas à l'intérieur du bâtiment. J'hésite.

Et si je sors deux minutes et qu'on vient m'annoncer quelque chose de grave ?

Non, l'ambulancier a dit qu'il allait s'en sortir. Le temps qu'ils fassent un bilan médical complet, je peux aller passer un coup de fil et revenir. Je dois faire vite, et ne pas me perdre dans le dédale des couloirs… Pourquoi aucun panneau n'indique-t-il la sortie ? D'autres personnes à l'air aussi perdu que moi errent entre les murs blancs. Quand je finis par trouver une porte coulissante qui donne sur l'extérieur, la nuit est tombée ;

une pluie fine me transperce jusqu'aux os. Mon téléphone vibre à plusieurs reprises. Orion et Tina m'ont bombardée de messages pour savoir comment ça se passe. Je ne peux que leur répondre d'attendre. Lâchement, je suis tentée de me contenter d'un message à Jane ; je n'ai aucune envie de me lancer dans de grandes explications. Je dois prendre mon courage à deux mains pour composer le numéro.

– Nous arrivons tout de suite, annonce ma mère dès que j'ai fini de lui exposer la situation.

– Nous ? Attends, ce n'est pas la peine. Ils en ont probablement pour des heures ! Tu ne vas pas te déplacer dans ton état !

– À tout de suite, Carrie.

Oh et puis zut, si ça lui plaît tant que ça de faire le pied de grue à l'hôpital, qu'elle vienne ! Je n'ai rien contre de la compagnie, au contraire. Maintenant, il s'agit de retrouver mon chemin.

Je m'oblige à respirer calmement en retrouvant l'odeur d'antiseptique de l'hôpital. D'où viens-je, déjà ? Les urgences ou la chirurgie ? Ou alors c'était la radio ?

Je viens de retrouver la petite salle d'attente quand une infirmière m'apporte la veste de Joshua, son portefeuille, ainsi qu'une liasse de papiers à remplir pour son admission à l'hôpital.

Ai-je le droit de le faire ?

Après tout, nous ne sommes pas mariés ni rien… Mais il n'y a sans doute pas de mal à inscrire des chiffres et des lettres dans des cases. Et au moins, ça m'occupe l'esprit, en plus de créer un lien presque officiel entre nous. Je regrette presque le moment où je dois rendre les feuilles à l'accueil.

Mon interminable attente reprend. Je sursaute chaque fois que les portes s'ouvrent. Mais ce n'est jamais pour moi. J'ai beau adresser des regards de détresse à tous les membres du personnel soignant passant à ma portée, personne ne me prête attention. Jamais je n'ai autant regretté de ne pas avoir d'instrument sous la main. Mes nerfs sont tendus comme des cordes de violon. Quand un « Carrie ! » perçant retentit dans le silence, j'effectue un bond de plusieurs centimètres sur mon siège.

– Heidi ?

Je rêve, ils l'ont amenée !

J'attrape ma petite sœur au vol et je la serre dans mes bras. Bien que je persiste à penser qu'elle n'a rien à faire ici, sa présence allège un peu le poids qui pèse sur mon estomac.

– Sassa, il est blessé ? demande-t-elle d'une petite voix.

– Il est tombé de moto.

– Il a crès bobo ?

– Les médecins sont en train de l'examiner. Ça va aller.

Je m'oblige à afficher plus d'assurance que je n'en ressens.

Peut-être qu'à force de l'affirmer à Heidi, je vais finir par le croire.

– Carrie, ma chérie, s'exclame Jane qui arrive, essoufflée, les mains sur le ventre. Est-ce que tu vas bien ?

Que ce soit sa première préoccupation me surprend. Heidi toujours dans mes bras, je bredouille :

– Euh oui, moi ça va.

– Que s'est-il passé au juste ? intervient Andrew.

Lui, en revanche, semble se moquer complètement de mes sentiments. Il me fait répéter encore et encore les détails de l'accident, me pose des milliers de questions dont j'ignore les réponses. Pourquoi la moto ne s'est-elle pas arrêtée au feu ? Joshua avait pourtant dû voir qu'il était rouge, puisqu'il a aussitôt tenté de dévier la trajectoire de son engin. Les freins ont-ils lâché ? Non, il ne s'agissait pas d'un prototype. Peut-être y avait-il une flaque d'huile sur la route ? L'enquête de police le déterminera certainement. Les secours sont arrivés très vite. Dix minutes, peut-être quinze ? Ce n'est pas comme si j'avais eu le regard rivé à ma montre ! Non, Joshua n'a rien dit, il était inconscient.

– C'est quoi, un con cyan ? demande Heidi.

Andrew se frotte les tempes, l'air soudain épuisé. Avachie sur un siège, Jane tente tant bien que mal de faire bonne figure. Je me mords la langue pour ne pas lui suggérer de rentrer chez elle avec Heidi.

Quelle heure est-il ? J'ai perdu la notion du temps…

– Viens, Heidi, dis-je en tendant la main à ma petite sœur. On va raconter des histoires.

Andrew se laisse tomber plus qu'il ne s'assoit près de Jane. Celle-ci lui serre la main. Je m'éloigne de quelques sièges avec Heidi et pêche une revue à moitié déchirée dans la pile laissée à la disposition des visiteurs.

– D'abord, on va créer nos personnages. Tu veux quoi?

– Un gragon.

– OK.

Mes dernières expériences d'origami remontent à l'école primaire, mais Heidi se montre un public facile. Nous plions donc un dragon, le chevalier Sassa, le troll Devin (un petit garçon qu'elle croise au parc et ne porte visiblement pas dans son cœur), la ninja Heidi et la magicienne Carrie. Absorbée par notre histoire, je parviens à repousser l'inquiétude à l'arrière-plan de mon esprit. Quand le médecin arrive, le chevalier Sassa est en train d'achever le dragon.

Andrew se lève d'un bond et s'impose aussitôt en tant que référent. Je lui adresse un regard noir. L'homme en blouse blanche ne regarde personne en particulier, le regard rivé à sa feuille de notes. Il débite une liste de termes médicaux auxquels je ne comprends pas grand-chose. C'est grave, une commotion cérébrale? Le médecin annonce dix jours d'hospitalisation, puis de la rééducation. Dix jours? Je grimace: ce n'est vraiment pas le moment, avec ce qui se passe à Shark... Mais quand on songe à ce qui aurait pu arriver, c'est un miracle.

– Vous pouvez le voir quelques minutes, mademoiselle, poursuit le médecin en se tournant vers moi, mais veillez à ne pas trop le fatiguer.

Je promets tout ce qu'on voudra. Andrew tente de me suivre, mais le médecin lui dit qu'une seule personne est autorisée en salle de réveil et que Joshua m'a demandée.

À la décharge d'Andrew, il ne cherche pas à discuter. Je m'aventure donc une fois de plus dans les méandres de l'hôpital, m'efforçant de ne pas perdre de vue le médecin qui fonce comme un bolide.

La salle de réveil est plongée dans l'ombre. Je distingue à peine la forme allongée de Joshua éclairée par une veilleuse. Des appareils médicaux clignotent dans le noir. Je ravale la boule qui s'est formée dans ma gorge pour m'approcher du lit.

– Josh, je suis là.

Le simple fait de soulever les paupières semble lui demander un effort surhumain. Mais ses doigts, quand je prends sa main, se nouent solidement aux miens, comme pour s'assurer que je ne suis pas une illusion. Je m'assieds maladroitement sur le bord du lit, prenant garde à ne pas toucher de tuyaux, ni le plâtre qui emprisonne sa jambe gauche de la cheville jusqu'au genou.

– Comment te sens-tu?

– J'ai connu mieux, marmonne-t-il d'une voix pâteuse.

Je caresse de mon pouce le dos de sa main.

– Le principal, c'est que tu sois vivant.

– Mais comment je vais faire pour tout ça... ?

– Tu n'es pas tout seul.

Je cherche son regard dans l'ombre.

– Je sais que tu tiens à ton indépendance. Mais à certains moments, il faut aussi savoir s'appuyer sur son entourage.

– Comme Mike... marmonne-t-il.

– Je ne suis pas Mike. Ton père non plus. Bridget non plus. Ça va bien se passer.

Il referme les yeux sur un grognement.

Bon, d'accord, si j'étais à sa place, j'aurais aussi du mal à croire que tout va bien se passer.

Je porte sa main à mes lèvres pour en embrasser délicatement le dos. Quelque part dans la pénombre, une machine se met à sonner. Mon cœur fait un bond dans ma poitrine.

– Qu'est-ce que c'est?

Surgie de nulle part, une infirmière s'avance pour imposer le silence à l'appareil.

– Tout va bien, madame, me rassure-t-elle. En revanche, je vais vous demander de laisser votre époux se reposer. Vous pourrez revenir demain aux heures de visites.

Mon cœur fait un nouveau bond.

Mon époux?

Joshua me sourit d'un air malicieux qui fait s'envoler mes inquiétudes. Je me penche pour effleurer sa bouche de la mienne. L'enthousiasme avec lequel il répond à mon baiser achève de me rassurer.

– Je suis sûr que si tu restais, je guérirais beaucoup plus vite, argumente-t-il en caressant ma hanche d'un mouvement suggestif.

– Vous devez vous reposer, insiste l'infirmière, ne sachant visiblement pas s'il plaisante ou si elle doit le prendre au sérieux.

– Je ne peux pas m'installer quelque part? insisté-je. Un lit de camp, ou…

– Vous avez besoin de vous reposer également. Nous ne sommes pas équipés pour recevoir les familles.

Abandonner Joshua dans cet état me donne mal au ventre, mais l'infirmière se montre intraitable. D'ailleurs, il recommence déjà à somnoler. Après un dernier baiser, je lui jure de revenir demain à la première heure. Je lui signale également qu'Andrew et Jane sont à l'hôpital et qu'ils voudront sans doute le voir dès que possible.

En quittant la pièce, je me cogne dans la porte, éblouie par le contraste entre la pénombre de la chambre et la lumière du couloir, et sans doute aussi par ce dernier baiser. Malgré l'heure, la fatigue et les incertitudes sur l'avenir, je me sens soudain légère.

Il est conscient, il plaisante, tout va bien se passer.

Les cris de Heidi me guident jusqu'à la salle d'attente. Ma petite sœur est sur les nerfs, il se fait tard pour elle aussi.

– Joshua va bien, dis-je à la famille, mais il est fatigué par l'opération. Il va se reposer cette nuit et nous pourrons le voir demain.

Heidi commence aussitôt à se rouler par terre en hurlant qu'elle veut voir Sassa. Je l'attrape par les bras pour l'empêcher de bouger.

– Tu sais qu'il ne faut pas faire de bruit dans un hôpital? Si tu continues à crier, ils ne te laisseront pas revenir.

La menace lui impose momentanément le silence. Elle fourre son pouce dans la bouche d'un air grincheux. Jane s'extirpe de son siège inconfortable en déclarant qu'il vaut mieux rentrer.

– Il faut remplir le dossier… commence Andrew.
– Je l'ai déjà fait.
– J'aurais aimé le voir, reprend le père de Joshua, l'air contrarié.
– Ce n'étaient que des renseignements administratifs.
– Mais le système américain est différent du système français.
Heidi me dispense de répondre en escaladant un siège métallique pour sauter depuis le dossier. Évidemment, elle se tord une cheville à la réception, s'effondre par terre et se met à hurler. Jane insiste pour quitter l'hôpital rapidement.
– Il y a beaucoup de questions à régler, insiste Andrew en la soutenant pour regagner la sortie.
Je me suis enveloppée dans la veste de Joshua. Le cuir est râpé du côté gauche, elle est fichue, mais elle conserve son odeur. J'inspire avec délice.
Cette nuit, je dors avec.
– Veux-tu passer la nuit à la maison, Carrie? demande Jane. Ce sera plus facile pour te rendre à l'hôpital, demain.
Je préférerais rentrer sur le campus. Le soutien de Tina me sera précieux. D'un autre côté, Stanford est loin de l'hôpital. Un aller-retour me ferait perdre un temps précieux, sans compter qu'à cette heure-ci, il n'y a plus de train.
– Ouais! fait Heidi, réveillée par l'air frais du dehors. Ze te prêterai mon crocrodile pour faire dodo.
– Et moi, une chemise de nuit et une brosse à dents, ajoute Jane avec un faible sourire.
Bon.
Je n'avais pas envisagé de passer la nuit chez ma mère avant au moins trois mille ans, mais la journée a été longue, pleine d'imprévus et forte en émotions. Comme Heidi, j'ai besoin de me reposer. Je cède à contrecœur:
– Juste pour cette nuit.
– Je t'emmènerai à l'hôpital demain, offre Andrew.
Mes mots vont plus vite que ma pensée.
– Vous ne considérez plus notre relation comme immature et égoïste?

Je regrette mes paroles acerbes dès que je vois Jane rentrer la tête dans les épaules. La mâchoire d'Andrew se crispe. Heidi, sans doute sensible à la tension ambiante, balance un coup de pied dans le pneu d'une voiture, déclenchant l'alarme.

Oups.

Je viens de mettre les pieds dans le plat. C'est plus fort que moi, Andrew me tape sur les nerfs. Mais le moment, alors que nous sommes tous épuisés et nerveux, n'était sans doute pas idéalement choisi. La réaction de Jane me surprend.

– Tu aimes vraiment Joshua, n'est-ce pas? demande-t-elle d'un ton calme, attrapant le petit monstre par le bras.

– C'est ce que nous avons tenté de vous expliquer.

– Alors tu envisages de rester en Californie pour de bon?

Je vois qu'elle a pris en considération les avantages de la situation…

J'enfonce mes mains dans les poches de la veste de Joshua. Un vent glacial a dégagé le ciel; les étoiles brillent au-dessus de la masse sombre de l'hôpital.

Je n'avais jamais rêvé de m'installer en Californie.

Pour moi, ce devait être une année à part. J'espérais même, dans ma grande naïveté, que Jane n'en saurait rien. Joshua a tout changé.

Heidi chouine en s'accrochant à ma jambe. Quand je la prends dans mes bras, elle blottit sa petite tête blonde au creux de mon cou.

Elle est si mignonne quand elle se tait…

J'annonce à ma mère:

– Oui, je reste. D'autant que les musiciens de mon groupe et moi avons signé avec Atlantic Records.

Jane pousse un cri aigu qui nous fait tous sursauter.

– Carrie! C'est extraordinaire!

– Oui, enfin… Il faut voir ce que ça donne.

– L'industrie musicale est très fluctuante, appuie Andrew.

Pour quelqu'un qui a épousé une concertiste, je le trouve bien critique. Jane lui administre une petite tape sur le bras et pour la première fois que j'ai fait la connaissance d'Andrew, elle exprime une opinion divergente de celle de son mari :

– Tu n'y connais rien ! Nous devons l'encourager, au contraire !

– Si tu le dis...

Elle se tourne vers moi, les yeux brillants :

– Il faut aller là où ton cœur te porte.

La perche est trop belle pour que je ne la saisisse pas :

– Vers Joshua, donc.

Son sourire se crispe brièvement avant qu'elle ne déclare d'un ton ferme :

– Tout ce qui m'importe, c'est que tu sois heureuse.

– Vraiment ?

– Oui. Je m'excuse d'avoir mal réagi l'autre jour au restaurant. J'ai été surprise. Mais c'est toi qui avais raison : peu importe de quelle façon nous formons une famille, tant que nous sommes ensemble.

Je me tourne vers Andrew, qui hausse les épaules pour me signifier qu'il se range à l'avis de Jane.

C'était bien la peine d'en faire toute une histoire !

Quand nous arrivons à la voiture, Heidi s'est endormie. Je la dépose avec précaution dans son siège auto. Puis je me tourne vers l'hôpital, comme si je pouvais transmettre par la pensée un dernier au revoir à Joshua.

Je serai là demain à la première heure, juré.

30

UN NOUVEAU TOIT

Je termine mon morceau de guitare sur une interprétation très libre du thème de *Titanic*. Aucune réaction de Joshua. Allongé sur son lit d'hôpital, il semble fasciné par sa béquille. Du fauteuil où je me trouve, je peux presque voir tourner les rouages de son cerveau.

– Tu ne m'écoutes pas, dis-je, vexée.

– Je suis certain qu'on peut améliorer ce truc. Regarde comme c'est mal fichu !

Je gratte mon bras à l'endroit où l'infirmière m'a fait la prise de sang. Le seul point positif de passer autant de temps à l'hôpital, c'est que nous étions sur place pour procéder à un dépistage sanguin. Le point négatif ? Tant que Joshua ne sera pas sorti, il ne nous servira à rien.

– Tu comptes te mettre à la fabrication de béquilles ?

– Pourquoi pas ?

– D'ici que tu les aies mises au point, tu n'en auras plus besoin.

– Quarante-cinq jours, grogne Joshua en croisant les bras comme Heidi quand elle boude. Les médecins ont dit quarante-cinq jours de plâtre et autant de rééducation. C'est long !

La patience n'est clairement pas une vertu familiale.

Je pose ma guitare à côté de mon fauteuil. Jimmy va encore râler parce que je n'ai pas assez répété, mais depuis l'accident, je passe toutes mes journées à l'hôpital. Du menton, je désigne les papiers épars sur le lit.

– Ça ne t'empêche pas de bosser.

– Mais je devrais être au siège de Shark ! Ces crétins de médecins me retiennent pour rien !

Le voir s'agiter me rassure sur son état de santé. Il n'a jamais été du genre à rester tranquille. Je lui rappelle tout de même :

– Tu as eu une commotion cérébrale.

– Je me porte très bien, proteste-t-il.

Il est vrai qu'il récupère plus vite que prévu. À l'exception de quelques migraines, il était prêt à quitter l'hôpital hier. Histoire de lui changer les idées, j'oriente la conversation vers un autre sujet :

– Tu as des nouvelles de l'enquête ?

Il hoche la tête, ce qui le fait grimacer.

Les migraines n'ont pas tout à fait disparu… Donc les médecins ont raison d'être méfiants.

– Les freins de la moto ont été sabotés.

Je cligne des yeux, surprise. Bien sûr, l'hypothèse était privilégiée depuis le départ, mais entendre Joshua la confirmer me choque.

C'est une tentative de meurtre !

Les mots se bousculent sur mes lèvres :

– Quand ? Comment ? Ils marchaient parfaitement à l'aller, non ?

– Les câbles étaient cisaillés. Ils auraient pu lâcher n'importe quand.

Je frissonne rétrospectivement. Si cela nous était arrivé sur l'autoroute… Comme s'il avait lu dans mes pensées, Joshua passe un bras autour de ma taille, m'attire contre lui et soupire profondément.

– S'il t'était arrivé quelque chose… lâche-t-il d'une voix blanche.

Je pose une main à plat sur sa poitrine. Sentir battre son cœur me rappelle que nous avons échappé au pire. Rien ne sert de nous torturer avec ce qui aurait pu se passer. Je demande :

– Mais tu ne gares pas ta moto chez Orion ? Comment le saboteur aurait-il accédé au garage ?

– Je l'avais récupérée la veille et garée à l'arrière des locaux de Shark pour passer directement te chercher.

– Ça pourrait être Mike, non ?

Qui d'autre aurait des raisons de lui en vouloir ?

– Je l'ignore. La police enquête pour savoir si on l'a vu rôder autour de Shark. Enfin, c'est dingue ! explose-t-il. Je n'arrive pas à croire qu'il se rendrait coupable de tentative de meurtre. Des malversations financières, cela semble de plus en plus certain. Les premiers éléments de l'enquête interne montrent qu'il était en relation avec certains de nos concurrents… Bref, c'est peut-être un escroc, mais un meurtrier ?

– J'ai toujours pensé qu'il t'en voulait à titre personnel.

– Mais pourquoi ? Je ne le connaissais même pas avant de l'engager, et durant notre collaboration, il ne s'est rien produit qui puisse déclencher sa haine.

– Va savoir. Certaines personnes sont juste déséquilibrées.

Je me blottis contre lui. Savoir qu'il y a dehors quelqu'un qui rôde et qui veut le tuer n'est pas rassurant du tout. Finalement, je ne suis pas pressée qu'il quitte l'hôpital. Il reprend, en me caressant les cheveux :

– Alors, rien de neuf côté maisons ?

– Tu as vu ta liste de critères, aussi ? Les agences me rient au nez quand je la leur montre.

Et après il se moque de mes listes ! Il en a écrit cinq pages !

Bon, les agences ne rient que jusqu'au moment où elles apprennent mon budget. Après, elles se disent prêtes à accomplir des miracles. Mais jusqu'à présent ça n'a rien donné.

– Tu ne t'adresses pas aux bonnes, décrète Joshua. Crois-moi, en matière d'excentricité, on voit de tout à San Francisco. Et tant qu'à m'installer pour la première fois de ma vie, je veux la perfection.

– Et c'est moi qui la cherche…

Il se redresse pour enlever la montre à son poignet. Je proteste quand il me la tend :

– Ah non, pas Penny !

– Je l'ai paramétrée pour la recherche immobilière.

– Et elle sait faire le café, aussi ?

Joshua rit et porte aussitôt une main à son front avec une grimace.

– J'y penserai pour l'avenir.

– Sérieusement, Josh, je n'ai pas besoin de Penny, dis-je en essayant de la lui rendre.

– Mais si ! J'ai intégré un système de prise de mesures, tu pourras également prendre des photos que Penny enverra directement sur mon ordinateur, lui dicter tes impressions…

– Ça a l'air génial en théorie. Mais tu sais bien qu'elle débloque tout le temps. Elle parlait russe, la dernière fois !

– J'ai fait une mise à jour, promet Joshua. Normalement, tu ne devrais plus avoir de problèmes.

Penny choisit ce moment précis pour annoncer en minaudant :

« Aujourd'hui, vous avez parcouru 103 pas. Votre objectif quotidien est de 10 000 pas. Il vous reste à faire… »

Je glisse mon doigt sur l'écran pour lui imposer le silence.

– Une mise à jour, hein ?

– Je ne l'avais pas encore basculée sur ton profil. Donne.

Tandis qu'il règle l'appareil, je lui demande :

– Ton père n'a pas insisté pour que tu ailles t'installer chez eux à ta sortie de l'hôpital ? Il m'en parle chaque fois que nous nous croisons.

– Pourquoi crois-tu que j'aie autant hâte que tu nous trouves une maison ? soupire-t-il.

Je croyais que c'était pour être avec moi…

Remarquant mon air vexé, Joshua se penche pour me rassurer d'un baiser.

– Je veux être avec toi et personne d'autre, promet-il, ses lèvres contre les miennes.

– Andrew va être vexé…

Joshua se recale contre son oreiller pour terminer les réglages.

– Écoute, je suis reconnaissant de tout ce qu'il fait pour moi en ce moment. Surtout qu'il a enfin décidé de m'écouter au lieu de m'imposer son point de vue. De là à passer nos journées ensemble… Je tiens à mon indépendance.

– Compris, dis-je en récupérant Penny.

Le logiciel me salue d'un « à votre service, mademoiselle » de bon augure. Il m'informe également qu'il est dix-sept heures, autrement dit, largement l'heure de partir si je ne veux pas arriver en retard à la répétition.

– Tu t'en vas déjà? demande Joshua en me voyant me lever.

– Les garçons m'attendent.

– Les veinards. Tu ne veux pas m'emmener?

Son imitation du Chat potté est si réussie que j'éclate de rire.

Bien sûr, j'aimerais qu'il m'accompagne.

L'abandonner à l'hôpital me déplaît toujours autant, même s'il s'y trouve pour l'instant en sécurité. Je secoue la tête:

– Il te faut l'autorisation des médecins.

– On n'a qu'à filer en douce, façon ninja! Allez, Carrie!

Je me penche pour l'embrasser, ce qui coupe court à la conversation.

C'est fou ce qu'il fait chaud, dans cet hôpital.

– Pense à prendre un très grand lit, murmure-t-il en me libérant.

Sur ce point, nous sommes d'accord. Quand les temps seront plus calmes, je suggère même que nous passions un mois entier sans en bouger.

J'ai vraiment hâte d'y être.

***

« Le salon mesure 50 pas... »

Je glisse mon doigt sur l'écran pour faire taire Penny, avec sa nouvelle lubie de tout mesurer en pas.

Ce logiciel est possédé. Ou alors il développe une forme d'intelligence incompréhensible par le commun des mortels. Bref.

De toute façon, Joshua refusera. J'ai visité au moins un million de maisons depuis deux jours (bon, d'accord, une douzaine) et chaque fois, quelque chose ne va pas. Trop petit, pas assez ensoleillé, mal placé, escalier dangereux, décoration hideuse, j'en passe et des meilleures. Je suis à deux doigts de jeter l'éponge. Qu'il aille passer sa convalescence chez Jane et Andrew!

J'en serais la première punie.

J'ai d'autant plus hâte de récupérer mon homme que notre départ pour la France approche à grands pas. Pourvu que les médecins donnent leur feu vert pour le voyage en avion ! En attendant, je demande à Penny d'envoyer les photos de ma dernière trouvaille, puis je m'attarde un peu, les mains dans les poches.

Cette maison est géniale.

Idéalement située à Hillsborough, une bourgade à mi-chemin entre San Francisco et Palo Alto qui concentre un nombre impressionnant de résidences de luxe, elle allie le charme extérieur d'une villa de style rustique (grands toits de tuile, tourelles et lierre en façade) à un intérieur ultra-moderne. Il y a un parc immense, assez de place pour garer une collection entière de motos, plus des voitures et quelques bateaux, des chambres d'amis, un sous-sol insonorisé... C'est la première fois que j'ai pu cocher tous les critères sur la liste de Joshua. S'il dit non à celle-ci, j'abandonne !

Je m'attarde dans le salon, éclairé à l'est et à l'ouest grâce à de larges baies vitrées. Les précédents occupants ont laissé la plupart de leurs meubles : un grand canapé en cuir rouge, une bibliothèque avec chaîne hi-fi intégrée, la télévision à écran géant... Je m'imagine déjà les soirées que nous pourrions y passer avec Joshua, blottis dans le canapé avec un plaid, du pop-corn et un bon film d'action. À moins que nous ne décidions de rester dans notre chambre, sur ce merveilleux lit *king size* à sommier réglable... Je ne suis pas vraiment pour la télé dans la chambre, mais l'écran est incrusté dans le mur ; on peut toujours tirer un rideau devant. L'agent immobilier a évoqué un réseau domotique reliant tous les équipements. Ma main à couper que ça va intéresser Joshua.

Tant qu'il n'essaie pas de brancher Penny dessus...

La sonnerie de mon téléphone, résonnant dans l'espace vide, me fait sursauter. Je me dépêche de répondre.

– Josh ?

– Elle est parfaite, prends-la.

Le combiné manque m'échapper des mains.

– Carrie ?

– Excuse-moi. J'avais fini par croire que tu disais non à tout, par principe.

– Absolument pas, reprend-il, vexé. J'ai eu raison de dire non aux autres, puisque ça t'a permis de trouver celle-ci.

Un point pour lui.

J'insiste néanmoins :

– Tu es certain que tu ne veux pas la voir avant ?

– Je veux pouvoir m'y installer dès que les médecins consentiront à me relâcher. Tu peux m'en dire plus au sujet du réseau domotique ?

Je lève les yeux au ciel, même s'il ne peut pas me voir.

J'étais sûre que ça lui plairait !

– Tu comptes y apporter des modifications, je parie ?

– Les appareils connectés sont l'avenir, tu sais ?

Je ne peux retenir une remarque sarcastique :

– Oui, comme Penny…

– Avoue que tu l'adores.

Je n'irais pas jusque-là, mais je reconnais que je finis par trouver ses lubies divertissantes. Tant que je ne dois pas compter dessus pour l'essentiel… Une chose est certaine : avec Joshua, je ne risque pas de m'ennuyer ! Je suis amoureuse de sa façon de voir la vie. Ainsi que de tous les autres aspects de sa personnalité, bien entendu.

– Tu penses pouvoir t'en sortir avec les transactions ? reprend Joshua.

– La procuration sur ton compte me facilite grandement la vie.

Ainsi que le montant de la somme inscrite sur ledit compte. La première fois, j'ai cru que je m'étais trompée de trois zéros.

– Alors fais au plus vite. Je compte bien sortir avant ces dix fichus jours. Ne serait-ce que parce que les choses s'accélèrent, côté enquête.

Je serre mon téléphone plus fort dans ma main :

– Comment ?

– Mike a été arrêté. La présentation devant le juge doit avoir lieu demain.

Il dit ça d'une façon si calme ! Mon cœur se met à battre plus fort.

– Arrêté ?

Alors Joshua est hors de danger, si c'est bien Mike le coupable.

Je ne sais pas si je dois me sentir soulagée ou m'angoisser pour le procès à venir. Joshua reprend, toujours sur le même ton détaché :

– Il va être officiellement mis en examen pour tentative de meurtre.

– Sérieusement ?

On est sur un autre niveau que l'espionnage industriel, là. Ils ont donc trouvé des preuves lui imputant le sabotage de la moto ?

– Ça ne veut pas dire qu'il sera condamné. En fait, il va certainement essayer de négocier.

– Tu peux négocier quand tu es accusé de meurtre ?

– Bienvenue aux États-Unis, Carrie. Tout ce dont tu as besoin, c'est d'un bon avocat.

OK.

À vrai dire, je ne sais même pas comment ça fonctionne en France. Je n'avais jamais eu à me poser la question jusqu'à maintenant ! Quand je dis qu'on ne s'ennuie jamais avec Joshua, j'espère bien que ce genre de péripétie ne se reproduira pas !

– Ça va aller pour toi ? Tu dois participer à la négociation ?

– Au civil, oui. Au pénal, c'est le juge qui décide, mais il tiendra évidemment compte d'un arrangement. Ne t'inquiète pas, Andrew connaît des avocats spécialistes de ce genre de chose.

– Je ne m'inquiète pas. Ça me paraît juste surréaliste de négocier. C'est à la justice de trancher, non ?

– Un bon arrangement permet parfois d'obtenir davantage que ce qu'aurait accordé le juge, et surtout, plus rapidement.

Je ne comprends pas comment il peut me parler raison et arrangements alors qu'il est encore sur un lit d'hôpital à cause de cet enfoiré ! L'indignation perce dans ma voix :

– Et tu comptes négocier quoi, en l'occurrence ?

– La restitution de toutes ses parts dans Shark, des informations sur ses relations d'affaires, le code d'accès à son ordinateur…

– Ce n'est pas cher payé pour avoir essayé de te tuer !

Joshua marque une pause. Le silence de la maison vide, autour de moi, me paraît soudain menaçant. J'ai besoin d'être près de lui ! Il reprend sur un ton plus doux :

– Peut-être, mais ça me sera plus utile que son silence derrière les barreaux.

– Moi, je serais plus tranquille s'il était derrière les barreaux !

Je l'entends soupirer à l'autre bout du fil. Il promet :

– Carrie, tout va bien se passer. Mon principal problème, maintenant, c'est de convaincre les médecins de me laisser sortir : organiser des réunions de travail dans une chambre d'hôpital n'est pas ce qu'il y a de plus pratique !

Je ne suis pas dupe du changement de sujet, mais je décide de suivre le mouvement. Nous discuterons du cas Mike face à face.

– Tu as toujours des maux de tête ?

– Presque plus.

Autrement dit, oui.

Donc, il n'est pas près d'être autorisé à sortir… Si j'ai bien compris, c'est davantage la commotion cérébrale qui inquiète les médecins que sa jambe plâtrée. Je m'abstiens de lui faire part de mes conclusions pessimistes. Au contraire, je lui promets :

– Bon, je fais au plus vite pour la maison.

Après avoir raccroché, je demeure un long moment plantée au milieu du salon, m'efforçant de mettre de l'ordre dans mes pensées.

Waouh. C'est un sacré changement, quand même.

Avec l'achat de la maison, ma relation avec Joshua devient terriblement concrète. Fini de jouer, on passe aux choses sérieuses. La dernière fois que je me suis sentie aussi nerveuse et excitée, c'était pour la signature du contrat avec Atlantic Records. Et encore, ce n'était rien par rapport à aujourd'hui.

« Pour vous détendre, intervient soudain la voix de Penny, je vous propose quelques exercices de respiration profonde. »

Elle a dû mesurer mon pouls alors que je croyais l'avoir éteinte. J'hésite entre rire ou paniquer à l'idée que toute notre maison sera bientôt sous le contrôle d'une intelligence artificielle semblable.

Ça nous promet des journées mouvementées ! En attendant, je prends le chemin de la voiture dans laquelle m'attend l'agent.

Ce n'est pas parce que nous avons les moyens qu'il ne faut pas négocier.

31

LIBÉRÉ !

– Il est grand temps que je quitte cet endroit, bougonne Joshua.

Je ne peux que lui donner raison. Une chambre d'hôpital n'est pas adaptée à une réunion au sommet. Les quatre hommes présents tiennent à peine dans la pièce, même debout le long des murs. Pour ma part, je suis assise sur le lit, dossier relevé, à côté de Joshua. L'avocat de Mike, Barry Rockmeier, s'éponge sans cesse le front ; Joshua m'a dit que c'était une pointure, mais son costume beige froissé, son crâne chauve et les auréoles sous ses aisselles m'évoquent plutôt un détective de film de série B. Face à lui, les alliés de Joshua font bloc : Andrew, le visage impassible ; Sam Geller, le détective qui a enquêté sur les agissements de Mike ; et Daniel Elke, l'avocat recommandé par Andrew. Daniel est l'exact opposé de Barry : grand, mat de peau et maigre comme un clou, il ne quitte pas des yeux l'écran de son téléphone portable.

J'espère qu'il est aussi doué que l'autre…

En même temps, c'est plutôt Mike qui est en mauvaise posture. Depuis sa mise en accusation avant-hier, il a été remis en liberté sous caution. Ensuite, il y aura deux procédures, une au pénal, l'autre au civil. Dans les deux cas, durant la phase d'enquête, il peut négocier pour alléger la peine encourue, notamment en proposant de plaider coupable contre l'abandon de certaines charges. Au civil, il peut même s'arranger avec Joshua pour éviter le procès. D'où la rencontre d'aujourd'hui, destinée à nous entendre sur les termes de l'accord.

– Je veux surtout comprendre, attaque Joshua. Pourquoi la tentative de meurtre ? Que votre client se soit laissé tenter par l'appât du gain, encore, ça arrive. Mais le sabotage ?

Barry Rockmeier s'éponge encore une fois le front avant de répondre :

– L'appât du gain n'a rien à voir dans cette affaire, monsieur Bennett. Mon client est un homme blessé, dont le jugement a été obscurci par la douleur.

– La douleur ? répète Joshua visiblement perdu. Mais de quoi parlez-vous ?

– Le nom de Shirley Jackson vous est-il familier ?

Le clan de Joshua échange des coups d'œil interrogateurs. Personne n'a l'air de savoir qui est la fameuse Shirley, pas même le principal intéressé. Il secoue la tête, ce qui agace visiblement Barry.

– Comptez-vous tant de conquêtes pour ne pas vous rappeler leurs noms ?

Cette fois, c'est à mon tour d'accuser le coup.

Comment ça, « tant de conquêtes » ? Bon, je n'ai pas vécu dans une abbaye non plus, mais je me souviens quand même des garçons avec qui je suis sortie. Enfin je crois.

– Ah, *cette* Shirley ! s'exclame Joshua. Enfin, si nous parlons bien de la fille avec qui je suis sorti l'année après avoir quitté le lycée. Ça fait un bail. Et je crois bien ne lui avoir jamais demandé son nom de famille.

Pour toute réponse, Barry lui tend la photo d'une jeune femme souriante, aux cheveux blonds décolorés et au bronzage un peu trop marqué pour être naturel. On dirait une caricature de pom-pom girl. Joshua hoche la tête.

C'était ça, son style de fille ? Heureusement que j'ai pris les choses en main…

En même temps, elle l'a tellement marqué qu'il en avait oublié son prénom. Je crois que sur cette question, je peux laisser la jalousie de côté. Je me serre un peu plus contre lui, juste au cas où. Il reconnaît :

– C'est bien elle, mais je ne saisis pas le lien avec l'affaire qui nous réunit.

Barry reprend le cliché et le range dans son dossier avant de demander :

– Comment s'est terminée votre liaison avec cette jeune femme?
– Elle m'a largué, répond Joshua en haussant les épaules.
– Et pour quelle raison?
Il jette un coup d'œil en biais à son père avant de répondre:
– Nous avons eu un accident de moto. Elle s'est cassé la jambe et elle m'en a beaucoup voulu. Mais j'ai réglé tous les frais médicaux!
– Certes, mais l'accident a eu des conséquences plus inattendues.
Barry s'éponge le front une fois de plus.
Je parie que c'est une tactique pour déstabiliser l'adversaire.
En tout cas, je ne vois toujours pas où il veut en venir. J'espère sincèrement que l'avocat de Joshua maîtrise la situation car pour ma part, je me sens aussi utile qu'une barrette à cheveux sur le crâne d'un chauve. Comme s'il avait senti mes doutes, Joshua me presse doucement la main, une façon de me rappeler que ma présence lui est un soutien précieux.
– Voyez-vous, poursuit Barry, Shirley était à l'époque fiancée à mon client. Celui-ci ignorait que, tandis qu'il travaillait dur à Princeton, elle passait le temps de façon plus… légère.
Andrew étouffe une toux nerveuse. Joshua tombe des nues. Il lâche ma main pour protester, le buste penché en avant:
– J'ignorais complètement qu'elle était fiancée!
– Elle n'avait aucun intérêt à vous le révéler, commente Barry. Cependant, suite à l'accident, mon client s'est posé quelques questions concernant les circonstances dans lesquelles celui-ci s'était produit et il a fini par découvrir le pot aux roses. Vous devez comprendre que mon client était fou amoureux de Shirley. Un amour comme on n'en vit qu'une fois dans son existence… Je pense que ça vous parle, ajoute-t-il en me regardant avec insistance.
Hé! Je n'ai rien à voir avec cette Shirley, merci.
Qu'est-ce qu'il essaie de nous dire? Mike aurait agi pour se venger d'une déception sentimentale vieille de plusieurs années?
N'importe quoi!
Joshua a repris ma main et me caresse machinalement les doigts. Son avocat s'impatiente:

– Venez-en au fait, s'il vous plaît.

– C'est très simple : constatant qu'elle l'avait trompé, mon client a rompu avec Shirley. Mais, considérant la force des sentiments qu'il lui portait, il n'a jamais pu refaire sa vie sentimentale. Il vous tient donc pour responsable de cet échec, monsieur Bennett.

– Il est complètement fou ! s'exclame Joshua.

Je suis bien d'accord avec lui. Ça ressemble à un plan monté par Barry pour justifier les actions de son client. Mike est un adulte intelligent, éduqué, capable de diriger plusieurs centaines de salariés… et il poursuivrait une vengeance datant de ses années d'études ?

Il faut avoir un grain.

Barry répond en se frottant les mains :

– Les experts le diront.

– Si votre client cherche à échapper à ses responsabilités… commence Daniel.

– Mon client est prêt à plaider coupable.

L'annonce coupe net la discussion. Joshua écarquille les yeux, son avocat caresse nerveusement le dos de son téléphone portable.

Plaider coupable ?

Dans le système américain, ça permet d'obtenir une peine moins lourde. Il n'est donc pas si absurde que Mike, se voyant démasqué, agisse ainsi… Ou alors, je n'ai rien compris à ce qu'on m'a expliqué tout à l'heure.

– Sur tous les chefs d'accusation ? demande enfin Daniel.

– Il souhaite naturellement éviter la prison.

– Je veux qu'il restitue l'intégralité des titres de Shark Outdoors qu'il pourrait encore détenir, jette Joshua. Et qu'il donne le nom de toutes les personnes avec qui il avait engagé des tractations. Pour le reste, je me contenterai d'une mesure d'éloignement.

Daniel fronce les sourcils et lui fait signe de se taire. De toute évidence, il trouve la proposition bien trop généreuse.

Moi, ce qui m'épate, c'est que nous puissions en discuter tranquillement entre nous, sans que le juge soit présent. Je crois que je ne me ferai jamais à ce système.

Et puis tout le monde semble oublier le sabotage des freins ! Pour ma part, la vision de Joshua percutant cette voiture avant d'être éjecté de sa moto me donne encore des cauchemars.

Je ne pardonnerai jamais à Mike.

J'approuve mentalement Daniel quand il fait remarquer :

– Il y a quand même eu tentative de meurtre.

– Crime passionnel, contre-attaque Barry.

– À qui voulez-vous faire croire ça !?

Et c'est parti...

La perspective d'une bataille verbale entre les deux avocats me donne d'avance mal à la tête. Je n'ai pas vraiment envie d'entendre discuter des détails sordides des arrangements.

À combien chiffre-t-on une vie ? Celle de Joshua n'a pas de prix pour moi.

Joshua semble partager mon opinion à ce sujet. Il bâille ostensiblement et prend l'air bien plus fatigué qu'il ne l'est en réalité, j'en mettrais ma main à couper.

– Bien, si nous sommes d'accord sur le principe, nous pourrons peut-être voir les détails ultérieurement ? J'aimerais discuter de tout ça de façon plus approfondie avec Daniel avant de vous faire part de nos conditions.

– Entendu, acquiesce Barry en rangeant son mouchoir dans sa poche. Je vous ferai parvenir les propositions de mon client dans la soirée.

Daniel tente de s'incruster, mais Joshua met tout le monde dehors sous prétexte qu'il veut se reposer. La pression de ses doigts sur ma hanche me raconte une autre histoire. La porte à peine refermée derrière Andrew, il m'attire à lui pour un baiser passionné.

Les chambres d'hôpital ne sont pas pratiques non plus *pour les câlins.*

Soudain, quelque chose se met à vibrer sous les draps, avec un peu trop d'insistance pour être la démonstration d'un enthousiasme physique. Joshua me relâche avec un grognement de frustration.

– Saleté de téléphone! Allô?

Il hoche la tête plusieurs fois à ce que lui dit son interlocuteur.

– Merci d'avoir appelé. On se voit demain.

Puis il se tourne vers moi.

– Andrew te prévient qu'une marée de journalistes campe devant l'hôpital. Apparemment, ma présence ici a été éventée… Bref, sors par l'arrière pour plus de discrétion!

– Entendu.

– Ceci dit, ajoute-t-il, il faudra bien faire une présentation officielle à la presse un de ces jours.

– Pourquoi?

Autant les projecteurs ne me dérangent pas sur scène, autant dans ma vie quotidienne, je m'en passe très bien! Joshua prend une de mes mains entre les siennes et, du pouce, trace de petits cercles sur ma paume.

Plus efficace que n'importe quel exercice de relaxation suggéré par Penny.

– Ne serait-ce que pour contrebalancer l'épisode de la vidéo.

Ah oui, la vidéo.

Avec tout ce qui nous est tombé dessus entre-temps, j'ai presque occulté le fait que la terre entière ou presque avait pu nous admirer dans le plus simple appareil. Voir l'homme que vous aimez frôler la mort vous aide à remettre les choses en perspective. J'en reviens à ce qui me préoccupe vraiment:

– Tu vas vraiment laisser Mike s'en tirer comme ça?

– Il n'est pas question de le laisser s'en tirer, mais de l'obliger à réparer dans les conditions les plus avantageuses pour nous.

– Et comment tu répares une tentative de meurtre? Tu te rends compte qu'il t'en veut pour une histoire qui est arrivée alors que vous étiez étudiants? C'est un fou dangereux. Je serais plus rassurée de le savoir derrière les barreaux.

Joshua croise les bras sur sa poitrine. Nous avons déjà eu cette conversation, je sais, et je crois que nous ne tomberons jamais d'accord sur ce point. Malgré son exaspération, il me répond d'un ton patient:

– Cette décision appartient au juge, dans le cadre du pénal. Ne t'inquiète pas, Daniel connaît son travail, il prendra un maximum de garanties pour que Mike ne puisse plus jamais nous nuire. Et Sam le tient à l'œil.

– Tu fais surveiller Mike? C'est légal, ça?

– Tant qu'il reste dans le cadre de son activité, oui. Ça te rassure?

Je hoche la tête. Bien sûr, je préférerais obliger Mike à embarquer pour le premier bateau en partance pour une île déserte avec ravitaillement tous les cent ans, mais puisque Joshua fait confiance à son entourage, je vais m'efforcer de l'imiter. Joshua me caresse le dos en poursuivant:

– Parlons de choses plus gaies. Quand aurons-nous les clés de la maison?

– Après-demain, si tout va bien.

– Encore deux jours… soupire-t-il.

– C'est déjà un miracle que notre offre ait été acceptée tout de suite et que la maison soit habitable en l'état!

Il ne se rend pas compte, lui, il n'était pas sur le terrain!

Joshua balaie ma protestation d'un revers de main désinvolte.

– Bon. Donc, sortie dans deux jours, quoi que disent les médecins, je les ai assez écoutés comme ça! Un point presse rapide devant l'hôpital, puis je tiens à organiser une réception pour mes collaborateurs. Tu as vu le nombre de cartes de soutien que j'ai reçues?

– Tu es populaire!

Il tente de prendre un air blasé mais ne peut s'empêcher de sourire. Moi non plus: je sais qu'il a douté de ses capacités de manager, après les manœuvres de Mike. Le soutien de ses employés, en ces temps de crise, doit beaucoup compter pour lui.

– Pour la réception, rends-moi Penny, réclame-t-il. J'ai besoin qu'elle m'organise tout ça.

– Penny? Tu prends des risques!

– Mais non, elle gère. Tu vois, elle a même la liste des traiteurs de Palo Alto. Je lui dis ce que je veux, elle commande. Simple, efficace.

– Surtout si tu tiens à te retrouver avec un menu allégé parce qu'elle a subitement décidé que les invités devaient suivre un régime.

– Au moins, ce sera original.

Je lui tends Penny, à ses risques et périls.

Mon petit doigt me dit que la réception risque d'être inoubliable.

***

Penny a réussi à réserver une salle de réception sans se tromper ni nous attirer de remarques outrées de la part du gérant.

Elle s'améliore.

J'avais dit à Joshua qu'une capacité de deux mille personnes était un peu exagérée, mais si l'on compte les salariés de Shark, quelques clients privilégiés invités pour l'occasion, les journalistes et une grande partie de mes colocataires de Roth (sous prétexte de leur faire mes adieux), nous devons bien atteindre ce chiffre.

En revanche, Penny s'est un peu emmêlé les pinceaux dans les commandes de petits fours. Quand on confond *pièce* et *kilo*, on se retrouve vite avec des montagnes de nourriture… À sa décharge, Joshua ne s'est pas laissé démonter : il a aussitôt appelé une organisation caritative pour qu'ils distribuent le surplus à l'issue de la fête.

Quoi qu'il en soit, ça fait du bien de voir Joshua enfin hors de l'hôpital. Il circule avec une aisance déconcertante avec ses béquilles et je le soupçonne fortement de réfléchir à un nouveau produit sur le thème… Il paraît que la femme en fauteuil roulant avec qui il est en train de discuter est la présidente d'une association handisport.

– Quand tu auras fini de baver sur ton homme, me lance Trevor, il faudra penser à te préparer. Nous passons dans dix minutes.

– Je ne bavais pas ! protesté-je en m'essuyant malgré tout le coin des lèvres.

On ne sait jamais.

Est-ce ma faute si je trouve Joshua sexy même avec un pantalon un peu large pour laisser passer le plâtre ?

Mes camarades m'attendent au pied de l'estrade installée au fond de la salle. Ça faisait longtemps que je n'avais plus joué devant un public aussi restreint. Deux mille invités, c'est beaucoup pour une réception, peu pour un concert; enfin, je m'entends… Je n'ai même pas eu à solliciter Sun Juice: ils ont proposé spontanément de venir quand je leur en ai parlé. Comme dit Jimmy, ça fait toujours de l'entraînement et dans la mesure où nous nous produisons dans un cadre amical, nous sommes libres d'expérimenter comme nous l'entendons et même d'improviser si l'humeur nous prend. Au moment de monter sur l'estrade, j'ai une pensée pour mes premières expériences dans des petits groupes étudiants qui n'avaient d'autre ambition que de passer un bon moment.

C'était chouette. Mais j'en ai parcouru, du chemin, depuis!

Je regarde dans la direction de Joshua. Orion vient de l'obliger à s'asseoir pour assister au concert. Il m'adresse un signe de la main et mon cœur se met à battre plus fort.

Jouer devant lui, même si nous en venons un jour à remplir les stades, restera toujours spécial pour moi.

Un piaillement enthousiaste m'apprend que Heidi a pris place, elle aussi, parmi les spectateurs. Elle agite dans ma direction une grande girafe en peluche rose vif. Assise à côté d'elle, Jane arbore un sourire béat.

Jouer devant ma mère, en revanche, n'appartient pas au registre de mes fantasmes.

En tant que musicienne, je sais qu'elle va juger notre performance. Or, elle n'a jamais supporté le rock. Je me demande comment elle peut accepter d'y exposer les oreilles innocentes de Heidi. D'un autre côté, elle est tellement heureuse que j'accepte mon destin de musicienne qu'elle est en mode « qu'importe ce qu'elle joue, pourvu qu'elle joue ». Sagement, Andrew a opté pour l'esquive: il a disparu depuis un moment à l'extérieur en compagnie de Daniel, l'avocat. Pas de repos pour les braves…

– Carrie, tu es avec nous? demande Hudson en jetant un coup d'œil par-dessus son épaule.

Je lève le pouce pour le rassurer.

– À cent pour cent!

Il m'adresse un sourire en coin.

– Alors accroche-toi, ça va déménager.

Je baisse les yeux sur ma guitare tandis que nous entamons *Star Crossed*, un morceau que nous travaillons encore pour notre prochain album. Dès les premières mesures, Matt accélère le tempo tandis que la basse de Jimmy part dans les graves.

C'est quoi, cette façon de changer sans prévenir?

Trevor rattrape le coup avec maestria tandis que Hudson tient sans sourciller la ligne vocale. Un shot d'adrénaline court dans mes veines. J'entame ma partie en me calant sur le jeu de Trevor, puis je m'en éloigne par petites touches, sans perdre de vue l'équilibre de l'ensemble.

Un travail de funambule musical.

Les spectateurs, faute de connaître le morceau, ne peuvent pas se douter de ce qui se trame entre nous. Pour eux, nous jouons normalement alors qu'en réalité, nous improvisons sans aucune concertation préalable. Le plus dingue, c'est que ça marche. J'essaie de ne pas me laisser déconcentrer par le regard brûlant de Joshua.

Si je loupe une note, Trevor va me vanner pendant des semaines.

La musique me monte à la tête comme de l'alcool tandis que la présence de Joshua fait courir des frissons sur ma peau. Je m'immerge dans le plaisir de jouer pour en ressortir, cinq chansons plus tard, légèrement hébétée, comme lorsqu'on retrouve la lumière de l'été après une séance de cinéma. Quelques personnes ont commencé à danser sur le dernier titre. Heidi bondit dans tous les sens comme un kangourou. Je lui tends la main pour l'aider à monter sur l'estrade et je lui permets même de poser ses petites pattes collantes sur ma guitare tandis que nous saluons le public.

– Tu danses? demande Trevor au moment où je pose mon instrument.

Un DJ a pris le relais du groupe pour poursuivre la fête. Je remarque qu'Orion n'a pas perdu de temps pour attirer Tina sur la piste…

– Pas avec toi, intervient une voix grave qui fait battre mon cœur plus fort.

– Excuse-moi ! répond Trevor, levant les mains en signe d'excuse. Loin de moi l'idée de prendre ta place, mais il me semble qu'avec ça, ajoute-t-il en désignant les béquilles du menton, danser sera compliqué.

– Question de technique, rétorque Joshua, sûr de lui.

Mais bien sûr…

Je prends la main de Heidi pour l'aider à descendre de scène.

– Désolée, mais c'est elle ma cavalière pour ce soir. Tu connais le « jookin », Heidi ?

– Ze veux ! s'exclame-t-elle en bondissant à plusieurs centimètres au-dessus du sol.

Dans un casting pour Tigrou, elle ferait un tabac.

Joshua m'attrape par la taille pour m'empêcher de m'échapper.

– J'aurai ma revanche tout à l'heure, souffle-t-il à mon oreille.

Des fourmis me picotent la peau à cette perspective. « Tout à l'heure », ce sera notre première fois dans notre nouvelle maison, puisque nous sommes venus ici directement en sortant de l'hôpital. J'y ai déjà transféré une partie des affaires de son studio et je lui ai montré des milliards de photos (merci Penny) mais nous y retrouver ensemble revêt presque le caractère solennel d'une cérémonie.

J'ai hâte que la journée se termine.

***

Jane et Andrew ont rembarqué Tigrou et sa peluche fluo dans leur SUV, Tina m'a serrée dans ses bras en pleurant que j'allais lui manquer et mes camarades de groupe ont rangé le matériel dans la fourgonnette. Il est temps pour Joshua et moi de tirer notre révérence.

Là, c'est moi qui ai envie de sautiller sur place…

Joshua a l'air clairement inquiet en me tendant les clés de sa voiture.

– Pas de panique, je ne vais pas l'abîmer.

– Ça fait longtemps que tu n'as pas conduit, non?

Je lève ostensiblement les yeux au ciel.

– Où est passé ton esprit d'aventure?

– Et on n'utilise pas de boîte automatique, en Europe, poursuit-il en prenant néanmoins place sur le siège passager.

– Une boîte automatique est plus facile à utiliser qu'une boîte manuelle. Relax!

– Tu sais le nombre d'heures que j'ai passé à bricoler cette caisse dans le garage d'Orion?

En fait, non.

Je la trouve juste super cool avec sa ligne aérodynamique et la peinture métallisée sur ses flancs. Les plumes d'aigles dessinées sur ma portière ont l'air si réalistes que je m'attendrais presque à les voir bouger. Quant au tableau de bord, on dirait le poste de commandement d'une navette spatiale.

– Bon, alors pour avancer, c'est « R »?

Joshua me jette un coup d'œil effaré. J'éclate de rire.

– Je plaisante!

Le moteur ronronne comme un chaton dès que je mets le contact. Un simple effleurement de la pédale et la voiture avance docilement hors de sa place de parking.

Je sens que je vais adorer conduire cette caisse.

***

Je gare la voiture sans une égratignure devant les trois garages de notre maison de Hillsborough. D'un bond, je quitte le siège conducteur pour aller ouvrir à Joshua.

– Je ne suis pas encore impotent, me fait-il remarquer, un peu vexé.

– Désolée, j'ai trop hâte de te faire faire le tour du propriétaire.

– J'ai déjà vu les photos, tu sais.

– Mais ce n'est pas pareil en vrai! Tu ne te sens pas un petit peu excité?

C'est moi et non la maison qu'il regarde en répondant, sourire en coin à l'appui :

– Si, beaucoup.

– Idiot ! dis-je en riant. Je te préviens, je garde la visite de la chambre pour la fin.

– Toujours terminer par le meilleur…

Il me tend la main pour franchir le seuil. Mon cœur bat la chamade alors que nous montons les trois marches de la véranda.

Mon homme, ma maison…

J'étais venue pour des vacances studieuses, je commence une nouvelle vie. Et c'est à lui que je le dois. Emportée par l'émotion, je l'embrasse à pleine bouche au milieu du hall. Joshua me serre contre lui d'un bras et répond à ma fougue par la douceur qui me surprend toujours chez cet homme qui vit à cent à l'heure. Sa langue caresse lentement la mienne avant d'explorer ma bouche. Je me laisse aller contre lui avec le sentiment d'être à la bonne place.

Finalement, c'est peut-être mieux de commencer par la chambre…

– Maintenant, on peut débuter la visite, sourit-il en me relâchant.

Je m'accroche à son bras, côté jambe valide, pour le guider à travers les pièces que je redécouvre pour l'occasion. Tout est allé si vite entre ma première visite et aujourd'hui… Au moment de remettre le chèque, je me suis dit que nous faisions une énorme bêtise, qu'aucune maison ne valait une telle somme, que nous allions découvrir plein de détails gênants ou que nous n'étions tout simplement pas prêts pour ça. J'ai signé comme on saute à l'eau.

– Il faudra changer le mobilier, commente Joshua, mais la structure est excellente.

– Pourquoi changer le mobilier ? Celui-ci ne te plaît pas ?

Il n'a rien d'original, mais il me paraît plutôt sobre et de bon goût. Joshua hausse les épaules.

– Ce n'est pas le nôtre.

– Je vois : tu veux marquer ton territoire. Tu comptes faire installer des pistes d'essai dans les couloirs ?

Joshua fait mine d'hésiter. Il se penche même sur Penny pour lui demander d'évaluer la largeur du couloir.

– Ça pourrait être intéressant. Maintenant que j'ai une maison, autant en profiter pour expérimenter, non? Je suis certain qu'il y a un concept à creuser...

J'éclate de rire:

– Tu n'arrêtes jamais?

– Il va falloir t'y habituer... répond-il avec un clin d'œil.

– C'est aussi pour ça que je t'aime. Même si je dois vivre dans une maison tout droit sortie d'un film de science-fiction.

– J'aime que tu m'aimes. Tu aimeras aussi cette maison une fois que je m'en serai occupé, crois-moi. À ce propos, par où est la piscine?

– Euh...

J'ai un moment de flottement.

Cette maison est trop grande.

Je suis pourtant venue plusieurs fois, mais je n'ai pas eu le temps de traîner côté piscine. Joshua se met à rire.

– Tu te perds dans ta propre maison?

– Je ne suis pas perdue, je teste tes capacités d'adaptation.

– Je note: penser à installer une signalétique. De grandes flèches bleues pour indiquer la piscine, peut-être?

– Et des rouges pour la chambre?

– Maintenant que tu en parles...

Son regard me fait fondre.

Tant pis pour la visite, on verra quand mon cerveau ne sera plus obnubilé par l'immense lit que contient cette fameuse chambre.

– La chambre est à l'étage, dis-je en regardant ses béquilles.

J'avais proposé d'installer un lit provisoire au rez-de-chaussée mais Joshua se débrouille sans problème avec les escaliers, même si les infirmières, à l'hôpital, passaient leur temps à le rappeler à l'ordre quand il s'entraînait dedans...

– J'aurais adoré t'y porter dans mes bras, répond-il, taquin, mais nous devrons garder ça pour le mariage...

Je m'appuie à mon tour contre le mur.

Mariage ? À quel moment avons-nous parlé de mariage ?

Voyant mon trouble, Joshua m'attire contre lui et m'embrasse sous l'oreille.

– Nous aurons tout le temps d'en reparler… Si tu me montrais le chemin jusqu'à notre chambre, pour commencer ?

Il essaie de détourner mon attention et je dois reconnaître que ça marche.

Je suis faible quand il s'attaque à mes points sensibles… Si bien que, les jambes en coton, j'ai presque plus de mal que lui à monter les escaliers. C'est un comble. Notre chambre se trouve au bout du couloir, où elle occupe toute la largeur du bâtiment. Ainsi, avec une fenêtre à l'est et une autre à l'ouest, elle est ensoleillée toute la journée. Pour l'heure, cependant, la nuit est tombée. Le système de gestion automatique, qui a allumé les lanternes dehors, a également fermé les volets électriques. Une lumière tamisée baigne la pièce grâce aux appliques murales en forme de croissants de lune. L'attention de Joshua se concentre aussitôt sur le lit.

– Rien que pour ça, ça valait le coup de l'acheter, murmure-t-il.

– Je croyais que tu voulais changer le mobilier ? ne puis-je m'empêcher de le taquiner.

– Je ferai une exception.

Il marche jusqu'au lit avant de s'y laisser tomber si brutalement que je retiens une protestation : ce n'est pas une façon de traiter une jambe plâtrée ! Il se redresse aussitôt et tapote affectueusement le matelas.

– Parfait.

– Attends d'avoir dormi une nuit dessus avant de rendre ton diagnostic.

– J'attends de t'y avoir fait l'amour, répond-il en tendant une main vers moi.

Je le rejoins sur le lit. Mon cœur bat la chamade. Un bras passé autour de ma taille, Joshua relève mon menton de l'autre main. Ses lèvres effleurent les miennes, presque hésitantes, comme s'il s'agissait de notre premier baiser.

C'est le cas, d'une certaine façon.

Je pose une main sur sa cuisse avec précaution. Nous n'avons pas encore parlé des mesures à prendre avec son plâtre. Il prétend vivre avec de façon parfaitement normale. Mais ignorer un problème ne le fait pas disparaître. Comme pour se moquer de ma délicatesse, il me presse soudain contre lui de toutes ses forces et son baiser tendre devient brûlant. Je m'abandonne à l'étreinte, enivrée par sa chaleur et par son odeur.

C'est dans ce monde, son monde, que je veux vivre désormais.

Nos langues se taquinent et se goûtent un long moment tandis que le silence de notre nouvelle maison nous enveloppe d'un calme complice. Joshua semble ne pas pouvoir se rassasier de moi, comme si la frustration de toutes ces journées d'hôpital où une infirmière pouvait nous interrompre à tout moment se libérait d'un coup. Je caresse son torse à travers le T-shirt, impatiente de faire tomber les derniers obstacles entre nous.

– As-tu besoin d'aide pour te déshabiller?

– Bien sûr que non… Je veux dire, oui, se corrige-t-il tandis que mes doigts se font plus audacieux.

Je crois qu'aucune infirmière ne pourrait rivaliser avec moi en vitesse de déshabillage, ce soir.

Mes propres vêtements disparaissent aussi vite que ceux de Joshua. Je frissonne au contact de l'air frais sur ma peau. Joshua tapote le matelas près de lui:

– Viens, je vais te réchauffer, propose-t-il d'une voix sensuelle.

Je m'empresse de plonger sous la couette à ses côtés. Il frotte mes bras et mon dos de ses grandes mains chaudes. Sa bouche entre dans la partie, brûlante le long de mon cou. Un gémissement de plaisir monte dans ma gorge. Je renverse la tête en arrière pour lui offrir un meilleur accès; mon regard balaie le plafond. Un grand rectangle de peinture légèrement plus claire s'étend au-dessus du lit.

Il y avait un miroir au-dessus du lit?

Mon gémissement se change en gloussement. Joshua se redresse sur un coude, vexé.

– Ce n'était pas censé te faire rire.

Je lui désigne le plafond du menton.

– Les précédents propriétaires avaient des goûts particuliers.

Il suit du regard la direction que je lui indique ; un sourire narquois s'épanouit sur ses lèvres.

– Ils nous laissent le lit et ils partent avec le miroir ? Curieux sens des priorités. Ceci dit, si cela te manque, je me ferai un plaisir d'en installer un nouveau.

La tête posée au creux de son épaule, je respire longuement l'odeur de sa peau.

– Je ne sais pas… dis-je d'un ton hésitant. Nous avons assez donné dans l'exhibitionnisme ces derniers temps, non ?

Son étreinte se referme sur moi, ferme, chaude, rassurante.

Mon port d'attache, en Californie ou ailleurs.

– N'aie jamais honte de nous, chuchote-t-il à mon oreille.

– Jamais !

Nous avons tellement souffert des préjugés, au début de notre relation, que je suis bien résolue à ne plus jamais les laisser nous atteindre. J'effleure de mes lèvres le cou de Joshua jusqu'à le sentir frissonner. Alors, je poursuis :

– Néanmoins, je préfère te garder pour moi seule.

– Ça me paraît raisonnable, approuve-t-il, le souffle court.

– Bien.

Je me redresse sur les genoux. Joshua demeure étendu à plat dos, encombré par son plâtre.

Autrement dit, il va falloir que je prenne les choses en main… et ce n'est pas pour me déplaire.

Je passe une main dans ses mèches sombres. Ses prunelles dorées suivent le moindre de mes mouvements avec une avidité qui me brûle la peau.

– À partir de maintenant, tu ne bouges plus et tu me laisses faire.

– Tes désirs sont des ordres, acquiesce-t-il en croisant les mains derrière la nuque.

Je passe d'abord mes paumes le long de ses bras, de ses jambes, de son torse, comme si j'essayais de remodeler son corps pour me l'approprier complètement. La friction de ma peau contre la sienne fait jaillir des étincelles de pure énergie sexuelle. Fidèle à sa parole, Joshua ne bouge pas, mais ses muscles se bandent sous mes doigts. Petit à petit, les cercles que je décris sur son corps se font moins larges, plus précis. Je caresse doucement l'intérieur de ses cuisses, remontant peu à peu vers l'entrejambe. Il gémit quand j'atteins les bourses. Ses mains quittent sa nuque pour venir agripper les draps.

– Carrie…

– Oui ?

– Viens sur moi.

Je proteste contre cette accélération du programme. J'avais prévu bien d'autres plans machiavéliques pour qu'il se mette à me supplier. Mais ses doigts entourent mon poignet pour m'empêcher de continuer et son regard assombri plonge dans le mien.

– Maintenant.

Je remonte jusqu'à sa bouche pour l'embrasser et lui montrer que si je cède, c'est avant tout parce que je l'aime. Ses lèvres se posent sur les miennes, douces et chaudes, suivies de coups de langue rapides et brûlants. Avant de perdre complètement le contrôle de mon corps, je me redresse sur un coude pour enjamber les hanches de Joshua.

Je me retrouve à califourchon sur lui, une cuisse de chaque côté de sa taille, ma poitrine offerte à son regard… et à ses mains. Impossible de dire ce qui me trouble le plus entre la façon dont il me contemple et la douceur avec laquelle il prend mes seins dans ses paumes. L'afflux de sensations noie mon cerveau sous un trop-plein d'informations dont il ressort une seule chose claire : j'en veux davantage !

Je me cambre en haletant. Mon sexe déjà trempé frotte contre le sien. Une simple poussée suffit à Joshua pour s'enfoncer en moi. Nous nous figeons, savourant le plaisir de sentir enfin l'autre sans barrière.

Unis, dans tous les sens du terme.

Joshua entoure ma taille de ses mains et se met à décrire de petits cercles avec ses hanches. Un cri m'échappe.

Peu importe. Nous sommes seuls dans la maison, notre maison, je peux hurler si je veux.

Nous bougeons ensemble ; mes paupières se ferment irrésistiblement pour mieux savourer les sensations. Joshua conserve un rythme lent, cherchant le point le plus sensible à chaque coup de reins. Je me tiens à ses épaules pour conserver mon équilibre. Mes ongles s'enfoncent dans sa peau, lui tirant un grognement à mi-chemin entre le plaisir et la douleur. Finalement, c'est moi qui supplie :

– Plus vite, plus fort !

Mes sensations physiques décuplent comme il m'obéit. Les extrémités me picotent, mes muscles se contractent, et une boule de chaleur enfle dans mon ventre. En même temps, je suis prise dans une tornade émotionnelle, comme si toutes les incertitudes et toutes les peurs des derniers temps se dissolvaient d'un coup, balayées par l'orgasme imminent et la force des sentiments qui nous poussent l'un vers l'autre.

– Je t'aime !

Nous avons crié en même temps. L'orgasme nous soulève comme un raz-de-marée. Je m'effondre entre les bras de Joshua. Les yeux clos, nous nous accrochons l'un à l'autre, il est mon seul point de repère dans un monde balayé par un plaisir si intense que j'ai l'impression de voler.

Je fais un geste pour me dégager au moment où les derniers spasmes s'estompent, mais Joshua me retient contre lui.

– Reste.

– Ta jambe…

– Ma jambe va très bien. Je ne me suis jamais senti mieux.

Blottie contre lui, je respire son odeur mêlée à la mienne ; son cœur bat tout contre le mien.

Moi non plus, je ne me suis jamais sentie mieux.

Nous nous endormons à moitié, épuisés tant par notre longue journée que par l'orgasme de folie qui la conclut, quand un hurlement nous fait sursauter. Je glisse sur le côté et me cogne le talon contre le plâtre de Joshua.

– Aïe !

– Qu'est-ce que c'est !? s'écrie Joshua en se redressant sur les coudes.

Mon cœur bondit dans ma poitrine. Je me souviens soudain que Mike est toujours en liberté. Joshua fait passer ses jambes sur le côté du lit, prêt à se lever. Et puis, le bruit me devient soudain familier.

Vive les vacances à la campagne.

– Je crois que c'est un chat, dis-je à Joshua.

– Un chat ? On dirait un loup-garou !

– Il doit se battre. Celui de mes grands-parents est un vrai guerrier, il attaque tout ce qui passe dans le jardin. Du coup, on évite de le laisser sortir la nuit pour ne pas être réveillés par les cris…

– Mais nous n'avons pas de chat ! proteste Joshua, mal réveillé et ayant visiblement toujours du mal à croire qu'un petit félin puisse produire un son pareil.

– Peut-être qu'un chat errant s'est installé dans le jardin pendant que la maison était inoccupée.

– Génial, soupire-t-il.

Puis, aussitôt, il me sourit :

– Enfin, puisque nous voilà réveillés… Où en étions-nous restés ?

– Tu veux que je te rafraîchisse la mémoire ?

– Avec plaisir.

– Attends juste une minute.

Posséder une salle de bains privée attenante à notre chambre figurait en bonne place sur la liste de mes critères. Il ne me faut pas cinq minutes pour revenir dans la chambre, fraîche et prête pour un nouveau round. Je tends une serviette mouillée à Joshua, peu motivé pour traîner son plâtre dans la salle d'eau. Un distributeur, dans la salle de bains, les garde chaudes et imprégnées d'une lotion à la menthe.

Je me ferai très vite à tout ce luxe.

Il prend un malin plaisir à la passer lentement sur son corps, le sexe déjà à demi en érection. Agenouillée à côté de lui, je ne perds pas une miette du spectacle. Ma langue passe machinalement sur mes lèvres. Sa tâche achevée, Joshua roule la serviette en boule et, d'un superbe lancer à travers l'encadrement de la porte de la salle de bains restée ouverte, l'expédie directement dans la panière à linge. Je souris :

– Je suis impressionnée.

– Viens par ici, exige Joshua, je vais te montrer quelque chose d'encore plus impressionnant.

Roulant sur le côté, il se met à genoux. Je fronce les sourcils mais il clôt mes lèvres d'un index impérieux.

– Mon plâtre ne risque rien.

Comment a-t-il su ce que j'allais dire ?

En guise de réponse, j'ouvre la bouche pour aspirer son doigt. Son sexe se dresse à mesure que je fais tourner ma langue autour de son index. Ravie du spectacle, je recommence avec les autres doigts. Sa respiration s'accélère, mais il me laisse faire, les pupilles dilatées.

– Tu m'excites, Carrie, murmure-t-il d'une voix rauque. Il va falloir l'assumer…

J'ai à peine lâché sa main qu'il la pose, encore humide, sur mon sexe. Son pouce agace mon clitoris et son index plonge en moi, à la recherche du point sensible. Je laisse échapper un cri aigu. Quelque part, dehors, le chat me répond, mais nous nous en moquons totalement. Je supplie :

– Attends !

Je ne veux pas jouir sans lui.

– Retourne-toi, ordonne-t-il dans un souffle.

Comprenant ce qu'il attend, je lui tourne le dos et m'appuie sur mes avant-bras pour lui présenter mes fesses. Son bras entoure ma taille, ses doigts reprennent aussitôt leur place sur mon bouton de chair. Son érection frotte contre mon derrière avant de trouver le chemin de mon sexe. Nous gémissons à l'unisson quand il me pénètre. Joshua donne un grand coup de reins pour s'enfoncer le plus loin possible, puis se retire presque entièrement, ne laissant que son gland en moi. Je crispe les poings sur les draps.

– C'est tellement bon, râle-t-il. C'est chaque fois meilleur.

D'un mouvement des hanches, je l'invite à poursuivre au lieu de parler. Pour ma part, je suis incapable d'articuler le moindre mot. J'accompagne son va-et-vient quand il recommence à bouger, doucement, lentement, longuement pour commencer et puis de plus en plus vite, cherchant le plaisir dans une course effrénée. Mes cuisses se contractent; ma peau se couvre d'un voile de sueur. Je laisse tomber ma tête contre l'oreiller.

– Josh!

Son prénom se termine dans un cri aigu. Joshua ralentit quelques secondes, tandis que mes muscles se contractent autour de son érection. L'orgasme est si violent que je vois danser des étoiles devant mes yeux. Quand Joshua jouit à son tour, elles se transforment en comètes. Je m'effondre sur le lit, bras et jambes en guimauve. Joshua s'allonge tout contre moi, mon corps s'emboîtant à la perfection dans le sien. Le plaisir de le sentir contre moi est peut-être moins vif, mais tout aussi délicieux que celui de l'orgasme. Ses lèvres courent sur ma mâchoire en un millier de baisers, ses dents mordillent le lobe de mon oreille.

– Rappelle-moi combien nous avons de serviettes en réserve? demande-t-il.

– Assez pour tenir jusqu'au matin.

– Alors, vers l'infini et au-delà!

J'éclate de rire. Ma peau vibre contre la sienne, déjà impatiente d'expérimenter de nouveau ses caresses. J'en retarde toutefois le moment en le taquinant:

– J'en conclus que la maison te plaît.

– C'est toi qui me plais. La maison, j'en fais mon affaire.

– Tant que tu ne touches pas au lit…

Il chatouille impitoyablement mes côtes:

– Pas même pour rajouter un miroir?

– Non.

– Un matelas chauffant?

– Non.

– Ou vibrant ?

– Non plus !

Il continue de me chatouiller tout en égrenant les propositions les plus farfelues. Je me tortille en riant :

– Tu essaies de me forcer à trouver un moyen de te faire taire ?

– Hum, fait-il, joueur, je ne sais pas... À quoi penses-tu ?

Prenant appui sur un coude, je me retourne et je pose mes lèvres sur les siennes. Sa main s'immobilise aussitôt sur mes fesses, mais sa langue prend le relais pour m'agacer.

Je me suis peut-être avancée au sujet des serviettes.

Mais après tout il n'existe pas de meilleure façon d'étrenner notre nouvelle maison. Cette nuit et l'avenir entier qui la suit nous appartiennent.

32

MON BEAU SAPIN

Aéroport de Paris-Charles-de-Gaulle. J'ai l'impression d'être partie il y a un siècle, mais ça ne fait que six mois, à peine. Six mois qui ont changé toute ma vie. Abrutie par plusieurs heures d'avion et un bon décalage horaire, je guette ma famille derrière la barrière d'accueil, parmi des dizaines de voyageurs aux bras encombrés de paquets. Je n'arrive pas à croire que nous sommes l'avant-veille de Noël. Depuis l'accident, le temps a filé à une vitesse supersonique. Heureusement, les médecins ne sont pas allés jusqu'à interdire à Joshua de prendre l'avion... Il me tapote l'épaule.

– Je crois que c'est pour toi.

Je tourne la tête dans la direction qu'il indique et cligne des paupières. César tient une énorme pancarte en carton, sur laquelle est écrit « *Bienvenue Carrie* » en lettres pailletées, avec des images de pom-pom girls collées dessous.

La honte.

Je fonce sur lui pour lui arracher l'horreur des mains. Il m'échappe en riant tandis qu'Étienne proteste :

– Tu pourrais dire bonjour !

Au lieu d'obtempérer, je m'insurge :

– Pourquoi l'avez-vous autorisé à apporter ce truc ?

– Au moins, tu nous as repérés sans peine, remarque mon père en passant un bras sur mes épaules pour m'embrasser.

– Tu as une mine superbe, commente Cécile, toujours pour la paix des ménages.

Nous échangeons des bises, puis je me retourne vers Joshua qui attend derrière moi, appuyé sur ses béquilles.

– Je vous présente Joshua.

Je m'abstiens de préciser « mon petit ami », « mon copain » ou pire, « le fils d'Andrew ». C'est Joshua et c'est une évidence. Étienne et Cécile le saluent poliment, à défaut de chaleureusement, mais César se cache derrière son panneau.

Il a décidé de faire sa tête de pioche.

J'ai bien senti, durant nos conversations par Skype, que c'était auprès de lui que la pilule avait le plus de mal à passer. Joshua est dans la même position que lui par rapport à moi dans les relations familiales, mais il est aussi devenu mon petit ami. En gros, César a l'impression d'être évincé. Joshua s'arrête pour sortir de son bagage de cabine un gros paquet enveloppé de papier kraft.

– Je te propose un échange, dit-il en le tendant à César. Ta pancarte contre ce paquet.

Mon frère le considère d'un air méfiant.

– Qu'est-ce que c'est?

Je ne suis pas certaine qu'il ait compris la proposition de Joshua. Mon chéri ne parle qu'anglais et ce n'est pas la matière scolaire dans laquelle César brille le plus. Je réponds pour Joshua:

– Surprise. Mais je ne pense pas que tu perdes au change.

César hésite. Ses yeux brillent de curiosité, mais il ne veut pas céder trop vite. Étienne consulte sa montre:

– Il faudrait y aller si vous voulez récupérer vos bagages.

Pressé par le temps, mon frère cède, tend la pancarte à Joshua et s'empare du paquet avec une avidité qui rappelle qu'il croyait encore au père Noël il n'y a pas si longtemps. Tandis qu'il déchire l'emballage, Joshua range soigneusement la pancarte maudite dans son sac. Je proteste:

– Hé!

– Souvenir, me répond-il avec un clin d'œil.

Il ne manquerait plus qu'ils s'entendent sur mon dos!

César a extirpé son cadeau de l'emballage et le considère d'un air perplexe.

– Qu'est-ce que c'est? répète-t-il.

Joshua lui montre comment tirer sur les deux extrémités de l'objet. Avec un déclic, ce qui ressemblait à un puzzle carré de la taille d'un mouchoir en papier reprend l'aspect d'un skateboard. César ouvre de grands yeux.

– C'est géant !

– Pratique pour voyager, confirme Joshua, qui a au moins compris son enthousiasme.

Mon frère pose l'objet au sol. Cécile l'arrête :

– Tu ne vas pas l'essayer ici !

– Allez, il y a de la place ! plaide César.

– Pas question. Tu t'entraîneras à la maison. Replie-le, en attendant.

À sa grande fierté (et à celle de Joshua, qui vérifie ainsi la simplicité d'utilisation de l'engin), César y parvient du premier coup.

– Allons récupérer les bagages, insiste mon père.

Je profite du mouvement pour ébouriffer gentiment les cheveux de mon petit frère.

– Je te pardonne pour la pancarte. Tu restes mon frère préféré.

– Et lui ? dit-il en désignant Joshua du menton.

– C'est mon amoureux, ce n'est pas pareil.

– Ouais...

Il n'a pas l'air entièrement convaincu, mais l'offre du skateboard a indéniablement adouci sa position.

Bien joué, Josh.

***

Revoir la maison de mon enfance, couverte de guirlandes lumineuses comme toujours à Noël, me fait un pincement au cœur. Je serre la main de Joshua, assis à côté de moi dans la voiture. De l'autre côté, César joue à plier et déplier son nouveau skateboard depuis que nous avons quitté l'aéroport. À peine s'il attend que la voiture se soit arrêtée avant de bondir dehors.

– César ! râle sa mère.

Mais il est déjà loin. Joshua rit. Le côté frondeur de César lui plaît bien, même s'il s'exerce à ses dépens. Il est moins à l'aise avec mes parents, qui de leur côté, se montrent plus réservés que d'habitude. Toute réticence n'est pas encore effacée et la barrière de la langue n'aide pas, en ce qui concerne Cécile.

– Je vous ai préparé la chambre de Carrie, commence-t-elle, hésitante, mais le lit n'est pas bien grand… Et puis c'est à l'étage…

Je sens bien venir la conclusion : « Vous ne préférez pas dormir dans le canapé ? »

Ça, c'est signé Étienne. Mon père a du mal à admettre que je n'ai plus 13 ans. À sa décharge, c'est aussi la première fois que je ramène un petit ami à la maison. Nous avons tous besoin d'une période d'ajustement.

– Ne vous inquiétez pas pour ça, répond Joshua en souriant, nous nous tiendrons chaud.

Étienne marque le coup. J'ai soudain envie de me cacher dans la valise que je suis en train de sortir du coffre. Joshua me remonte le moral en me frottant le dos.

Je suis tellement heureuse qu'il soit là avec moi ! Le reste, après tout, est sans importance.

Alors, quand Cécile ouvre la porte de la maison et que l'odeur des sablés de Noël fraîchement sortis du four me donne envie de me rouler dedans, je déclare avec conviction :

– Je suis certaine que ce Noël sera extraordinaire.

***

J'ai insisté pour que nous attendions le matin de Noël pour ouvrir nos cadeaux, malgré l'insistance de César à vouloir les déballer à la fin de la veillée.

C'est vrai, si on doit se coucher tout de suite après sans en avoir profité, où est le plaisir ?

Tous les autres m'ont soutenue, si bien que je me retrouve, vieilles pantoufles aux pieds et vêtue d'une robe de chambre rose, comme une gamine au pied du sapin. Je crois que je n'ai jamais attendu d'ouvrir mes cadeaux avec autant d'impatience depuis que j'avais 7 ans.

Enfin, surtout celui de Joshua.

Histoire de faire durer le plaisir, j'ai commencé par ceux offerts par mes parents. Ils croient manifestement qu'on gèle à San Francisco et que je risque d'y oublier mon français.

Quelle est la limite de poids pour l'avion, déjà ? Ça pèse lourd, des livres ! Et les pulls prennent de la place !

Joshua, lui, a hérité d'un assortiment complet de spécialités culinaires françaises. Si nous ne nous faisons pas recaler à l'embarquement pour excédent de bagage, nous serons certainement arrêtés par les douanes pour trafic d'alcool.

Je râle, mais c'est parce que je sais d'avance que ces souvenirs me donneront le mal du pays, une fois rentrée en Californie. Étienne et Cécile ont bien choisi.

De son côté, César dispose de toute la panoplie des nouveautés de Shark Outdoors. Cécile a protesté que nous l'avions beaucoup trop gâté. À présent, il brûle d'aller les essayer dehors, malgré la fine pellicule de givre qui recouvre le sol.

– Allez, dépêchez-vous ! nous houspille-t-il.

Joshua a promis de lui faire une démonstration des équipements (autant que possible avec une jambe plâtrée) une fois que nous aurons fini. Je crois que d'ici la fin de la journée, il sera officiellement son nouveau meilleur copain.

Je fais signe à Joshua de commencer le déballage. Mon cadeau se résume à une simple enveloppe rouge et brillante. Il la tourne et la retourne entre ses doigts pour le plaisir de me faire languir.

– Allez ! réitère César.

Je grignote un sablé pour masquer ma nervosité.

Le premier cadeau, c'est toujours délicat...

Les guirlandes clignotent sur le sapin, éclairant de rouge, vert, jaune et bleu les billets que Joshua vient de sortir de l'enveloppe.

– Koh Samui ? déchiffre-t-il.

– Nous pourrons tester la nouvelle tenue de plongée dont tu m'as parlé, ajouté-je avec un clin d'œil.

Et puis les paysages paradisiaques de ce coin de Thaïlande connu pour ses paysages sous-marins nous rappelleront notre premier séjour ensemble, aux Maldives... mais cette fois, en toute légitimité.

Joshua m'attire sur ses genoux et m'embrasse longuement en guise de remerciement, ce qui nous attire un « beurk » de la part de César. Cécile lui administre une tape sur le bras tandis qu'Étienne reprend faiblement :

– De la plongée ?

Il a toujours préféré le sport en fauteuil et les vacances à la campagne aux destinations exotiques, un comble pour un homme qui a vécu une partie de sa vie à l'étranger !

– Tu n'aurais pas dû, me reproche cependant Joshua en me relâchant.

Il a du mal à comprendre que je refuse d'utiliser la procuration que j'ai sur son compte en banque. Mais lui offrir un cadeau avec son propre argent serait bizarre, quand même ! Heureusement, mon premier gros cachet avec Sun Juice est tombé juste à temps pour Noël.

J'attendrai encore un peu pour m'acheter une voiture.

– Allez, Carrie, à toi, s'impatiente César.

Mon cadeau est une énorme boîte rectangulaire qui m'arrive à l'épaule. Joshua a dû la faire expédier depuis les États-Unis, parce qu'il n'y a pas moyen qu'il ait pu cacher ça dans ses bagages ! Je n'ai pas la moindre idée de ce que ça peut être... César tend la main pour arracher le papier. Je l'écarte sans ménagement.

– Hé, c'est à moi !

Juste pour le provoquer, je prends tout mon temps pour défaire l'emballage... et un cri m'échappe :

– Une guitare !

Et pas n'importe laquelle : une Fender Stratocaster American Deluxe ! Partagée entre la stupeur et le ravissement, je caresse le carton qui m'affirme qu'elle possède un corps en aulne fait d'une seule et unique pièce, un vernis ambré et un manche signé d'un célèbre luthier. Les doigts me démangent déjà de l'essayer.

– J'ai demandé conseil à Trevor, m'indique Joshua. Il m'a dit que c'était la meilleure.

Qu'il ait ravalé son orgueil pour s'adresser à mon collègue et ami, avec qui il continue d'entretenir des rapports à peine cordiaux, me touche presque davantage que la guitare en elle-même. Je me jette à son cou malgré les protestations de César :

– Ah non, vous n'allez pas remettre ça !

Étienne et Cécile rient. Comme je l'avais prévu, Joshua les a très vite conquis : deux jours après notre arrivée, il fait quasiment partie de la famille.

– Il fallait bien célébrer ton entrée officielle dans Sun Juice, affirme Joshua quand je me détache enfin de ses lèvres.

Sur ce point, il a parfaitement raison : ma vieille guitare du temps où je jouais dans des clubs amateurs n'est plus adaptée. D'ailleurs, Trevor me prête l'une des siennes pour les enregistrements. Mais je n'aurais jamais pu me payer seule une telle merveille...

– Merci, je t'adore ! dis-je avec ferveur à l'homme de ma vie.

– Super, alors maintenant, on peut aller dehors ! trépigne mon frère.

Joshua se redresse en s'appuyant sur sa béquille. J'ai envie de lui dire de faire attention à ne pas déraper sur le verglas, mais je me retiens.

Il tient tellement à démontrer qu'il peut se débrouiller normalement avec ses béquilles...

Il a même refusé de bénéficier de la priorité d'embarquement à l'aéroport ! Moi j'en aurais bien profité... Enfin, nous avons voyagé en première classe, c'est déjà un progrès immense par rapport à mon trajet aller. J'ai même réussi à dormir un peu, avant que les hôtesses ne nous réveillent sous le prétexte de nous habituer au décalage horaire.

– Alors comme ça, tu t'installes en Californie ? attaque Étienne dès que les garçons ont franchi le seuil de la porte.

– Je ne pouvais pas rester à la maison toute ma vie.

Il balaie ma protestation d'un revers de main.

– Ce n'était pas une critique. Au contraire, je trouve très bien que tu suives ta vocation.

Je manque en tomber du canapé.

– Quoi !? Mais tu ne m'as jamais parlé de vocation avant !

– Tu avais l'air si déterminée à ne pas suivre les traces de ta mère…

Oh, oh, une minute.

Je dresse l'index :

– Alors premièrement, je ne « suis pas les traces de ma mère » : il y a une différence entre jouer dans un orchestre symphonique et faire partie d'un groupe de rock.

– Je n'en doute pas, approuve mon père. C'est toi qui semblais penser le contraire.

Mon poing se referme et je m'enfonce dans le canapé.

Bon, il a peut-être raison là-dessus.

– Et depuis quand penses-tu que je devrais faire de la musique ?

– Depuis longtemps… Mais tu te braquais chaque fois qu'on en parlait !

Je regarde ma nouvelle guitare qui brille de mille feux au pied du sapin.

C'est vrai, j'ai bien changé en quelques mois. Ou peut-être que j'ai juste accepté de regarder la réalité en face.

– Ton Joshua est très sympathique, en tout cas, reprend Cécile. Je comprends que tu aies envie de rester là-bas, même si ton pauvre père a encore du mal à se faire à l'idée que tu n'es plus sa petite fille.

Je regarde la guitare plus intensément. Ce genre de déclaration est très embarrassante.

Mais je lui pardonne parce qu'elle a dit « ton » Joshua.

Étienne s'empresse d'enchaîner :

– Je suppose que tu voudras emporter ton violon ?

– Euh, je ne sais pas. Il va falloir rapporter tout ça dans l'avion… Et puis un violon dans un groupe de rock, ça ferait bizarre.

Quoique… Pour certains morceaux, ça pourrait apporter une touche originale. Il faudra que j'en parle à Hudson, tiens.

Sentant mon hésitation, Étienne insiste :

– Tu pourras toujours en jouer pour te détendre. Ce n'est pas César qui risque de reprendre le flambeau.

– Quel casse-cou, celui-là, soupire sa mère.

Curieusement, je pense à Heidi. Les instruments la fascinent, pour le moment, mais avec son tempérament, je me demande si elle voudra apprendre à jouer. Je me tourne vers l'horloge murale.

Dix heures du matin, c'est encore la nuit à San Francisco. J'appellerai ce soir.

Des cris retentissent dehors. Joshua et César ont l'air de bien s'amuser. Quand mon père se penche pour me tapoter le genou, une bouffée de bien-être m'envahit. Je suis entourée de tous ceux que j'aime. Même Tina, partie un peu avant moi, que nous devons retrouver demain pour visiter Paris. Mon père me sourit. Je me rends compte qu'il m'a vraiment manqué.

Je vais prendre une carte de fidélité chez Air France, moi…

Mais pour l'instant je compte bien savourer ce Noël jusqu'au bout.

***

Jane appelle juste avant le dîner. Il doit être encore très tôt à San Francisco, je suppose que Heidi les a tirés du lit à l'aube pour ouvrir ses cadeaux. Pour une fois, je ne tente pas de trouver des prétextes pour ne pas répondre au téléphone.

Pour ça aussi, j'ai changé. Ma réconciliation avec ma mère a pris de drôles de chemins, mais nous y sommes arrivées. Et je dois reconnaître que ça fait du bien.

– Heidi adore ses cadeaux, dit Jane d'un ton qui laisse entendre que ce n'est pas son cas.

– Je suis heureuse que ça lui plaise, réponds-je, sous-entendant que je ne me priverai jamais de gâter ma petite sœur, quelle que soit l'opinion de ses parents à ce sujet.

Nous échangeons des remerciements plus convenus et plus sincères au sujet de nos cadeaux à nous (Jane m'a offert du parfum, comme chaque année depuis mes 8 ans). Joshua dit quelques mots à Andrew. Il me confie plus tard qu'ils n'ont jamais autant parlé un jour de Noël.

– Vous vous rattraperez au Nouvel An.

Nous devons effectivement passer le réveillon chez Jane et Andrew, à la demande de ma mère qui tient à sa réunion de famille.

– Nous ne passons jamais le Nouvel An ensemble, d'habitude, rappelle Joshua. Je n'arrive pas à croire qu'il ait renoncé à sa sacro-sainte soirée « relations publiques » du 31 Décembre !

– Tout le monde change, dis-je, philosophe.

Joshua m'enlace sur le canapé. Étienne et Cécile s'affairent déjà dans la cuisine (la magie des jours de fête : on ne quitte la table que pour mieux y retourner) quant à César, seule la nuit pourra le convaincre de rentrer, et encore. En une seule après-midi, Joshua est officiellement devenu son idole. César rêve déjà de venir faire son stage de troisième à Shark Outdoors !

Pourquoi pas, après tout ? Ce serait l'occasion pour lui de découvrir la Californie.

– Je n'ai pas changé, affirme Joshua. Je suis juste amoureux de toi.

– Tu n'as pas changé, mais tu as accepté l'aide de ton père, et tu as acheté une maison…

Il se penche soudain vers moi pour clore mes lèvres d'un baiser. Je flaire la manœuvre pour ne pas répondre à mes arguments, mais il embrasse si bien que je décide de remettre la discussion à une autre fois.

– N'empêche, fais-je remarquer quelques minutes plus tard, le fait que nos parents soient mariés présente quand même un avantage : nous n'avons à nous partager qu'entre deux familles au lieu de trois, au moment des fêtes.

– Nous étions faits l'un pour l'autre, confirme-t-il en me caressant la cuisse.

Je me demande si Étienne et Cécile remarqueraient notre absence si nous nous éclipsions un moment dans ma chambre ?

Je me blottis entre ses bras. De la cuisine me parvient l'odeur familière des roulés à la cannelle. Je pose un regard nostalgique sur le décor de mon enfance. Cette fois, quand je partirai, je saurai que c'est définitif. Une nouvelle vie débute pour moi, avec Joshua.

Et même si je suis heureuse d'être ici aujourd'hui, j'ai hâte qu'elle commence.

33

GOING TO THE CHAPEL OF LOVE

Deux semaines plus tard, nous avons radicalement changé de décor : adieu banlieue parisienne, bonjour Las Vegas ! Le Consumer Electronics Show s'étale sur plusieurs centres de conférence et, à mes yeux, ressemble à un magasin de jouets géant.

– Regarde ! Regarde !

Je ne cesse de tirer sur la manche de Joshua, bien trop blasé à mon goût.

Quand je serai une vraie rock star, je m'achèterai plein de gadgets coûteux et inutiles.

Nous travaillons d'arrache-pied avec Sun Juice, si bien que j'ai officiellement lâché l'université la semaine dernière. Inutile de faire semblant, je n'avais plus la tête à ça. Heureusement, les propositions pleuvent : côté financier, je devrais pouvoir assurer. Peut-être même que je pourrai enfin m'acheter une voiture au printemps. Ou pas, celle que Joshua me prête est tellement cool...

– Bon, conclut Joshua en s'arrêtant brusquement, je crois que nous avons fait le tour.

Je proteste :

– Hein ? Pas du tout ! Il nous reste encore toute la partie ouest !

– Mais il se fait tard.

Il me prend par le coude pour me faire pivoter face à lui et plonge ses yeux dans les miens.

– Demain je serai pris toute la journée entre les conférences et les démonstrations sur le stand de Shark. Alors ce soir, je veux profiter de toi.

Une tout autre sorte d'excitation s'empare de moi devant cette déclaration. Il est vrai que nous sommes arrivés ce matin et venus directement au show après un crochet par l'hôtel pour déposer nos bagages. Je n'ai encore vu de la ville que les autoroutes et le Strip, cette partie du Las Vegas Boulevard sur laquelle se concentrent tous les grands hôtels.

– Tu as raison, acquiescé-je, profite.

Nous nous enlaçons au milieu de la foule. Le fichu plâtre n'a toujours pas été retiré, au grand dam de Joshua qui affirmait ne pas pouvoir se présenter au show avec une jambe immobilisée. Pour compenser, il a bricolé ses béquilles qui ressemblent à présent à des engins futuristes. Il y a même une rangée de diodes électroluminescentes tout le long de la canne. Et puis, avec les attaches magnétiques, même quand il les lâche, elles restent à ses bras. Tous les patients du kinésithérapeute chez qui il fait sa rééducation veulent les mêmes.

– Alors, quel est le programme? demandé-je quand nos lèvres se quittent.

– Tu as déjà piloté une Harley-Davidson?

Je m'attendais à un autre genre de proposition. Je demeure un instant interloquée, puis un large sourire étire mes lèvres et je relève le menton. Une Harley à Las Vegas?

J'adore ce séjour!

Soudain, je me fige dans mon élan:

– Mais, tu peux monter à moto avec ta jambe?

– Bien sûr! répond-il avec aplomb.

– Oui, enfin, je sais que tu peux tout faire par principe, mais je ne tiens pas à ce que ton médecin te prescrive quelques semaines de plâtre supplémentaires à notre retour.

– Tu conduiras, précise Joshua en me caressant la joue. Donc, nous ne roulerons pas trop vite.

– Hé!

Je lui donne un léger coup de poing dans le bras pour protester.

Ceci dit, il a raison: ce n'est pas aujourd'hui que nous battrons des records de vitesse.

Me balader dans le désert en Harley avec l'homme que j'aime dans mon dos suffit à mon bonheur.

– J'ai réservé pour une heure, précise Joshua tandis que nous nous dirigeons vers la sortie. Ensuite, j'aurais bien profité de la piscine de l'hôtel avant d'aller manger… Et je sais que tu ne veux pas manquer le spectacle du Cirque du Soleil !

J'ai insisté pour réserver à l'Aria juste pour ça. Même si la piscine et le spa ont eux aussi leur charme.

Quand nous ressortons dans la chaleur de Paradise Boulevard, Joshua me désigne les grandes affiches vantant les spectacles musicaux. Tous les groupes et chanteurs à la mode du moment semblent se donner rendez-vous à Las Vegas.

– Un jour, ce sera marqué « Sun Juice », me taquine-t-il.

– Hum. Je ne suis pas certaine de vouloir jouer sur ce genre de scène. Un peu trop « grand spectacle » pour moi.

– Tu es trop modeste. Il faut toujours viser le sommet.

– Ouais, Jimmy dit la même chose.

Et il ajoute systématiquement qu'il faut bosser dur pour y arriver.

***

Au bout de quatre jours à arpenter les allées, j'ai des pansements anti-ampoules collés sur chaque orteil. Mais j'ai aussi un bon aperçu de ce que sera peut-être notre vie quotidienne dans quelques années ! Joshua est ravi : le stand de Shark n'a pas désempli et il a établi quelques contacts intéressants pour développer l'activité de l'entreprise dans de nouveaux secteurs. Alors que les hôtels se vident, nous avons décidé de passer une dernière soirée en amoureux sur le Strip. Autant dire qu'il n'y a pas grand monde : déjà, la plupart des gens circulent en voiture, étant donné la longueur du boulevard, les températures extérieures et l'absence totale de glamour des trottoirs. En plus, dès qu'on s'écarte du Strip, on tombe dans le désert : génial pour rouler en Harley, moins pour faire des kilomètres à pied. Assoiffée, je suggère :

– On prend un taxi pour rentrer ?

– Regarde derrière toi, répond Joshua, les yeux brillants.

Intriguée, je me retourne. Nous avons dépassé l'hôtel Stratosphere, autrement dit, atteint la fin du Strip, je me demande ce que…

Oh.

La bâtisse à un seul étage contraste avec l'immense hôtel que nous venons de dépasser. Les mots « *Little Chapel of Flowers* » se détachent en néons contre la façade blanche. Avec son clocher surmonté d'une flèche et son toit en ardoise, elle semble tout droit sortie de la campagne française.

J'avais oublié que Las Vegas était aussi le haut lieu des mariages express.

Joshua me la désigne du menton.

– On va voir?

Quelque chose dans sa voix me pousse à demander:

– Juste voir?

Il me regarde un long moment sans mot dire puis, lentement, met un genou à terre. Je proteste:

– Ne fais pas ça! Tu vas abîmer ton plâtre et…

– Carrie, veux-tu m'épouser?

Oh mon Dieu, il l'a fait!

La nervosité me donne envie de sauter sur place comme une pile électrique. Lui demeure parfaitement calme, le sourire aux lèvres, comme s'il ne doutait pas un instant de ma réponse. J'ouvre la bouche, la referme. Les quelques rares passants commencent à nous regarder.

Il n'y a qu'une réponse possible à ce genre de question.

Je prends une grande inspiration.

– Oui.

Joshua se redresse aussitôt avec l'aide d'une de ses béquilles lumineuses et affiche un grand sourire victorieux. Dès qu'il se trouve debout, je m'empresse d'ajouter:

– Mais pas nécessairement tout de suite.

– Tu triches! proteste-t-il. Un *oui* est un *oui*.

Il commence à marcher vers la chapelle et je n'ai d'autre choix que de le suivre. Cela ne m'empêche pas de protester:

– On ne peut pas faire ça comme ça, nos parents en feraient une jaunisse.

– Tiens-tu tant que ça à ce qu'ils s'impliquent dans notre mariage ? demande Joshua.

Euh, oui ? Quoique, à la réflexion, ils n'ont jamais été très enthousiasmés par notre couple. Et si Jane s'en mêle, le mariage de Lady Di sera une simple fête de campagne à côté du nôtre.

Je reconnais :

– Euh... Peut-être pas. Mais il nous faut des témoins !

– On peut en louer.

Louer des témoins ? Ce pays est décidément bizarre.

Joshua s'arrête soudain pour s'asseoir sur un banc, dans le petit jardin devant la porte d'entrée. Je me pose aussitôt à ses côtés, inquiète qu'il ait présumé de ses forces. Même avec des béquilles de compétition, nous avons parcouru un bout de chemin.

– Josh, ça va ?

– Je n'aurais jamais imaginé me marier un jour, répond-il d'un ton rêveur, fixant la façade de la chapelle.

– Tu peux encore changer d'avis...

– Pas question !

Il se tourne vers moi et prend mes mains entre les siennes. Je frissonne de la tête aux pieds. À notre première rencontre, j'avais pensé que ce magnétisme entre nous disparaîtrait une fois notre désir assouvi. Au contraire, il n'a fait que croître en même temps que nos sentiments.

– Tu avais raison, commence Joshua.

– Euh... Oui, ça m'arrive souvent, mais à quel sujet, au juste ?

Ses lèvres tremblent sous l'effort qu'il fait pour conserver son sérieux :

– J'ai changé, Carrie.

– Et tu l'as réalisé en passant devant cette petite chapelle ?

Je me montre volontairement taquine pour ne pas céder à l'émotion.

On ne pleure pas avant le mariage ! Ni pendant, ni après, ni... Enfin, ce n'est pas mon genre, quoi.

Mes mains tremblantes me trahissent. Joshua les étreint plus fort.

– Je t'aime, Carrie.

– Je t'aime aussi.

– Alors c'est peut-être le moment d'entrer dans cette chapelle.

Mon rire chasse les larmes d'émotion qui me mouillaient les yeux.

– Tu ne perds jamais ton but de vue.

– Surtout quand il est aussi joli.

– Eh bien, allons voir.

Après tout, ce serait fait.

Plus de questions à nous poser sur la date de la cérémonie, le nombre d'invités, la couleur des faire-part et comment empêcher Penny de commander n'importe quoi pour la réception. Certes, la famille nous en voudra sans doute un peu, mais ils finiront par s'y faire, comme ils ont accepté notre couple.

Malgré l'heure tardive, une charmante dame aux cheveux gris nous reçoit à l'accueil. Elle nous informe, désolée, que le planning est complet et que de toute façon, nous n'avons pas de licence de mariage (à acquérir au plus tard la veille).

– Nous pouvons vous proposer différentes formules, poursuit-elle, commerciale jusqu'au bout de ses ongles rose vif. Si vous le souhaitez, nous prenons en charge toutes les démarches.

– Merci, abrège Joshua. Nous allons réfléchir.

Je m'amuse de son air dépité quand nous regagnons le boulevard.

– Ça paraissait un peu trop simple.

– Tu te dis que tu l'as échappé belle ? me taquine-t-il.

– Je me dis que ce n'est que partie remise. Tiens, que dirais-tu d'aller faire les boutiques de mariage, à la place ? Nous pourrions déjà acheter nos tenues : ainsi, nous aurions notre souvenir de Las Vegas !

L'idée se fraye un passage dans son cerveau le temps que j'appelle un taxi : hors de question de marcher un pas supplémentaire sur le Strip !

– Pourquoi pas ? En plus, Penny possède toutes nos mensurations, ce sera pratique pour les essayages !

– Je vais finir par croire que tu aimes Penny plus que moi.

Il m'embrasse si bien pour me prouver le contraire que le taxi doit klaxonner pour nous signaler qu'il est arrivé.

***

– Ça porte malheur, si tu vois la robe de mariée avant le jour J.

– Je ne suis pas superstitieux, affirme Joshua. De toute façon, tu ne comptes pas choisir celle-là ?

– Pourquoi pas ?

Il braque l'œil électronique de Penny sur les volants de la robe. L'assistante électronique me propose aussitôt un programme de remise en forme. Je bougonne, m'efforçant de masquer mon sourire :

– Je rêve ou elle est en train d'insinuer que la robe me grossit ?

– Souris ! ordonne Joshua en m'attrapant par la taille.

Penny tente de nous aveugler d'un flash agressif. Je proteste :

– Qu'est-ce que tu fais ?

– Je fais des économies sur les faire-part de mariage.

Horrifiée, je tente de lui arracher Penny des mains, mais le cliché qu'elle vient de prendre se promène déjà sur les pages des réseaux sociaux de nos familles et amis.

– Tu aurais pu choisir une autre photo !

– Il nous reste encore tout le magasin à essayer.

Je mesure du regard les rayons de tulle blanc qui s'alignent à perte de vue. Au fond, je me sens comme une petite fille dans un magasin de déguisement. Un sourire diabolique fleurit sur mes lèvres.

– Alors, je suggère que tu commences par ce costume, là, sur le troisième mannequin en partant de la droite.

– Si tu veux parler du rouge vif, c'est hors de question ! s'exclame Joshua en reculant d'un pas.

– Pourquoi pas ? On pourrait faire des galeries à thème : le plus voyant, le plus ringard, le plus classe…

Il caresse distraitement Penny du bout des doigts.

Cet homme a besoin d'un chat. L'électronique ne remplace pas tout. Je m'en occuperai dès notre retour.

– Ça pourrait être amusant… acquiesce-t-il.

J'appuie sa réponse d'un clin d'œil.

– Alors c'est parti.

Nous échangeons un sourire complice avant de partir à l'assaut des allées. Nous ne nous marierons peut-être pas à Las Vegas, mais personne n'aura eu droit à plus de tenues de mariage que nous !

***

Au final, nous aurons attendu huit mois supplémentaires pour nous marier. Ce qui somme toute est très court pour organiser pareil événement ! Joshua avait raison, nous marier à Las Vegas nous aurait épargné bien des prises de tête. D'un autre côté, Étienne, Cécile et César n'auraient pas été là… Ni Jane et Heidi. Ni aucun de nos amis.

– Ne bouge pas, m'ordonne Cécile. Il me reste une vingtaine de boutons. Il n'existait pas de modèle avec une fermeture éclair ?

– Je préférais celui-là.

En réalité, il s'agit d'une confection sur mesure (tout est possible à Las Vegas !) réunissant les caractéristiques de plusieurs modèles. Je l'avoue, j'ai pris un plaisir malicieux à demander des boutons au lieu d'une fermeture éclair. J'imagine déjà la tête de mon futur époux, féru de technologie, quand il découvrira que pour me déshabiller, il doit les défaire un par un…

– Je t'ai dit de ne pas bouger ! proteste Cécile. Je vais finir par en arracher un.

Jane se lève avec précaution, son dernier-né William dans les bras. Hélas, à peine a-t-elle tenté de le déposer dans sa poussette qu'il ouvre grand les yeux et se met à hurler. Un gros soupir lui échappe.

Je suis tentée de la plaindre… Mais je me souviens encore de ses listes de recommandations : les repas pour être en forme le jour du mariage, les couleurs à ne surtout pas assortir avec une robe de mariée, les exercices de relaxation pour lutter contre le stress, le placement des invités, les mots à écrire sur les cartons d'invitation, les erreurs à éviter... Je suis certaine qu'elle n'en avait pas fait autant pour le sien !

Voir Cécile tenir ce qu'elle estime être son rôle près de moi lui donne visiblement de l'urticaire, mais elle parvient à rester cordiale. En attendant, mes demoiselles d'honneur ont déserté le champ de bataille.

– Où sont passées Tina et Angela ?

– Tina est partie avec Orion, signale Cécile. Sans doute pour répéter leur discours de garçon et de demoiselle d'honneur ?

Hum. Pas sûr qu'ils se servent de leur langue pour parler.

Leur relation n'est plus un secret pour personne, à présent. Tant et si bien que Tina a rempilé pour une année à Stanford, ayant décroché en prime un poste d'assistante professeur en français. Elle me semble bien partie pour suivre mes traces et s'installer en Californie, ce qui me ravit.

– Angela doit être avec tes cousins, commente Jane en berçant son bébé. Elle avait l'air ravie de croiser des Français !

Ce n'est rien de le dire. Je me demande si elle n'a pas accepté d'être demoiselle d'honneur uniquement dans ce but.

Elle finira peut-être par traverser l'Atlantique en sens inverse.

La porte s'ouvre brutalement en grand pour laisser passer une tornade. William, qui commençait à se rendormir, se réveille en sursaut.

– Heidi ! s'écrie Jane, exaspérée.

– Z'essaye la poussette ! répond fièrement sa fille.

Ladite poussette fait partie des dernières sorties de Shark Outdoors : spécialement conçue pour pouvoir faire son jogging, tout-terrain et même climatisée. Le grand luxe. Si Jane ne paraît pas convaincue, Heidi l'a tout de suite adoptée. Depuis une heure, elle ne fait que tourner avec.

– Mets bébé dedans, ordonne-t-elle à sa mère.

– Non, Heidi.

– Ze m'occupe de lui! affirme-t-elle en commençant à trépigner.

– Tu vas trop vite et il est trop petit.

– Ze fais attention.

Sa lèvre supérieure commence à trembler. Hélas pour elle, Jane a enfin appris à lui dire non, quand il s'agit de protéger son petit frère. Pour couper court au drame qui s'annonce, je propose à ma petite sœur d'aller enfiler sa robe.

– Mais attention, elle est fragile! Il faudra rester tranquille, après.

Jane a l'air clairement dubitatif quant à l'aptitude de Heidi à rester tranquille. Mais les robes de princesse font parfois des miracles. La mienne est enfin boutonnée, ce qui permet à Cécile d'accompagner le petit monstre à l'habillage.

– Je devrais aller voir si tout s'organise correctement… commence Jane.

– Tu as déjà tout vérifié une centaine de fois!

Je me rends compte que ma réplique est un peu sèche. Et il est hors de question que j'avoue que je commence à me sentir un peu nerveuse et que je souhaiterais ne pas rester toute seule. J'adoucis mon commentaire :

– Je te remercie pour ton aide, d'ailleurs. Je ne sais pas comment nous y serions arrivés sans toi.

Jane baisse la tête.

Je crois qu'elle rougit.

Même si elle m'a rendue folle avec ses discussions sans fin sur le moindre détail, elle a quand même géré l'organisation de main de maître alors qu'elle était sur le point d'accoucher. Et je dois reconnaître que ça nous a bien aidés, Joshua étant accaparé par Shark Outdoors et la succession de Mike, et moi par Sun Juice et nos débuts sous le label. Quand nous arrivions à nous retrouver en tête-à-tête, nous avions envie d'autre chose que de discuter de la couleur des serviettes de table… En plus, j'ai longtemps stressé à cause de l'accord passé avec Mike. Que ce type ne pourrisse pas en prison me reste sur l'estomac.

Et s'il voulait prendre sa revanche, un jour?

Au moins, il a rendu toutes ses parts dans la société, livré ses contacts et codes d'accès, et versé à Joshua une indemnité suffisante pour financer cinq fois notre mariage. Après quoi, il a disparu dans la nature. Enfin, le principal, c'est que Shark se soit bien remis de l'affaire. Joshua a passé quatre mois à éplucher des CV et faire enquêter son détective privé avant de se décider à embaucher un successeur à Mike. Et il exige de valider toutes les décisions qu'Aaron prend…

Mais il voyage moins et je peux profiter de lui tous les soirs.

Ma mère reprend :

– Ce n'est rien, ça m'a fait plaisir. Et puis, je te devais bien ça après ma première réaction devant votre couple.

– Mais non, voyons ! Tu n'as pas à te racheter !

Elle caresse la tête duveteuse de William, qui s'est enfin endormi.

Ce gosse est une Heidi en puissance. Pourquoi ai-je accepté d'être sa marraine, déjà ?

– J'étais tellement obsédée par l'idée de repartir de zéro, explique Jane doucement. Je nous voyais comme une famille traditionnelle avec père, mère, frères et sœurs… C'était stupide.

Je lisse un pli imaginaire sur ma robe.

Je ne vais pas dire le contraire et j'apprécie qu'elle le reconnaisse.

– Je suis heureuse que Joshua et toi vous soyez trouvés, continue Jane. Ça lui a fait beaucoup de bien, je crois. Et à toi aussi !

– Maman…

Elle sursaute à m'entendre l'appeler ainsi. William grogne dans son sommeil et nous retenons toutes les deux notre respiration. Il est vrai que « Jane » me vient plus naturellement quand je lui parle, mais là, son discours se rapproche dangereusement de celui de la mère à une jeune fille la veille de ses noces… Bon, techniquement c'est le cas, même si nous sommes à une heure de la cérémonie plutôt que la veille, mais je suis assez grande, quand même !

Et je commence à parler comme Heidi. Tout va bien.

Quittant un terrain émotionnellement glissant, Jane s'attaque à un autre sujet :

– Je suis certaine que Sun Juice aura beaucoup de succès.

– Tu n'écoutes même pas nos titres !

Elle s'est bien acheté notre premier CD, mais celui-ci prend la poussière sur une étagère (j'ai vérifié à ma dernière visite).

– Je ne suis pas votre public cible, ma chérie, bien heureusement, répond-elle en souriant. Mais votre technique est excellente.

Euh... C'est un compliment, ça ? On va dire que oui.

Tina et Angela entrent à ce moment, essoufflées. Et William se remet à pleurer. Heureusement pour la santé mentale de Jane, Summer, son amie à la robe fleurie, arrive pour prendre le relais.

– Je m'occupe de ton fils, déclare-t-elle d'un ton ferme. Joshua t'attend.

Mon cœur bondit dans ma poitrine. C'est Jane qui conduira mon futur époux à l'autel, ainsi en a-t-il décidé à la grande fureur de sa grand-mère qui estimait que le rôle lui revenait.

Cette fois, nous y sommes.

– Je suis prête, dis-je en essuyant discrètement mes mains moites sur l'arrière de ma robe.

Quelle idée de se marier fin août ! On crève de chaud. Je sais bien que ça arrangeait la famille de France, mais...

– Nerveuse ? demande Tina avec un sourire en coin.

– C'est ça, moque-toi. Tu verras bien quand tu y seras.

– Tu dois absolument attraper le bouquet ! affirme Angela à Tina.

Le bouquet ? Où ai-je mis le bouquet ?

Captant mon regard affolé, Tina me tend le rond de minuscules tournesols. Je résiste à la tentation de me cacher derrière.

Je suis prête, tout va bien, respire.

Quand on toque à la porte, je manque lâcher mes fleurs. Tina éclate de rire, la traîtresse. Aussitôt, pour s'excuser, elle me fait un câlin.

– Pense à ta nuit de noces.

– Euh…

Pas forcément judicieux quand mon père vient d'entrer.

Deux semaines de vacances californiennes lui ont conféré un joli bronzage et une allure décontractée, corrigée aujourd'hui par un costume bleu pâle plus formel.

– Prête ? me demande-t-il, nerveux.

– Prête, dis-je en lui tendant la main.

Il la conserve un instant entre les siennes, un sourire nostalgique aux lèvres.

– Si on m'avait dit que ma petite fille se marierait en Californie…

– Je suis née aux États-Unis, lui rappelé-je.

– À New York ! Ceci dit, je ne te blâme pas pour le changement de côte, le climat est bien plus agréable ici.

– Il faudra revenir, alors, dis-je, pleine d'espoir.

– Avec plaisir.

César et Heidi entrent à leur tour, le premier tenant par la main la seconde, transformée en petite princesse. Jane va râler sec. Elle n'était pas franchement pour le maquillage, mais j'ai décidé qu'une fois ne pourrait pas faire de mal. Heidi est si contente d'avoir l'air d'une « grande » !

– Zayou Mary Anze, Carrie ! s'exclame ma petite sœur. Merdy !

J'échange un regard avec César. Le français de cette petite laisse à désirer. Du moins si elle vient bien d'essayer de dire « joyeux mariage » comme je le suppose. Pour la deuxième partie, je ne sais pas s'il s'agit d'un défaut de prononciation en anglais ou d'une version particulière de « merde ».

D'accord, c'est moi qui ai commencé à lui apprendre des trucs douteux, mais je connais mon frère, à son âge, il a du mal à savoir s'arrêter.

– Bon, si tout le monde est là, nous pouvons y aller, annonce Étienne en me prenant le bras.

Je proteste :

– Pas trop fort ! Je ne compte pas m'enfuir.

– On ne sait jamais, remarque Angela. Les jeunes mariées paniquent parfois sans raison.

– Je te rassure, ce n'est pas mon cas.

Quelles raisons aurais-je de paniquer ? Je vis avec Joshua depuis huit mois et je tombe chaque jour un peu plus amoureuse de lui. La cérémonie a été planifiée dans les moindres détails par Jane (et non par Penny). Même le ciel parfois capricieux de la Californie a dû être briefé car il nous offre son immensité bleue à peine piquée de quelques nuages d'altitude et rafraîchie par une brise tiède.

Le lieu choisi pour le mariage, Silver Creek Valley, perché dans les collines, offre un panorama unique sur la Silicon Valley. Comme Andrew et Jane, nous avons opté pour une cérémonie civile : l'officiant nous attend sous la petite rotonde, non loin d'une cascade au murmure rafraîchissant. Je m'avance au bras d'Étienne, le cœur battant tandis que Sun Juice, posté à côté de la rotonde, entame une version rock de la *Marche nuptiale.*

J'ai l'impression qu'ils s'éclatent bien.

Heidi trottine derrière moi, ses menottes cramponnées à la traîne que j'ai demandée spécialement pour elle. Elle est fière comme un paon, et moi, paradoxalement, soulagée de savoir que je ne suis pas la seule à attirer l'attention tandis que je remonte entre deux rangées d'invités.

Je sais, c'est étrange d'être si mal à l'aise, pour quelqu'un qui se destine à jouer devant des milliers de spectateurs, mais aujourd'hui, je ne suis pas en représentation. Je lie ma vie à celle de l'homme que j'aime, pour toujours je l'espère.

Joshua me regarde avancer, le sourire aux lèvres. Seule la raideur de son dos trahit sa nervosité. Je respire à fond. Si je pouvais figer le temps, juste un instant, entre l'année mouvementée qui vient de s'écouler et le long avenir radieux que j'espère… Étienne me lâche le bras au moment où nous arrivons devant mon futur mari. Joshua me prend la main. La dernière note de Sun Juice s'achève sous les applaudissements tandis que l'officiant s'éclaircit la gorge. Je serre plus fort la main de Joshua.

Le soleil californien nous nimbe d'une lueur dorée. Quand arrive mon tour de parler, c'est sans aucune hésitation que j'affirme :

– Je le veux.

Joshua n'attend pas l'invitation officielle pour m'embrasser. Quand nos lèvres se touchent, je perçois une saveur nouvelle dans son baiser, chaude et douce comme le miel. Autour de nous les invités applaudissent et rient ; j'entends César et Heidi s'exclamer « blaaah » en chœur. Et je souhaite que notre vie entière soit à l'image de cet instant.

FIN

Extrait

CALIFORNIA HIGH SCHOOL

Sonia Birdy

1

Ella

Mamie est morte et depuis mon monde est un véritable brouillard. Je marche à côté de mon corps sans vraiment savoir ce qui m'arrive.

C'est comme si j'étais prise dans un cauchemar, un cauchemar dont je n'arrive pas à me réveiller.

Tout le monde n'arrête pas de me demander si ça va. Je me contente de hocher la tête. Je suis comme sonnée, abasourdie et ça fait des mois que ça dure.

C'est dans ce brouillard que j'ai assisté aux funérailles de mamie. Il l'avait maquillée pour l'occasion, elle avait presque l'air vivante.

On m'a demandé si je voulais faire un discours, j'ai pleuré, on m'a laissée tranquille.

Depuis on ne me demande plus rien, à part si ça va évidemment.

Non, ça ne va pas ! Et je crois que ça n'ira plus jamais.

Un malheur n'arrivant jamais seul, les services sociaux m'ont prise en main.

Je suis mineure. Je ne peux apparemment pas vivre seule. J'ai beau avoir supplié cette mégère de Mme Falton, lui expliquant qu'à 16 ans j'étais largement capable de m'occuper de moi, elle n'a rien voulu savoir.

Alors j'ai été propulsée dans le système, passant de famille d'accueil en famille d'accueil.

Nouvelle chambre, nouveau lycée, nouveau départ, mais toujours le même désespoir.

Comme je n'ai pas la langue dans ma poche, je ne fais en général pas long feu dans une famille. On me trouve effrontée, pas assez docile, voire dangereuse.

Il faut dire que M. Chang ne s'attendait pas à ce que je lui plante un couteau dans la main après qu'il s'est introduit dans ma chambre en pleine nuit, soi-disant pour me parler de mon comportement au lycée. Il a fini aux urgences et moi de retour à l'orphelinat au grand désespoir de Mme Falton.

Au moins elle a compris que les familles d'accueil et moi ça n'allait pas le faire. Elle s'est donc mis en tête de retrouver le seul membre de ma famille encore vivant et susceptible de s'occuper de moi. Ma mère.

Bonne chance !

La dernière fois que j'ai eu des nouvelles de ma génitrice, j'avais 6 ans. Elle était venue à Noël avec plein de cadeaux sous le bras. Elle avait réussi à jouer à la maman pendant quelques jours, puis avait disparu comme elle était apparue.

Mamie, avec qui je vivais depuis toujours, m'avait dit de ne pas m'en faire, qu'elle finirait par revenir. Je l'ai longtemps attendue et un jour j'ai décidé que je n'attendrais plus. Ce jour-là, je me suis sentie libérée d'un poids.

Parfois je me suis demandé où elle était, ce qu'elle faisait, si elle avait eu d'autres enfants.

Mais maintenant je m'en fiche.

Qu'elle aille se faire foutre ! J'espère que Mme Falton ne la retrouvera pas. Je préfère encore vivre dans une famille d'accueil, où le père pervers essaye de me coincer dès que sa femme a le dos tourné, plutôt que de vivre avec elle.

– Ella, installe-toi, s'il te plaît ! m'intime Mme Falton depuis son bureau.

J'entre et je ferme soigneusement la porte derrière moi.

– Qu'est-ce qui se passe ? Pourquoi vous voulez me voir ? Vous m'avez trouvé une nouvelle famille d'accueil ?

Je suis en train de bouffer mes peaux de doigts. Une sale habitude que j'ai depuis petite. Mais j'appréhende ce qu'elle va me dire. Je suis bien à l'orphelinat et je n'ai aucune envie d'aller dans une autre famille pourrie, où l'on va me maltraiter ou me peloter. La dernière expérience m'a suffi.

– Non, ne t'inquiète pas. Ce n'est pas cela.

Je soupire de soulagement et me détends dans ma chaise.

– J'ai retrouvé ta mère.

Mon sang se glace et mon cerveau bloque un instant.

– Ma mère ? Mais où ? Comment ?

– J'ai engagé un détective privé, me dit-elle en me faisant un sourire satisfait, et ça a porté ses fruits.

– Je ne sais pas si on peut dire ça. Je crois que vous voulez surtout dire son lot de merdes.

– Ella ! Ne sois pas grossière.

La gentille brune un peu rondelette en face de moi fronce les sourcils. Visiblement, elle n'est pas habituée à ce genre de langage. Moi je trouve que j'ai été plutôt polie pourtant.

– De toute façon, c'est bien beau que vous l'ayez retrouvée, mais sachez que ça ne sert à rien. Ma mère n'a jamais voulu de moi et c'est pas maintenant que cela va commencer.

– C'est là que tu te trompes, Ella. Ta mère est dans l'obligation de t'accueillir. Elle est ton seul parent vivant. Elle est contrainte par la loi d'exercer son rôle de mère.

– Et si elle refuse ?

– Si elle refuse, elle devra en référer devant un juge pour abandon de mineure. De toute façon, elle a déjà accepté.

– Quoi ?

Je bondis de ma chaise.

– Et pourquoi vous avez pris cette décision sans me consulter avant ? Je ne veux pas aller vivre avec elle. Je la déteste, elle me déteste !

– Non, pas du tout, Ella. Elle avait même l'air émue quand je lui ai dit quelle jolie jeune fille intelligente tu étais devenue.

Je lève les yeux au ciel. Je sais qu'elle ment. Toutes les lettres que mamie et moi lui avions envoyées avec une photo sont toujours restées sans réponse.

– Assieds-toi et écoute-moi, s'il te plaît.

Je m'exécute car je suis épuisée par toutes ces conneries.

– Alors ta mère vit aujourd'hui à Laguna Beach, en Californie. Elle travaille comme femme de ménage pour une famille très aisée apparemment. Elle vit chez eux. Ils lui prêtent la maison du jardin. Tu auras donc ta propre chambre et tout l'espace dont tu as besoin. Tu seras également scolarisée dans un établissement très prestigieux.

– Je dois quitter Chicago, tous mes amis, pour aller vivre avec cette femme qui m'a abandonnée alors que je n'avais que 2 ans ? Et je suis censée me réjouir ? Remercier la destinée de me mettre un énième coup dans les côtes ?

Elle acquiesce. Je crois qu'elle est vraiment convaincue par ces conneries et ça me fait sortir de mes gonds.

– Pourquoi vous me faites ça, madame Falton ? Je croyais que vous m'aimiez bien. S'il vous plaît, ne faites pas ça !

Je me lève de mon siège et m'agenouille devant elle pour la supplier. Des larmes d'amertume me brûlent le coin des yeux.

– Je vous en prie. J'ai 17 ans. Je pourrais rester ici, travailler à l'orphelinat, vous aider avec les petits. Ils m'aiment bien et m'obéissent. Je ferai n'importe quoi, la vaisselle, les lits. Je ne vous coûterai pas un rond, promis. Mais s'il vous plaît, ne m'obligez pas à y aller.

Je tire sur son chemisier et plonge ma tête contre son ventre, avant de pleurer hystériquement. Je crois que je suis en train de péter les plombs. Tout le stress, la tristesse de ces derniers mois me rattrapent d'un coup.

Mme Falton a la gentillesse de me laisser me vider de mes larmes avant de tendrement me tapoter sur l'épaule pour que je reprenne mes esprits.

– Écoute, Eleanor ! Je fais ça pour toi. Crois-le ou non. À Laguna Beach, tu vas avoir de très bonnes opportunités scolaires. Si tu travailles dur, tu peux même obtenir une bourse et aller à l'université. C'est bien plus que ce que tu pourrais accomplir ici. J'ai déjà fait toutes les démarches pour t'inscrire à Laguna High, un lycée des plus prestigieux.

Je la regarde, dépitée, et me contente de hocher la tête. Je ne cherche plus à argumenter. Je sais que mon avenir est scellé.

Je l'écoute donc d'une oreille distraite m'expliquer à quel point la Californie est formidable et à quel point j'ai de la chance, que tous les gosses de l'orphelinat tueraient pour être à ma place, mais moi, tout ce que je comprends, c'est qu'après avoir perdu mamie, je vais devoir aussi renoncer à Pierce et Maria, mes deux meilleurs amis que j'aime comme des frères, et qui sont la seule raison pour laquelle j'ai réussi à tenir ces douze derniers mois.

Alors il est hors de question qu'on m'envoie nulle part ! Je vais rester à Chicago, un point c'est tout ! Quitte à me barrer de l'orphelinat, où l'on ne veut de toute façon pas de moi !

Extrait

STEPBRO' NEXT DOOR

Mélodie Chavin

1

BIENVENUE CHEZ LES KIWIS

Lorelei

Janvier. Mon avion a décollé de Chicago, direction Auckland ! Ah, la Nouvelle-Zélande ! Un cadre magnifique, des montagnes, le soleil, la chaleur et la mer de Tasman dans le Pacifique.

Euphorique, moi ? I say yes !

Dans l'appareil qui me mène tout droit vers une destination de rêve, la voix de Bruno Mars fait pétiller à répétition « Just the Way You Are[1] » dans mes oreilles (ma préférée de toutes). Mes narines expirent un air chaud. Je suis pleinement détendue, ou presque. Ma tête cogne doucement contre le hublot et je recommence l'opération ; une tache de buée se forme sous mes lèvres entrouvertes. Mon doigt se lève avec lenteur pour dessiner un bonhomme heureux. Il représente mon humeur de l'instant. Il sourit, il est content.

Les nuages, sous mes pieds, m'enveloppent comme du coton.

---

1. Chanson sortie le 20 juillet 2010, aux États-Unis. Interprétée par Bruno Mars, écrite et composée par The Smeezingtons, Khalil Walton et Needlz. La chanson a été produite par The Smeezingtons et Needlz.

Ou alors, ce sont peut-être mes jambes qui commencent à fourmiller ?

Je baisse le regard devant moi et mes yeux se portent sur mes pieds. Je les fais tourner dans un sens, puis dans l'autre. En effet, ils commencent à être douloureux. Je ne parle même pas de mon dos. Voici bientôt huit heures que mon popotin est posé sur ce siège, qui devient, au fur et à mesure du temps qui passe, de moins en moins confortable. Lorsque je me suis installée dessus, je le trouvais plutôt moelleux, alors que maintenant, j'ai l'impression d'être assise sur une planche de bois qui me vrille les reins.

La classe économique, c'est pas la folie !

Mais bon, je suis tout de même heureuse d'être dans cet avion, car d'ici quelques heures, je vais retrouver mon père.

Je m'appelle Lorelei et je fête mes 18 ans dans trois semaines.

Information importante : la majorité !

Je mesure un mètre soixante-quinze, ce qui explique que mes jambes sont écrabouillées comme un vulgaire morceau de viande entre deux tranches de pain. Mes parents sont divorcés depuis dix ans maintenant. L'enfant que j'étais a mal supporté leur séparation, j'en ai beaucoup pleuré. Mais aujourd'hui, je ne suis plus cette petite fille de 8 ans, et j'ai compris qu'il valait mieux avoir un père et une mère séparés mais heureux plutôt que deux parents ensemble et malheureux.

Lors d'un voyage au pays des Kiwis – surnom donné aux Néo-Zélandais en rapport avec le kiwi, l'oiseau, qui est un symbole national de la Nouvelle-Zélande –, il y a un an, mon père a rencontré une femme, Elise, et n'est jamais rentré à Chicago depuis. « Le coup de foudre », a-t-il dit. Ils se sont installés dans une belle maison à Auckland. C'est rapide, sûrement, et possiblement une décision prise sur un coup de tête aussi. Mais, dans la famille, nous sommes comme ça : notre cœur guide nos actions. C'est pourquoi j'ai fait le choix de venir le retrouver dans l'ancienne capitale de l'île du Nord. Depuis son départ, mon père me manque atrocement, et plus encore. Je suis fille unique et notre relation a toujours été fusionnelle, ce qui complète une fois de plus le tableau où sont notés nos traits familiaux communs. Un lien indescriptible nous unit. Un fil qui lie nos deux âmes, comme le cordon qui relie le corps de l'enfant à sa mère. Un fil invisible aux yeux des autres, qui n'en demeure pas moins incassable pour nous. Pour moi.

Mon *dad*, c'est mon tout. C'est mon roc, mon lion, ma force sur cette planète. Il est mon roi. La distance me tordait le ventre, je ne le supportais plus. Alors, j'ai décidé, avec l'accord de ma mère, d'aller m'installer chez lui pour y finir mes études au lycée, avant d'entrer à la faculté. Nous sommes début janvier. J'ai fêté Noël ainsi que la nouvelle année avec ma mère, puis me voilà partie à l'aventure ! Bien entendu, j'ai commencé mon année à Chicago pour la reprendre en Nouvelle-Zélande à la fin du mois. Ma maman ainsi que mes deux folles d'amies, Lana et Mia, vont terriblement me manquer, je le sais. Mais l'absence de Warren, mon père, pesait vraiment trop sur mon cœur. J'ai d'autant plus hâte que c'est actuellement l'été en Nouvelle-Zélande !

C'est perturbant, car je ne savais pas que, sur cette île aux paysages magnifiques – *cœurs dans mes yeux* –, tout est décalé… Chez eux – bientôt chez moi –, actuellement, c'est leurs vacances d'été. Étrange, mais c'est bel et bien l'été austral là-bas. Je vais être complètement à la ramasse les premières semaines, et je m'en amuse ! Pour preuve, je pouffe de rire sur mon siège, ce qui fait tourner la tête de ma voisine vers moi. La septuagénaire coincée et visiblement pincée me fixe, un sourcil relevé jusqu'au plafond de l'avion que nous partageons.

– Pardon, je viens de me souvenir d'une blague que… que… Enfin, pardon.

Je mens et je m'excuse à la fois d'avoir dérangé la femme à mes côtés en pleine lecture de *Philosophie et fin de vie*.

Wow, intéressant ! Pas du tout flippant…

La dame replonge dans son livre, me prenant sûrement pour une demeurée – ce que je suis, bien évidemment. Je pouffe une nouvelle fois.

Nouveau regard en coin.

– Pardon, pardon.

Je me retiens de rire devant la face gauche de son visage, qui commence à être marqué par les stigmates du temps qui passe.

Deux heures viennent de s'écouler, et plus les minutes me rapprochent des retrouvailles, plus je sens mon cœur palpiter, s'agiter, ce qui provoque une douce chaleur dans ma poitrine. Une multitude de sentiments se mélangent, s'entortillent et s'emmêlent : de la hâte, du plaisir, de l'envie, du stress, de l'excitation, mais aussi beaucoup de joie. Mon père est ma bouffée d'oxygène. Vivre sans lui, c'était comme vivre sans mes poumons. Mon cœur tambourine si fort que je m'agite sur mon siège, ce qui alerte une fois de plus ma voisine.

– Roh, ça va, vous n'avez jamais eu des morpions, vous ? grogné-je.

Elle me lance un regard indigné avant de retourner à son bouquin. OK, je l'ai peut-être un peu choquée, mais elle commençait à m'agacer. C'est limite si j'ai eu à peine le droit de respirer durant tout le vol !

Toutefois, je continue de me trémousser d'euphorie lorsque la voix du commandant de bord nous annonce la descente de l'avion dans quinze minutes.

Plus que neuf cents secondes !

Dans ma petite tête, je commence fébrilement le décompte.

Huit cent quatre-vingt-dix-neuf, huit cent quatre-vingt-dix-huit, huit cent quatre-vingt-dix-sept, huit cent quatre-vingt-seize, huit cent quatre-vingt-quinze…

La hâte commence réellement à me comprimer les poumons. Je nous imagine déjà nous serrer l'un contre l'autre, moi pleurant comme une petite fille de 5 ans… Je me visualise en train de faire la connaissance de sa nouvelle femme, et son visage s'interpose sous mes paupières. Ses traits, que j'ai pu observer sur des photos que mon père m'a envoyées, se forment dans ma tête.

Six cent cinquante et un, six cent cinquante, six cent quarante-neuf, six cent quarante-huit…

En même temps que mon décompte, qui continue à s'effectuer aussi fort qu'une musique tonitruante dans mon crâne, je pense également aux deux enfants que ma future belle-maman a. Deux garçons, pour être exacte, dont un qui a tout juste deux ans de plus que moi. Jackson.

Cent, quatre-vingt-dix-neuf, quatre-vingt-dix-huit, quatre-vingt-dix-sept, quatre-vingt-seize…

Un trou d'air. Une secousse. Mon cœur remonte dans ma gorge. Les sensations de cette descente et de mon impatience s'entrechoquent et me font claquer des dents.

Dix, neuf, huit, sept…

Après un peu plus de quinze heures de vol, le train d'atterrissage touche enfin le tarmac.

Deux, un !

Me voilà arrivée. J'expulse l'air contenu dans mes poumons et lâche un petit cri d'extase. Tout petit, limite imperceptible aux oreilles des passagers. À toutes, sauf à celles de ma voisine.

– Crotte, lui balancé-je. Pardon d'être heureuse à l'idée de retrouver mon père !

Contre toute attente, un large sourire prend forme sur le visage de la septuagénaire. Elle me souhaite une belle journée, récupère son bagage cabine et prend place dans la file qui nous mène tout droit à la sortie de l'avion.

Éberluée par sa réaction, je reste plantée comme une sotte sur mon siège, avant de me souvenir où je suis et qui je m'apprête à retrouver derrière ce hublot, à même pas quelques mètres de moi. J'étire mes bras, décroche ma ceinture et me lève d'un bond. Je vais enfin pouvoir sortir de cet engin, je vais pouvoir me dégourdir les jambes. Mais surtout, je vais retrouver mon père et le serrer dans mes bras.

Mon bagage arrive enfin, triomphant, sur le tapis roulant. Je me fraie un passage et attrape d'un coup sec l'anse.

Ouh, c'est qu'il pèse une tonne !

Je manque de m'écrouler au sol en même temps que ma valise, mais me rattrape de justesse… aux fesses d'un papy.

Erk !

– Pardon, monsieur, m'excusé-je brièvement.

Je suis bien trop préoccupée par ma quête : celle de retrouver mon *dad*.

Ma valise roule à toute vitesse derrière moi, qui « marche-cours » en direction des arrivées. Il y a foule. Je suis le troupeau, tout en tentant de garder mon cap et ma vitesse, mais c'est peine perdue, vu le monde qui m'entoure. L'avion était rempli ! Heureusement, grâce à ma grande taille, je peux facilement regarder loin devant moi. Même si des hommes et certaines femmes mesurent la même taille que moi, j'ai tout de même cet avantage. Quand enfin la masse s'éparpille, j'y vois plus clair. Des couples se retrouvent, pleurent et s'embrassent langoureusement. Des touristes, le sourire aux lèvres, rencontrent leurs correspondants, et des familles se reforment en encerclant de leurs bras les corps de ceux qu'ils aiment, comme je m'apprête à le faire d'ici quelques minutes. J'aperçois, au loin, ma voisine de siège enlacer un homme de la même tranche d'âge qu'elle, puis serrer très fort dans ses bras une femme et des enfants – son mari et sa famille, sûrement. Elle se retourne et son regard fond dans le mien. Un sourire égaie alors mes lèvres. Mon ancienne voisine de siège me le rend avant de partir en direction des portes coulissantes de l'aéroport.

Je quitte des yeux les silhouettes de cette jolie famille et pense à la mienne, qui m'attend. Mon cœur reprend ses battements frénétiques tandis que mes pieds me mènent tout droit en direction des bancs. Je tourne la tête de gauche à droite, cherchant mon père, quand soudain je l'aperçois enfin. Mon cœur fait un bond vif et violent dans ma poitrine. Une multitude de frissons s'emparent de moi et montent tout le long de ma peau. Un grand et large sourire fend alors mon visage. Je pousse un cri de joie avant de me jeter dans ses bras.

– Papa !

Ma valise vacille et se retrouve vulgairement éjectée au sol. Mon père m'accueille contre lui et m'enlace tendrement.

– *Kia ora*, ma Lolie.

Depuis que je suis enfant, mon père me surnomme Lolie. Ça a toujours été un petit nom que j'affectionne tout particulièrement, même encore à l'âge de 17 ans.

Des larmes dévalent mes joues. Un an, c'est long, surtout pour une fille qui ne jure que par son papa.

Nous nous écartons et je fais enfin la connaissance d'Elise, sa nouvelle femme, puis de Timmy, le dernier de ses fils, tout juste âgé de 9 ans. Je note qu'il en manque un, mais ne fais pas de remarque à ce sujet. L'aîné n'avait peut-être pas envie de venir, ou bien il doit sûrement être occupé, ce que je comprends.

Mon père ramasse mon bagage, que j'ai laissé choir sur le carrelage froid de l'aéroport, et nous sortons afin de rejoindre la voiture. Une fois à l'extérieur, je suis surprise par un vent chaud et humide.

Wow !

Je viens de passer du négatif à une température positive. Mon regard se porte sur un panneau d'affichage et je constate qu'il fait… 30 °C !

My God !

addictives

Rose Becker
Le Bébé, mon milliardaire et moi (aussi en poche)
Torride, sexy & dangereux
Dangerous

Aimée Bianca
B.O.S.S. Beau, Odieux, Sexy, Snob

Phoebe Campbell
Lui résister… ou pas – l'intégrale

Mia Carre
Bad for You
Teach Me Everything
Charmant connard !

Mélodie Chavin
Campus Rules
Fucking Wedding
Coloc avec mon ennemi

Alexia Clemens
Red Python. Save Me

Sonia Eska
Ne me tente pas

Emma Green
Toi + Moi : L'un contre l'autre (aussi en poche)
Toi + Moi : Envers et contre tout (aussi en poche)
Toi + Moi : Seuls contre tous (aussi en poche)
Call Me Baby – volume 1
Love Me if You Can
Kiss Me if You Can
Bliss. Le faux journal d'une vraie romantique – volumes 1 et 2
Jeux interdits
Jeux insolents
Jeux imprudents
Une toute dernière fois
Fallait pas me chercher ! – volumes 1 et 2
Corps impatients (aussi en poche)
Cœurs insoumis (aussi en poche)
Âmes indociles (aussi en poche)
Cent facettes de Mr Diamonds – l'intégrale
Bliss. Le faux journal d'une vraie romantique – l'intégrale
(Im)parfait (aussi en poche sous le titre *Fais-moi une place*)
Love Me if You Can – l'intégrale
Kiss Me if You Can – l'intégrale
It's Raining Love !
The Boy Next Room
Call Me Baby – l'intégrale
Call Me Bitch – l'intégrale
PS : Oublie-moi !
Fallait pas me chercher ! – l'intégrale
Recherche coloc : emmerdeurs, râleurs, lovers… s'abstenir !
10 bonnes raisons de te détester !
Just 17
Love & Lies on Campus
Bien plus forte que toi !
If You Wanna Be My Lover…
The Boy on Fire
La Vie en vrai

Megan Harold
Breaking the Rules
Initiation with My Boss

Ludivine Hart
Arrogant & Tattooed

Amy Hopper
Gone Boy
Le Coloc

Charlie Lazlo
Mon insupportable boss

Sienna Lloyd
Mords-moi !

Caroline Mongas
Mariage forcé. Un contrat indécent

Zoé Murat
Boss Me Around

Lina Parker
Campus at Sea

Gaëlle Sage
Kiss, Kill & Ride
Lost Rider

Ana Scott
Dark Ride
Last Ride
Vicious Ride
The Dominant
Evil Ride
Sensual Stepbrother
Un enfoiré mais un coup d'enfer !
Say Yes to the Boss
Le Meilleur Ami de mon frère

Camilla Simon
Le voisin parfait est un enfoiré
Initiation with My Enemy
Le mec parfait est un inconnu… ou presque !
Le rockeur parfait est insolent et tatoué

Liv Stone
Love Lessons

Lisa Swann
Adore-moi ! – l'intégrale

Louise Valmont
Campus Initiation
Mon insupportable voisin !

Chloe Wilkox
Extreme Lover – l'intégrale
Immoral
Dominant Boss. Apprends-moi
The Virgin's Price

Luv

Ana K. Anderson
Indompté
Scottish Bastard

Sophie Auger
Be with Me

Sonia Birdy
L'Initiation
Touchdown. Campus Star

Laura Black
Dark Initiation
Games of Desire
H.A.R.D. Hot, Arrogant, Rebelle, Déterminé
Sulfurous Bad Boy
Italian Boss

Margot D. Bortoli
Too Young

Anne Cantore
Promets-moi. Louise et Marco

Sarina Cassint
Avec toi… peut-être
Insolent Boss

Romy Cole
Never Kiss a Soldier

Mary Ann Davis
Coach Me Love

Sarah Dheilm
Hot Reward

Gwen Delmas
Noël, toi & moi
Sex Friends. Pas de contraintes, que du plaisir !

Eugénie Dielens
Imprévisible boss
The Boss Next Door

Cléa Dorian & Ninon Vars
Dark Love

Laurie Eschard
Love Naked

Lil Evans
Boss Affair

Lou Garance
Can You Keep a Secret?
Foutu coloc!

Alexandra Gonzalez
Shades of You

Erin Graham
Teach Me Love
The Boss
Secret Stepbrother
Strong Addiction
Coloc avec mon boss
The Initiation

Joh Harper
Crazy Love
Broken but Alive

Missy Heart
Dark Domination

Marie Hayle
Under Control
Lover Next Door

Ellie Jade
About Last Night

Emma S. James
Under the Rain

Sara June
Rider in the Dark
Sexy Wild Rider

Emily Jurius
Love to Hate You

Allie Krown
High School Challenge

Antinea Kane
In Love with My Enemy

Marion Laurent
Mr Alpha
I Want You in My Bed!

Pauline Libersart
Tiger. Entre ses griffes

Nina Loren
Breaking the Ice
Teach Me Again. Impossible Desire

Ella Lores
Mariée par accident à un connard arrogant rencontré la veille…
My Best Enemy

Jessica Lumbroso
Emma X. Secrète et insoumise

Lili Malone
Coloc avec un inconnu

Mila Marelli
Dark Man in Love
Crazy Wedding

Mag Maury
My Hipster Christmas

Billie Morgan
Free Fighter
I Don't Fucking Care!

Aurore Nox
Foutu menteur!

Alix Parks
Never Kiss the Boss

Jeanne Pears
Insupportable coloc
Colocs & Sex Friends
H.O.T. Hypnotique, Obstiné, Ténébreux
The Most Insolent Man

Alexia Perkins
Arrogant Fake Lover

Sophie S. Pierucci
L'Inconnu de l'ascenseur & Moi (aussi en poche)
My Stepbrother. L'initiation

Silvia Reed
Darkest. La dernière heure
Too Close

Anita Rigins
No Rules
My Rules
J'aime pas Noël ni les voleurs de taxis !

Jana Rouze
Effet de vague – saisons 1, 2 et 3

Isla A. Rowley
Le coloc de mon frère

Ana Scott
À corps brisés

Adora Sky
Decadent Lover

Léana Soal
Fight & Hope

Cara Solak
Perfect Obsession

Izia Soley
Fauve
Initiation. On Your Skin

Liv Stone
Initie-moi. Mes jours contre tes nuits

Lena K. Summers
Perfect Bad Boy
Donovan, roi des connards

Kaly Swann
Austin. Breathe with Me

Anna Wendell
Arrogant Bad Boy
Apprends-moi le désir
Colosse. Le maître du jeu
Break Your Chains

Mina Zadig
Just Sex & Tattoos
Arrogant Highlander

New adult addictives

Sonia Birdy
California High School

Mélodie Chavin
Stepbro' Next Door

Juliette Duval
Falling for my Stepbrother

Sianna Milano
High School Initiation

Isla A. Rowley
Toxic Games

addictives POCHE

Rose Becker
Le Bébé, mon milliardaire et moi (aussi en grand format)
Désirs & Désastres

Marjorie Burbaud
The Campus Teacher

Olivia Dean
À lui, corps et âme – volumes 1 et 2

Sonia Eska
My Last Chance

Lou Everly
Bad Boy Crush

Erin Graham
Nos amours contraires

Emma Green
Seuls contre tous (aussi en grand format sous le titre

Toi + Moi : Seuls contre tous)
L'un contre l'autre (aussi
en grand format sous le titre
Toi + Moi : L'un contre l'autre)
Envers et contre tout (aussi en
grand format sous le titre
Toi + Moi : Envers et contre tout)
Corps impatients (aussi
en grand format)
Cœurs insoumis (aussi
en grand format)
Âmes indociles (aussi
en grand format)
Fais-moi une place (aussi en
grand format sous le titre *(Im) parfait*)

Kim Grey
Fausse fiancée & vrais ennuis

Megan Harold
Sublime-moi !

Charlie Lazlo
Kiss Me I'm Famous
The Duke

Jeanne Pears
Jamais avec mon coloc !

Sophie S. Pierucci
L'Inconnu de l'ascenseur & Moi (aussi en grand format)
Deep & Dark

Lise Robin
Forbidden Stepbrother

Alexane Tolley
The Boss Rules

Chloe Wilkox
Your Game, My Rules

Son premier amour ?
Une histoire interdite.
Quand Lorelei atterrit à Auckland, en Nouvelle-Zélande, elle est folle de joie à l'idée de retrouver son père, chez qui elle va vivre durant un an. À elle la mer et le soleil ! Mais tout le monde ne partage pas son enthousiasme ! Le fils de la nouvelle femme de son père ne semble pas, mais alors pas du tout, apprécier la venue de Lorelei. Dès leur rencontre, Jackson se montre arrogant, détestable, et met tout en œuvre pour la faire enrager. Pourtant, peu à peu, la colère fait place à des sentiments plus complexes et complètement interdits ! Alors, comment accepter de former une famille quand Jackson éprouve ces sensations défendues à chaque fois que Lorelei est proche lui ?

Auteure : Juliette Duval

Edisource – Éditions Addictives
100, rue Petit, 75019 Paris
Imprimé par FINIDR – Lipova cp. 1965 – 73 701 Cesky Tesin,
République tchèque
Dépôt légal : octobre 2022 – Achevé d'imprimer : septembre 2022
ISBN : 978-2-37126-508-0
Réf. contrat : ZOSH_001 à 006